Just Like Heaven by Julia Quinn

ブリジャートン家外伝1

はじめての恋を
あなたに奏でて

ジュリア・クイン

村山美雪 訳

JN053608

Raspberry Books

Just Like Heaven
by
Julia Quinn

パム・スペングラー・ジャフィに。あなたはあらゆる意味で女神です。

そしてまた、ポールにも。病に苦しむ男性主人公《ヒーロー》を救う方法について、医師としての助言を求めたら、「助からないな」とあなたは答えたけれど。

もし音楽が愛に欠かせないものだとするならば……

ほんとうにそうだとすれば、スマイス－スミス家はまさしく大きな問題をかかえている。ホノーリアはヴァイオリンを弾く。だが、下手だ。デイジーもヴァイオリンを弾く。だが、もっと下手だ。アイリスはじつのところなかなか上手にチェロを弾くが、ふたりのヴァイオリンと同時では、その音を聞きわけられる者がはたしているだろうか？

そして、ピアノを弾く哀《あわ》れなサラは、もう二度と演奏を披露《ひろう》したくないと断言している。けれども毎年、この一族は音楽会を開く。そして毎年、モーツァルトの曲を跡形《あとかた》もなくぶち壊《こわ》す。

これまで、ブリジャートン家の人々の目を通して語られてきたスマイス－スミス家……今度はこちらの一族の物語をお贈りします。ジュリア・クインの最新シリーズ第一作は、ホノーリアがまったく予想もしなかった場所で愛を見つけるお話です。

ブリジャートン家 外伝1

はじめての恋をあなたに奏でて

主な登場人物

ホノーリア・スマイス－スミス……ウィンステッド伯爵家令嬢。

マーカス・ホルロイド……チャタリス伯爵。

ダニエル・スマイス－スミス……ウィンステッド伯爵。ホノーリアとダニエルの兄。

レディ・ウィンステッド……先代ウィンステッド伯爵夫人。ホノーリアとダニエルの母。

サラ・プレインズワース……ホノーリアのいとこ。

アイリス・スマイス－スミス……ホノーリアのいとこ。

デイジー・スマイス－スミス……ホノーリアのいとこ。アイリスの妹。

セシリー・ロイル……ホノーリアの友人。

ロイル夫人……セシリーの母。

ウェザビー夫人……チャタリス伯爵家の家政婦。

コリン・ブリジャートン……ブリジャートン子爵家の三男。

グレゴリー・ブリジャートン……ブリジャートン子爵家の四男。

レディ・ダンベリー……マーカスの親戚。

プロローグ

マーカス・ホルロイドはいつもひとりだった。

四歳のときに母を亡くしたが、このことはマーカスの人生にさほど影響を及ぼしはしなかった。チャタリス伯爵夫人は自分が母に育てられたように息子を育てた――いうなれば、わが子のそばにはいなかった。無責任な婦人だったわけではなく、夫の跡継ぎを育てるのに最適な乳母を見つけることこそが自分の使命と考え、最善を尽くした。ミス・ピムは当時すでに五十を過ぎた婦人で、それまでに公爵の跡継ぎをふたりと子爵の跡継ぎをひとり育てあげていた。レディ・チャタリスはこのピムの腕にわが子をゆだね、伯爵は苺《いちご》が苦手なので、この子もおそらく同じはずよと言い残し、ロンドンの社交シーズンを楽しむために本邸をあとにした。

母が亡くなるまでに一人息子と顔を合わせたのは七回きりだった。

チャタリス伯爵は妻とは違って田舎での暮らしを好み、ケンブリッジシャー北部にあるフェンズモアでホルロイド家に代々受け継がれてきた、チューダー様式の広壮な屋敷で過ごすことも多かった。しかし伯爵もまた自分の父を手本に息子を育てた。すなわち、息子を三歳で馬の背にのぼらせ、筋《すじ》の通った会話が成り立つ歳《とし》になるまでは、みずからがかかわるべきではないと固く信じていた。

そして、もう少し真剣に跡継ぎについて考えたほうがいいと忠告されても、再婚しようとはしなかった。一人息子のマーカスは知性が高く、運動能力にすぐれ、容姿もまずまずで、なんといっても馬並みに元気旺盛《おうせい》だ。つまり面倒を引き起こしたり病死したりといったことは考えにくく、自分がまた花嫁探しをして、おまけに新たな妻を娶《めと》らなければならない理由は見いだせなかった。そのぶん息子に精力を注《そそ》ぐほうを選んだ。

マーカスは最上の家庭教師たちをあてがわれ、紳士が学ぶべきことを徹底的に叩きこまれた。地元の動植物の名はすべて憶《おぼ》えた。生まれながらに鞍《くら》に坐《すわ》っていたかのように馬に乗り、フェンシングと射撃も負け知らずとは言えないまでも、並はずれて腕が立つ。長たらしい数式を一滴のインクも無駄にせずに解き、ラテン語もギリシア語も学んだ。

十二歳のときには、これらすべてが出来るようになっていた。

おそらくはたまたまなのだろうが、ちょうどその頃、伯爵も一人息子とまともな会話ができるようになったと見定めた。

さらに同じ年に伯爵が息子の教育を次の段階へ進めることを決め、マーカスはフェンズモアを離れ、ホルロイド家の代々の男子に倣《なら》い、イートン校に入学した。これが少年にとっては思いがけず幸せな環境に恵まれるきっかけとなった。なぜならこのときまで、チャタリス伯爵家の跡継ぎ、マーカス・ホルロイドには友人がいなかったからだ。

ただのひとりも。

ケンブリッジシャー北部にはマーカスの遊び相手となる良家の子息はいなかった。最も近くに住む貴族はクロウランド家で、子供は女の子だけだった。もう一軒、友人となるにふさわしい条件を満たした地主階級の家もあったが、そこの子息たちは歳がだいぶ離れていた。チャタリス伯爵は教養の低い人々を息子とかかわらせるのを嫌い、代わりに家庭教師を増やした。忙しくさせていれば寂しさを感じさせる心配もない。それ以上に、ろくでなしの乱暴な子供たちと野原を駆けまわるようなことは息子にさせたくなかったからだ。

伯爵がマーカスに希望を尋《たず》ねていれば、異なる答えが返ってきただろう。とはいえ息子と顔を合わせるのは、夕食前の一日に一度だった。それもおおよそ十分程度で、それからマーカスは階上の子供部屋に戻り、伯爵は晩餐用の食堂へいき、それぞれに食事をとった。

あとにして考えれば、マーカスがイートン校でみじめな思いをまったくせずにすんだのは驚くべきことだった。当然ながら同級生たちとのつきあい方がわかるはずもない。入学して一日めに、ほかの男子たちが（学校まで送り届けてくれた父の近侍曰《いわ》く）野蛮人の一党のごとく駆けまわっているとき、マーカスはよけているとは思われないようさりげなく端に立ち、あえて目をそらしていた。

どうすればいいのか、何を話せばいいのか、わからなかった。

だが、ダニエル・スマイス－スミスはそのどちらについてもわかっていた。

ダニエル・スマイス－スミスはウィンステッド伯爵家の跡継ぎで、五人の姉妹と三十二人のいとこがいる。ほかの子供たちとのつきあい方を知っている少年がいるとすれば、このダニエルをおいていない。数時間のうちに、イートン校の最年少生徒たちのなかで誰もが認める中心人物となっていた。自分が周りからどう見えているかを心得ていて、親しみのある笑みを浮かべ、適度な自信を備え、臆《おく》するところがまるでない。生まれながらの統率者気質で、冗談を思いつくのも決断するのも同じくらいに速い。

マーカスはそのダニエルと隣りあうベッドを割りあてられた。

ふたりは親友となり、マーカスははじめての休みにダニエルの家に招かれた。ダニエルの一族の本邸はウィンザーからさほど遠くないホイップル・ヒルにあり、気楽にたびたび帰省できた。かたやマーカスはと言えば、スコットランドほど遠方ではないとはいえ、ケンブリッジシャー北部までは一日では帰れない。それに、父は短い休暇には本邸に戻らないので、息子が帰らなければならない理由もなかった。

というわけで、二度めの休みにもマーカスはまたダニエルの本邸に招かれた。

その次の休みにも。

さらにその次の休みにも。

そうするうちにいつしか、マーカスは自分の家族よりスマイス－スミス家の人々と過ごす時間のほうが長くなっていた。むろん、家族と言っても父ただひとりなのだが、あらためて考えてみると（それも、しじゅう考えていた）スマイス－スミス家のそれぞれひとりずつとの時間に分けても、父と過ごす時間より長かった。

ホノーリアとでさえ。

ホノーリアはダニエルのいちばん下の妹だ。スマイス－スミス家の子供たちのなかでひとりだけ、歳の近いきょうだいがいない。称賛すべき子だくさんのレディ・ウィンステッドが、おそらくは思いがけず五年ぶりに、そして最後に授かった末っ子だ。

しかし五年と言えば、マーカスがはじめて出会ったときのホノーリアの年齢、つまり六歳の少女にとっては、ことさら大きな隔《へだ》たりだ。年長の三人の姉たちはすでに結婚しているか婚約していて、すぐ上の十一歳のシャーロットも末の妹をまともに相手にしようとはしなかった。ダニエルもそれは同じだったが、会わない時間が長いせいでホノーリアの兄を慕う気持ちは信じがたいほど深まっていたらしく、ダニエルが学校の休みに帰ってくると、仔犬《こいぬ》よろしくまとわりついていた。

「目を合わせるなよ」ダニエルは池へ遊びに出かけるために妹をまこうとして、マーカスにそう言った。「おまえがあいつを見たら、すべて終わりだからな」

少年ふたりはまっすぐ前を向いて、足早に歩きだした。釣りに行くつもりだったのだが、なにしろ前回はホノーリアが付いてきて、餌《えさ》のミミズをすべて池に落とされてしまった。

「ダニエル！」ホノーリアが声を張りあげた。

「見るなよ」ダニエルがささやいた。

「ダー、ニー、エー、ルー！」今度は金切り声をあげた。

ダニエルがたじろいだ。「急げ。森に入ってしまえば、あとを追えないいさ」

「池の場所は知ってるだろう」マーカスは指摘せずにはいられなかった。

「ああ、でも――」

「ダー、ニー、エー、ルー！」

「――ひとりで森に入れば、母にこっぴどく叱られるのはわかってるはずだ。妹もさすがに、そんなことをするほどばかじゃないさ」

「ダ、ニ――」ところが突如、ホノーリアが叫ぶのをやめた。しばしの間をおいて、振り返らずにはいられない哀《あわ》れっぽい声で呼びかけられた。「マーカス？」

マーカスは振り返った。

「なんでだよ！」ダニエルが情けない声を響かせた。

「マーカス！」ホノーリアが嬉々としてまた呼びかけた。飛び跳ねるように駆けてきて、ふたりの前にまわりこむと、ぴょんと両足をついてとまった。「どこに行くの？」

「釣りだ」ダニエルが唸《うな》るように答えた。「だから、おまえは連れていけない」

「でも、わたしは釣りが好きよ」

「ぼくもだ。だけど、おまえと一緒にはできない」

ホノーリアが顔をゆがめた。

「泣くなよ」マーカスは慌てて言った。

ダニエルは意に介していなかった。「どうせ嘘泣《うそな》きだ」

「嘘泣きなんかしないわ！」

「なんでもいいから、泣くな」マーカスは繰り返した。泣かれれば大ごとになるのはわかっていた。

「泣かないわ」ホノーリアが睫毛《まつげ》をはためかせて言った。「わたしを連れていってくれれば」

いったいどうやって六歳で睫毛のはためかせ方を憶えたんだ？　あるいはわざとやったわけではなかったのかもしれない。現にそれからすぐに、もぞもぞと目を擦《こす》りはじめた。

「どうかしたのか？」ダニエルが訊《き》いた。

「目に何か入ったみたい」

「蝿《はえ》かもしれないぞ」ダニエルがからかうように言った。

ホノーリアが叫び声をあげた。

「まずいことを言っちゃったようだな」マーカスはそれとなくつぶやいた。

「取って！　取ってよ！」ホノーリアが甲高い声で言う。

「おい、落ち着けよ」ダニエルがなだめた。「大丈夫だって」

だがホノーリアは、顔を手ではたきながら叫びつづけた。仕方なくマーカスはその手をつかみ、自分で顔の両脇を押さえさせて、その上から手を重ねた。「ホノーリア」力強い声で言う。「ホノーリア！」

ホノーリアが目をまたたいて、息を呑《の》みこみ、ようやく動きをとめた。

「蝿はいない」言い聞かせた。

「でも――」

「たぶん、睫毛が入ったんだ」

ホノーリアは口を小さくあけた。

「もう手を放してもいいか？」

ホノーリアがうなずいた。

「もう叫ばないな？」

ふたたびうなずいた。

マーカスはゆっくりと手を放し、一歩さがった。

「一緒に行ってもいい？」ホノーリアが訊いた。

「だめだ！」ダニエルがほとんどわめくように答えた。

ほんとうはマーカスも連れていきたくはなかった。ホノーリアは六歳で、しかも女の子だ。

「相手をしている暇はない」そう答えたものの、ダニエルほど強くは言えなかった。

「どうしてもだめ？」

マーカスは唸った。頬に涙の跡を付けて目の前に立っているホノーリアがなんとも寂しそうに見えた。明るい褐色の髪は横分けにしてピンらしきもので留められ、柔らかにまっすぐ垂れて、毛先は肩に届いている。それに目は、ダニエルとそっくりのとても印象的な明るい紫がかった青色で、大きく、潤んでいて――

「目を合わせるなと言っただろう」ダニエルがつぶやいた。

マーカスは唸るように言った。「今回だけだぞ」

「きゃあ、嬉しい！」ホノーリアは驚いた猫を思わせる動きで跳びあがり、興奮のあまりマーカスに飛びついた（さいわいにも一瞬だったが）。「ほんとうにありがとう、マーカス！

ありがとう！　あなたは最高の人よ！　最高の人のなかでもいちばんなんだから！」目を狭め、ぎょっとするほど大人ぶったまなざしを兄に向けた。「この人とは大違い」

ダニエルは負けじと憎々しげな表情で言い返した。「最低の人になるのだって、すごいことなんだからな」

「そんなこと、どうでもいいわ」ホノーリアは言い捨てて、マーカスの手をつかんだ。「行きましょ」

マーカスは自分の手をつかんでいるホノーリアの手を見おろした。得体《えたい》の知れない感覚に襲われた。なんとなく胸がざわつきはじめ、いまさらながら慌てていた。人と手をつないだのはいつ以来のことなのか思いだせなかった。乳母とつないで以来だろうか？　いや、乳母はいつも手首をつかんでいた。そのほうがしっかりつかめるのだと、家政婦と話しているのも耳にした。

そうだとすれば、父と手をつないで以来だろうか？　それとも、亡くなる少し前の母と手をつないだのが最後だったのか？

鼓動が高鳴りだした。ホノーリアの小さな手が滑りやすくなってきた。自分の手が汗ばんでいるのは間違いないが、もしかするとホノーリアの手も汗ばんでいるのかもしれない。

顔を見ると、にっこり笑いかけられた。

マーカスは手を放した。「ほら、急がないとな」ぎこちなく言った。「明るいうちに帰れるように」

スマイス－スミス家の兄妹が揃ってふしぎそうな目を向けた。「まだ昼にもなってないぞ」ダニエルが言う。「そんなに長く釣りをしたいのか？」

「どうだろうな」マーカスは言葉を濁《にご》した。「けっこう時間がかかるかもしれないし」

ダニエルが首を振った。「父が魚を放流してる池なんだ。たぶん、ブーツで水をすくったって、魚が入ってくる」

ホノーリアが嬉しそうに息を吸いこんだ。

ダニエルがすかさず妹に顔を振り向けた。「そんなことは考えるなよ」

「だけど――」

「言っておくが、おまえがぼくのブーツを池のそばに持っていくのを見たら、水に沈めて、ばらばらにしてやる」

ホノーリアがふくれ面でうつむきがちに言った。「自分の靴を使おうと思ってたのに」

マーカスはつい含み笑いを洩らした。ホノーリアがさっと振り向いて、とんでもない裏切り者だとでも言いたげに睨《にら》んだ。

「ものすごく小さい魚しか入らないと思ったからさ」マーカスはすぐさま言いわけした。

ホノーリアはまだ納得できないようだった。

「そんなに小さい魚はまだ食べられないだろう」マーカスは続けた。「骨だらけだから」

「行こう」ダニエルが低い声でせかした。そうして三人は森のなかをてくてく進み、ホノーリアは追いつくために兄たちの二倍の速さで小さな脚を動かした。

「ほんとは、お魚は好きじゃないのよね」ホノーリアはとりとめもなく喋《しゃべ》りつづけた。「変な臭《にお》いがするんだもの。それに、お魚の味もいや……」

さらに、帰り道では――

「……やっぱり、あのピンク色のお魚は食べられる大きさだったと思うわ。わたしはいらないけど、お魚を好きな人ならきっと食べられる。でも、ほんとうにお魚が好きな人なら食べられるかもしれないけど……」

「もう二度と妹を誘うなよ」ダニエルがマーカスに言った。

「……わたしはいらない。でもね、お母様はお魚が好きみたいなの。だからきっと、あのピンク色のお魚も食べるわ……」

「誘わないさ」マーカスは友人に約束した。まだ幼い女の子にあれこれ文句をつけるのは不作法の極みとは知りつつ、相手をするのに疲れはてていた。

「……たぶん、シャーロットお姉様は食べないわ。ピンク色が嫌いなの。ピンクのドレスも着ないのよ。やつれて見えるって言うの。どういう意味なのかわかんないんだけど、あまりいい言葉ではなさそうね。わたしは、ラベンダー色が好き」

ダニエルとマーカスは同じようにため息を重ねて歩きつづけていたが、ふいにホノーリアがふたりの前に跳びだして、にっこり笑った。「わたしの目の色と同じでしょ」

「魚が？」マーカスは手に持っていたバケツを見おろして尋ねた。程よい大きさの鱒《ます》が三尾、水しぶきを立てていた。ホノーリアがうっかりバケツを蹴ったせいで、マーカスが最初に釣り上げた二尾が池に落ちてしまわなければ、もっとたくさん入っていたはずなのだが。

「違うわ。聞いてなかったの？」

マーカスはいまでもその場面をたびたび思いだす。ご婦人のなにより厄介な性質をはじめて目の当たりにしたのはそのときだった。つまり、答えようのない質問を投げかけるということだ。

「ラベンダー色は、わたしの目の色と同じでしょ」ホノーリアは自信たっぷりに言ってのけた。「お父様がそう言ったんだもの」

「それなら、そうなんじゃないか」マーカスはほっとして言った。

ホノーリアは髪を指で絡めとったが、手を離すと丸まっていた髪がまたすとんとまっすぐに垂れた。「髪の色に合わせるなら茶色だけど、わたしはラベンダー色のほうが好き」

とうとうマーカスはバケツをおろした。重く感じてきたたし、取っ手が手のひらに食い込んでいた。

「おい、だめだ」ダニエルが言い、おろされたバケツを空いているほうの手で持ち上げ、マーカスの手に戻した。「家に帰ろう」ホノーリアを睨みつけた。「邪魔するなよ」

「どうして、わたしにだけやさしくないの？」ホノーリアが訊いた。

「おまえはうるさいからだ！」ダニエルは怒鳴《どな》りつけるように答えた。

事実とはいえ、マーカスはまたも友人の妹が気の毒に思えた。こういうことは時どきあった。ホノーリアはまだほんの子供で、気持ちは手に取るようにわかった。家族からいつもまだ幼いからという理由でゲームやパーティや、ほかの様々なことに参加させてもらえず、ともかく仲間に入りたくて仕方がないのだ。

ホノーリアは兄の暴言に身じろぎもしなかった。ただじっと睨み返した。それから音を立てて鼻から大きく息を吸いこんだ。

マーカスはハンカチを持ってこなかったことを悔やんだ。

「マーカス」ホノーリアは兄に背を向けるようにして少しだけこちらに顔を傾けた。「わたしとお茶会をしてくれる？」

ダニエルが忍び笑いを洩らした。

「いちばんお気に入りのお人形を持っていくから」ホノーリアはいたって真剣に続けた。

ああ、まったく、それ以外のことならなんだってできるのだが。

「ちゃんとケーキもご用意するわ」ホノーリアは驚くほど大人ぶった小さな声で付け加えた。

マーカスはうろたえた目をダニエルに向けたが、友人はそしらぬふりだった。

「いいでしょう？」ホノーリアが念を押すように訊いた。

「いや」マーカスは思わず言った。

「だめなの？」ホノーリアが目を丸くして見返した。

「無理だ。忙しい」

「どうして？」

マーカスは咳払《せきばら》いをした。二度。「いろいろと」

「いろいろってどんなこと？」

「いろいろだ」と言ってしまってから、まずいと気づいた。それほど強い言い方をするつもりはなかった。「ダニエルと予定がある」

ホノーリアが泣きべそをかいた。下唇をふるわせ、今度ばかりは嘘泣きとは思えなかった。

「ごめん」傷つけたくはなかったので、謝った。でも、お茶会だけはどうしてもつきあえない！　お茶会に出たがる十二歳の少年などいるわけがない。

それも人形と。

マーカスは身ぶるいした。

ホノーリアはむっとして顔を紅潮させ、さっと兄のほうに向きなおった。「お兄様が言わせたのね」

「ぼくはなんにも言ってない」ダニエルが答えた。

「お兄様なんて嫌い」ホノーリアは低い声で言った。「ふたりとも嫌い」それからまた叫びだした。「嫌いよ！　特にあなたのほうよ、マーカス！　あなたなんて大嫌い！」

そうしてホノーリアは屋敷のほうへ駆けだしたが、棒のように華奢《きやしゃ》な脚をどれだけ必死に動かそうと、さほど速くは進めなかった。マーカスとダニエルはその場にじっと立ちつくし、黙ってその姿を見ていた。

ホノーリアが屋敷のそばまでたどり着くと、ダニエルが顎《あご》をしゃくって言った。「おまえが嫌いだってさ。これで間違いなく、家族の一員だな」

そのとおりだった。以来、マーカスはスマイス－スミス家の一員となった。
一八二一年の春に、ダニエルがすべて台無しにしてしまうまでは。

1

一八二四年三月
イングランド、ケンブリッジ

　レディ・ホノーリア・スマイス－スミスは、憂うつに沈んでいた。晴天を待ち焦がれ、花婿《はなむこ》探しにうんざりし、新しい靴に履きかえたくて——すっかり汚れてしまった青い靴を見おろし、げんなりとため息をつく——気が滅入《めい》った。

　ホノーリアは、〝お目の高い紳士のための〟〈ミスター・ヒルフォードの煙草《たばこ》専門店〉の前にある石造りのベンチにぐったりと腰をおろし、どうにかして（これもまた気の滅入る言葉だ）軒下《のきした》に全身を入れようと背を後ろにぴたりとつけた。雨が降りだしていた。土砂降りだ。霧雨《きりさめ》でも、ただの雨でもなく、猫や犬や羊や馬を引用した諺《ことわざ》で表現される類いの大雨だ。

　このぶんでは空から象が落ちてきても驚かない。

　そのうえ悪臭がする。安物の葉巻ほどいやな匂いのするものはないと思っていたけれど、黴《かび》はさらに始末が悪く、〝歯が黄ばんでもおかまいなしの紳士のための〟〈ミスター・ヒルフォードの煙草専門店〉の外壁にはぶきみな黒い汚れがこびりつき、鼻が曲がりそうな臭いを放っている。

もう、これ以上みじめな状況に陥《おちい》ることはないでしょう？

いいえ、そうとはかぎらない。状況はさらに悪化しかねなかった。なぜならいま自分は〈いうまでもなく〉ひとりぼっちで、小雨がほんの三十秒で土砂降りに変わったばかりだ。一緒に買い物に来た人々は通りの向かいの暖かく居心地のよい〈ミス・ピラスターの高級リボンと装飾品の店〉で快適に商品を眺めていて、髪飾《ひだかざ》りやきれいな小物に囲まれ、ミスター・ヒルフォードの店よりはるかに芳《かぐわ》しい匂いを嗅《か》いでいる。

ミス・ピラスターの店では香水も売られている。乾燥させた薔薇《ばら》の花びらや、バニラの香りのする小さな蠟燭《ろうそく》も。

かたやミスター・ヒルフォードの店には黴が生えている。

ホノーリアはため息をついた。なんて悲運な定めなのだろう。
一、二分で戻るからと友人に言って〈ミス・ピラスターの店〉を出て、書店の陳列窓の前でつい長居してしまった。二分が五分になり、それからほどなく通りを渡って戻ろうとしたとき、急に雨が降りだしたので、ケンブリッジ・ハイ・ストリートの南側で唯一張りだしている庇《ひさし》の下に逃れざるをえなかった。
ホノーリアは通りに叩きつけるように降っている雨を恨めしく見つめた。玉石敷きの地面に打ちつける雨の勢いは凄《すさ》まじく、何かがはじけたように飛沫《しぶき》が跳《は》ね上がっている。空はみるみる暗くなり、自分の知るこの国の天候のつねからすると、さらに風が強まれば、ミスター・ヒルフォードの店の軒下に入っているくらいではとうてい雨をよけられなくなるだろう。

沈んだ顔で唇を引き結び、目をすがめがちに空を見上げた。

足が濡れている。

寒い。

生まれてから一度もイングランドの外に出たことはなく、つまりはこの国の天候にはわりに詳しいはずなのだから、やはりあと三分ほどで、いまよりみじめな状況に陥るのはほぼ間違いない。

こんなことになるなんて、ほんとうに考えもしなかった。

「ホノーリア？」

空から視線をさげ、いつの間にか自分の前に停《と》まっていた馬車に目をしばたたいた。

「ホノーリア？」

聞きおぼえのある声だった。「マーカス？」

ああ、信じられないことに、このみじめな状況から救いだしてくれる人が現われた。チャタリス伯爵こと、マーカス・ホルロイドが、濡れずに快適に過ごせる豪華な馬車のなかから顔を覗《のぞ》かせている。ホノーリアは呆然《ぼうぜん》と口をあけたが、考えてみれば、驚くほどのことではなかった。マーカスのケンブリッジシャーにある本邸はこの町からさほど遠くないところにある。さらに言うなら、ここで濡《ぬ》れ鼠《ねずみ》のような姿になっていても自分を見わけられる人物がいるとすれば、それはこのマーカスだ。

「いったいどうしたんだ、ホノーリア」マーカスがいつもの横柄《おうへい》な態度でいかめしく見やった。「凍《こご》えてしまうぞ」

ホノーリアはほんのわずかに肩をすくめるのがやっとだった。「ちょっぴり肌寒いわね」

「ここで何をしてるんだ？」

「靴を汚してるの」

「なんだって？」

「買い物に来たのよ」ホノーリアはそう言いなおし、通りの向こうを身ぶりで示した。「友人たちと。それに、いとこたちと」いとこも友人と言えなくはないけれど、なにしろ自分の場合には一種族を形成できるくらい大勢いる。

馬車の扉が大きく開いた。「乗るんだ」マーカスが言った。乗ってくれでも、身体を乾かしたほうがいいでもなく、ただ指示する言葉だった。

ほかの女性なら、髪を払いのけ、わたしに命令しないでと言い放ったかもしれない。そこまで気位の高くない女性でも、声に出す勇気はないにしろ心のなかではきっと同じように思うだろう。けれど凍えていたホノーリアには、見栄《みえ》を張るより心地よくなれるほうが重要だった。しかも相手はエプロン式のドレスを着ていた頃から知っている、マーカス・ホルロイドだ。

正確に言えば、六歳のときから知っている。

甘えることが許されるぎりぎりの年齢だったと、ホノーリアは暗い気分で思い返した。七歳になると、兄のダニエルとこのマーカスから蚊《モスキート》とあだ名を付けられ、厄介払いされるようになった。異国風で危険そうな響きが気に入って、褒《ほ》め言葉だと喜んでいると、少年たちはにやにや笑って、今度は南京虫《ナンキンムシ》と呼ぶようになった。

以来、ホノーリアはずっと南京虫と呼ばれていた。

マーカスには、いまより濡れた姿も見られている。八歳のとき、ホイップル・ヒルで、古いオークの木の大きな枝に隠れたつもりが、びしょ濡れになってしまったのだ。マーカスとダニエルはその木の根もとに秘密の砦《とりで》をこしらえていて、ホノーリアは男ではないからと入れてもらえなかった。兄たちに小石を投げつけられ、つかまっていた枝から手を放し、転がり落ちた。

いまにして思えば、池に垂れさがっている枝を選ぶべきではなかった。

すぐさまマーカスが水から引き上げてくれたものの、それが単に友人であるホノーリアの兄のためだったとしてもなんらふしぎはない。

ホノーリアはマーカス・ホルロイドとのことを思い返しているうちに哀《かな》しくなってきた。物心がついた頃からずっと身近にいる男性だ。マーカスがチャタリス伯爵になる前、兄のダニエルがウィンステッド伯爵になる前から。いちばん歳の近い姉、シャーロットが嫁いで家を去る前から。

もちろん、ダニエルもいなくなってしまう前から。

「ホノーリア」

目を上げた。じれったそうな声だったが、マーカスの顔にはやや気遣《きづか》わしげな表情が浮かんでいた。「乗るんだ」そう繰り返した。

ホノーリアはうなずき、言われたとおり、マーカスの大きな手をつかんで、馬車のなかに引っぱり上げてもらった。「マーカス」足もとにできた水溜りには気づかないふりで、優美な客間にいるかのように、いともしとやかに、さりげなく腰を落ち着けようとした。「ここでお目にかかれるなんて、嬉しい驚きだわ」

マーカスは黒い眉をほんのわずかに寄せて、見つめ返した。いちばん効果的な叱り方でも考えているのだろうと、ホノーリアは見定めた。

「この町に滞在してるのよ。ロイル家に」尋ねられてもいないのに、話しだした。「ここに来て五日になるわ――セシリーと、いとこのサラとアイリスと一緒よ」いったん間をおき、マーカスの目に記憶の閃《ひらめ》きを探してから、言葉を継いだ。「誰も思いだせない？」

「きみにはいとこが山ほどいるからな」マーカスは指摘した。

「サラは豊かな黒い髪と瞳をしてるわ」

「瞳も豊かなのか？」マーカスが低い声で訊き、ちらりと笑みを見せた。

「マーカス」

マーカスが含み笑いを漏らした。「わかってる。髪が豊かで、瞳が黒いんだよな」

「アイリスはとても肌が白いわ。髪の色は赤みがかったブロンドと言えばいいのかしら」せかすように訊いた。「まだ思いだせない？」

「あの花だらけの一家の娘か」

　ホノーリアは顔をしかめた。おじのウィリアムとおばのマリアが、娘たちにローズ、マリゴールド、ラベンダー、アイリス、デイジーと名を付けたのは事実だが、返事はしなかった。

「ロイル嬢なら知っている」マーカスが言った。

「近くに住んでいるんだもの、知っていて当然よね」

　マーカスは黙って肩をすくめた。

「ともかく、わたしたちがケンブリッジに来たのは、ここでならもう少し教養を身につけられるからと、セシリーのお母様が提案してくださったからなの」

　マーカスがどことなくおどけるふうに口もとをゆがめた。「教養？」

　男性は学校へ行けばいいのに、女性はどうして教養を身につける努力をしなくてはいけないのかと、ホノーリアは前々から疑問に思っていた。「ふたりの教授を買収して、わたしたちも講義を聴けるように取り計らってくれたのよ」

「そうなのか？」好奇心の滲《にじ》みでた声だった。それに、疑念も。

「エリザベス女王の生涯と治世について」ホノーリアは聞かされているとおりに伝えた。

「そのあとは、ギリシア語で何か学ぶそうよ」

「ギリシア語を話せるのか？」

「誰も話せないわ」にべもなく答えた。「でも、女性に講義を聴かせてくれる教授は、そのふたり以外にいなかったのね」瞳をぐるりとまわす。「同じ講義を二度続けてしてくださるんですもの。わたしたちは男子学生たちが教室を出るまで、ほかの部屋で待たなくてはいけないの。男子学生たちがわたしたちを見て、理性を失《うしな》ってしまったら大変だから」

マーカスはしかめ面でうなずいた。「紳士たちにとって、麗しいことこのうえない女性たちを前にして、勉学に集中するのは不可能に近い」

ホノーリアがその言葉を真に受けたのは二秒ほどだった。ちらりと横目でマーカスを見やり、苦笑してぷっと吹きだした。「もう、やめてよ」そう言って、マーカスの腕を軽くぶった。このようになれなれしいしぐさはロンドンでは許されないけれど、ここで、マーカスが相手なら……。

要するに、この男性はほとんど兄のような存在だ。

「きみの母上はお元気だろうか？」

「元気よ」ホノーリアはそう答えたが、母が元気でいるはずもなかった。それほどには。レディ・ウィンステッドは、ダニエルが騒動を起こして国外へ追われた哀しみからけっして立ち直れてはいない。人々の心ない憶測に気を揉《も》んだり、息子などもともといなかったかのようなふりをしたりといったことを繰り返している。

つまり……苦しんでいる。

「バースに隠居したがってるわ」ホノーリアは言い添えた。「おばがそこに住んでるのよ。昔から仲のいい姉妹だったみたい。母はロンドンがあまり好きではないし」

「きみの母上が？」マーカスはいくぶん意外そうに尋ねた。

「前ほどはということよ」ホノーリアは説明した。「ダニエルお兄様が……ああなってからは。わかるでしょう？」

マーカスが唇を引き結んだ。わからないはずがない。

「母はまだいろいろささやかれていると思ってるのよ」ホノーリアは言い足した。

「そうなのか？」

ホノーリアは力なく肩をすくめた。「わからない。そんなことはないと思うんだけど。わたしの前では誰もそのことには触れないし。それに、もう三年近く経《た》つのよ。話題はほかにもあるでしょう？」

「ぼくはあのことが起こったときも、ほかに話題はいくらでもあるだろうと思っていた」

マーカスがうんざりした口ぶりで答えた。

ホノーリアはマーカスの険しい表情を見て、片方の眉を上げた。社交界に登場したての令嬢たちの多くが顔を合わせると逃げだしてしまうのは、この顔つきのせいだ。自分の友人たちもマーカスを怖がっている。

でも、必ずしもそうとは言えないのかもしれない。友人たちがマーカスに脅《おび》えるのは顔を合わせたときだけだ。それ以外のときは、たとえば書き物机の椅子に腰をおろせば、マーカスの姓に自分の名を書き加え、天使やハートの絵まで添えて、子供じみたいたずら書きを楽しんでいる。

マーカス・ホルロイドは人気の花婿候補だ。

いわゆる典型的な美男ではないので、容姿がすてきだからというわけではない。髪も目も艶《つや》やかな黒色なのだけれど、ホノーリアにはどこかいかめしい風貌に見えた。眉はやや太いし、まっすぐで、目の辺りの彫りも少し深すぎる。

それでもなぜか人目を引く魅力がある。くだらないことにはつきあえないとでも言いたげに、いくぶん尊大で冷ややかな雰囲気を漂わせてもいる。

それがかえって、くだらないことにしか興味のない女性たちばかりを惹《ひ》きつける。そうした女性たちはマーカスを陰うつな小説の主人公や、そうではなくても、ともかくあらゆる物語の恐ろしげで謎めいていて、最後には必ず改心する悪役になぞらえて色めき立っている。

ホノーリアからすれば昔から知っているマーカスに変わりはないとはいえ、そう簡単にひと言で片づけられる存在でもなかった。年上ぶった態度も、非難がましい目つきも気に入らない。マーカスと一緒にいると、自分がもう何年も前のわがままな子供か、ぐずな少女に戻ってしまったような気分になる。

そのいっぽうで、なんとなく心なぐさめられてもいた。兄のダニエルがいなくなって状況は一変し、以前ほど顔を合わせる機会はなくなったものの、どこかの屋敷の部屋に入って、マーカスがそこにいれば……。

ホノーリアにははっきりとわかった。

そのうえふしぎと、ほっと安心できた。

「今年の社交シーズンには、ロンドンにいらっしゃるの？」しとやかに尋ねた。

「少しは」マーカスは読みとりにくい表情で答えた。「こちらでやらなければならないこともあるからな」

「そうよね」

「きみは？」マーカスが訊いた。

ホノーリアは目をしばたたいた。

「今年の社交シーズンはロンドンで過ごすのか？」

ホノーリアは思わず唇を開いた。きっと真剣に尋ねているわけではないのだろう。未婚の女性が行くべき場所がほかにどこにあるというのだろう？　いったいどういうつもりで――

「笑ってるの？」ホノーリアはいぶかしげに問いかけた。

「とんでもない」だがマーカスは笑みを浮かべていた。

「笑いごとではないわ」ホノーリアは言った。「選択の余地はないでしょう。わたしは社交シーズンをロンドンで過ごさなければいけないの。追いつめられているんだから」

「追いつめられている」マーカスはおうむ返しに言い、けげんな顔つきをした。この男性がよく見せる表情だ。

「今年は花婿を見つけないと」どうしてむきになっているのか自分でもわからないけれど、ホノーリアは気がつけばしきりに首を振っていた。ほとんどの友人たちとさほど状況は変わらない。結婚を望んでいる若い淑女は自分ひとりではない。けれどもホノーリアは結婚指輪をはめることに憧れているのでも、華やかな若い既婚婦人という栄誉に浴したくて花婿探しをしているのでもなかった。自分の家が欲しかった。いつでも気兼ねなくともにいられる、騒々しい大家族が。

静けさに包まれた家にいると気が滅入るばかりだった。床に響く靴音は嫌いだ。昼間はずっとその音しか耳にしない日があまりに多い。

結婚しなければいけない。それしか方法はない。

「まったく、何を言ってるんだ、ホノーリア」マーカスの声がした。その顔を見るまでもなく、どのような表情をしているのかは正確にわかった――横柄で、疑わしげで、どことなく億劫《おっくう》そうな顔に決まっている。「きみはそれほど焦らなければならない状況ではないはずだ」

ホノーリアは歯を食いしばった。マーカスの口調が癇《かん》にさわった。「いまの話は忘れて」説明しても無駄なので、そうつぶやいた。

マーカスは息を吐きだし、そのせいでなおさら尊大な態度に見えた。「ここでは花婿は見つかりそうにないしな」

ホノーリアは唇をきつく結び、みずから結婚の話題を口に出してしまったことを悔やんだ。

「ここにいる大学生では若すぎる」マーカスが言い添えた。

「歳はわたしとそう変わらないわ」投げかけられた罠《わな》にまんまと掛かって言い返した。

だがマーカスは満足そうな表情は見せなかった。そのような男性ではない。「ケンブリッジに来たのは、それが理由だったのか？　まだロンドンに来ていない学生たちと出会うためなんだな？」

ホノーリアは断固として前を向いたまま答えた。「言ったでしょう、講義を聴くために来たのよ」

マーカスがうなずいた。「ギリシア語の」

「マーカス」

マーカスがにやりと笑った。といっても、多くの人々が笑みと呼ぶものとは少し違う。いつもむっつりと険しい顔をしているので、本人は笑ったつもりでも、ほかの人々にはそっけない苦笑いにしか見えない。笑ってもほかの人にはわかってもらえないことが、マーカスにはいったいどれほどあるのだろう。自分は人柄をよく知っているからいいようなものの、ほかの人々には面白みのかけらもない男性だと思われかねない。

「どうかしたのか？」

ホノーリアはびくりとして、あらためてマーカスを見やった。「どうか、い、どうかしたのか、か？」

「瞳をまわしただろう」

「わたしが？」自分が瞳をまわしたのかどうか、ほんとうにわからなかった。でもそんなことより、どうしてマーカスはそれほど注意深く自分を見ていたのだろう？　といっても、相手はなにしろマーカスなのだから、考えても仕方がない。ホノーリアは窓の外へ目を向けた。

いる。


「この雨はやむかしら?」

「いや」マーカスは目を向けるそぶりもなく答えた。見るまでもないと思ったのだろう。話題を変えたかっただけのことで、愚かな質問だった。雨はなおも容赦《ようしゃ》なく馬車に打ちつけている。

「ロイル家までお送りするが」マーカスが丁寧《ていねい》な口ぶりで訊いた。

「いいえ、けっこうよ」ホノーリアは首をわずかに伸ばし、馬車の窓ガラスと大雨越しに、少し先にある〈ミス・ピラスターの店〉の陳列窓の向こうを覗きこもうとした。なにひとつ見わけられないが、マーカスを見ずにいるには都合がいいので、大げさなくらい顔を振り向けた。「もう少ししたら、友人たちのところに戻るわ」

「もしや空腹ではないか?」マーカスが訊いた。「さっき、〈フリンドルの店〉に寄って、ケーキをいくつか包んでもらったんだ」

ホノーリアは目を輝かせた。「ケーキ?」

ため息と聞きわけられない低い声だった。あるいは唸り声にしか聞こえなかったかもしれない。どちらにしてもかまわない。ホノーリアが甘いものに目がないのをマーカスはよく知っていた。マーカスも同じくらい甘いものが好きだ。ダニエルは菓子にはあまり興味がないので、子供の頃はホノーリアがマーカスとケーキやビスケットを取りあうようにして食べたこともたびたびあった。

ダニエルはそんなふたりをまるで餌に群がる野獣だなと言い、マーカスは声を立てて笑っていたが、ホノーリアにはなにがそんなに可笑《おか》しいのかよくわからなかった。

マーカスが足もとの箱のなかに手を伸ばし、何かを取りだした。「いまもチョコレートが好きなのか？」

「もちろんよ」ホノーリアは仲間意識から自然と微笑《ほほえ》んだ。それにたぶん、期待する気持ちから。

マーカスが笑いだした。「料理人がこしらえたトルテを憶えて――」

「犬に横どりされちゃったのよね？」

「ぼくはあやうく泣きだすところだった」

ホノーリアは顔をゆがめた。「たしかわたしは泣いたわ」

「ぼくはひと口食べたからな」

「わたしはまったく食べられなかった」ホノーリアは残念そうに言った。「でも、ほんとうにいい匂いだったわ」

「ああ、そうとも」マーカスは思い出に酔いしれているかのような顔で言った。「ほんとうに」

「あのとき、ダニエルお兄様がわざとバターカップを家のなかに呼び入れたのではないかと、ずっと思ってたわ」

「間違いないだろう」マーカスが同意した。「あの顔を見れば……」

「叩《たた》きのめしてくれればよかったのに」

「立ちあがれなくなるくらいまでな」マーカスが調子を合わせた。

ホノーリアはいたずらっぽく笑って訊いた。「ほんとうはそんな気はなかったでしょう？」

マーカスは笑い返した。「なかった」思いだし笑いをして、真っ白な紙に載った、小さな長方形のおいしそうな褐色のチョコレートケーキを差しだした。甘く香ばしい匂いがする。

ホノーリアは嬉しそうに深々と息を吸いこんで、顔をほころばせた。

それからあらためてマーカスを見て、ふたたびにっこり笑った。なぜなら束の間、まだ希望に満ちた未来が目の前に輝いているように思えていた数年前までの自分に戻れたような気がしたからだ。いまにして思えば、自分にあるもの――家族や、居場所や、自分をよくわかってくれている人とともに過ごせる時間や、笑いあえる相手のいるありがたみにも、気づいてはいなかった。

マーカスと再会してこのような感慨を抱くとはふしぎだ。

でも考えようによっては、ちっともふしぎではないのかもしれないけれど。

ホノーリアはチョコレートケーキを受けとり、もの問いたげに眺めた。

「残念ながら、食器は持ってきていない」マーカスが申しわけなさそうに言った。

「崩してしまうかもしれないわ」菓子くずが馬車のなかにこぼれてもかまわないという言葉を暗に期待して言った。

「ぼくもひとつ食べよう」マーカスが言う。「きみが気兼ねしなくてすむように」

ホノーリアは笑いをこらえた。「なんてご親切なのかしら」

「紳士としての務めは怠《おこた》れない」

「ケーキを食べることが？」

「紳士の務めのなかでも、最もやりがいのあることのひとつだ」

ホノーリアはくすくす笑って、ひと口食べた。「まあ」

「おいしいか？」

「とろけそう」もうひと口食べた。「おいしいどころではないと言いたかったの」

マーカスはにやりと笑い、自分のケーキをひと齧《かじ》りでいっきに半分も食べてしまった。それから、ホノーリアがいくぶん驚いて見ているうちに、残りの半分も口に放りこんで食べきった。

さほど大きくはなくとも、ケーキには変わらない。ホノーリアはできるだけ長く楽しもうと少しずつ味わった。

「相変わらずだな」マーカスが言う。

ホノーリアは目を上げた。「何が？」

「ゆっくりと味わって、見ている者を苦しめるんだ」

「長く楽しみたいんだもの」茶目っ気たっぷりに目を向けて、ついでに片方の肩だけすくめてみせた。「それを見ているのがつらいとしても、あなた自身の問題だわ」

「無慈悲な」マーカスがつぶやいた。

「あなたにはね」

マーカスがまた含み笑いを洩らし、ホノーリアは久しぶりに目にしたその表情に、ふっと胸を突かれた。まるでホイップル・ヒルで一緒に過ごしていた頃の昔のマーカスに戻ったように思えた。当時はすっかり家族の一員となっていて、クリスマスに家族で演じる、なんともつたない寸劇にまで加わっていた。マーカスは毎回木の役で、それがどういうわけかホノーリアには可笑しくてたまらなかった。

あの頃のマーカスのことは好きだった。憧れを抱いてすらいた。

それなのに、この数年で、無口でいかめしいチャタリス伯爵と呼ばれる男性に様変わりしてしまった。ほんとうに哀しい。自分も哀しいけれど、なによりマーカス自身が損をしているのではないだろうか。

マーカスの面白がっているような表情は見ないようにしてケーキを食べ終え、ハンカチを受けとって、手に付いた菓子くずを拭《ふ》いた。「ありがとう」礼を述べてハンカチを返す。

マーカスは快くうなずいて、口を開いた。「きみはいつ――」

その声は窓をせっかちに叩く音に遮《さえぎ》られた。

ホノーリアは窓を叩いている人物をマーカス越しに見やった。

「失礼ですが」見慣れたお仕着せ姿の従僕だった。「そちらにおられるのは、レディ・ホノーリアでしょうか？」

「そうだ」

ホノーリアは身を乗りだした。「あの……ええと……」名は知らないものの、きょうの買い物に付き添ってきてくれた従僕であるのは確かだ。「ロイル家の人よ」マーカスにちらりとぎこちない笑みを見せて座席から腰を上げ、馬車を降りようと前かがみに進みだした。

「行かないと。友人たちが待ってるわ」

「あす、訪問させてもらう」

「なんですって？」ホノーリアは老婦人のように腰を曲げた体勢で動きをとめた。

マーカスが片方の眉を上げ、おどけたそぶりで軽く頭をさげた。「きみの滞在先の奥様に追い返されはしないだろう」

ロイル夫人が三十前の未婚の伯爵に訪問されて追い返すはずもない。ホノーリアにできるのは、一家総出の出迎えをとめることくらいだ。

「きっと喜ばれるわ」と言いつくろった。

「よかった」マーカスが咳払いをした。「ほんとうに久しぶりだからな」

ホノーリアは唖然《あぜん》として見返した。ひょっとして、社交シーズンにロンドンへ行かないかぎり顔を合わせる機会がないことを遠まわしに言っているのかしら。

「元気そうでよかった」マーカスが唐突に言った。

ホノーリアはどうしてそのひと言に自分がそれほど驚いているのかわからなかったが、返す言葉を見つけられなかった。どうあれ、ともかく驚いていた。

心の底から。

マーカスは、ホノーリアがロイル家の従僕に導かれて通りの向こうの店に入っていくのを見ていた。そうしてもう安全であるのを確認すると、馬車の内壁を三回打って、御者に走りだすよう合図した。

ケンブリッジの町でホノーリアに会うとは考えていなかった。ロンドンを離れているときにはホノーリアに目を光らせているわけにはいかないが、どうしてなのか、自分の家のこれほど近くで過ごしていれば当然耳に入ってくるものと思い込んでいた。

今年の社交シーズンもロンドンへ行く予定を立てておかねばならない。こちらでやらなければいけない仕事があると言ったのは嘘ではないが、むしろ田舎暮らしのほうが性に合っているというほうが正しい。ケンブリッジシャーにとどまっているほうがはるかに気楽なのは確かだが、いなければならない理由があるわけではなかった。

いうまでもなく、社交シーズンは嫌いだ。嫌気が差す。だがホノーリアが花婿探しに躍起になっているのなら、取り返しのつかない間違いをおかさせないよう、自分もロンドンに行かざるをえない。

誓いを立てたのだから。

ダニエル・スマイス－スミスは、かけがえのない親友だった。いや、唯一の真の友人だ。

知人は山ほどいても、真の友人はひとりだけだ。

そんなふうにマーカスは生きてきた。

だが最も新しい書簡によれば、ダニエルはいまイタリアのどこかにいる。しかも復讐《ふくしゅう》に執着しているラムズゲイト侯爵が生きているかぎり、帰れる見込みはない。

いったいどうしてこんなことになってしまったのか。マーカスはダニエルにヒュー・プレンティスとはカードゲームはするなと忠告した。けれども、ダニエルは笑ってそれを受け流し、腕試しに挑んだ。ヒューは必ず勝つ。必ず。飛びぬけて頭が切れるのは誰もが知っている。数学、物理学、史学——どれも大学の教師たちに指南できるほどきわめている。ヒュー・プレンティスは類いまれな記憶力とすべてを数式化できる思考力で間違いなく勝てるのだから、カードゲームでいかさまはしない。

ともにイートン校の生徒だったときに、本人もそう言っていた。正直なところ、ヒューから聞かされた話はいまだに完全には理解できていない。マーカスは数学では二番めに優秀な成績をとっていたが、ヒューに比べれば……いや、とても比べものにはならない。

まともに考えれば、ヒュー・プレンティスにカードゲームで太刀打ちできる者はいないが、ダニエルはまともに考えられる状態ではなかった。酒を少しばかり飲んでいて、どこかの娘とベッドをともにしたばかりで少し浮かれたまま、ヒューの向かいに腰をおろし、対戦した。

そして、勝った。

マーカスにも信じられないことだった。

ダニエルがいかさまをしたと思ったわけではない。ダニエルを疑う者は誰もいない。誰からも好かれ、信頼されている。とはいうものの、それまでヒュー・プレンティスを負かした者はただのひとりもいなかった。

しかしヒューはそのとき酒に酔っていた。ダニエルも然《しか》り。ふたり以外の者もみな酒を飲んでいて、ヒューがテーブルをひっくり返し、いかさまをしたとダニエルを咎《とが》めたとき、部屋は混乱状態に陥《おちい》った。

いまにして考えても、どんなやりとりがなされたのか定かではないのだが、数分後には話が決まっていた——ダニエル・スマイス－スミスとヒュー・プレンティスが夜明けに会うと。拳銃を携《たずさ》えて。

運に恵まれれば、その頃には互いにおのれの愚かさに気づく程度には酔いが醒《さ》めていてもいいはずだった。

先にヒューが撃ち、銃弾がダニエルの左肩をかすめた。その場にいた全員がはっと息を呑んだところで——まずは空中に一発放つのが礼儀だからだ——ダニエルが腕を上げ、撃ち返した。

その銃弾は——ダニエルは射撃が下手なのだから目を疑った——ヒューの太腿《ふともも》の付け根に命中した。いまでも思いだすだけで吐き気をもよおすほどおびただしい血が流れ、呼びつけられていた医師が悲鳴をあげた。銃弾は動脈を貫いていた。そうでなければそこまで出血していなかっただろう。三日間、誰もがヒューの生死に気を揉んだ。そのときはまだ、大腿骨《だいたいこつ》が砕けてしまった脚にまで誰も気がまわらなかった。

結局ヒューは生き延びたが、杖なしでは歩けなくなった。そして飛びぬけた有力者で、とてつもない怒りに駆られた父親のラムズゲイト侯爵が、ダニエルに裁きを受けさせると通告した。

そのためダニエルはイタリアへ逃れた。

船が出港する間ぎわの波止場で、ダニエルは乗船する直前に息を切らして、ある約束をマーカスに迫った。

「ホノーリアのことを頼む。ろくでなしと結婚しないよう見張っていてくれ」

むろん、マーカスは約束すると答えた。ほかに答えようがあるだろうか？　だがホノーリアにはダニエルとの約束については話していない。そんなわけで、想像以上に厄介な役目を強いられるはめとなった。本人に知らせずに見守るのはなんともむずかしい。といって、自分に兄代わりのようなことをされているとホノーリアが知れば、憤慨するのはわかっている。監視されないよう逃げられてしまうことだけは避けたい。

ホノーリアがそのような行動に出るのは目にみえている。間違いない。

わざと意地を張ろうとする性分というわけではなく、ホノーリアはふだんはいたって物分かりのいい女性だ。だが分別のある女性ほど、人から指図されるといったことはいやがるものだ。

そこで、マーカスは遠くから見守りながら、ホノーリアに近づく男をひとり、ふたりとひそかに蹴散らした。

いや、三人だろうか。

いや、四人だったかもしれない。

ダニエルと約束したのだから。
マーカス・ホルロイドは約束を破りはしない。

2

「何時にいらっしゃるの？」

「わからないわ」ホノーリアがその質問に答えたのはこれで七度目だった。ロイル家の緑色とグレーでまとめられた客間で、ほかの若い令嬢たちにしとやかに微笑みかけた。ホノーリアが前日にマーカスと出くわした一件は、いとこで親友でもあるレディ・サラ・プレインズワースによって考察、検討、分析がなされたのち、詩となって読みあげられた。

「彼はやってきた、雨がちの」サラが抑揚を付けて言う。「ありがちの午後に」

ホノーリアはお茶を噴《ふ》きだしかけた。

「ぬかるむ通りに――」

セシリー・ロイルがティーカップ越しにいたずらっぽく笑いかけた。「自由詩ではなかったの？」

「――われらが乙女が耐えし、痛みに――」

「寒かったのよ」ホノーリアが言葉を差し入れた。

もうひとりのいとこ、アイリス・スマイス－スミスが、いつもの淡々とした表情で目を上げた。「わたしはいま、痛みに耐えてるわ」にべもなく言う。「正確に言うと、耳ざわりな痛みに」

ホノーリアが言葉を慎むよう目顔ではっきり伝えると、アイリスは肩をすくめた。

「――いかにも哀れに、偽り――」

「事実と違うわ！」ホノーリアは異を唱えた。

「ひらめきを邪魔してはだめよ」アイリスがやさしげな声で言った。

「――もくろみは実り――」

「急に駄作《ださく》になったわ」ホノーリアはさらりとつぶやいた。

「わたしは面白くなってきたけど」セシリーが言う。

「――乙女は、身を滅ぼし……」

ホノーリアは呆《あき》れて息をついた。「もう、いい加減にして！」

「なかなか上手だわ」アイリスが言う。「韻《いん》を踏もうという努力が窺《うかが》えるもの」ぴたりとおとなしくなったサラを見やる。アイリスが片側に首を傾け、ホノーリアとセシリーもそれに倣《なら》った。

サラは唇を開き、左腕をなおも大げさに広げてはいるものの、あきらかに言葉に詰まっていた。

「打ち負かされし」セシリーがそれとなく提案した。「海原《うなばら》に？」

「気が変に？」アイリスも代案を挙げた。

「そうなるのも時間の問題ね」ホノーリアは辛らつな口ぶりで言い添えた。「これ以上、あなたたちにつきあっていたら」

サラが笑い声をあげ、ソファにどさりと腰を落とした。「チャタリス伯爵を」ため息まじりに言う。「昨年、わたしたちに紹介してくれなかったことは一生許さないんだから」ホノーリアに不満をこぼした。

「紹介したわ！」

「あら、二度はしてくれないと」サラが茶目っ気たっぷりに言葉を継ぐ。「印象に残らないでしょう。あの方とは、社交シーズン中にふた言くらいしか言葉を交わさなかったわ」

「わたしもあの人と話したのはその程度のものよ」ホノーリアは言い返した。

サラが小首をかしげて、まさか嘘でしょうとでも言いたげに眉を吊《つ》り上《あ》げた。

「社交性のない人なのよ」ホノーリアは言った。

「わたしはすてきな人だと思うわ」セシリーが言う。

「そうかしら？」サラが問いかけた。「なんとなく陰気な感じがするけど」

「そこがすてきなのよ」セシリーはホノーリアに口を挟ませまいと力を込めて言った。

「くだらない小説のなかに迷いこんでしまった気分ね」アイリスが誰にともなく洩らした。

「わたしの質問にまだ答えてくれてないわ」サラがホノーリアに言う。「何時にいらっしゃるの？」

「わからないわ」八度めも、ホノーリアは同じように答えた。「聞いてないのよ」

「不作法よね」セシリーが言い、ビスケットに手を伸ばした。

「そういう人なのよ」ホノーリアは軽く肩をすくめた。

「そう言われると、ますます興味をそそられるわ」セシリーがつぶやくように言う。「そう、いう人だと、あなたはわかっているのよね」

「十年以上前から、お互いを知ってるんだもの」サラが言う。「はるか昔から」

「サラ……」ホノーリアはこのいとこをこよなく愛している。たいがいは。

サラが黒い瞳をいたずらっぽく輝かせ、からかうふうに微笑んだ。「あの方から南京虫と呼ばれていたのよね」

「サラ！」ホノーリアはいとこを睨みつけた。かつて伯爵家の跡継ぎに虫あつかいされていたことをわざわざ説明しようとは思わない。「もう昔のことだわ」精いっぱい威厳を保って答えた。「七歳のときだもの」

「あの方は何歳だったの？」アイリスが訊く。

ホノーリアは一瞬考えた。「十三歳かしら」

「あら、それならありうることだわ」セシリーがひらりと手を振って言う。「男の子たちはなにしろ手が焼けるから」

ホノーリアはすなおにうなずいた。セシリーには七人もの弟がいる。さすがは心得ている。

「それにしても」セシリーがもったいぶった口ぶりで続けた。「通りであなたと出くわすなんて、ほんとうに奇遇よね」

「幸運な偶然よ」サラも同調した。

「もしかしたら、あなたのあとを追ってきたのかも」セシリーが目を大きく開いて身を乗りだした。

「そんなことがあるはずないでしょう」ホノーリアは受け流した。

「ええ、そうね」セシリーがてきぱきと歯切れのよい口調に戻って続けた。「そんなことはありえない。わたしはただ、そんなふうに思えてしまうと言いたかっただけ」

「この近くに住んでるんだもの」ホノーリアはどこを指すともなく手を振って言った。「もともと地理には疎《うと》く、たとえ命からがら逃げなければならない状況になっても北がどちらなのか判別できそうにない。だからどのみち、このケンブリッジからフェンズモアへ行くにはどちら側に踏みだせばいいのかすらわからない。

「あの方の地所は、うちの地所と隣接しているのよ」セシリーが言う。

「そうなの？」今度はサラが興味津々に訊いた。

「むしろ、うちの地所があちらの地所に取り囲まれていると言うべきかしら」セシリーはくすりと笑った。「あの方はケンブリッジシャー北部の半分を所有しているんだもの。北と南と西の境界線が、ブリクスタンに接しているはずよ」

「それなら東側は？」アイリスが問いかけ、ホノーリアに顔を向けて言い添えた。「訊きたくなって当然でしょう」

セシリーが目をしばたたいて考えこんだ。「やっぱり、あの方の土地と接しているのではないかしら。南東に抜けられる細い道があるけど、牧師館に突きあたってしまうから、そういうことになるのよね？」

「遠いの？」サラが訊いた。

「ブリクスタンまで？」

「違うわ」サラはじれったさが少なからず滲んだ声で言った。「フェンズモアよ」

「そちらのほうね。いいえ、そうでもないわ。二十マイル程度だから、わりに近くにお住まいなのよ」セシリーはいったん口をつぐんで、考えをめぐらせた。「こちらの町にも住まいをかまえていらっしゃるのかしら。わからないわ」

代々イースト・アングリアに根をおろしてきたロイル家は、ケンブリッジにも街屋敷《タウンハウス》を持ち、そこから少し北の田舎に本邸をかまえている。ロンドンでは家を借りて過ごしているのだ。

「行きましょう」サラがだし抜けに言った。「週末に」

「行きましょう？」アイリスが問いかけた。「どこに？」

「うちの田舎の本邸に？」セシリーが訊き返した。

「そうよ」サラが興奮ぎみに声を高くして答えた。「何日か滞在を延ばす程度なら、家族に反対されることもないでしょう」セシリーのほうにわずかに顔を向けて言葉を投げかけた。「あなたのお母様に、ささやかな泊りがけのパーティを開いてもらうのよ。大学生たちを何人かお招きして。きっと学生生活の息抜きに喜んで来てくれるわ」

「大学ではたいしたものは食べられないと聞いてるし」アイリスが言う。

「面白い提案ね」セシリーが思いめぐらせるふうにつぶやいた。

「すばらしい案よ」サラは断言した。「お母様に伺ってみて。いますぐ、チャタリス卿がいらっしゃる前に」

ホノーリアは息を呑んだ。「まさか、あの人も泊まらせるつもり？」前日に偶然会えたのは嬉しかったけれど、泊りがけのパーティでともに過ごさなければならないとなると話はべつだ。マーカスが来れば、若い紳士たちの気を引く望みは潰《つい》える。なにしろ自分の気に入らない振るまいを目にするや睨みつけてくるからだ。あんな目を向けられたら、周りにいる誰もが逃げ去ってしまう。

しかもマーカスに振るまいを見咎められずにやり過ごせるとはとても思えない。

「そんなお誘いはしないわよ」サラはいかにもじれったそうにホノーリアに顔を振り向けて答えた。「少し行けばご自分のベッドで寝られるのに、泊まっていただく必要はないでしょう？　でも、立ち寄るくらいはしてくださるのではないかしら？　晩餐会《ばんさんかい》や銃猟にでも」

マーカスならば、やかましい令嬢たちとともに午後を過ごすくらいなら、いっそその女性たちを射撃の的にしかねない。

「完璧な計画だわ」サラは力説した。「大学生たちはチャタリス卿が現われるとなれば、まず間違いなくわたしたちの招待を受けるはずよ。みな、あの方に気に入られたがっているんだもの。とても影響力の強い方だから」

「あの人は招待しないと言ったわよね」ホノーリアは念を押した。

「しないわ。だから――」サラは招待主となる婦人の娘であるセシリーを身ぶりで示した。

「招待するのではなくて、ご訪問くださるような場をもうけるということよ」

「間違いなく見透かされるわ」ホノーリアはそっけなくつぶやいたが、誰も聞いてはいなかった。

「どなたをお招きする？」サラがいとこの言葉は完全に聞き流して問いかけた。「四人の紳士をお招きしましょう」

「チャタリス卿を入れると、わたしたちと人数が釣り合わなくなるわ」セシリーが指摘した。

「わたしたちにとってはそのほうがかえって都合がいいのよ」サラが力を込めて言う。「三人しかお招きしないで、伯爵もいらっしゃらなかったら、わたしたちのほうが多くなってしまうでしょう」

ホノーリアはため息をついた。いとこの意志は固い。サラが一度何か心に決めたら、くつがえすことはできない。

「わたしは母に話しにいったほうがいいわね」セシリーが立ちあがった。「さっそく準備にかからないと」ピンク色のモスリンのドレスの裾を翻《ひるがえ》し、たちまち部屋から姿を消した。

ホノーリアはばかげた計画だと思っているはずのアイリスを見やった。けれどこのいとこも肩をすくめて言った。「たしかに、名案ではあるわね」

「そもそもわたしたちがこのケンブリッジに来た目的は」サラが諭すように言う。「紳士たちにめぐり逢《あ》うためなんだもの」

そのとおりだった。表向きは娘たちの教養や知識を高めるためだと話しているロイル夫人の真意は、みな承知していた。なによりも交流を求めてケンブリッジにやってきたのだ。ロイル夫人は、ロンドンで若い淑女たちと出会うべき多くの若い紳士たちが社交シーズンの初めにはまだオックスフォードやケンブリッジにいるのを嘆《なげ》き、ホノーリアの母にこの旅を持ちかけた。もともと翌日の晩には晩餐会が予定されていたが、町から離れた場所での泊まりがけのパーティのほうがより成果を得やすい。

逃げられない場所に紳士たちをおびき寄せられるのに越したことはない。

ケンブリッジでの滞在があと数日延びることを母に手紙で伝えておかなくてはいけない。ホノーリアはほかの紳士たちを来させるためにマーカスを利用するのは気が進まなかったものの、このような機会を逃す余裕が自分にないのもわかっていた。大学生たちが若かろうと――四人の令嬢たちとほとんど歳は変わらない――気にしてはいられない。たとえ本人たちは結婚を考えていないとしても、その兄たちと知りあいになれるかもしれない。もしくは従兄《いとこ》や友人と。

ホノーリアはため息をついた。自分が計算高い女性のような気がしてうんざりするけれど、ほかにどうすればいいというのだろう？

「グレゴリー・ブリジャートン」サラが得意げに目を輝かせて名を挙げた。「すばらしい人選でしょう。輝かしいご一家のご子息よ。お姉様のひとりは公爵と、もうひとりのお姉様は伯爵とご結婚されてるわ。しかも最終学年だから、結婚を考えはじめる日もそう遠くはない」

ホノーリアは目を上げた。ミスター・ブリジャートンとは何度か顔を合わせている。そのほとんどが、母親にせかされてスマイス−スミス家の悪評高い音楽会に足を運んでくれたときだった。

つい顔をしかめそうになってこらえた。毎年恒例の一族の音楽会は、音感のない紳士でもないかぎり、交流を深める機会には適さない。この伝統を始めたのが誰なのかは一族のなかでも諸説あるものの、一八〇七年にはじめてスマイス−スミス家の四人の令嬢たちが舞台に立ち、清らかで美しいはずの名曲をぶち壊しにしたらしい。その令嬢たち（というよりはむしろ、母親たちのほうなのだろう）が、なぜそんな大失態をまた繰り返そうなどと思いついたのかホノーリアには知る由《よし》もなかったが、翌年も演奏は行なわれ、その次の年も、さらに次の年も音楽会は開かれた。

スマイス−スミス家の娘たちは何かひとつ楽器を練習し、順番に四重奏に加わるのが慣例となった。一度加われば、嫁ぐまで抜けられない。早く嫁がせるにはたしかにうまい口実だと、ホノーリアはこれまで何度考えたかしれない。

ふしぎなのは、一族のほとんどが演奏の下手さに気づいているようには思えないことだった。六年間も四重奏の一員を務めた従姉のヴィオラは、いまですらその思い出を懐かしそうに話してくれる。半年前に結婚したときには、第一ヴァイオリン奏者の役割を続けるために、教会から逃げだしはしないかと半ば心配したほどだ。

思い返すとぞっとした。

ホノーリアはヴァイオリン、サラはピアノの奏者として、昨年から四重奏に加わった。気の毒にサラはそのときの心の痛手をいまもかかえている。サラはいくらかでも音感に恵まれていて、自身の担当部分は正確に演奏した。事実はどうあれ、ホノーリアはそう聞かされている。自分のヴァイオリン以外の楽器の音を聴きとるのは困難だ。しかもなにぶん観客のため息も大きい。

サラはもう二度といとこたちとは演奏しないと言い放ち、ホノーリアは黙って肩をすくめた。音楽会に出るのはそれほど苦とは思わない——少なくとも嫌いではない。むしろ少しばかり楽しんでいる。第一、どうすることもできない。一族の伝統であり、自分にとって家族以上に大切なものはほかにないのだから。

けれども、そろそろ真剣に花婿探しに取り組まなければならないとすれば、音感の鈍い紳士を見つけるしかない。もしくはずば抜けてユーモアに富む男性を。

グレゴリー・ブリジャートンは理想的な花婿候補に思えた。音感が鈍いかどうかはわからないが、二日前に四人でお茶を飲みに町に出かけたときにもたまたま会い、魅力的な笑顔にたちまち心惹かれた。

ホノーリアはグレゴリーに好意を抱いた。驚くほど親しみやすく、社交的で、かつてはホイップル・ヒルでいつも賑《にぎ》やかに笑いあっていた自分の家族に通じる雰囲気を感じさせる。

グレゴリーは八人きょうだいの下から二番目で、やはり大家族のなかで育ったからなのかもしれない。自分は六人きょうだいの末っ子なので、共感できることもきっと多いのだろう。

グレゴリー・ブリジャートン。よさそうな気がする。どうしていままで思いつかなかったのかしら。

ホノーリア・ブリジャートン。

ウィニフレッド・ブリジャートン（ホノーリアは以前から子供が生まれたらウィニフレッドと名づけようと決めていたので、こちらも念のため響きを確かめておきたかった）。

ミスター・グレゴリーとレディ・ホノーリ――

「ホノーリア？　ホノーリア！」

目をまたたいた。サラがいらだちをあらわにこちらを見ている。「グレゴリー・ブリジャートンは？　あなたはどう思うの？」

「ええ、とてもすてきな人選ではないかしら」ホノーリアはなるべく控えめな言いまわしで答えた。

「あとはどなたにする？」サラが問いかけ、立ちあがった。「候補者の名を書きだしておいたほうがいいわね」

「四人を選ぶために？」ホノーリアは思わず訊いた。

「意欲満々ね」アイリスがつぶやいた。

「当然よ」サラは黒い瞳をきらめかせて言い返した。

「まさか、あと二週間で花婿を見つけて結婚しようと思っているわけではないわよね？」ホノーリアは訊いた。

「なんのことを言ってるのか、わからないわ」サラはそっけなく受け流した。

ホノーリアはあけ放されたドアのほうを見やり、誰も入ってくる気配がないのを確かめた。

「いまここにいるのは三人だけよ、サラ」

「婚約しても、音楽会で演奏しなくてはいけないの？」アイリスが尋ねた。

「そうよ」ホノーリアは答えた。

「しなくていいの」サラがきっぱりと否定した。

「あら、しなくてはだめよ」ホノーリアは言った。

アイリスがため息をついた。

「あなたはまだ文句を言える立場ではないわ」サラが不満げに目を狭めて見やった。「昨年は演奏してないんだから」

「それについては、ほんとうに幸運だったと思ってるわ」アイリスはそう答えた。今年からチェロ奏者として四重奏に加わることになっている。

「あなたもわたしと同じくらい花婿を見つけたいはずよ」サラがホノーリアに言う。

「あと二週間では無理よ！　それも」ホノーリアはいくぶん慎ましい口調になって言い添えた。「音楽会から逃れたいだけのためにだなんて」

「誰とでも結婚できればいいというわけではないわ」サラが鼻先で笑って言う。「だけど、もしもチャタリス卿がわたしと、とめようのない恋に落ちるようなことになったら……」

「ないわね」ホノーリアはあっさり否定した。それからすぐに無遠慮な言い方だったと気づいて、付け加えた。「あの人は誰とも恋に落ちはしないわ。わたしを信じて」

「愛はどのように生まれるかわからないものだわ」サラはそう言ったものの、確信があるというより期待を込めた口ぶりだった。

「マーカスがあなたと恋に落ちないと言ったのは、相手があなただからではなくて、相手が誰であれ、たちまち恋に落ちる男性ではないからよ」言葉が足りなかったので補いたかっただけなのだからとホノーリアは自分を諫《いさ》め、口をつぐんだ。

サラが胸の前で腕を組んだ。「つまり、わたしを侮辱するつもりはなかったと言いたいのね？」

ホノーリアは瞳をぐるりとまわした。「たとえマーカスが誰かと恋に落ちたとしても、ごくふつうのありふれた恋愛にはならないと言ってるだけ」

「そもそも恋愛にふつうのものなんてあるのかしら？」アイリスが問いかけた。

哲学的な疑問に、三人とも静まり返った。束の間だったけれど。

「いっときの衝動で結婚するような男性ではないわ」ホノーリアはふたたびサラのほうを向いて続けた。「人目を引くのが嫌いなの。嫌いなのよ」同じ言葉を繰り返したのは、実際にそれほどいやがっているからだ。「あなたを音楽会から救ってくれる男性ではないことだけは確かだわ」

サラは何秒かその場に立ちつくし、ため息をつくと、がっくりと肩を落とした。「でもグレゴリー・ブリジャートンなら」沈んだ声で言う。「情熱的な恋をしそうよね」

「駆け落ちできるくらいに？」アイリスが訊いた。

「駆け落ちなんてもってのほかだわ！」ホノーリアは声をあげた。「それと、来月はふたりとも一緒に音楽会で演奏するのよ」

サラとアイリスはそっくりな表情で見つめ返した――ふたりの顔には驚きと、その半分くらいの憤り、それに恐れも少なからず表れていた。

「いいわね、ふたりともよ」ホノーリアは低い声で続けた。「わたしと一緒に。わたしたちの務めなのだから」

「わたしたちの務め」サラがおうむ返しに言った。「下手な演奏をすることが？」

ホノーリアはじっと見つめ返した。「そうよ」

アイリスが笑いだした。

「笑いごとではないわ」サラが言う。

アイリスが目をぬぐった。「だって可笑しいんだもの」

「可笑しくないわよ」サラが警告するように言う。「あなたも演奏すればわかるわ」

「だったら、いまのうちに笑っておいたほうがいいわよね」と、アイリス。

「それでもやっぱり、泊りがけのパーティは開くべきだわ」サラが言った。

今度はホノーリアが答えた。「同感よ」

サラがいぶかしげにいとこを見やった。

「わたしはただ、音楽会から逃れるための手段と考えるのは欲深いと思っただけだもの」欲深いというより愚かだとは、ホノーリアは口に出せなかった。

　サラがそばの書き物机の椅子に腰をおろし、羽根ペンを取り上げた。「それなら、ミスター・ブリジャートンは決まりね？」

　ホノーリアはアイリスに目をやった。ふたりともうなずいた。

「あとは？」サラが訊いた。

「セシリーを待ったほうがいいんじゃない？」アイリスがそれとなく言う。

「ネヴィル・バーブルック！」サラが勢いよく声をあげた。「ミスター・ブリジャートンとはご縁の深い方なのよ」

「そうなの？」ホノーリアは訊き返した。ブリジャートン家についてはよく知っている――誰もがそうだ――でも、バーブルック家との婚姻関係は聞いたおぼえがない。

「ミスター・ブリジャートンのお兄様と親しくされている女性のお姉様が、ミスター・バーブルックのお兄様と結婚なさってるのよ」

　ふだんなら皮肉を返さずにはいられない説明だったが、サラがまたたく間にすらすらと言ってのけたことに、ホノーリアはただ驚かされた。

　かたやアイリスはさほど驚いてはいなかった。「そうすると、ふたりは……顔見知りではあるわけね？」

「お兄様がご結婚されれば親戚になるわ」サラが正し、アイリスにいらだたしげな視線を投げた。「兄弟になるでしょう、義理の」

「四親等離れた兄弟？」アイリスが低い声で訊く。

サラはホノーリアを見やった。「黙らせて」

ホノーリアはぷっと吹きだした。アイリスも笑いだし、ついにはサラまでくすくす笑いだした。ホノーリアは立ちあがり、とっさにサラを抱きしめた。「大丈夫、なにもかもうまくいくわ」

サラは決まり悪そうに微笑み返し、何か言いかけたが、そのときセシリーが母を伴ってすたすたと部屋に戻ってきた。「大賛成ですって！」高らかに告げた。

「もちろんですとも」ロイル夫人がきっぱりと言った。まっすぐ書き物机に歩いていき、サラがすばやく空けた椅子に腰を落とした。

ホノーリアはその姿を興味深く見つめた。ロイル夫人はあらゆる点がちょうどいい具合の婦人だ――身長も、肉づきも、褐色の髪も、同じ色の瞳も。おまけにドレスもちょうど濃すぎない紫色で、腰周りに程よい大きさの襞飾りが付いている。

ところがきょうの表情にはいつもの穏やかさがなかった。軍隊の指揮官さながらの面持ちで、何事も容赦なくなし遂げようという意欲に満ちている。

「すばらしい提案ね」ロイル夫人はやや眉をひそめて机の上の何かを探した。「どうしてもっと早く思いつけなかったのかしら。もちろん、さっそく準備にかかりましょう。きょうの午後にもロンドンに使者を遣《や》って、あなたたちの親御さんに滞在が延びることを伝えておくわ」ホノーリアに顔を向けた。「あなたなら、チャタリス卿にもお越しいただけるようお願いできるとセシリーから聞いたけれど」

「いえ」ホノーリアは用心深く言葉を選んだ。「もちろん、お願いすることはできますが――」

「ちゃんとお願いしてね」ロイル夫人がきびきびと言う。「わたしたちがパーティの準備をしているあいだに、あなたはそちらの仕事を担当してちょうだい。それで、いついらっしゃるのかしら？」

「わかりませんわ」同じ質問に答えたのはこれで――いいえ、何度めであろうと、そんなことはもう気にしていられない。「お聞きしなかったので」

「忘れている可能性はない？」

「忘れるような方ではないですわ」ホノーリアは答えた。

「ええ、たしかに、忘れるような方ではなさそうね」ロイル夫人はつぶやいた。「とはいえ、男女の交際の駆け引きにかぎっては、女性の考えで殿方の行動を判断すべきではないわ」

ホノーリアの胸にじわじわと湧《わ》いていた懸念が、たちまち完全な動揺となって広がった。どうしよう、ロイル夫人がマーカスと自分の関係をあやしんでいるとしたら……。

「あの方は、わたしをお相手には見ていませんわ」慌てて言った。

ロイル夫人が見定めるようなまなざしを向けた。

「間違いありません、断言できます」

ロイル夫人が視線を移すと、サラはすぐさま椅子の上で姿勢を正した。

「わたしもそう思います」サラはロイル夫人があきらかに望んでいる返答を口にした。「ふたりは兄妹のようなものですから」

「そうなんです」ホノーリアは言葉に力を込めた。「兄の親友ですから」

兄のことを口に出したとたん、部屋が静まり返った。配慮からなのか、とまどいのせいなのか、花婿候補として申しぶんのない紳士が年頃の令嬢たちと出会う機会を奪われたことを気の毒に思ってくれているからなのか、ホノーリアには見きわめがつかなかった。

「ともかく」ロイル夫人が何事もなかったかのように言葉を継いだ。「最善を尽くしてちょうだい。あなたはそれさえしてくれればいいわ」

「まあ！」セシリーが声をあげ、窓辺からあとずさった。「きっとあの方だわ！」

サラはすぐさま立ちあがり、皺《しわ》ひとつないスカートを整えはじめた。「間違いない？」

「ええ、そうよ」セシリーはうっとりと吐息をついた。「それにしても、なんて豪華な馬車なのかしら」

全員が立ちあがり、じっと黙って来客を待った。ホノーリアにはロイル夫人が息をとめているようにすら見えた。

「ばかばかしいわよね」アイリスがホノーリアにささやいた。「人違いだったりして」

ホノーリアは笑いを噛《か》み殺《ころ》し、いとこをそっと蹴《け》った。

アイリスは黙って微笑み返した。

静けさのなかでノックの音がひときわ大きく響き、続いてほんのわずかに軋《きし》む音とともに執事がドアを開いた。

「姿勢を正して」ロイル夫人がセシリーを低い声で叱った。それからついでのように言う。「あなたたちもよ」

ところが、戸口に現われたのは執事だけだった。「チャタリス卿は、お見えになれないとのことでございます」

全員ががっくりと沈みこんだ。ロイル夫人までもが。みな針でちくりと刺されて空気がいっきに抜けてしまったかのようだった。

「お手紙が届いております」執事が告げた。

ロイル夫人が手を差しだすと、執事が言い添えた。「レディ・ホノーリア宛てでございます」

ホノーリアは背筋を伸ばし、全員の視線を感じて、すでに顔に表れてしまっているはずの安堵《あんど》の気持ちを少しでも隠そうと努めた。「あの、ありがとう」折りたたまれた羊皮紙を執事から受けとった。

「なんて書いてあるの？」封をとくのも待たずにサラが訊いた。

「ちょっと待って」ホノーリアはつぶやくように言い、マーカスからの手紙をなるべくほかの人々には見られないよう窓のほうにさりげなく近づいた。「たいしたことではないわ」ほんの三行の文面を読み終えて言った。「急用ができたので、きょうの午後は来られなくなったそうよ」

「それだけ？」ロイル夫人が強い調子で訊いた。

「長たらしい説明はしない方なんです」ホノーリアは言った。

「男らしい方ほど、いちいち言いわけなさらないということね」セシリーが芝居がかった口ぶりで言う。

全員がその言葉の意味を咀嚼《そしゃく》しようとしんと静まり返り、ホノーリアはできるだけ陽気な声で言った。「みなさまによろしくお伝えくださいとのことよ」

「来ていただけないのなら、そのくらいでは満足できないわ」ロイル夫人がつぶやいた。

それなら泊まりがけのパーティはどうするのかといった空気がありありと漂い、誰がその問いを口に出すのかをめぐって娘たちは視線を交わした。結局、全員の視線がセシリーに向いた。実の娘ならば許されても、ほかの誰かが尋ねれば不作法になる。

「ブリクスタンでのパーティは、どうしたらいいのかしら？」セシリーが問いかけたが、母は目を狭め、唇をすぼめて何か考えこんでいた。セシリーは空咳をしてから、もう少し大きな声で呼びかけた。「お母様？」

「名案には違いないわ」ロイル夫人が唐突に言った。決然としたその大きな声が、ホノーリアの耳には反響しているかのように聞こえた。

「それなら、やっぱり学生さんたちをお招きするのね？」セシリーが尋ねた。

「グレゴリー・ブリジャートンをお招きしようと考えていたんです」サラがすかさず言葉を差し入れた。「それと、ネヴィル・バーブルックも」

「賢明な人選ね」ロイル夫人はつかつかと書き物机に戻った。「どちらも良家のご子息だわ」クリーム色の紙を数枚取りだし、角をぱらぱらとめくって枚数を数える。「さっそく招待状を書きましょう」必要な枚数を揃えると、ホノーリアのほうを向いて一枚を差しだした。「これはあなたが書くのよ」

「どういうことですか？」ロイル夫人の意図は承知のうえで尋ねた。引き受けたくない一心で。

「チャタリス卿をお招きするのよ。予定どおりに。ずっとではなくて、午後の何時間かだけでもいいわ。土曜日でも日曜日でも、ご都合のいいほうで」

「招待状はお母様から差しあげなくていいの？」セシリーが訊いた。

「ええ、レディ・ホノーリアからのほうがいいわ」ロイル夫人は断言した。「家族ぐるみの近しい友人から誘われるほうが、断わりづらいものでしょう」さらにぐいと詰め寄られ、ホノーリアは紙を受けとらざるをえなかった。「もちろん、わたしたちもよき隣人ではあるけれど」ロイル夫人は付け加えた。「そのはずよね」

「もちろんですわ」ホノーリアは低い声で応じた。ほかに答えようがない。そして手にした紙を見おろし、もはや逃れようはないと観念した。それでもまだ運に見放されたわけではなかった。ロイル夫人が書き物机の椅子に腰をおろしたので、ホノーリアは自分の部屋に戻って招待状を書くしかなかった。

つまり、実際に書いたことは自分以外には――当然ながらマーカスは読むにしろ――誰にもわからない。

マーカスへ

ロイル夫人から、今週末、あなたをブリクスタンにご招待するよう頼まれ、この手紙を書いています。大学生の若い紳士たちを四人ご招待し、先日お伝えした、わたしたち四人と、ささやかな泊りがけのパーティを開くそうです。お願いですから、このご招待は受けないでください。煩《わずら》わしい思いをさせてしまいますし、あなたにご迷惑をおかけしては、わたしも心苦しいので。

親愛と、その他諸々の思いを込めて
ホノーリア

このような手紙を挑戦状と受けとめて、即座に招待を受ける紳士もいるだろう。でも、マーカスは違う。ホノーリアには確信があった。高慢で、非難ばかりする男性かもしれないが、けっして悪意に駆られるようなことはない。親友の妹に心苦しい思いをさせたいばかりに、わざわざ煩わしい思いをしにやってくる男性でもない。

マーカスは時には腹立たしくてしょうがない相手であれ、根は善良な人物だ。分別もある。

ロイル夫人の招きに応じれば、間違いなくさんざんな目に遭わされることはわかっているはずだ。それなのにどうしてロンドンの社交シーズンにやってくるのか、以前からホノーリアはふしぎでならなかった。どうせいつもあれほどつまらなそうにしているだけなのに。

手紙を封で閉じると、階下に持っておりて、マーカスに届けるよう従僕にあずけた。その数時間後には、ロイル夫人宛てにマーカスから返信が届いた。

「なんて書いてあるの？」セシリーが手紙を開いている母のそばに駆け寄り、息をはずませて尋ねた。アイリスもそばにいき、セシリーの肩越しに覗きこもうとしている。

ホノーリアは少し離れた場所で待った。書いてあることはわかっている。

ロイル夫人は封をとき、折りたたまれた紙を広げて、文面にすばやく目を走らせた。「お断わりの手紙よ」そっけなく言った。

セシリーとサラが残念そうに落胆のため息を吐きだした。ホノーリアはロイル夫人に目を向けられ、うまく驚いたふうな顔つきになっていることを祈りつつ言った。「ちゃんとお願いしたんですけれど。もてなしを楽しまれる性分ではないのかもしれませんわ。あまり社交的な方ではないので」

「たしかに、そうなのよね」ロイル夫人が不満げに言う。「昨年の社交シーズンでも、舞踏会でダンスをしているのをお見かけしたのは三回程度ではなかったかしら。お相手にあぶれた若いお嬢さんが大勢いたのよ。不作法にもほどがあるわ」

「でも、ダンスはお上手なのよ」セシリーが言葉を挟んだ。

全員が目を向けた。

「ほんとうよ」セシリーは突如みなの関心を集めたことに、やや驚いたそぶりで続けた。「モットラム家の舞踏会で、あの方とダンスをしたの」釈明するかのように友人たちに向かって言った。「隣人ですものね。礼儀としてお誘いくださったのよ」

ホノーリアはうなずいた。マーカスはダンスが上手だ。どうあれ自分より上手なのは間違いない。そもそもどうしてあんなふうに拍子の取り方が複雑なのだろう。円舞曲《ワルツ》が四分の四拍子のほかのダンスとどう違うのか、サラに延々説明してもらったけれど、どうしても憶えられなかった。

「ともかく準備を進めましょう」ロイル夫人は胸に手をおいて声高らかに告げた。「ほかの四人の紳士たちのうち、すでにおふたかたから出席の連絡をいただいているし、残りの方々からもあすの午前中には返信が届くはずよ」

けれどもその晩、ホノーリアがベッドに入るために階上に向かおうとしたとき、ロイル夫人にそばに来るよう呼ばれ、ひそやかな声で尋ねられた。「チャタリス卿が心変わりする可能性はないかしら?」

ホノーリアはぎこちなく唾《つば》を飲みこんだ。「残念ながら、ないと思います」

ロイル夫人は首を振り、小さく舌打ちした。「ほんとうに残念ね。あの方が来てくだされば、とても名誉なことだったのに。仕方ないわ、おやすみなさい。楽しい夢を」

そこから二十マイル離れた家の書斎で、マーカスは温かい林檎酒《りんごしゅ》を手に、少し前にホノーリアから届いた手紙にひとり考えをめぐらせていた。目を通したとたん意図は容易に察しがついて、笑いだしてしまった。ロイル夫人が開くパーティへの出席を阻止するのが本来の目的なのは間違いないが、どう書けば自分を楽しませることができるのかを、ホノーリアはじゅうぶん心得ている。

マーカスはあらためてその手紙に目を落とし、再読して、ふっと笑った。招待状だと前置きしておきながら、断わるよう付け加えた手紙を自分に出せるのはホノーリアしかいない。

再会できたのはほんとうに嬉しかった。ずいぶんと久しぶりだ。ロンドンで何度顔を合わせる機会があろうと、あれは数のうちには入らない。ホイップル・ヒルでホノーリアの家族とともに過ごしたときのように気楽に言葉を交わせるわけでもない。ロンドンではつねに、わが娘こそチャタリス伯爵夫人にふさわしいと信じる野心旺盛な母親たちから逃げまわっているか、ホノーリアに目を光らせているかのどちらかだ。あるいはその両方を同時に強いられている。

考えてみれば、それでもホノーリアに関心があるとは誰にも思われずにすんでいるのは驚くべきことだ。さりげなくとはいえ、ホノーリアの行動にはいつもしっかりと目を配っている。昨年はたしか四人の紳士たちを蹴散らした――ふたりは財産目当て、もうひとりは冷酷な男で、あとのひとりは横柄でいけすかない年寄りだ。最後のひとりについては、ホノーリアも間違いなく分別を働かせて断わっていただろうが、もうひとりは冷酷な性格をうまく隠していたし、財産目当てのふたりはなかなかに人気が高いと聞いていた。

それなりの相手でなければ認められない。

ホノーリアはおそらくロイル夫人のパーティに出席する紳士たちのひとりに関心を抱いていて、邪魔をされたくないと考えたのだろう。自分も出席したい場ではないので、その点では互いの利害は一致していた。

ただしホノーリアが誰に目を向けているのかを知っておく必要がある。もし自分があまり知らない男ならば、いろいろと調べなければならない。招待される男たちの名を知るのはさしてむずかしいことではない。使用人たちは必ずそういった情報を入手する術《すべ》を心得ている。それに天候に恵まれれば、乗馬に出かけるという手もある。散歩でもかまわない。フェンズモアとブリクスタンの境界線をまたぐ森には小道が通っている。そこを最後に歩いたのがいつだったのか思いだせないとは、正直なところ恥ずべきことだ。領主ならば地所をきちんと把握しておかなくては。

ならばやはり歩いたほうがいいだろう。それでたまたまホノーリアとその友人たちと出くわしたなら、少しばかり言葉を交わし、必要な情報を得ればいい。そうすればパーティには出席せずに、ホノーリアが好意を抱いている男を突きとめられる。

マーカスは林檎酒を飲み干し、笑みを浮かべた。これ以上の妙案があるとは思えない。

3

　日曜日の午後には、ホノーリアは自分の選択に自信を得ていた。グレゴリー・ブリジャートンは理想の夫となる男性だ。数日前もロイル家の街屋敷《タウンハウス》での晩餐会で隣りあわせに坐り、心から好感を抱いた。率直に言って、とりたてて好意を寄せてくれているようには思えなかったが、ほかの誰かに気を引かれているそぶりも感じられない。グレゴリー・ブリジャートンは親切で礼儀正しく、ちょうど気の合いそうな機知の才も備えている。

　そのうえ、努力すれば、関心を引ける可能性も少なからずある相手に違いなかった。グレゴリーは長男ではないので——それどころか一家の男子のなかではいちばん末の弟だ——爵位を求める女性たちから花婿候補と見なされる優先順位は低い。それに、財産があるに越したことはないはずだ。じゅうぶんに裕福な一家の子息で、一定の収入はあるにしても、嫡男以外の男性たちは概して花嫁持参金をあてにしている。

　ホノーリアには花嫁持参金が用意されていた。莫大《ばくだい》なものではないが、兄のダニエルが国を出る前に教えてくれた額は上流社会の基準からしても多かった。つまり身ひとつで嫁ぐわけではない。

　あとはミスター・ブリジャートンに、花嫁候補にふさわしい女性だと認めてもらえさえすればいい。そこでホノーリアは策を立てた。

ひらめいたのは、今朝、教会に行ったときだった（紳士たちはうまく理由をつけて逃れたので、女性たちだけで出かけた）。たいしてむずかしいことではない。晴天に恵まれ、必要最低限の方向感覚とシャベルがあれば実行できる。

その日は晴れていたので、ひとつめの条件はすでに整っていた。そもそも小さな教区教会に入るときに陽光が燦々《さんさん》と降りそそいでいたから思いつけたことなのかもしれない。しかも教会を出たときにも太陽は輝いていて、この国の天候の変わりやすさを考えれば、いつでも望める条件ではなかった。

ふたつめの方向感覚については、そう簡単に身につけられはしない。でも、前日に森をみんなで散策したので、同じ道には行き着ける。南北を指し示せなくても、きちんと踏みならされた小道をたどることならできる。

シャベルだけは、またあとで手に入れる方法を考えるしかない。

女性たちは教会からブリクスタンに帰り、紳士たちが遅い昼食の時間には戻ってくると言って銃猟に出かけたことを知らされた。「きっとだいぶお腹をすかせて帰ってくるわね」ロイル夫人が張りのある声で言った。「満足していただけるように準備しておかないと」

すなわち手伝いが必要だと言われていることに気づけなかったのは、どうやらホノーリアだけだった。セシリーとサラは着替えのドレスを選ぶためにただちに階上へあがり、アイリスは急にお腹の調子が悪くなったとこぼして、逃げ去った。ホノーリアはさっそくロイル夫人とのふたりきりの会議に招集されるはめとなった。

「もともとミートパイはお出しする手配をしてあるわ」ロイル夫人が言う。「外でも食べやすいと思ったからだけれど、ほかにもお肉料理があったほうがいいわね。紳士たちは冷製のお肉、たとえば牛肉の蒸し焼きはお好きかしら？」

「もちろんですわ」ホノーリアは答えて、夫人のあとについて厨房《ちゅうぼう》へ向かった。ほかにどうすればいいというのだろう？

「マスタードがけは？」

ホノーリアは答えようと口を開きかけたが、返事を求められていたわけではないらしく、ロイル夫人はすぐにまた話しだした。「三種類ご用意しましょう。それと果物のシロップ煮も」

ホノーリアはしばし待ち、ロイル夫人が今度は返答を求めているのを見きわめて言った。

「きっと喜ばれますわ」

けっして称賛される受け答えではないとしても、このような話題ではそう返すだけで精いっぱいだった。

「あら！」ロイル夫人がいきなり立ちどまって振り返ったので、ホノーリアはぶつかりかけた。「セシリーに言うのを忘れていたわ！」

「何をですか？」ホノーリアは尋ねたが、ロイル夫人はすでに廊下を六歩も先に進み、女中を呼んでいた。それからまた振り返って言う。「きょうの午後はどうしても青いドレスを着せたいのよ。お客様のうち、おふたかたのお好みの色だそうだから」

どういうわけか、ロイル夫人は気を悪くする相手ではないと決めてかかって話しているらしい。

「それに、あの子の瞳の色が引き立つでしょう」ロイル夫人はそう締めくくった。

「セシリーはきれいな目をしていますものね」ホノーリアはうなずいて答えた。

ロイル夫人がけげんそうな顔つきで言う。「あなたもなるべく青いものを身につけるようにしたらいいわ。そのほうが瞳の色が目立ちすぎずにすむから」

「この目は気に入ってますわ」ホノーリアは笑顔で言った。

ロイル夫人が唇を引き結んだ。「とても変わった色よね」

「一族の特徴なんです。兄の目の色も同じですもの」

「ええ、そうね、あのお兄様も」ロイル夫人がため息をついた。「ほんとうに、お気の毒」

ホノーリアは黙ってうなずいた。三年前はそのように言われるたび気分を害していたが、いまではだいぶ心持ちも落ち着いて、冷静に受けとめられるようになった。それに兄がお気の毒なのは事実だ。「兄がいつか帰ってこられるよう願っています」

ロイル夫人は鼻から小さく息を吐いた。「ラムズゲイトがこの世からいなくならないかぎり無理ね。わたしはあの人を子供の頃から知っているけれど、どうしようもない頑固者なのよ」

ホノーリアは目をしばたたいた。ロイル夫人がこのようにあけすけな物言いをするとは思わなかった。

「ほんとうに」ロイル夫人がため息まじりに言う。「わたしにはできることがないからこそ、よけいにお気の毒なのよ。あ、それから、デザートには苺とバニラクリーム付きのトライフルを人数ぶん、料理人にこしらえてもらいましょう」

「すばらしい案ですわ」こうしてできるかぎり同意を示すのが自分の役割だとホノーリアはいまさらながら悟った。

「ビスケットも焼いてもらおうかしら」ロイル夫人が思案顔で続けた。「うちの料理人が焼くビスケットはとてもおいしいし、紳士たちはとてもお腹をすかせて帰ってらっしゃるはずだわ。銃猟は体力を使うでしょうから」

ホノーリアは銃猟で体力を使うのは人よりあきらかに鳥たちのほうだと前々から思っていたが、口に出すのは控えた。それでもただ黙ってはいられなかった。「教会へは行けないのに、朝から銃猟に出かけるなんて、ふしぎですわね？」

「わたしはお若い紳士たちの振るまいに口出しできる立場ではないわ」ロイル夫人はとりすまして言った。「自分の息子でもあるまいし。息子であれば、つねにわたしの言うとおりにさせるけれど」

皮肉めかした調子は聞きとれなかったので、ホノーリアはすなおにうなずいた。セシリーの未来の夫もまた、ロイル夫人の言うとおりにさせられる人々のひとりとなるのだろう。

気の毒なその男性――誰になるにしろ――が、ロイル家がどのような一族なのかを知らずに加わるようなことにならないようホノーリアは祈った。兄のダニエルはかつて、レディ・

ダンベリーから結婚について数々の助言を受けたが（もちろん、自分から求めたわけではない）、それが最もためになった教訓だと語っていた。レディ・ダンベリーは耳を傾けてくれる相手とみるや助言を与えずにはいられない、恐るべき老婦人だ。

耳を傾けない人々にも忠告はするのだけれど。

どうやらダニエルはこの老婦人の言葉に胸打たれたらしい。そこまではいかなくとも、胸に刻んだのは確かだ。曰く、男が結婚するときには、花嫁のみならず、その母親とも結婚するようなつもりで決断しなければならない。

ま、そういうことだな。ダニエルは自分なりの解釈を加えて、いたずらっぽく笑った。ホノーリアがただ唖然としていると、兄はますます愉快そうに笑っていた。

兄はそんなふうに時どき悪ふざけをする。それでもその兄がいまは恋しい。

とはいえ、ロイル夫人が悪人だというわけではない。意気込みが強いだけのことで、同じような母親が山ほどいるのをホノーリアはこれまでの経験からよく知っていた。自分の母も以前はそうだった。姉たちはいまだに自分たちが若い未婚女性だった頃、母がいかに社交界に大勢いる野心家の母親のひとりだったかという話をする。スマイス－スミス家のマーガレット、ヘンリエッタ、リディア、シャーロットは精いっぱい着飾って、然るべきときに然るべき場所に必ず現われ、全員が良縁に恵まれた。最上とまでは言えないにしろ、満足のいく男性と結ばれた。しかも四人とも、二度めの社交シーズンを終える前に嫁いでいった。

かたやホノーリアはもうすぐ三度めのシーズンを迎えようとしていて、娘の良縁を願う母の熱意はぬるま湯程度の温かさにまで冷めてしまっている。ホノーリアの結婚を望んでいないのではなく、熱意を燃やすほどの気力を奮い起こせないだけのことだ。

息子のダニエルが国を追われてから、母は何事にも気力を振り向けられなくなった。だからたとえ、ロイル夫人がもっと甘いお菓子を用意したり、紳士たちの好みだと耳にした色のドレスを娘に着せようと躍起になったりしても、すべては娘を愛するゆえなので、けっして責めることなどできない。

「準備を手伝ってね」ロイル夫人がホノーリアの腕をぽんと叩いた。「どんな仕事も人の手が増えるほど楽になると、母からいつも言われたものよ」

ホノーリアは働かせるのは手ではなく耳ではないかと思いながらも相槌《あいづち》めいた言葉をつぶやき、今度はピクニックの準備を取り仕切ろうとしているらしいロイル夫人のあとについて、庭に向かった。

「ミスター・ブリジャートンはセシリーのほうばかり見ていたような気がするわ」ロイル夫人はさほど陽が照っていない屋外に出て問いかけた。「そう思わない？」

「気がつきませんでした」ホノーリアはそう答えた。気がつかなかったけれど、ほんとうにそうだったの？

「あら、そうなのよ」ロイル夫人がやけに確信を込めて言う。「ゆうべの晩餐会でも、楽しそうに笑いかけていらしたわ」

ホノーリアは咳払いをした。「あの方はほとんどいつも笑ってらっしゃいますわ」

「ええ、でも、いつもとは違う笑い方だったのよ」

「そうですか」ホノーリアは目を細めて空を見上げた。雲が垂れこめてきているけれど、雨が降りだすほどではなさそうだ。

「ええ、そうなの」ロイル夫人はホノーリアの視線を追い、天候を気遣っている理由を誤解して言った。「今朝ほどお日様が見えないわね。ピクニックのあいだ天気がもてばいいんだけれど」

そのあとも少なくとも二時間はもってほしいとホノーリアは願った。計画を実行したい。シャベルが必要な――ここは庭なのだからと思い起こして辺りを見まわした――計画を。

「途中で家のなかに移動することになったら残念だわ」ロイル夫人が言う。「ピクニックとは呼べなくなってしまうものね」

ホノーリアはなおも雲の様子を確かめつつ、うわの空でうなずいた。ほかの雲より少し濃い灰色の雲があり、それがどちらへ流れていくのだろうかと眺めていた。

「そうはいっても、雲行きを見守ることしかできないわ」ロイル夫人が言う。「それに、たいして大きな問題ではないでしょう。紳士が恋に落ちるのは家のなかでも外でも同じだわ。ミスター・ブリジャートンがセシリーに目を向けているのなら、あの子がピアノを上手に弾く姿もお見せできるし」

「サラもとても上手に弾けますわ」ホノーリアはそれとなく言った。

ロイル夫人がぴたりと動きをとめて顔を振り向けた。「そう？」

驚いた声で問いかけられても意外には思わなかった。なにしろこの婦人も去年の自分たちの音楽会に出席してくれたのだから。

「でも、家のなかに入らなくてもすむのではないかしら」ロイル夫人はホノーリアの返答を待たずにまた話しだした。「それほど雲行きは悪くなさそうよ。それにしても、がっかりだわ。たしかにわたしは、ミスター・ブリジャートンがセシリーに目を留めてくれればと願ってはいたけれど——ほんとうに女中はあの子にちゃんと時間までに青いドレスを着せられるのかしら。着替えを面倒がるはずだから——当然ながら、チャタリス卿もいらしてくだされば、なおさら張りあいも出るというものだわ」

ホノーリアは身がまえて、すぐさま向きなおった。「でも、お見えにはなりません」

「ええ、わかってるわ、でも、あの方は隣人なのよ。だから、セシリーがこの前言っていたように、ロンドンでもダンスを申し込んでくださるわ。せっかくの機会は生かさなくてはね」

「ええ、それはそうですけれど——」

「あの方が快くお相手する若いお嬢さんは多くないでしょう」ロイル夫人が誇らしげに続ける。「つまり、あなたも有利な立場にあるわけだけれど、そのようなお嬢さんはほかにひとりかふたりだわ。そうした女性たちはおのずとあの方の関心を引きやすい。これと同じようにね、レディ・ホノーリア」そう言って、そばのテーブルに並ぶ花瓶に飾られた花々を身ぶりで示した。「それに、うちの地所はいわば、あの方の地所に少し食い込んでいるわ。そこが手に入れば、あの方にとっては都合がいいのではないかしら」

ホノーリアはどう答えればいいのか見当もつかず、空咳をした。

「もちろん、すべておゆずりするわけにはいかないわ」ロイル夫人が言う。「限嗣《げんし》相続財産ではないけれど、ジョージーをないがしろにはできない」

「ジョージー？」

「わたしの長男よ」ロイル夫人はホノーリアに値踏みするような目を向けてから、片手をひらりと振った。「だめね、あの子の歳からすると、あなたは少しお姉さんだもの。残念だわ」

こればかりは適切な返答などあるはずもないとホノーリアは判断した。

「それでも、セシリーの花嫁持参金に数エーカーの土地を加えることはできるわ」ロイル夫人が続ける。「娘が伯爵夫人になるのなら、それくらい差しだす価値はあるでしょう」

「あの方にはすぐに結婚なさるおつもりはないかと」ホノーリアは思いきって言葉を差し挟んだ。

「それはおかしいわ。未婚の紳士はみな花嫁を求めているものなのよ。必ずしも自覚があるわけではないでしょうけれど」

ホノーリアはどうにか笑みを返した。「胸にとどめておきます」

ロイル夫人が顔を振り向け、まじまじとホノーリアの顔を見つめた。「そうなさい」小ばかにされているわけではないと見定めたらしく、ようやくそう応じた。「あら、そうそう。このお花の飾りつけはどうかしら？　クロッカスが少し多すぎない？」

「すてきだと思います」ホノーリアはなかでもラベンダー色の花にうっとりと見入って答えた。「それに、まだ春先ですもの。クロッカスがとりわけ美しい時季ですわ」

ロイル夫人は大きなため息をついた。「そうよね。けれども、わたしにはどうしても平凡に見えてしまうのよ」

ホノーリアは夢みるように微笑んで、そっと花びらに触れた。そうしているとなぜか気持ちがふっと安らいだ。「この素朴さがいいのではないかしら」

ロイル夫人が考えこむふうに首を片側に傾け、ややあって返答は無用だと見なしたのか、背をぴんと起こして言った。「料理人にビスケットを焼くよう頼んでおいたほうがいいわね」

「わたしはここに残っててもいいでしょうか？」ホノーリアは即座に尋ねた。「花の飾りつけは好きなので」

ロイル夫人はすでに申しぶんなく飾りつけられている花々を見やり、ホノーリアに目を戻した。

「少し整える程度ですけれど」ホノーリアは言い添えた。

ロイル夫人は片手を振った。「お好きなように。でも、紳士たちが戻ってくるまでには着替えておいてね。きょうは青色のドレスはだめだけれど。セシリーを目立たせたいの」

「青色のドレスはたしか持ってきていませんわ」ホノーリアはそつなく答えた。

「あら、それならちょうどよかったわ」ロイル夫人はきびきびと言った。「それでは……整える……のを楽しんで」

ホノーリアは微笑み、女主人が家のなかへ消えるのを見届けた。それから、まだ数人の女中たちがフォークやスプーンの準備に駆けまわっていたので、もう少し待った。花々に指でそっと触れて、いろいろな角度から眺めるうち、薔薇の茂みのそばで銀色に光るものが目に留まった。さっと女中たちを見やって、まだ忙しくしているのを確かめてから、芝地を突っ切って調べにいった。

庭師たちが置き忘れていったと思われる小さな鋤《すき》だった。「ありがとうございます」感謝の言葉を唱えた。シャベルではなくとも、用は足りる。それにじつを言えば、シャベルを隠し持ちつつ目立たずに歩く方法まで考えていたわけではなかった。

鋤を持ち運ぶのならなおさら、何か手立てが必要だ。ポケットの付いたドレスは持っていないし、たとえ付いていたとしても、二の腕の半分もの長さがある道具を隠し持てはしない。でも、どこかに隠しておいて、使うときにあとで取りだすことならできる。

いいえ、それ以外に手はないとホノーリアは思い定めた。

4

いったい何をしているんだ？

マーカスはこそこそするつもりなどなかったのだが、土を掘っているホノーリアをたまたま目にして、身を隠さずにはいられなかった。すかさずあとずさり、様子を窺った。

ホノーリアは小ぶりの鋤をせっせと動かしている。どんな穴を掘っているにせよ、さほど大きなものではないだろう。というのも、ほんの一分ほどで立ちあがり、自分が掘ったところをまず眺めおろし、さらに足先を入れてみてから、辺りを見まわし――このときマーカスは慎重を期して木陰にさらに身を引いた――ちっぽけな道具をそばの落ち葉の山の下に隠したからだ。

そこで姿を現わそうと思ったのだが、ホノーリアが掘った穴に戻ってきて、眉根を寄せて見おろし、また歩いていって落ち葉の下から鋤を取りだした。

ちっぽけな道具を手にしゃがみ、先ほど掘った穴のそばでふたたび作業を始めた。身体に遮られて何をしているのかわからなかったが、ホノーリアがふたたび落ち葉の下に道具を隠すために離れたので、掘った穴が盛り土でふちどられているのが見えた。

モグラ塚をこしらえていたのだ。

モグラ塚はたいがいひとつだけぽつんとあるのではないことを、ホノーリアは知らないのだろうか。ひとつあれば、そのすぐそばに必ずもうひとつある。といっても、そんなことは問題ではないのだろう。ホノーリアが掘ったのは——足先を入れて何度も確かめていたのだから——モグラ塚に見せかけた、ただの穴だ。あるいは誰かをうっかり陥れるための穴と言うべきかもしれない。いずれにしても、モグラ塚にはまって足首をくじいてから、ほかにもそばに穴があっただろうかと探す者がいるとは思えない。

マーカスはそれから何分も観察を続けた。ふつうに考えれば、自作のモグラ塚の脇にただぼんやり立っている女性を盗み見ていてもつまらないはずだが、思いのほか楽しめた。ホノーリア自身が退屈しない努力をしていたからかもしれない。まずは静かな声で何事か唱えだし、鼻に皺を寄せているので、どうやら最後まで憶えきれていない文句のようだった。それから少しだけジグを踊り、今度は目に見えない誰かに手をかけているふりでワルツを踊りだした。

森のなかにそぐわない優雅な動きだ。実際に曲に合わせて踊っていたときよりも格段にうまい。淡い緑色のドレスを着ているせいか、どことなく妖精のようにも見える。ホノーリアが葉を縫いあわせてできたドレスで森のなかを跳びまわる姿が目に浮かぶようだった。

ホノーリアはもともと田舎になじんでいた少女だった。ホイップル・ヒルを駆けまわり、木に登り、丘を滑り降りていた。いつも自分とダニエルについてきたがり、拒まれても、何かしらひとりで楽しめることを見つけて、たいがい外で遊んでいた。そういえば、家の周りを何周できるか確かめようと、午後のあいだだけで五十周も歩きつづけていたこともあった。

しかも大きな屋敷だ。翌日には身体のふしぶしを痛がっていた。このときばかりはあのダニエルも妹に同情していたのを憶えている。

マーカスはフェンズモアの自分の館を思い浮かべた。とてつもなく大きい。正気であれば、五十周はおろか、一日に十周でも歩こうと思う者はいないだろう。ふっと、ホノーリアは来たことがあっただろうかと考えた。訪れた記憶はない。いずれにしろ自分が子供のときには人を招いたことはなかった。父は人のもてなし方を知らない男だったので、子供時代のマーカスはひっそりと静まり返った家に友人たちを招こうとはけっして思わなかった。

十分ほど経つと、さすがにホノーリアも飽きてきたらしい。木の根もとに腰をおろし、膝に肘をおいて頬杖をついているだけなので、それを見ていたマーカスも退屈になってきた。

だがそのとき、誰かが近づいてくる物音を耳にした。ホノーリアにも聞こえたらしく、即座に立ちあがって偽のモグラ塚のほうへ走り、穴に片足を突っこんだ。それから、ぎこちない動きで地面にしゃがみ、モグラ塚にうっかり足を踏み入れてしまったとでもいうように、しとやかな体勢をつくろった。

見るからにホノーリアは耳をそばだてて待っている。ほどなく、森を歩いてくる人物がすぐそこまで近づいたのを察し、もっともらしい悲鳴をあげた。

クリスマスに家族で演じていた寸劇は役に立っているらしい。みずから穴をこしらえて足を入れたのをこうして目にしていなかったなら、けがをしたのではないかと自分もやはり心配していただろう。

マーカスは誰かが現われるのを待った。

誰も来ない。

さらに待った。

ホノーリアも待っていたが、しびれを切らし、もう一度いかにも痛がっている声をあげた。助けに現われる者はいなかった。

ホノーリアはまたも声をあげたが、今度はあきらかに気持ちが入っていなかった。「もう！」いらだたしげな声を発し、穴から足を引き上げた。

マーカスは笑いだした。

ホノーリアは息を呑んだ。「誰？」

うかつだった。それほど大きな声を出したつもりはなかったのだが。マーカスは木の陰から出ていった。ホノーリアを怖がらせたくはない。

「マーカス？」

マーカスは片手を上げて応えた。何か言うべきなのだろうが、なにせホノーリアはまだ地面に坐っていて、靴は泥で汚れている。そして顔は……ああ、これほど愉快なものは見たことがない。ホノーリアは憤慨し、悔しがってもいて、どちらの感情のほうがより強いのか見定めがつかない。

「笑わないで！」

「失礼」マーカスは悪びれもせずに言った。

　ホノーリアは眉間《みけん》に皺を寄せ、滑稽《こっけい》なほど不機嫌そうなしかめ面をしている。「ここで何をしてるの？」

「ここに住んでるんだ」マーカスは近づいて、手を差しだした。そうするのが紳士らしい振るまいだと思ったからだ。

　いぶかしげな目を向けられた。みじんも信じてもらえていないのは間違いない。

「ああ、正確にはすぐ近くに住んでいる」そう言いなおした。「この道は所どころ地所の境界線をまたいでいるんだ」

　ホノーリアは差しだされた手につかまって立ちあがり、スカートに付いた土を払った。けれども地面が湿っていて、布地に細かな泥がこびりついてしまっていたので、不満げな声とため息がこぼれ出た。結局きれいにするのはあきらめて顔を上げ、問いかけた。「いつからそこにいたの？」

　マーカスはにやりと笑った。「きみが望んでいるよりも前から」

　げんなりと低い声を洩らし、ホノーリアが言葉を継いだ。「このことを黙っていてくれるはずがないわよね」

「誰にも言わないさ」マーカスは請けあった。「だが、ほんとうは誰の気を引こうとしていたんだ？」

　ホノーリアはふっと鼻で笑った。「もう、よして。あなたは誰よりも答えたくない相手なんだから」

マーカスは片方の眉を吊り上げた。「なるほど。誰よりもか」

ホノーリアがいらだたしそうに見返した。

「女王よりも、首相よりも……」

「やめて」そう言いつつ、ホノーリアは笑いをこらえていた。それからふたたびしょんぼりとなった。「また坐ってもいいかしら？」

「もちろん」

「このドレスはどうせ汚れてしまってるんだから」そう言うと、木の根もとに坐りやすそうな場所を見つけた。「あと何分か土の上にいたところで、たいして変わらないわ」腰をおろし、皮肉っぽい表情で見上げた。「雛菊《ひなぎく》みたいに微笑ましいとでも言ってくれればいいのに」

「雛菊にもいろいろあるからな」

するとホノーリアがあからさまに疑わしげな目を向けた。思わず笑いだしたくなるくらい見慣れた表情だ。ホノーリアがこんなふうに瞳をぐるりとまわしてみせるしぐさは何年前から見ているだろう？　十四年？　十五年？　いままであらためて考えたことはなかったが、自分とこうして平然と皮肉まじりに気さくに話せる女性はホノーリアだけかもしれない。

だからこそ社交シーズンにロンドンに行くのは憂うつだった。ご婦人がたは気どった笑みをこしらえ、こちらの機嫌を窺いながら話をする。

男たちも同じだ。

それでいて、ほとんどみな、お門違いのつまらない話しかしないのだから皮肉なものだ。

ご機嫌とりの人々に囲まれるのは好きではない。自分の一言一句に聞き入られるのも疲れる。ほかの誰のものともそう変わらない、ごくふつうのベストを、すてきな形でよく似合っているなどと褒められたくもない。

ダニエルが去り、ほんとうの自分をわかってくれる者がいなくなってしまった。いちばん近い親族でも四代遡《さかのぼ》らなければ見つからない。自分は一人っ子同士の両親から生まれた一人っ子だ。ホルロイド家は繁殖力に恵まれた一族ではないらしい。

マーカスはそばの木に寄りかかり、疲れきってしょげた様子で地面に坐りこんでいるホノーリアを眺めた。「つまり、例のパーティでは、きみの望んでいた成果はまだ得られていないわけだな？」

ホノーリアがもの問いたげに見返した。

「きみの手紙には期待する気持ちがよく表れていた」さらりと説明した。

「あら、わたしはあなたにはご迷惑だろうと思っただけだわ」

「行けば楽しめるかもしれないじゃないか」そうなるはずがないことは、互いにわかっている。

ホノーリアがまたもあの呆れたような目を向けた。「未婚の若い娘たち四人と、大学生の紳士たち四人、ロイルご夫妻、それとあなたになるはずだったのよ」その説明が咀嚼されるまでやや間をおいて付け加えた。「あとは入れるとすれば、犬ね」

マーカスはそっけなく笑った。「犬は好きだ」

その言葉にホノーリアはくすりと笑い、すぐ脇に落ちていた小枝を拾って、地面に円を描きはじめた。後ろに結い上げた髪が幾房かほつれて下がり、なんとも侘《わ》びしげな姿だ。それに疲れたような目をしている。疲れと……何かべつのものも感じとれた。好ましくないものが。

打ちひしがれているように見える。

あってはならないことだ。ホノーリア・スマイス－スミスにはそのような表情は似合わない。

「ホノーリア」思わず声をかけた。

だがホノーリアはその声を聞いて、鋭い視線を返した。「わたしは二十一なのよ、マーカス」

マーカスは束の間押し黙り、互いの歳の違いを計算した。「それはありえない」

ホノーリアがむっとして唇を引き結んだ。「だってそうなんだもの。昨年はわたしに関心を抱いてくださった紳士が何人かいたはずなのに、誰ひとりお近づきになれなかったわ」肩をすくめる。「どうしてなのかしら」

マーカスは咳払いをして、首巻《クラヴァット》きが緩んでいるのに気づいて直しはじめた。

「でも、それでよかったのよね」ホノーリアが続ける。「どの男性にも胸がときめいたわけではなかったんだもの。しかもそのうちのひとりの男性は――犬を蹴り飛ばしてた」眉をひそめた。「そんな方をお相手には考えられない――そうでしょう」

マーカスはうなずいた。

ホノーリアはすっと背を起こし、気を取りなおしたのか、見違えて快活に笑った。少しばかり快活すぎるほどに。「だけど、今年はきっともっとうまくやれるわ」

「そうとも」

ホノーリアはけげんそうに見やった。

「どうかしたのか？」

「べつに。でも、同情してくださらなくてもけっこうよ」

いったい何が言いたいんだ？「そんなつもりはない」

「あら、よく言うわね、マーカス。あなたはいつだってそうなんだから」

「何が言いたいのか説明してくれ」マーカスは鋭い声で言った。

ホノーリアはどうしてわからないのといった顔つきで見返した。「もう、わたしが言いたいことはわかるでしょう」

「いや、さっぱりわからない」

ホノーリアは呆れたふうに息を吐いて、大儀そうに立ちあがった。「あなたはいつだってそんなふうに人を見てるのよ」そうして顔をしかめ、なんとも形容しがたい表情を浮かべた。

「ぼくがそんなふうに見えるというのなら」乾いた声で言う。「それが具体的にどういうことなのか、きちんと説明してくれ」

「ほら」ホノーリアが得意顔で言う。「そういうことよ」

ほんとうに同じ言語で話しているのだろうかとマーカスは不安になってきた。「どういうことだ？」

「それよ！　いまみたいなことを言ってるの」

マーカスは腕組みをした。それが精いっぱいの返答に思えた。わかるように話す気が向こうにないのなら、こちらだけが話さなければならない理由はない。

「昨年もロンドンで、あなたはいつもわたしを睨みつけていたわ。あなたを見ると、必ず非難がましい顔をしてるんだから」

「けっしてそんなつもりはなかった」少なくとも、ホノーリアを非難していたわけではない。ホノーリアの気を引こうとしていた男たちに不満があっただけだ。

ホノーリアも胸の前で腕を組み、むっとした表情で目を向けた。いまの言葉を謝罪と受けとっていいものか決めかねているらしい。実際に詫《わ》びる気持ちがあったかどうかということではなく。

「ぼくに手伝えることはないか？」言葉を選び、声の調子にも細心の注意を払って尋ねた。

「ないわ」ホノーリアはにべもなく答えた。それから間をおいて付け加えた。「ありがとう」

マーカスは疲れたようなため息を吐きだし、べつの手を試す頃合かもしれないと考えた。

「ホノーリア、きみにはもう父上がいないし、兄は——たぶん——イタリアのどこかにいて、母上はバースに隠居したがっている」

「何が言いたいの？」ホノーリアがつっけんどんに訊いた。

「きみはひとりぼっちだ」マーカスも無愛想に返した。人にこのような口の利き方をされたのはいつ以来のことか思いだせないくらい久しぶりだ。「そう言っても大げさではないだろう」

「姉たちがいるわ」ホノーリアが言い返した。

「誰かひとりでも、きみをあずかろうと言ってくれているのか？」

「そんなことは言わないわ。わたしは母と住んでるんだもの」

「その母上はバースに引きこもりたがっている」マーカスは念を押すように言った。

「わたしはひとりではないわ」ホノーリアがむきになって言い、マーカスはそのつかえがちな声にぎょっとした。だがホノーリアはたとえ泣きそうになっていたとしても涙をこらえ、怒りといらだちを吐きだすように言い放った。「わたしにはいとこがたくさんいるんだから。山ほどいるのよ。四人の姉たちも、いざとなればすぐに家に来るよう申しでてくれるわ」

「ホノーリア……」

「それに、たとえどこにいるかわからなくても、兄もいる。だから――」声が途切れ、ホノーリアは自分が言おうとしたことに驚いているかのように目をしばたたいた。

それでもどうにか言葉を継いだ。「あなたは必要ないわ」

重苦しい沈黙が落ちた。マーカスはいつも何も考えずにホノーリアたちと夕食のテーブルを囲んでいた。クリスマスに家族で行なう寸劇でもごく自然にいつも決まって木を演じた。毎年下手な芝居ばかりだったが、マーカスは枝葉に覆われた役どころを楽しんでいた。主役を務めたいとは思わなかったし——せりふがまったくないのがまたありがたかった——役を演じられるだけで嬉しかった。そこにいられるのが楽しかった。スマイスｰスミス家の人々と。家族のように。

だが、自分は何もわかってはいなかった。自分を必要ではないと言い放った女性を見つめて立ちつくし、何ひとつわかっていなかったことを思い知らされた。

たしかに自分は不要なのだろう。

ホノーリアももう子供ではない。

いや、そういうことではない。

鬱積《うっせき》した息を吐きだし、自分がホノーリアにどう思われているかは問題ではないのだと思いなおした。ダニエルに見守ってくれと頼まれ、そうすると約束したのだから。

「きみには……」ホノーリアをいらだたせずにすむ言いまわしを探した。結局そんなものはないとあきらめ、言葉を継いだ。「きみには助けが必要だ」

ホノーリアが身を引いた。「わたしの後見人にでもなるつもり？」

「いや」語気荒く否定した。「そうじゃない。信じてくれ、そんなつもりはいっさいない」

ホノーリアが胸の前で腕を組んだ。「わたしはそんなに厄介な娘かしら」

「そうではなくて」いったいなんだって、会話がこうもすぐに険悪な方向へ進んでしまうんだ？「ぼくはただ助けたいだけなんだ」

「兄はふたりもいらないわ」ホノーリアがぴしゃりと言った。

「きみの兄になりたいわけじゃない」マーカスもすかさず言い返した。それからあらためて見やり、ホノーリアの表情がまたどこか違っているのに気がついた。目つきが違うし、肌が赤みを帯びているようにも見える。それとも息遣いなのか、頬のふくらみが変わったのだろうか。あるいは小さなそばかすか何かが――

「頬に土が付いている」そう言って、ハンカチを差しだした。ほんとうは土など付いていないが、話題を変えるきっかけがほしかった。

今度こそ。

ホノーリアはハンカチで頬を拭き、真っ白いままの布を見て眉をひそめ、もう一度頬を拭いた。

「取れたよ」マーカスは言った。

ホノーリアはハンカチを返して、不機嫌そうに冷ややかな目つきでじっと見据えた。まるで十二歳に戻ってしまったかのようだ。とりあえずは十二歳の少女のような表情を見られただけで、マーカスはほっとした。

「ホノーリア」慎重に言った。「ダニエルの友人として――」

「やめて」返ってきたのはそれだけだった。

マーカスはひと息ついて、そのあいだに言葉を探した。「どうして助けてもらうことをそれほどいやがるんだ？」

「あなたは？」ホノーリアがけんか腰に訊く。

マーカスは黙って見返した。

「あなたは、助けてもらいたいと思う？」ホノーリアが訊きなおした。

「助けてくれる相手しだいだな」

「相手がわたしだとしたら」ホノーリアがまた腕組みをした。どうしてなのか見当もつかないが、どことなく得意げに見える。「想像してみて。逆の立場だったならどうするのか」

「きみが得意とすることについてならば、それならむろん、喜んできみの力を借りるとも」マーカスも悦に入って腕組みをした。相手をなだめ、同意を示し、よけいなひと言もない、完璧な返答だ。

それに対する答えを待ったのだが、少ししてホノーリアはただ小さく首を振って言った。

「帰らないと」

「きみがいなくなったと騒ぎになってしまうからな」

「もうすでに探されていてもおかしくないわ」ホノーリアはつぶやいた。

「足首をくじいたのだから仕方がないさ」マーカスはぼそりと返した。気の毒がるふうに顎をしゃくった。

ホノーリアはひと睨みしてから、地面を踏みしめるように歩きだした。間違った方角へ。

「ホノーリア！」

ホノーリアが振り返った。

マーカスは懸命に笑みをこらえて、正しい方角を指さした。「ブリクスタンはあっちだ」

ホノーリアは顎をこわばらせたが、ただ「ありがとう」と言い、向きを変えた。ところが勢いよく身を返したせいで足を滑らせた。小さな悲鳴をあげ、体勢を立て直そうとした。マーカスは紳士なら誰でもとっさにせずにはいられないことをした。ホノーリアを支えようと駆け寄ったのだ。

しかし、いまいましいモグラ塚に滑り落ちた。

今度は自分が驚きの叫びをあげ、恥ずかしながらいささか下品な言葉を吐いた。よろめいて、ホノーリアともども湿った地面に倒れこんだ。ホノーリアが仰向けに倒れ、マーカスはその上に覆いかぶさった。

すばやく肘をつき、できるだけホノーリアに重みがかからないよう身を浮かせ、見おろした。むろんホノーリアのぶじを確かめるためにほかならない。呼吸を整えたら、大丈夫かと尋ねなければ。だがホノーリアを見ると、同じように呼吸を整えようとしていた。唇をわずかに開き、ぼんやりとした目をしている。マーカスは男なら誰でも本能的にせずにはいられないことをした。頭をかがめ、彼女に口づけた。

5

ホノーリアはとっさに体をまっすぐ身を起こそうとした――が、結局は起こすまでには至らなかった。ともかくマーカスから遠ざからなければと急いで向きを変えたせいで、湿った地面に足を滑らせてよろけたのだ。

それでもほとんどもう体勢を立て直しかけていたし、実際マーカスがこちらに文字どおり突進してこなければ、すぐにまたまっすぐ立てていたはずだ。

すでに方向感覚を失っていたところに、マーカスの肩が腹部にぶつかった。息を奪われ、地面に共倒れとなって、マーカスが自分の上に覆いかぶさってきた。

その瞬間、ホノーリアの思考はどうやら停止してしまったようだった。

いままで男性とこれほど密着したことはなかった――そもそも、そのような機会があるはずもない。ワルツを踊るときに、たまたま礼儀に反するところまで近づいてしまうことはあっても、このように触れあうことはありえない。身体の重みや、ぬくもりを感じるほどには。はじめてなのに身になじむ不可思議な感情を掻《か》き立《た》てられ、心地よいとすら思えてきた。

ホノーリアは話そうと口を動かしたが、横たわったままマーカスを見上げると、言葉が出てこなかった。マーカスがいつもとは違って見えた。この男性のことは物心がついた頃から知っているはずなのに――このような口の形をしていることにはじめて気づいたように感じられるのはなぜなの？　目も、褐色なのは当然知っていたけれど、こんなに濃い色をしていて、しかも瞳孔のふちに琥珀色《こはくいろ》の斑点が散らばっているとは思わなかった。しかも、その目がだんだんと近づいてくるにつれ、また違った輝きを帯びて……。

近づいてくる？

ああ、なんてこと。この人はキスをしようとしているの？　マーカスが？

ホノーリアは息を呑んだ。そして唇を開いた。それから期待で胸が締めつけられ、いま考えられるのは――

何も考えられなかった。より正確に言うなら、どうあれマーカスが自分にキスをしようとするのはありえないということ以外は。と、兄が国を去ってからは耳にしていなかった悪態が聞こえてきて、マーカスが身をねじるようにして起きあがり、あとずさって――

「なにをやってるんだ！」

あたふたと激しい身ぶりをしたかと思うと、どしんという音と唸り声、それにまたも咎めるのもばからしい罵《のの》り文句が聞こえた。ホノーリアは唖然として息を呑み、両肘をついて起きあがった。マーカスは地面に仰向けに倒れていて、その表情からすると、今度はどうみてもつらそうだった。

「大丈夫？」慌てて訊いたが、大丈夫ではないのはあきらかだった。

「穴に落ちた」マーカスは痛みに歯を食いしばり、言葉を吐きだした。そのあとさらに、説明を加えなければとばかりに言い添えた。「もう一度」

「ごめんなさい」ホノーリアは早口で言い、急いで立ちあがった。そしてすぐに、これは間違いなくもっときちんと詫びなければいけない状況だと見きわめ、同じ言葉を繰り返した。「ほんとうに、ほんとうに、ごめんなさい」

マーカスは無言だった。

「ほんとうにまさかこんなことになるとは思わなかったから……」声が途切れた。言いわけを並べ立てても償いにはならないし、それどころかマーカスはあまり聞きたくなさそうな顔つきをしている。

ホノーリアはぎこちなく唾を飲みくだし、ほんのわずかに近づいた。マーカスはまだ地面に腰をついているが、仰向けとも横向きとも言えない中途半端な体勢だ。ブーツとズボンが泥で汚れている。上着も。

ホノーリアはたじろいだ。マーカスがこのような姿を気に入るはずもない。装いにさほどうるさい男性ではないとはいえ、汚してしまったのはとても上質な仕立ての上着だ。

「マーカス？」ためらいがちに呼びかけた。

マーカスが顔をしかめた。睨んだのではないとしても、髪に落ち葉が付いているのを指摘するのはやはり控えたほうがよさそうだ。

マーカスがわずかに身体の向きを変え、背中をほぼ地面につけて、目を閉じた。

ホノーリアは唇を開き、話そうとしたが、思いとどまった。マーカスが息を吸いこんで吐き、もう一度吸って吐き、さらにまた吸って吐いて目をあけると、今度は表情が変わっていた。先ほどより穏やかになっている。

ホノーリアは胸をなでおろした。

やや前のめりに身を乗りだす。歩み寄るには用心が必要だとしても、思いきってまた声をかけても平気な程度には落ち着いたように見える。「手を貸しましょうか？」

「ちょっと待ってくれ」マーカスは唸るように言った。上体を起こしてから、痛めたほうの脚のふくらはぎを両手でつかみ、落とし穴から引きだす。

二度もマーカスが足を踏み入れた穴は目にみえて大きくなっていた。

マーカスは慎重に足首をまわした。足先を上げ、下へ曲げ、左右に動かす。左右に動かしたときに、とりわけ痛みが走るらしい。

「骨が折れてるのかしら？」ホノーリアは問いかけた。

「いや」

「捻《ひね》ったの？」

マーカスは同意の唸り声を洩らした。

「それなら――」

眼光鋭く睨みつけられ、ホノーリアはぴたりと口をつぐんだ。けれど気遣わしげに十五秒ほど見つめたあとで、こらえきれず呼びかけた。「マーカス？」

マーカスはその声に振り返るそぶりはなかったが、動きをとめた。

「ブーツを脱いだほうがいいのではないかしら？」

返事はない。

「足首が腫《は》れているかもしれないから」

「わかってる――」マーカスはいったん口を閉じて息を吐き、いくぶん声をやわらげて続けた。「――だからどうするか、考えているんだ」

いまだ背を向けられたままだったが、ホノーリアはうなずいた。「そうよね。それなら決まったらわたしに……」

マーカスがまた動きをとめた。

ホノーリアはとっさに一歩あとずさった。「なんでもないわ」

マーカスは痛めた足首にブーツの上から触れ、腫れ具合を確かめているらしい。ホノーリアは顔が見えるところに移動した。表情から痛みの程度を推し量ろうとしたが、むずかしかった。いまにも怒りを噴きだしかねないのはあきらかにわかるものの、それ以上のことは読みとれない。

男性はどうしてこうもわからず屋なのだろうかとホノーリアは呆れる思いだった。マーカスが足首を痛めたのは自分のせいで、少しくらいのいらだちを向けられるのは仕方がないとしても、手助けが必要なのはわかりきっていることだ。自力で立ちあがるのもむずかしそうなのだから、フェンズモアまで歩いて帰るのはとうてい無理だろう。分別を働かせれば、なるべく早く手を借りるべきだと判断できるはずだ。それなのに、マーカスはあくまで自分ひとりで危機から脱しなければならないと考えているのか、傷を負った虎のごとく歯《む》を剝かずにはいられないらしい。

「でもあの……」ホノーリアは空咳をした。「わたしにもできることがあると思うの……何かお手伝いさせてもらえないかしら。それとも、ただじっとおとなしくしていたほうがいい？」

マーカスが苦々しげに大きく息を吐き、ようやく口を開いた。「ブーツを脱ぐのを手伝ってくれないか？」

「もちろんよ！」ホノーリアはすぐさま駆け寄った。「さあ、わたしにまかせて。ええと……」まだ幼い頃に父がブーツを脱ぐのを手伝った記憶はあるけれど、もうだいぶ前のことだし、しかもほんの二分ほど前に自分にのしかかっていた男性にどう触れればいいのかわからない。

顔がかっと熱くなった。いったいどうしてそんなことを気にしてしまうのだろう。先ほどのことは、いわば事故で、それも相手はマーカスだ。それを忘れてはいけない。マーカス。あのマーカスなのだから。

マーカスが投げだした片脚の先に向かいあって腰をおろし、片手でブーツの踵《かかと》を、もう片方の手で靴底をつかんだ。「準備はいい？」

マーカスがいかめしい顔でうなずいた。

ホノーリアは踵を引っぱりながら靴底を押したが、マーカスが苦痛の声をあげたので、すぐさま手を放した。

「大丈夫？」自分のものとは思えない、脅えた声だった。

「もう一度やってみてくれ」マーカスがぶっきらぼうに答えた。

「ほんとうにいいの？　だって――」

「いいからやるんだ」吐きだすように言う。

「わかったわ」ホノーリアはふたたびマーカスの足を持ち、歯を食いしばって引っぱった。

強く。今度は痛そうな声こそあげなかったが、動物が息絶える間ぎわに発するような、聞くに忍びない唸り声が洩れていた。とうとうホノーリアのほうが耐えられなくなり、マーカスの足をおろした。「これではうまくいきそうにないわ」ちらりと顔を見やった。「つまり、とても脱がせられるとは思えない」

「もう一度やるんだ」マーカスが言う。「ブーツというのはそもそも、脱ぎにくいものだからな」

「こんなに？」ホノーリアはみじんも信じられない思いで尋ねた。そうだとしたら婦人の装いだけがいつもあれほどまでに厄介なものだと言われてはいないだろう。

「ホノーリア」

「わかったわ」もう一度試してみたが、結果は同じだった。「残念ながら、家に帰ってから切り裂くしかなさそうね」

マーカスの顔に一瞬ぎょっとしたような表情がよぎった。

「ブーツをという意味よ」心配そうにつぶやいた。

「そのことじゃない」マーカスがつっけんどんに言った。「とんでもなく痛むんだ」

「まあ」ホノーリアは咳払いをした。「ごめんなさい」

マーカスがふるえがちな息をゆっくり吐きだした。

「立つのに手を貸してもらわなければならない」

ホノーリアはうなずき、先に立ちあがった。「ええと、まず手を出して」片手をつかんで引っぱりあげようとしたが、マーカスがうまく重心をかけられなかった。すぐにマーカスのほうから手を放した。

ホノーリアは自分の手を見おろした。どこか頼りなげで、しかもひんやりとしているように感じられる。

「脇の下に手を入れて支えてくれないか」マーカスが言う。

もしいきなりそう言われていたらためらったかもしれないが、すでにブーツを脱がそうと試みたあとなので、さほど不適切なこととは思わなかった。

ホノーリアは今度もうなずき、膝を曲げて、マーカスの脇の下に腕を差し入れた。「いくわよ」低く唸るようにりきむ声を洩らしつつ、引っぱり起こそうとした。自分がマーカスをかかえているのは不自然だし、どうしようもなく気詰まりだ。皮肉な結果でもある。マーカスが偽のモグラ塚に踏みこんで自分の上に倒れこんだせいで、はじめてこのように接近することになるなんて。

もちろん、同じ穴に二度も落ちなければ、こんなことにはならなかったのだけれど。

その体勢でしばし試みるうち、マーカスがまた言葉にならない罵り文句らしきものを発し、どうにか立ちあがった。ホノーリアは片手を自分の肩に掛けさせてマーカスを支えつつ、なるべく身を離そうとあとずさった。「足に体重をかけられる？」

「わからない」マーカスは言い、足を踏みだしてみた。一歩進んだものの、痛みに顔をゆがめた。

「マーカス？」ホノーリアはためらいがちに呼びかけた。

「大丈夫そうだ」

それにしてはつらそうだ。「ほんとうに大丈夫なの？　だってどうみても――」

「大丈夫だと――うっ！」マーカスはよろめいて、ホノーリアの肩につかまった。

ホノーリアはマーカスが体勢を立て直すまで辛抱強く待ち、より安定させるためにもう片方の手も差しだした。その手をマーカスにしっかりとつかまれ、今度はまたなんて大きくて温かく心地よい手なのだろうと感じ入った。しかもなぜかわからないけれど安らげる。

「手助けが必要だ」マーカスはしぶしぶといったふうに認めた。

「当然よ。だからわたしが……あの……」ホノーリアは考えなしにそばに戻ってから、はっとわずかに身を引き、あらためて徐々《じょじょ》に近づいた。

「横に立ってくれ」マーカスが言う。「寄りかからせてもらうしかない」

ホノーリアはうなずき、マーカスの片腕を自分の肩に掛けさせた。重い。でも心地よい。

「それで、フェンズモアはどちらかしら？」

マーカスが顎をしゃくった。「向こうだ」

正しい方角へ向きを変えて、ホノーリアはさらに訊いた。「でも、たぶんこちらのほうがもっと重要な質問だと思うんだけど、フェンズモアまでどれくらい距離があるの？」

「三マイル（約四・八キロメートル）だ」

「三――」ホノーリアは叫びかけた言葉を呑みこみ、できるだけいつもの声の高さに戻して訊きなおした。「ごめんなさい、三マイルと言ったの？」

「だいたいそのくらいだ」

正気なの？「マーカス、三マイルもあなたを支えて歩きつづけるのは無理よ。ロイル家に行ったほうがいいわ」

「よしてくれ」マーカスはいたって真剣だった。「このような状態で、あの家の玄関先に立つわけにはいかない」

ホノーリアも胸のうちで同意した。独身の伯爵がけがを負い、このように自分に頼りきっている姿を人々に見せられるはずがない。ロイル夫人は天からの贈り物だと思うだろう。おそらくマーカスは抗う間もなく部屋に運ばれ、セシリー・ロイルに看病されるはめとなる。

「いずれにしろ、きみに家まで付き添ってもらう必要はないだろう。だんだん歩けるようになってくるさ」

ホノーリアはじっと見返した。「そんなことはありえないわ」

「それなら家まで来てくれるのか？」マーカスが疲れたような声で訊いた。あるいはいらだっているのかもしれない。どちらでもあるのだろう。

「やってみるわ」うまくいかないのはわかっていたので、いったん同意した。五分もすれば、マーカスもあきらめてくれるに違いない。

ひょこひょこと何メートルか進んだところで、マーカスが言った。「モグラ塚は本来もっとずっと小さいものだろう」

「知ってるわ。でも、わたしの足が入る大きさでなければいけなかったんだもの」

マーカスはまた一歩進み、さらに半ば跳びあがるように一歩進んだ。「どうなることを期待していたんだ？」

ホノーリアはため息をついた。恥ずかしがるにはもうすでに時が遅すぎる。いまさら体裁をつくろおうとしたところで意味がないように思えた。「わからない」力ない声で言った。「たぶん、王子様が現われて助けてくれると思ってたのね。まさにいま自分がしているように、その人が家までわたしを送り届けてくれると」

マーカスはちらりと目を向けた。「それで、その王子様というのは……」

ホノーリアは正気を疑うかのように見返した。あなたに名を明かすわけがないでしょう。

「ホノーリア……」マーカスはそれとなくせかした。

「あなたには関係のないことだわ」

あろうことかマーカスは含み笑いを洩らした。「それを聞いたからといって、ぼくに何ができるというんだ？」

「とにかく、わたしは――」

「ホノーリア、きみはぼくにけがを負わせたんだぞ」

汚い手とはいえ、効きめはあった。

「ええ、たしかにそうね」ホノーリアは勝負をおりた。「そんなに聞きたいのなら言うわ、グレゴリー・ブリジャートンよ」

マーカスはやや驚いたふうに足をとめた。「グレゴ――」

「いちばん若い人」ホノーリアは遮って続けた。「あのご一家の末の弟さんよ。まだ結婚されてないわ」

「知っている」

「それならよかったわ。あの方には何か不服な点はある？」ホノーリアは首を片側に傾け、返事を待った。

マーカスはしばし考えこんだ。「ない」

「あなた――待って」ホノーリアは目をしばたたいた。「ない？」

マーカスは首を振り、わずかに重心をずらした。痛めていないほうの脚がしびれてきた。

「すぐに思いつくことは何もない」ほんとうだった。グレゴリー・ブリジャートンは考えられるかぎり最上の選択肢だ。

「ほんとうに？」ホノーリアが疑わしげに訊いた。「あの方については、好ましくない点が何もないのね」

マーカスはもう少しだけ考えるふりをした。ここで自分が何を言おうが、悪役になってしまうのは目にみえている。あるいは、ただの気むずかしい年寄りに。「少し若いがな」そうつぶやいて、五メートルほど先の倒木を身ぶりで示した。「あそこまで連れていってくれないか？　腰をおろしたい」

ふたりでどうにかこうにか長く太い倒木に行き着いた。ホノーリアは自分の肩に掛けられていた腕を慎重におろして、マーカスを坐らせた。「若すぎることはないわ」

マーカスは自分の足を見おろした。ブーツの上から見ればいつもと変わらないが、誰かの手でぎゅっと締めつけられているかのように感じられる。足がブーツのなかでぱんぱんに膨れあがっている気がする。「まだ大学生だろう」

「わたしよりは年上よ」

ホノーリアに顔を振り向けた。「最近、犬を蹴り飛ばしてなかったか？」

「わたしが知るかぎり、してないわね」

「そうか、ならば」マーカスはいつになく寛容なしぐさで片腕を開いて言った。「幸運を祈ろう」

ホノーリアはいぶかしげに目をすがめた。「どうしてあなたに幸運を祈ってもらわなくてはいけないの？」

まったく、あつかいにくい相手だ。「必要のないことだとしても、幸運を祈られるのはそれほど迷惑なことでもないだろう？」

「そうね」ホノーリアはゆっくりと答えた。「だけど……」

マーカスは待った。少しして、仕方なく問いかけた。「だけど、なんだ？」

「わからない」ホノーリアは目をそらさずに一語一語をことさらはっきり口にした。

マーカスは笑いをこらえた。「きみはどうしてそう、ぼくの言葉を勘ぐるんだ？」

「さあ、どうしてかしら」ホノーリアは皮肉たっぷりに答えた。「たぶん、去年ロンドンでわたしを睨みつけてばかりいたからではないかしら」

「そんなことはしていない」

ホノーリアが鼻先で笑った。「あら、してたわ」

「きみに取り入ろうとしていた男をひとりかふたり睨みつけはしたかもしれないが――」だめだ、こんなことを言うつもりではなかった。「――きみを睨んではいない」

「わたしを盗み見ていたわけね」ホノーリアが得意そうに言う。

「そんなことはしない」マーカスは嘘をついた。「見ずにはいられないだけだ」

ホノーリアが虚を衝かれたように低い声で訊いた。「それはどういう意味？」

なんたることか、墓穴を掘ってしまった。「たいした意味はない。きみはロンドンにいた。ぼくもロンドンにいた」ホノーリアに反応がないので、続けた。「ほかのご婦人がたとも顔を合わせていた」それから、なにより言ってはならないことだと気づく前に、口を開いていた。「きみのことしか憶えていないが」

ホノーリアが身じろぎもせず、梟《ふくろう》のごとく呆気《あっけ》にとられた顔で目を見張った。マーカスはこのように見られるのが苦手だった。これはホノーリアが忙しく頭を働かせ、相手を見抜こうとしているときの顔で、こちらは胸のうちを覗かれている気分になる。子供のときですら、スマイス－スミス家のほかの誰より、ホノーリアには自分の奥深くまで見られているような気がしていた。どうしてなのかはわからない。ふだんはたいがい幸せそうで陽気なホノーリアが、急に鮮やかなラベンダー色の瞳でこのように自分を見ることがある。しかも家族は気づいてはいないようなのだが、ホノーリアがこうやって人を見通していることに、マーカスだけは気づいていた。

自分もホノーリアに見透かされている。

マーカスは思い出を払いのけようとかぶりを振った。ホノーリアの家族のことは、自分がその家族の一員のように同じテーブルを囲んでいたときの気持ちは、いまは考えたくない。ホノーリアのことも。それに彼女の顔を見なければ、その瞳がちょうど辺り一面にほころびはじめたムスカリの色だとも考えずにすむ。ムスカリは毎年この時期に咲き、いつもつい〝ホノーリアの花だ〟と思っては慌ててその考えを打ち消していた。といっても、やや暗い花びらの色のほうではない。ホノーリアの瞳の色は、まだ完全には青くなりきらない花の付け根の色に似ている。

息苦しさを覚え、呼吸を落ち着かせようとした。自分がムスカリを見て、花のほんの一部分の色とホノーリアの瞳をついつい重ねあわせてしまうことは認めたくなかった。

ホノーリアが何か言ってくれるのを待ったが、むろん何も言ってはくれなかった。いまほど、彼女のお喋りを心から聞きたいと願ったことはない。

少ししてようやく、ホノーリアが穏やかな声で言った。「ご紹介するわ」

「なんのことだ？」マーカスは何を言われているのかわからなかった。

「あなたにご紹介するわ」ホノーリアは繰り返した。「若い令嬢たちを。あなたが憶えていない方たちのことよ」

なんと、ホノーリアはそんなことを問題にしているのか？　ロンドンで出会った女性たちを自分が誰ひとり憶えていないことを。

「喜んでご紹介するわ」ホノーリアは気遣うように言った。

気遣う？

憐《あわ》れまれているのか？

「必要ない」そっけない口調で答えた。

「あら、そうよね、すでに紹介はされて――」

「ぼくはただ――」

「あなたはわたしたち女性をばかにして――」

「話せることは何もないし――」

「わたしも退屈だとは思うけど――」

「はっきり言って」マーカスはこの話題をどうにか打ち切ろうと断言した。「ロンドンは嫌いなんだ」

意図した以上に大きな声を出してしまい、情けなくなった。なにしろ自分は二番めに上等なブーツをおそらくはナイフで切らなければ脱げない愚か者だ。「これでは無理だな」

ホノーリアは困惑していた。

「こんなようではとてもフェンズモアにたどり着けそうにない」マーカスはホノーリアの表情から、だからそう言ったのにと口にしたいのをこらえているのを読みとり、互いの面子が保てる策を提案した。「きみはブリクスタンに戻ってくれ。そちらのほうが近いし、道もわかっているからな」それからふと、自分が話している相手が誰かをあらためて思い起こして言い添えた。「道はわかってるんだよな？」

ホノーリアも状況をわきまえて怒りはしなかった。「小さな池まで来た道を戻ればいいだけだもの。それから丘を登れば、そこからすぐだわ」

マーカスはうなずいた。「誰かをここへ来させてくれ。ブリクスタンからじゃない。フェンズモアに誰かここに来させるよう書付を届けるんだ。ジミー宛てに」

「ジミー？」

「馬丁頭《ばていがしら》だ。ぼくがブリクスタンへ行く途中の、家から三マイル離れた場所にいると知らせるんだ。あとはジミーがやるべきことを判断する」

「あなたをここにひとりで残していって大丈夫？」

「雨が降ってこないかぎりはな」冗談めかしてさらりと答えた。ふたり同時に空を見上げた。厚い灰色の雲がぶきみに垂れこめている。「まいったな」

「走るわ」

「だめだ」ホノーリアなら本物のモグラ塚に足を滑らせかねないし、モグラがどこに穴を掘っているかわかったものではない。「きみまで転んで穴に落ちては困る」

ホノーリアは背を向けて進みだし、すぐに立ちどまって言った。「家にぶじ着いたら、書付で知らせてくれる？」

「もちろんだ」自分のぶじを誰かに知らせる約束をしたのはいつ以来のことだろう。なんとなくこそばゆいが、悪い気はしない。

マーカスは去っていくホノーリアを見つめ、遠ざかる足音をじっと聞いていた。助けが来るまで、どのくらいかかるだろう？　道に迷わずに進めたとしても、ホノーリアはブリクスタンまで一マイルちょっとの道のりを戻らなければならない。それから手紙を書いて、誰かに馬でフェンズモアへ届けさせる。そしてジミーが二頭の馬に鞍《くら》を付け、歩いたほうがむしろ進みやすい森のなかの小道をここまで来なければならない。

一時間くらいだろうか？　いや、一時間半か。もっと長くかかるかもしれない。

マーカスは倒木の上から地面に滑り降りて、背をもたせかけた。それにしても疲れた。足首が痛んでとても眠れそうにはなかったが、とりあえず目を閉じた。

そのとき、最初の雨粒が落ちてきた。

6

ブリクスタンに着いたときには、ホノーリアはすっかり濡れそぼっていた。マーカスを倒木のそばに残して歩きだして五分と経たずに、雨が降りだしてきた。はじめは大粒の滴がぽつぽつ落ちてくる程度で、煩わしいものの歩くのに差しさわりがあるほどではなかった。ところが森のなかの小道を出るなり、雨脚が激しくなった。草地をできるだけ急いで駆け抜けたが雨ざらしには変わりなく、土砂降りになって十秒後にはびしょ濡れになっていた。

マーカスが少なくともあと一時間は森で雨ざらしでいることは考えたくなかった。先ほどいた場所を必死に呼び起こした。雨をしのげる大きな木はあったかしら？　まだ春先で、木々には葉が生い茂っていない。

ホノーリアはブリクスタンに着いて勝手口から入ろうとしたが、鍵がかかっていたので正面玄関にまわらざるをえなかった。ノッカーを打つより先に扉が開き、家のなかへ転がりこんだ。

「ホノーリア！」サラが驚いた声をあげ、いとこを助け起こそうと駆け寄った。「窓からあなたが駆けてくるのが見えたの。どこに行ってたの？　ものすごく心配したんだから。捜索隊を出そうとしていたところだったのよ。花を摘みに行くと言って出かけたきり、帰ってこないんだもの」

　ホノーリアはサラがひと言口にするたび言葉を差し挟もうとしたが、息が切れて「聞いて」というだけでやっとだった。ふと足もとの水溜りを見おろした。円形の溜まりから、雨水の筋が壁のほうへゆっくりと流れている。

「身体を乾かさないと」サラが言い、ホノーリアの両手を取った。「凍《こご》えてしまうわ」

「サラ、聞いて」ホノーリアは両手を引き戻し、いとこの肩をつかんだ。「お願い。紙が必要なの。手紙を書かないと」

　サラがいとこはどうかしてしまったのかしらというように見つめ返した。

「いますぐ。そうしないと――」

「レディ・ホノーリア！」ロイル夫人が玄関広間に急いでやってきた。「みんな、ほんとうに心配していたのよ！　いったいどこまで出かけていたの？」

「わたしはただ花を探していただけですわ」ホノーリアは嘘をついた。「でも、お願いですから、手紙を書かせてください」

　ロイル夫人がホノーリアの額に手をあてた。「熱はなさそうね」

「ふるえてるわ」サラが言い、ロイル夫人を見やった。「道に迷ったのかもしれません。いとこは大変な方向音痴《おんち》なので」

「ええ、そうなんです」ホノーリアはこの会話をひとまず終わらせるためなら、どのようにけなされようとかまわなかった。「でも、お願いですから、少しだけわたしの話を聞いてください。急がなければいけないことなんです。チャタリス卿が森で動けなくなって、わたしに——」

「なんですって？」ロイル夫人が甲走った声で訊いた。「いったいどういうこと？」

ホノーリアはこの家に急いで帰り着くまでに考えた作り話を手短に説明した。うっかりほかの人々から離れて道に迷ってしまい、たまたま森を歩いていたチャタリス伯爵と出くわした。伯爵が言うには、その道はふたつの領地を所どころまたいでいて、ちょうどそこで足首をくじいてしまったらしい。

おおよそのところは真実だ。

「こちらにいらしてもらいましょう」ロイル夫人が言った。「すぐに誰かを迎えに行かせるわ」

「いいえ」ホノーリアはまだ少し息を切らしつつ続けた。「伯爵は家に帰りたがってますわ。馬丁頭に書付を届けてくれと頼まれたんです。伝えるべきことも正確に聞いています」

「だめよ」ロイル夫人はきっぱりと言った。「こちらにお迎えするべきだわ」

「ロイル夫人、お願いです。わたしたちがこうして話しているあいだも、あの方は雨ざらしになってるんです」

ロイル夫人はあきらかに逡巡《しゅんじゅん》しながらも、ようやくうなずいて言った。「ついてきなさい」廊下を少しいったアルコーヴに書き物机が置かれていた。夫人は紙と羽根ペンとインクを取りだし、ホノーリアが椅子に坐れるよう脇に退いた。けれどもホノーリアの指はかじかんでいて、羽根ペンを持つだけで精いっぱいだった。そのうえ髪から落ちる滴で紙を濡らしてしまいかねない。

サラが進みでた。「わたしが代わりに書きましょうか?」

ホノーリアはほっとしてうなずき、書くべきことを一字一句サラに伝えた。その間、ロイル夫人が後ろから覗きこむようにしていちいち差し挟もうとする助言は聞こえないふりで、やり過ごした。

サラが手紙を書きあげ、代わりに差出人の名も記し、ホノーリアのうなずきを見て、ロイル夫人に差しだした。

「こちらでいちばん速く馬を駆れる人に届けさせてください」ホノーリアは懇願するように頼んだ。

ロイル夫人が手紙を受けとり、そそくさと立ち去ると、サラがすぐさま立ちあがり、いとこの手を取った。「温まらないと」有無を言わせぬ口ぶりで言う。「さあ、一緒に来て。もう浴槽にお湯を溜めるよう女中に頼んであるから」

ホノーリアはうなずいた。やらなければいけないことは終えた。そう思うとその場に倒れこんでしまいそうだった。

翌朝は前日の空が嘘のように晴れわたった。ホノーリアは温めた煉瓦《れんが》を足先に置いてキルトの上掛けにくるまり、十二時間眠りつづけた。そのあいだにサラがそっと部屋に入ってきて、フェンズモアから書付が届いたことを知らせてくれた。マーカスもぶじ家に着いたのだから、同じように温めた煉瓦を足先に置いてベッドに入っていることだろう。

それでも、身支度を整えているときにもまだ不安は消えなかった。自分ですら、きのうブリクスタンに着いたときにはあれほど寒さに凍えていたのに、マーカスは雨ざらしでもっとずっと長い時間を過ごしたのだ。風も強く吹いていて、入浴しているあいだも部屋の窓越しに葉擦《はず》れや軋む物音が聞こえていた。マーカスは風邪をひいたのではないだろうか。それに足首もくじいただけではなく、骨が折れているかもしれない。そうだとしたら、もうお医者様を呼んで、然るべき手当ては受けたのだろうか？

そもそも、そうした手配はいったい誰がするのだろう？　自分の知るかぎり、マーカスには家族がいない。病気になったときには誰に看病してもらうのだろう？　フェンズモアには使用人のほかにも誰かいるの？

マーカスの様子を確かめに行かなければいけない。そうしなければ、気が休まらない。

朝食におりていくと、そこにいた人々に驚かれた。紳士たちはみなすでにケンブリッジへ帰ってしまったが、若い娘たちはテーブルを囲み、半熟卵とトーストを食べていた。

「ホノーリア！」サラが声をあげた。「もうベッドから出て大丈夫なの？」

「このとおり元気よ」ホノーリアは力強く答えた。「鼻風邪すらひいてないわ」

「ゆうべは指が凍《こお》ってるみたいに冷たかったのよ」サラがセシリーとアイリスに説明した。

「羽根ペンを握れもしなかったんだから」

「熱いお湯に浸かって、ぐっすり眠ったおかげね」ホノーリアは続けた。「でも、今朝はこれからフェンズモアを訪ねようと思うの。チャタリス卿が足首をくじいたのはわたしのせいだもの、どうしてもお見舞いに伺わないと」

「どうして、あなたのせいなの?」アイリスが訊いた。

ホノーリアは唇を嚙みそうになった。その部分は省いて説明したことを忘れていた。「たいしたことではないんだけど」思いつきで言いつくろった。「わたしが木の根につまずいてしまって、あの方は助け起こしに来ようとして、モグラ塚に足を滑らせてしまったみたいなの」

「まあ、モグラは嫌いだわ」アイリスが言う。

「わたしはわりに愛らしいと思うけど」セシリーが口を挟んだ。

「あなたのお母様を探さないと」ホノーリアは言った。「馬車の手配をしたいの。それとも馬で行こうかしら。もう雨はあがったし」

「まずは朝食をとったほうがいいわ」サラが勧めた。

「母はあなたをひとりでは行かせないはずよ」セシリーが答えた。「フェンズモアは独身紳士の館だもの」

「ひとりきりで暮らしてらっしゃるわけではないでしょう」アイリスが言う。「使用人が大勢いるはずだわ」

「少なくとも百人はいそうね」セシリーが続けた。「あのお屋敷を見たことがある? ものすごく大きいのよ。でも、そんなことは関係ない」ホノーリアのほうに向きなおった。「あの方はいまもおひとりで暮らしてらっしゃるわ。正式に付添人を務められる方はいないのよ」

「わたしが誰か連れていけばいいのよね」ホノーリアは気ぜわしげに言った。「わたしはどちらでもかまわない。とにかくすぐに出発しないと」

「誰かを連れてどこへ行くの？」ロイル夫人が問いかけて、朝食用の食堂に入ってきた。

ホノーリアがあらためて要望を伝えると、ロイル夫人は即座に了承した。「なにをおいても、伯爵のお見舞いに伺うべきだわ。そうしなければ、良識を疑われてしまうもの」

ホノーリアは目をしばたたいた。これほどやすやすと認めてもらえるとは思わなかった。

「わたしが一緒に行くわ」ロイル夫人が告げた。

がちゃんとティーカップが受け皿に置かれた音が響いた。ホノーリアがテーブル越しに目をやると、セシリーが硬い笑みを浮かべつつ、カップを握りつぶさんばかりにつかんでいた。

「お母様」セシリーが言う。「それなら、わたしも行くべきではないかしら」

ロイル夫人が押し黙って考えこみ、その隙にサラが言葉を差し挟んだ。「セシリーが行くのなら、わたしも行くわ」

「どうして？」セシリーが訊く。

「それなら」アイリスが淡々と言う。「どう考えても、わたしも行くべきよね」

「わたしは誰が来てくれてもかまわないわ」ホノーリアはできるだけ皮肉っぽさが表れないよう気をつけて答えた。「いずれにしても、なるべく早く出かけたいの」

「セシリーを連れていきなさい」ロイル夫人が高らかに告げた。「わたしはアイリスとサラとこちらで待ってるわ」

サラはその裁定に見るからに落胆していたが、異を唱えはしなかった。かたやセシリーは満面の笑みですばやく立ちあがった。

「セシリー、階上《うえ》でペギーに髪を直してもらいなさい」ロイル夫人が言う。「きちんとしなければ――」

「お願いですから」ホノーリアは遮って言った。「ほんとうにもう出発したいんです」

ロイル夫人は不服そうだったものの、さすがにチャタリス伯爵の見舞いより娘の髪を整えるほうが大切だとは言い張れなかった。「わかったわ」きびきびと応じた。「それなら、ふたりはすぐに出かけなさい。でも、これだけはお願いしておくわ。伯爵のお加減がよくなければ、こちらでご療養されるよう、しっかりとお勧めするのよ」

そのようなことにはまずならないだろうと思いつつ、ホノーリアがあえて答えずに玄関扉のほうへさっさと歩きだすと、セシリーとロイル夫人もすぐにあとをついてきた。

「それから、わたしたちがあと数週間はケンブリッジに戻らないこともお伝えしておいてね」ロイル夫人が付け加えた。

「そうなの？」セシリーが訊いた。

「そうよ。予定があいているかぎり、毎日でもお見舞いに伺ったほうがいいでしょう」ロイル夫人がいったん口をつぐんだ。「といっても、チャタリス卿が望まれればだけれど」

「そうよね、お母様」セシリーは同意したものの決まり悪そうな面持ちだった。

「それと、わたしがよろしく言っていたと伝えてちょうだい」ロイル夫人は言い添えた。

ホノーリアは玄関先の踏段を急いでおりて、馬車がまわされてくるのを待った。

「主人もわたしも速やかに快復されることをお祈りしているとお伝えしてね」

「お母様、あの方は病に倒れられたわけではないわ」セシリーが言う。

ロイル夫人は娘に顔をしかめた。「それでも、もし……」

「ちゃんとお伝えするわ」セシリーが母に先んじて言葉を継いだ。

「もう馬車が来るわ」ホノーリアは居ても立ってもいられず口を挟んだ。

「いいわね！」従僕の手を借りて馬車に乗り込むホノーリアとセシリーに、ロイル夫人が大きな声で念を押した。「もしお加減が悪いようなら、こちらに――」

けれど馬車はすでに走りだしていた。

執事が静かに部屋に入ってきて、レディ・ホノーリア・スマイス－スミスとロイル嬢が見えて、黄色の間でお待ちいただいていると伝えたとき、マーカスはまだベッドにいた。

「お目にかかれないと、お伝えいたしましょうか？」執事が申し出た。

マーカスはとっさにそうしてくれと言いかけた。まだ気分が悪いし、やつれているのも間違いない。きのうの夕方、ジミーが迎えにきてくれたときには、歯が砕《くだ》けないのがふしぎなほど激しくふるえていた。そのうえ家に着くと、ブーツを切り裂いて脱がなければならなかった。気に入っていたブーツなので、それだけでも気が滅入ったが、近侍が少しばかり気負いすぎたせいで、マーカスの左脚にはいま十センチほどの裂傷が残っている。

とはいえ、逆の立場だったなら、自分も必ずホノーリアの様子を自分の目で確かめに行くはずなので、見舞いを受け入れないわけにはいかないだろう。もうひとりのご婦人――執事はたしか、ロイル嬢と言っていた――については、繊細な性質の女性ではないことを祈るしかない。

なにしろ、先ほど鏡を見たときには自分ですらあまりの顔色の悪さに驚かされた。近侍の助けを借りて着替え、客間におりていき、見苦しくない程度には体裁を整えたつもりで、ふたりのご婦人がたに挨拶した。

「まあ、マーカス」ホノーリアが大きな声を出して立ちあがった。「ひどい顔色よ」

自分で思っていたほど見栄《みば》えをつくろえてはいなかったようだ。「また会えて嬉しいよ、ホノーリア」マーカスはそばのソファを身ぶりで示した。「坐ってもいいだろうか？」

「ええ、もちろんよ、どうぞ坐って。目もおちくぼんでしまっているわ」ホノーリアは顔をしかめ、テーブルをまわりこんで進むマーカスを見つめた。「手を貸しましょうか？」

「いや、けっこう、心配無用だ」マーカスは片脚で二度跳んで、いちばん端のクッションにつかまり、ほとんど倒れこむようにソファに腰をおろした。見舞い客の前で威厳を保とうとしても無駄だろう。

「ロイル嬢」マーカスはもうひとりのご婦人に会釈した。この何年かのあいだに一度か二度は間違いなく顔を合わせているはずだ。

「チャタリス卿」ロイル嬢が慎ましやかに応じた。「両親から、あなたの速やかなご快復を祈っておりますと言づかってまいりました」

「ありがとうございます」マーカスは力なくうなずいて答えた。突如、圧倒されそうなほどの疲れを感じた。寝室から階下への移動が予想以上に身にこたえたらしい。しかもゆうべはあまり眠れなかった。枕に頭をのせるや咳きこみはじめ、ひと晩じゅう苦しめられた。

「失礼」マーカスはご婦人がたに詫び、クッションを前のテーブルにひとつ置いて、そこに足をのせた。「高くしておいたほうがいいと言われているので」

「マーカス」ホノーリアはかしこまった礼儀をつくろうのはすぐにやめて呼びかけた。

「ベッドで安静にしていたほうがいいわ」

「そうしていたんだ」マーカスは乾いた声で答えた。「来客を知らされるまでは」

すると、何年も昔に世話を焼いてくれていた乳母ミス・ピムを思い起こさせる、咎めるような視線をホノーリアから返された。「執事に、お目にかかれないと伝えてもらえばよかったのよ」

「そうだろうか」マーカスはつぶやくように言った。「そうしたら、きみはそれをすなおに受け入れて、ぼくは大丈夫だと安心して家に帰ったのかな」もうひとりのご婦人を見やり、皮肉っぽく首を傾けた。「あなたはどう思われますか、ロイル嬢？　レディ・ホノーリアは、つべこべ言わずにお帰りになっただろうか？」

「いいえ、伯爵様」ロイル嬢は笑みをこらえて口もとを引き攣《ひつ》らせた。「あなたにお目にかからなければと、それは意気込んでいましたから」

「セシリー！」憤然と声をあげたホノーリアに、マーカスはそしらぬふりをした。

「そうでしたか、ロイル嬢？」マーカスはいっそうしっかりと顔を振り向けて続けた。「それほどまでご心配いただいて、胸が熱くなります」

「マーカス」ホノーリアが言う。「いい加減にして」

「なにしろ粘り強いご婦人ですから」

「マーカス・ホルロイド」ホノーリアは鋭い口調で呼びかけた。「いますぐわたしをからかうのをやめないと、ロイル夫人に、あなたがどうかブリクスタンで療養させていただきたいと強く願っていたとお伝えするわよ」

マーカスはぴたりと動きをとめ、笑いをこらえた。ロイル嬢を見ると、やはり同じように笑いをこらえている。結局どちらも、こらえきれなくなった。

「ロイル夫人はぜひ手厚い看病をさせていただきたいと熱望されているわ」ホノーリアはやけに穏やかな笑みを浮かべて言い添えた。

「きみの勝ちだ、ホノーリア」マーカスは認めて、ソファのクッションに背をもたれた。ところが笑いが咳の発作に取って代わられ、鎮めるまでに一分近くもかかった。

「きのうはどれくらい雨に打たれていたの？」ホノーリアが問いつめるように訊き、立ちあがってマーカスの額に手をあてがうと、ロイル嬢がその親しげなしぐさに目を大きく見開いた。

「熱があるのかな？」マーカスはぼそりと尋ねた。

「なさそうね」けれども、ホノーリアは眉をひそめた。「でも、なるべく温かくしたほうがいいわ。毛布を取ってきましょうか」

マーカスはその必要はないと言いかけたが、じつのところ毛布という言葉が耳にいたく心地よく響いた。しかもホノーリアから勧められたのがことのほか嬉しく、うなずいた。

「わたしが取ってくるわ」ロイル嬢がすばやく立ちあがった。「廊下で女中を見かけたから」

セシリーが客間を出ていくと、ホノーリアは椅子に腰を戻し、気遣わしげにマーカスを見やった。「ほんとうにごめんなさい」ふたりきりになるとすぐに口を開いた。「あなたをあんな目に遭わせてしまって、心から申しわけなく思ってるわ」

マーカスは詫びの言葉を払いのけるように手を振った。「大丈夫だ」

「どれくらい雨に打たれていたのか、まだ答えてくれてないわよね」ホノーリアはそれとなく返答をせかした。

「一時間かな？」マーカスは考えるそぶりで言った。「二時間くらいかもしれない」

ホノーリアは申しわけなさそうにため息をついた。「ほんとうにごめんなさい」

マーカスは苦笑した。「それはさっきも聞いたぞ」

「だって、心からそう思ってるんだもの」

このとりとめのないやりとりにマーカスはふたたび笑いかけたが、またも咳に掻き消されてしまった。

ホノーリアが心配そうに眉根を寄せた。「やっぱりブリクスタンにいらしたほうがいいかもしれないわ」

まだ咳で話せないものの、マーカスは突き刺すような視線を投げた。

「ここにひとりで寝かせておくのは心配なのよ」

「ホノーリア」どうにか呼びかけ、二度咳をしてから言った。「きみたちはまもなくロンドンに帰ることになっているはずだ。ロイル夫人は親切このうえない隣人には違いないが、自分の家で療養するほうがはるかにましだ」

「そうよね」ホノーリアは同意して、かぶりを振った。「セシリーを今月中にでもあなたに嫁がせようとしているのは間違いないもの」

「いま、わたしの名を言わなかった？」セシリーが明るい声で訊き、紺青色の毛布を持って客間に戻ってきた。

マーカスはまたも咳きこみ、今度はわざと少しだけ長引かせた。

「はい、これ」セシリーは毛布を取ってきたものの、どうすればいいのかわからないようだった。「あなたからお渡ししたほうがいいわ」ホノーリアに言う。

ホノーリアは毛布を受けとり、広げながらソファに歩み寄っていった。「はい、どうぞ」やさしい声をかけて腰をかがめ、柔らかな羊毛の織物をマーカスにかぶせた。穏やかに微笑んで、毛布の角を折りこむ。「窮屈ではない？」

マーカスは首を振った。気遣われるのは妙な気分だ。

ホノーリアは毛布をきちんと掛け終わると背を起こし、大きくひと息ついてから、お茶を飲んだほうがいいと勧めた。

「ええ、そうよ」ロイル嬢も同調した。「きっとそうなさったほうがいいわ」

マーカスはもはや拒もうという気も起きなかった。毛布にくるまれて片脚をテーブルにのせている姿は哀れっぽく見えているに違いなく、咳きこむたび、ご婦人がたにどう思われているかは想像したくもない。とはいえ世話を焼かれると思いのほか気がなごむのだから、ホノーリアがお茶を飲んだほうがいいと勧めるのなら、言われたとおり飲んで安心してもらえればそれに越したことはない。

お茶の準備を頼むために呼び鈴の紐《ひも》のある場所を教えると、ホノーリアが紐を引いてから向かいの席に戻り、ほどなく女中がやってきて要望を聞いて立ち去った。

「足首をお医者様に診ていただいた？」ホノーリアが訊いた。

「その必要はない」マーカスはそう答えた。「骨は折れてない」

「確かなの？　安易に判断できることではないでしょう」

「確かだ」

「それでもやっぱり――」

「ホノーリア、うるさいぞ。骨は折れてないんだ」

「それで、ブーツはどうなったの？」

「ブーツ？」ロイル嬢が訊いた。ふしぎそうな顔をしている。

「あれは、残念ながら、壊れた」マーカスが答えた。

「やっぱり」ホノーリアが言う。「切らなければならないだろうと思ってたのよ」

「ブーツを切らなければならなかったの？」ロイル嬢がおうむ返しに訊いた。「まあ、それは大変でしたのね」

「足首がほんとうにとても腫れていたから」ホノーリアが説明した。「切るしか方法がなかったのよ」

「でも、ブーツでしょう」ロイル嬢が念を押すように言う。

「気に入っていたものではなかったので」マーカスは気の毒なロイル嬢を元気づけようとして言った。なにしろ誰かが仔犬の首を切り落としたかのような顔をしている。

「片方のブーツだけを作ってもらうこともできるのではないかしら」ホノーリアは思いめぐらせて続けた。「残ったほうと揃うように。そうすれば、まったくの無駄にはならないわ」

「あら、だめよ、うまくいくはずがないわ」ロイル嬢がその手のことには通じているといった口ぶりで言う。「革はまったく同じものはないのだから」

そこに、長年家政婦を務めているウェザビー夫人が現われ、マーカスは靴についての長談義から救われた。「みなさんが頼まれる前から、すでにお茶のご用意を始めていたんですのよ」ウェザビー夫人は高らかに告げて、すたすたと盆を運んできた。

マーカスはみじんの驚きもなく笑みを浮かべた。何事もつねにこのような調子のご婦人なのだ。ホノーリアとロイル嬢に紹介すると、家政婦は目を輝かせてホノーリアを見やった。

「まあ、ダニエル坊ちゃまの妹さんですわね！」ウェザビー夫人は声をはずませ、茶器の盆をおろした。

「そうです」ホノーリアはにこやかに答えた。「兄をご存じですのね？」

「存じておりますとも。何度か、たいがいは先代の伯爵様がお留守のときにいらっしゃってましたから。もちろん、マーカス坊ちゃまが伯爵になられてからも、一度か二度はお目にかかってますわ」

マーカスは子供のときの敬称で呼ばれ、顔が熱くなったが、それでも正そうとは思わなかった。ウェザビー夫人は育ての母親のような存在で、ここフェンズモアでいつも温かな微笑みや励ましの言葉を与えてくれるのはこの女性しかいない。

「お目にかかれて嬉しいですわ」ウェザビー夫人は続けた。「あなたのことはよくお聞きしておりますので」

ホノーリアは思いがけない言葉に目をしばたたいた。「そうなのですか？」

マーカスも啞然として目をしばたたいた。これまでホノーリアのことを誰かに、ましてや家政婦に話した憶えはない。

「ええ、そうですとも」ウェザビー夫人が言う。「もちろん、子供の頃のことですけれど。正直に申しあげると、いまだにあなたがたを幼い子供のように思ってしまうんですの。もうすっかりご成長されたんですのよね？」

ホノーリアは微笑んで、うなずいた。

「ところで、お茶の飲み方のお好みは？」家政婦は尋ねて、ホノーリアとロイル嬢から好みの飲み方を聞き、三つのティーカップすべてにミルクをたっぷり垂らした。

「ダニエル坊ちゃまには、もうずいぶん久しくお目にかかっていませんわ」ポットを持ち上げ、注ぎながら続ける。「ちょっぴり腕白《わんぱく》だけれど、わたしは大好きですのよ。お元気になさってます？」

気詰まりな沈黙が落ちて、ホノーリアは目顔でマーカスに助けを求めた。マーカスはすぐさま咳払いをして言った。「まだ話してなかっただろうか、ウェザビー夫人。ウィンステッド卿はもう何年も国を離れているんだ」詳しい事情はホノーリアとその友人の前ではなく、あとで話せばいい。

「そうでしたの」家政婦は不自然な沈黙の意味をそつなく読みとり、それ以上その話題を深追いすることはしなかった。何度か咳払いをしてから、まずはホノーリアに受け皿ごとカップを差しだした。「こちらをどうぞ」低い声で言い、今度はロイル嬢にカップを手渡す。

ふたりの令嬢が礼を述べると、家政婦は立ちあがってマーカスにカップを運んだ。それからまたホノーリアのほうに向きなおった。「ぜんぶお飲みになったか、あとで確かめてくださいます？」

ホノーリアはにっこり笑い返した。「ご安心ください」

ウェザビー夫人は前かがみになり、大きな声で耳打ちした。「殿方は病人になると、手がかかりますから」

「聞こえている」マーカスがぼそりとこぼした。

家政婦は主人をいたずらっぽくちらりと見やった。「そうですわよね」そう言うと、膝を曲げて頭をさげ、客間を出ていった。

そのあとは何事もなく過ぎた。三人でお茶を飲み（マーカスはホノーリアに強く勧められて二杯飲んだ）、ビスケットを食べ、あたりさわりのないことをあれこれ話しているうちに、マーカスがまた咳きこみはじめた。今度はだいぶ長く続いたので、ホノーリアはベッドに戻るよう勧めた。

「わたしたちはそろそろ失礼するわ」そう言って、ロイル嬢とともに立ちあがった。「ロイル夫人がわたしたちの帰りを待ちわびているでしょうから」

マーカスはふたりからどうかそのままでと言われてうなずき、笑顔で礼を述べた。じつは気分がかなり悪くなっていて、部屋に戻るのに恥を忍んで手伝いを頼まなければならないかもしれないと考えていたところだった。

むろん、ご婦人がたが帰ってからだが。

マーカスは唸り声を呑みこんだ。病人でいるのは厄介なものだ。


馬車に乗り込むなり、ホノーリアは座席に腰を落として背をもたせかけた。マーカスはまだ顔色が悪かったとはいえ、滋養になるものをとって一週間程度ゆっくり休めば、快復できないほどの重い症状ではなさそうだった。ところが、ほっと安堵したのも束の間、セシリーが唐突に言った。「一カ月ね」

ホノーリアは目を上げた。「なんのこと？」

「わたしの予想よ」セシリーは人差し指を立てて、宙にくるりと小さく円を描いてから、その指をさっと突きつけた。「チャタリス卿が求婚するまで、あと一カ月」

「誰に？」ホノーリアは必死に動揺を隠して訊いた。マーカスにセシリーをとりたてて気に入ったようなそぶりは見えなかったし、さらに言うなら、セシリーは元来それほど自惚《うぬぼ》れの強い女性ではない。

「もう鈍いわね、あなたによ」

ホノーリアは思わず舌を嚙みそうになった。「まあ」頭がぼうっとなって、言葉が出てこない。「あ、いえ、あの、違うわ」

セシリーが得意げに微笑んだ。

「ち、違うわよ」もともと語彙《ごい》はさほど豊富ではないかもしれないけれど、いまはもうほとんど声を発することしかできなくなっていた。「違うわ」繰り返した。「もう、違うわよ」

「賭けてもいいわ」セシリーが茶目っ気たっぷりに言う。「今年の社交シーズンが終わる頃には、あなたは結婚してる」

「そう願いたいけど」ホノーリアはようやく口にできる言葉を見つけた。「お相手は、チャタリス卿ではないわ」

「あら、またチャタリス卿とお呼びするようになったのね？　先ほどはずっと名で呼んでいたことに、わたしが気づかなかったとでも思ってるの？」

「それは昔からそう呼んでいたからだわ」ホノーリアはむきになって答えた。「六歳のときから知ってるんだもの」

「そうかもしれないけど、あなたたちふたりは……そうね、どう言えばいいのかしら？」セシリーは唇をすぼめ、馬車の天井をちらりと見上げた。「まるでもう夫婦のように見えたわ」

「おかしなこと言わないで」

「正直に言ってるのよ」セシリーがことのほか嬉しそうに言い、くすりと笑った。「みんなに話さないと」

　ホノーリアはすばやく向かいの座席に移った。「やめて！」

「女性はこういうときにむきになって否定するものなのね」

「いいこと、セシリー、チャタリス卿とわたしのあいだに愛情はないと断言できるわ。それに、結婚することはありえない。噂が流れでもしたら、わたしが不幸になるだけなのよ」

　セシリーが頭を片側に傾けた。「愛情はない？」

「茶化さないで。もちろん、大切な存在ではあるわよ。兄のようなものだから」

「わかったわ」セシリーは応じた。「誰にも言わない」

「だから――」

「あなたたちが婚約するまでは。そのあとは誰にでも叫ばせてもらうわ。わたしは予想していたのよって」

ホノーリアは答える気にもなれなかった。マーカスと婚約することはありえないのだから、友人に自分のことを叫ばれる日もこない。けれどふと、自分がはじめて人にマーカスを兄のようなものだと口にしたことに気づいた。

それはもうずっと昔のことなのに。

でもいまはそうではないとしたら、マーカスは自分にとっていったいどんな存在なのだろう？

7

翌日、ホノーリアはロンドンに帰ってきた。社交シーズンが始まるのはひと月先だが、準備しなくてはいけないことは山ほどある。帰った日の午後に、嫁いだばかりの従姉、マリゴールドがさっそく訪ねてきて、いまはピンク色がとても流行しているので、仕立て屋では桜草の淡いピンク色、芥子《けし》の赤みがかったピンク色、ルビーの濃いピンク色というように、具体的に好みを伝えなくてはいけないのだと教えてくれた。さらには、腕輪《ブレスレット》もひととおり取り揃えておいたほうがいいという。それがなくては、お話にならないとマリゴールドは念を押した。

まずはマリゴールドの助言に従って、今週中に仕立て屋に行こうと予定を立てた。ところが、まだ好みのピンク色（無難というだけの理由で桜草の淡いピンク色に決めた）を選んだだけで何もしないうちに、フェンズモアから手紙が届いた。

きっとマーカスからなのだろうが、わざわざ手紙をよこす手間をかけたことを意外に思いつつさっそく紙を広げた。けれど縦長の一枚の紙に書かれていたのは、マーカスのものではありえない女性らしい文字だった。

ホノーリアはいぶかしげに眉根を寄せ、腰をおろして手紙を読みはじめた。

親愛なるレディ・ホノーリア

厚かましくもお便りさせていただくことをお許しください。ほかにはどなたも思い浮かばなかったのです。チャタリス卿のお加減がよくありません。この三日間、高い熱が続き、昨晩はひどくうなされていました。毎日午後にお医者様がお越しくださるのですが、様子を見るようにとしかおっしゃらないのです。

ご存じのように、伯爵にはご家族がおりません。それでもどなたかにお知らせしなければと思い、旦那様がいつも称賛されているあなた様のご家族にお伝えすべきと考えたしだいです。

とり急ぎ

チャタリス伯爵家の家政婦
ミセス・ウェザビー

「なんてこと」ホノーリアはつぶやき、食い入るように手紙を見つめた。どうしてこんなことになってしまったのだろう？　フェンズモアを訪ねたとき、マーカスはたしかに苦しそうに咳きこんではいたけれど熱が高そうな様子はなく、急に悪化しかねない兆しはいっさい見受けられなかった。

それにしても、ウェザビー夫人はどのような意図で自分に手紙を書き送ってきたのだろう？　単にマーカスの状態を知らせておきたかっただけなのか、それとも、フェンズモアに来てほしいとそれとなく伝えたかったのだろうか？　もし後者だとすれば、マーカスの容態はそれほど深刻だということ？

「お母様！」ホノーリアは大きな声で呼ばわった。考えることなく立ちあがり、母を探して家のなかを歩きだした。鼓動が速まり、足早に進んだ。さらに声を張りあげた。「お母様！」

「ホノーリア？」レディ・ウィンステッドがお気に入りの清国《しんこく》の絹の扇子《せんす》であおぎながら、階段の最上段に現われた。「いったい何事？　仕立て屋で何か困ったことでもあったの？　きょうはマリゴールドと仕立て屋に出かけたものとばかり思ってたわ」

「違うの、そのことではないのよ」ホノーリアは急いで階段をあがった。「マーカスのことなの」

「マーカス・ホルロイド？」

「ええ。あの方の家政婦から手紙が届いたのよ」

「家政婦から？　どうしてまた家政婦――」

「ケンブリッジであの方にお会いしたと話したでしょう？　お母様に――」

「ああ、ええ、聞いたわ」母は微笑んだ。「嬉しい偶然よね。ロイル夫人からの手紙にも書かれていたわ。あの方がお嬢さんを気に入ってくださることを期待しているのではないかしら」

「お母様、これなのよ、どうか読んでみて」ホノーリアはウェザビー夫人からの手紙を差しだした。「お加減がとても悪いそうなの」

レディ・ウィンステッドはその短い手紙にすばやく目を通し、心配そうに唇を引き結んだ。

「まあ、なんてこと。これはとてもよくない知らせだわ」

ホノーリアは事の重大さを理解してもらおうと母の腕にしっかりと手をかけた。「わたしたちがフェンズモアに行かなければいけないわ。いますぐに」

レディ・ウィンステッドは驚いた顔で見返した。「わたしたち？」

「あの方にはほかに誰もいないのよ」

「あら、そんなことはないでしょう」

「そうなのよ」ホノーリアは語気を強めた。「ダニエルお兄様とイートン校にいた頃、よくうちにいらしてたのを憶えてるでしょう？　あれはほかに行くところがなかったからだわ。お父様ともうまくいっていたとは思えない」

「どうしたらいいのかしら、さしでがましいことのようにも思えるし」母は眉をひそめた。

「わたしたちは家族ではないのだから」

「あの方に家族はいないの！」

レディ・ウィンステッドは下唇を噛んだ。「あの方はほんとうに好感の持てる少年だったわ。でも、だからといって……」

ホノーリアは腰に両手をあてた。「お母様が来てくださらないのなら、わたしひとりで行くわ」

「ホノーリア！」レディ・ウィンステッドはたじろぎ、このことを話しだしてからはじめて、生気のなかった目に光を灯《とも》した。「そんなことをしてはいけないわ。評判を落としてしまうのよ」

「あの方が死んでしまうかもしれないのに」

「それほど深刻な状態ではないでしょう」

ホノーリアは両手をきつく組み合わせた。少し前から手がふるえだし、指が冷えきっていた。「深刻でなければ、あの方の家政婦がわたしに手紙をよこすかしら」

「ええ、たしかにそうなのだけれど」レディ・ウィンステッドはうなずき、小さくため息をついた。「それなら、あす発《た》ちましょう」

ホノーリアはかぶりを振った。「きょうよ」

「きょう？　ホノーリア、こうした旅には準備が必要よ。そんなに急には――」

「きょう発ちましょう、お母様。時間を無駄にはできないわ」ホノーリアはさっさと階段をおりていき、肩越しに言い添えた。「わたしが馬車をまわすよう頼んでおくわ。一時間で支度して！」

だが、レディ・ウィンステッドはただひとりの息子が国を追われて以来失っていた活気のようなものを取り戻し、予想以上に迅速《じんそく》な動きを見せた。荷造りをして女中を連れ、四十五分後には玄関脇の客間で娘を待っていた。

その五分後、ふたりは馬車で出発した。

ケンブリッジシャー北部までは一日がかりの旅なので、ウィンステッド伯爵家の馬車がフェンズモアの屋敷の前に着いたときには午前零時近くになっていた。母はサフロン・ウォルデンの少し北辺りから寝入ってしまったが、ホノーリアは目が冴えていた。馬車がフェンズモアに続く長い車道に折れたとたん、緊張から身がまえて、扉の取っ手を握らないようこらえなければならなかった。そしてようやく馬車が停まると、手を貸す者が来るのも待たず、取っ手をつかんだ。すぐさま扉を押し開き、馬車を降りて、玄関前の踏段を駆けあがった。

屋敷は静まり返っていて、ノッカーを五分以上も上げ下げして、やっと窓越しに蠟燭の揺らめく灯《あか》りが見え、急ぎ足で近づいてくる靴音も聞こえてきた。

執事が玄関扉を開くと――執事の名は思いだせなかった――問われる前に先んじて言った。

「ウェザビー夫人が伯爵のご病状を手紙でお知らせくださいました。すぐにご様子を確かめたいの」

執事は仕える主人とそっくりの誇り高い身ごなしで、やや腰を引いた。「失礼ながら、それはご無理かと」

ホノーリアは倒れないよう戸枠につかまった。「それはどういうこと？」かすれがかった声で訊いた。ウェザビー夫人が自分に手紙を書いてからの短いあいだに、マーカスが高熱で息絶えたなどということは信じられない。

「旦那様は眠っておられます」執事はいらだたしげに答えた。「このような深夜に起こすことはできません」

ホノーリアはほっとして、それまで眠っていた手脚にいっきに血液が流れだしたかのように感じられた。「そう、よかった」熱のこもった声で言い、執事の手を取った。「それなら、お願い、お顔を見させて。起こさないようにすると約束するわ」

執事は手を取られてどことなくけげんそうな面持ちだった。「このような時間に、お部屋にお通しすることはできません。申しあげさせていただくなら、まだお名前すら伺っておりませんし」

ホノーリアは目をしばたたいた。ほんの数日前の訪問者を思いだせないほど、フェンズモアにはふだんから来客があるのだろうか？　そう考えてすぐに、執事が薄暗いなかで目を凝らしていることに気がついた。そうよ、きっと、こちらの顔がはっきり見えていないんだわ。「失礼をお詫びします」ホノーリアはできるだけ気持ちを込めて言った。「わたしは、レディ・ホノーリア・スマイス－スミスです。それから、母のレディ・ウィンステッドと女中がまだ馬車のなかにいます。どなたか母に手を貸してくださるとありがたいわ」

執事の皺の寄った顔の表情が一変した。「レディ・ホノーリア！　失礼いたしました。暗くて、あなた様とはわからなかったものですから。さあ、どうぞ、お入りください」

執事はホノーリアの腕を取り、屋敷のなかへ導いた。ホノーリアは導かれるまま進み、ほんのわずかに歩調を落として馬車を振り返った。「母が……」

「できるだけ早くご案内するよう、従僕に申しつけておきます」執事が力強く言った。「ですがまずは、あなた様をお部屋にご案内いたします。ご用意していなかったのですが、すぐに整えられる部屋がいくつかありますので」ひとつの部屋の戸口で足をとめ、身を乗りだして、呼び鈴の紐を何度か引いた。「女中たちがすぐにまいります」

「どうか、わたしのために起こさないで」すでに紐が力強く引かれたあとで遅すぎるとは知りながら、ホノーリアは言った。「ただ、ウェザビー夫人とはお話しできるかしら？　起こしてしまうのは申しわけないけれど、なにより優先すべきことだから」

「もちろんですとも、かしこまりました」執事は応じ、さらに屋敷の奥へ導いていった。

「それと、母は……」ホノーリアは気遣わしげに後ろを振り返った。当初は渋っていたにもかかわらず、母は感心させられる辛抱強さでこの旅につきあってくれた。馬車のなかで寝かせておくのは忍びない。馬車には御者と馬丁たちも付き添っているし、もちろん女中も向かい側の座席のクッションに腰をおろしていて、同じく寝入ってしまっているが、このまま放っておくのは気が咎めた。

「あなた様をウェザビー夫人のところへご案内したらすぐに、私がお出迎えにまいりましょう」執事が申し出た。

「ありがとう、でも……」名を知らないと話しづらい。

「スプリングピースと申します、お嬢様」執事は両手でホノーリアの片手を取り、握った。その手は冷たく湿っていて、握る力も頼りなげだったが、切迫した思いが込められていた。感謝の念も。目を上げ、黒い瞳で見つめる。「失礼ながら、お嬢様、こちらにおいでくださって、ほんとうにありがたく思っております」

十分後、ホノーリアはウェザビー夫人とともにマーカスの部屋の前に立っていた。「このようなお姿をあなた様にお見せするのを旦那様が望まれているかわかりませんが」家政婦が言う。「そのために、はるばるお越しいただいたのですから……」

「起こさないようにするわ」ホノーリアは請けあった。「ご様子を自分の目で確かめておきたいだけだから」

ウェザビー夫人は唾を飲みこみ、率直な目を向けた。「お加減はよくありません。心の準備をなさってください」

「ええ、いい状態とは思っていなかったから」ホノーリアはつかえがちに答えた。「もちろん、どのような状態なのか予想できたわけではないけれど、でも――」

家政婦はホノーリアの腕にやさしく手をかけた。「わかってますわ。わたしがお手紙を書いてから、きのうよりは少しだけよくなっています」

ホノーリアはうなずいたが、硬くぎこちないしぐさになった。家政婦はマーカスが死に瀕《ひん》しているわけではないことをそれとなく伝えようとしたのだろうが、逆に言えば、少し前まで死に瀕していたということなのだから、たいして励まされる言葉ではなかった。しかもそれがほんとうなら、またそのような状態にならないともかぎらない。

ウェザビー夫人は人差し指を唇にあてて、音を立てないようホノーリアに合図した。それからゆっくりと取っ手をつかみ、蝶番《ちょうつがい》の音をさせないよう慎重にドアを開く。

「寝てらっしゃいますわ」ウェザビー夫人がささやいた。

ホノーリアはうなずき、部屋に足を踏み入れて、瞬《まばた》きで薄暗さに目を慣らそうとした。部屋のなかはやけに暖かく、空気が蒸してよどんでいる。「暑くないのかしら？」ウェザビー夫人にささやきかけた。息苦しいほどの蒸し暑さのなか、マーカスは何枚もの毛布やキルトの下に埋もれているように見える。

「お医者様のご指示なんです」ウェザビー夫人が答えた。「けっして身体を冷やしてはいけないとおっしゃったので」

ホノーリアはドレスの首もとを引き、ほかに襟ぐりを緩められる方法があったならと思った。それにしても自分ですら息苦しいのだから、マーカスはどれほどつらいことだろう。このような暑さのなかで上掛けにくるまれていて、安らかでいられるとはとても思えない。

でも、たとえ暑すぎると感じていたとしても、マーカスは眠っている。寝息は、こうして聞くかぎり落ち着いているようだ。病人がどのような寝息を立てるものなのかは知らないけれど、ふつうではないとあきらかにわかるものなのではないだろうか。ホノーリアは少しだけ近づいて、身をかがめた。だいぶ汗をかいている。顔の片側しか見えないものの、肌が不自然に照り輝いていて、力仕事をしたあとのような体臭《たいしゅう》が漂っている。

「こんなに毛布を重ねる必要があるのかしら」ホノーリアはささやいた。「お医者様にきつく言われたもので」

ウェザビー夫人は困ったように小さく肩をすくめた。

すから」

ベッドの側面に脚が触れるところまでさらに近づいた。「快適そうには見えないわ」

「そうですわよね」ウェザビー夫人がうなずいた。

ホノーリアは上掛けを少しだけでもさげられないかと、慎重に手を伸ばした。いちばん上のキルトのふちをつまみ、ほんの軽く引き――

「あ、あうう！」

ホノーリアは小さな悲鳴を洩らしてすばやくあとずさり、ウェザビー夫人の腕をつかんだ。

マーカスは勢いよく起きあがり、部屋のなかをきょろきょろ見まわしている。

しかも何ひとつ身につけているようには見えない。少なくとも、いま見えている上半身には。

「大丈夫よ、大丈夫だから」そう言ってはみたものの、自信を欠いた声だった。じつのところ大丈夫のようには見えないし、だからといってどのように声をかければいいのかもわからない。

マーカスは呼吸が荒く、相当に興奮しているようで、目の焦点が合っていない。ホノーリアがそこにいることに気づいているかどうかも定かでなかった。何かを探しているかのように頭を左右に動かし、そのうち急に慌しく首を振りはじめた。「だめだ」声に力がないので、憤っているわけではなく、ただ動揺しているだけなのだろう。「だめだ」

「寝ぼけているんだわ」ウェザビー夫人が静かに言った。

ホノーリアはゆっくりとうなずき、いまさらながら自分が引き受けてしまった荷の重さを痛感した。病気についてなんの知識もなければ、高い熱を出している病人の看病の仕方もよくわからない。

それなのに、どうしてここに来てしまったのだろう。マーカスを看病するため？　ウェザビー夫人からの手紙を読んで心配のあまり取り乱し、ともかく会いに行かなければという思いだけでせきたてられていた。ここに来てどうすればいいのかまで考えがまわらなかった。なんて愚かなのだろう。マーカスに会って自分に何ができるというの？　背を翻して逃げ帰る？

マーカスを看病しなければと思ってやってきて、実際にここに着いても、なにひとつできることは思いつかない。それどころか、この先のことを考えると身がすくんだ。もし間違ったことをしてしまったらどうしよう。もしよけいに悪化させてしまったら？　とはいえ、ほかにどうすればいいというのだろう。マーカスは自分を必要としている。ホノーリアはこの男性に家族がいないことにあらためて思い至り、目が覚めると同時に少しばかり恥ずかしくもなった。

「わたしが付き添います」ウェザビー夫人に申し出た。

「まあ、いいえ、お嬢様、そういうわけにはいきませんわ。それでは――」

「誰かが付き添わなければ」ホノーリアはきっぱりと言った。「ひとりでは放っておけないわ」家政婦の腕を取り、部屋の反対側へ連れだした。マーカスのそばでは話せない。すでにまたベッドに背を戻してはいたが、せわしなく寝返りを打っていて、その姿を見るたび身の縮む思いがする。

「わたしが付いています」ウェザビー夫人が言う。けれど心から望んでいる声ではなかった。

「あなたはもうすでに何時間も付き添っているのでしょう」ホノーリアは続けた。「わたしが代わります。あなたはどうか休んでください」

ウェザビー夫人はほっとしたようにうなずき、戸口まで戻ったところで言った。「何か言う者は誰もいませんわ。あなたが旦那様の部屋にいらしても。フェンズモアにいる者には誰ひとりとして、わたしがけっして他言させません」

ホノーリアは安心させようと笑みを返した。「母もこのフェンズモアに来てますから。まだ部屋に入ってはいないかもしれませんが。ですから、妙な噂を立てられることはないわ」

ウェザビー夫人がうなずき、すっと部屋を出ていき、ホノーリアはその足音が遠ざかって聞こえなくなるまで待った。

「ああ、マーカス」ベッド脇にゆっくりと戻り、そっと呼びかけた。「いったいどういうこと？」触れようと手を伸ばし、やはりやめておいたほうがいいと思いとどまった。適切なことではないし、また先ほどのように眠りを妨げたくない。

マーカスは上掛けの内側から片腕を突きだし、落ち着きなく動かしてから脇に戻し、もう片方の手をキルトの上に出した。これほど筋肉質な身体をしているとは思わなかった。もちろん、逞《たくま》しい男性なのは知っていた。それはわかりきっていることだ。マーカスは――ホノーリアはふと考えこんだ。いいえ、わかりきったことというわけではない。マーカスが何かを持ち上げている姿を最後に見たのはいつだっただろう。でも、いかにも逞しそうだ。それはあらゆるところから見てとれる。いろいろなことをなし遂げられる能力がある。男性の誰もがそうであるとはかぎらない。現に、自分の知りあいの男性のほとんどはそうではない。

とはいうものの、男性の腕の筋肉がこれほどきわだっているものだとは気づかなかった。興味をそそられた。

さらにわずかに身を乗りだし、首を片側に傾け、蠟燭を少し近づけてみた。この肩の筋肉はなんと呼ぶものなのだろう？　くっきりと浮き出ている。

それからはっと、自分はいったい何を考えているのだろうと息を呑み、一歩あとずさった。ここにやってきたのは、動けない気の毒な男性を観察するためではなく看病をするためだ。そもそも、男性に興味を惹かれて眺めるとすれば、その相手は絶対にマーカス・ホルロイドではありえない。

少し離れた場所に椅子があったので取りにいき、すぐにそばに寄れてしかもマーカスが腕を振りまわしてもぶつからない位置に据えた。

マーカスは瘦《や》せたように見える。キルトや毛布に埋もれているので断言はできないけれど、間違いなく体重は落ちているだろう。頰がこけて、蠟燭の薄明かりのもとでも、目の下に見慣れない隈《くま》ができているのがわかる。

何分かただじっとしているうちに、なんとなくばからしく思えてきた。何かしたほうがいいのではないだろうか。様子を見ているだけでもその何かになるのかもしれないけれど、一箇所に見入らないように気をつけているとなおさら、これだけではいけないように感じてきた。マーカスは落ち着いたように見える。時おり上掛けに覆われた身体をもぞもぞ動かすが、だいたいのところは眠っている。

それにしても、ほんとうに暑い。ホノーリアは背中にボタンが連なった清楚《せいそ》な外出用のドレスを着たままだった。自分ひとりでは着ることも脱ぐこともできない、なんとも不便な淑女らしい装いのひとつだ。

ホノーリアは微笑んだ。不便ということではマーカスのブーツも同じだ。男性も女性と同じように使い勝手にかかわらず見た目にこだわっているのだと思うと愉快だった。

とはいえ、このドレスはどう考えても看病するのにふさわしい装いではない。ホノーリアはどうにかこうにかボタンを上からいくつかはずし、ほとんど喘《あえ》ぐように息をついた。

「このままでは具合が悪くなりそうだわ」襟ぐりを指でつまんで前後に動かし、汗ばんだ首に少しでも風を送ろうとした。

マーカスを見やった。いまの独り言に眠りを妨げられた気配はない。

ホノーリアは靴を脱ぎ捨て、いま誰かがここに現われれば評判が台無しになるくらいすでに身なりは乱れているのだからと、ストッキングもおろしはじめた。

「まあ」脚を見おろして顔をしかめた。ストッキングもすっかり湿ってしまっている。

あきらめのため息をつき、脱いだストッキングを椅子の背に掛けてから、やはりこれではいけないと考えなおした。これ見よがしに掛けておくのはやめたほうがいい。仕方なく小さく丸め、靴のなかに押しこんだ。それから立ちあがり、スカートを持ち上げて裾をぱたぱた振り、脚を冷やそうとした。

それでも我慢できなかった。お医者様がなんと言っていたとしても気にしてはいられない。この状況が身体にいいとはどうしても信じられない。ふたたびマーカスのベッド脇に戻り、いきなり起きあがったときに備えて安全な距離を保ちつつ様子を窺った。

恐るおそる慎重に手を伸ばす。触れはしなかったが、すぐそばまで指を近づけた。肩まわりの空気は部屋のほかのところより少なくとも十度は高い。

自分は動いたせいでさらに体温が高くなっているはずなので、やや大げさに感じてしまうのかもしれない。それにしてもやはり暑い。

ホノーリアはマーカスに風を送る道具はないかと部屋のなかを見まわした。ああ、そうよ、母の清国の絹の扇子を一本持ってくればよかった。このところ母はつねに扇子であおいでいる。どこに出かけるのにも必ず最低でも三本は旅行鞄《りょこうかばん》に詰めている。ロンドンでもあちこちに忘れてきてしまうので、たしかにそれだけ持っていたほうが安心なのだろう。

でもこの部屋にはあおぐものが見あたらないので、ホノーリアは身を乗りだし、マーカスにそっと息を吹きかけた。さいわいにもマーカスは身じろぎもしなかった。一度めの成功（そう言っていいことなのかはまだわからなかったが）に励まされ、今度はさらに少し強めに息を吹きかけた。するとわずかにふるえたように見えた。

よい兆しなのか、よくないことなのかわからず、ホノーリアは眉をひそめた。見た目どおり汗をかいているのなら逆によけい寒さを感じさせてしまう恐れがあるし、そうだとしたら、医師の忠告にそむくことになる。

ホノーリアはふたたび椅子に腰をおろし、立ちあがり、また坐って、そわそわと指で膝を打った。どうにも落ち着かず、もう片方の手で指を押さえつけなければならなかった。

こうしていてもどうにもならない。とっさに立ちあがり、マーカスのそばに歩み寄った。マーカスは上掛けをかぶせられた身体をまたもがくように動かしているが、毛布を跳ねのけられるほどの力はないらしい。

触れてみたほうがいい。そうしなければいけない。触れてみる以外に、どれくらい身体が熱くなっているのかを知る方法はない。それを知ったからといって何ができるのかはわからないけれど、そんなことにこだわっていても仕方がない。マーカスの看護人なら――あきらかに自分がいまその役目を担っている――病状をきちんと知っておく必要がある。

ホノーリアは手を伸ばし、マーカスの肩に軽く触れた。予想していたほど熱くは感じられなかったが、自分の身体も熱くなっているせいもあるのだろう。けれど汗ばんでいて、ここまで近づいてはじめて、シーツがぐっしょり湿っているのもわかった。

取り払ったほうがいいのだろうか？　毛布だけでもじゅうぶん事足りる。ホノーリアは片方の手でキルトの上掛けを押さえながら、もう片方の手を伸ばしてシーツを引いた。うまくいかなかった。上掛けごとこちらにずれ、マーカスのわずかに曲げている長い脚があらわになった。

ホノーリアはぼんやり口を開いた。またずいぶんと筋肉質な脚をしている。だめよ、だめ、だめ、だめ。マーカスを見てはいけない。見てはいない。マーカスを見ているのではない。けっして見ていない。それになにより、肌着を身につけているかどうかもわからないのだから、マーカスが寝返りを打って全身があらわになってしまう前に、毛布をもとの位置に戻さなくてはいけない。腕にも脚にも何も身につけていないとすれば、当然ながらきっと……。

マーカスの身体を見おろした。といっても実際に見えているわけではなかった。もちろん、上掛けに覆われているのだけれど、自分がもしここでうっかりベッドに倒れこんでしまったら……。

ホノーリアはキルトの上掛けをつかみ、マーカスにしっかりと掛けなおした。誰かほかの人にシーツを替えてもらわなくてはいけない。でも、ほんとうに暑い。この部屋はどうしてこんなにも暑くなっているのだろう。いったん部屋の外に出たほうがいいのかもしれない。もしくは、窓をほんの少しだけあけて、そばで風にあたるしかない。

手で顔をあおいだ。椅子に腰をおろそう。ちょうど窓辺にくつろげる椅子があるし、そこに坐って朝まで膝に手をのせておとなしくしていればいい。その前にもう一度だけマーカスの様子を確かめておくことにした。

蠟燭を手にして歩み寄り、顔を照らした。

マーカスが目をあけた。

ホノーリアは用心深く一歩さがった。マーカスは先ほども目をあけた。今度も目を覚ましたとはかぎらない。

「ホノーリア？　ここでいったい何をしてるんだ？」

けれども今度は起きていた。

8

マーカスは地獄を見た心地だった。

いや、地獄に行って戻ってきたと言うべきだろうか。それも一度だけにしては暑すぎるので、ひょっとして二度行ってきたのかもしれない。

自分がどれくらいのあいだ寝こんでいたのかわからない。一日だろうか？　二日？　熱が高くなったのは……火曜日だったろうか？　そうだ、火曜日だったが、きょうが何曜日なのかわからないのだから、それを思いだしたところでたいして意味がない。

しかも、いまは夜だろうか。夜に違いない。暗いようだし――いや、それにしても暑い。じつのところ、この堪えがたい暑さ以外のことはほとんど何も考えられない。

地獄をそっくりそのまま持ち帰ってしまったかのようだ。それとも、いまもまだ地獄にいるのだろうか。それにしては、ずいぶんと快適なベッドがあるものだ。

いずれにしても、教会で学んだこととはどれも矛盾しているのだが。

マーカスはあくびをして、首を左右に曲げてみてから枕に頭を戻した。使い慣れた枕だ。鵞鳥《がちょう》の羽根が詰まっていて柔らかく、厚みもちょうどいい。つまりここは自分の寝室で、自分のベッドに横たわっている。そして夜に間違いない。暗い。瞼《まぶた》を上げる気力はなくとも、暗いのはあきらかにわかった。

ウェザビー夫人が部屋のなかを歩きまわっている物音が聞こえた。自分が寝こんでいたあいだ、ずっとベッド脇に付いていてくれたのだろう。意外なことではないとはいえ、この家政婦の心遣いは身に沁《し》みた。最初に具合が悪くなりはじめたときには煮だしスープを持ってきてくれて、医者と何か話していたのもぼんやりと憶えている。熱に浮かされて何度か瞼を上げたときには、そばで自分を見守っている姿も目にした。

柔らかい手が肩に軽く触れたのを感じた。だが、意識がぼんやりとしていて起きあがることはできなかった。動けないし、とても疲れている。これほどの疲れを感じたことはいままでなかった。身体じゅうに痛みがあり、どこより片脚が疼く。できればまた眠ってしまいたいが、暑くてたまらない。どうしてこんなに部屋が暑くなっているんだ？

その心の叫びがまるで聞こえたかのように、ウェザビー夫人がキルトを引いたので、マーカスはこれさいわいと寝返りを打ち、上掛けの内側からけがをしていないほうの脚を突きだした。風だ！　ああ、なんと心地よいのだろう。いっそ上掛けをすっかり押しやることもできるかもしれない。自分が裸に近い姿をさらせば、家政婦に呆れられてしまうだろうか？　でも薬のせいだとすれば……。

だがそのとき、ふたたび毛布をしっかりかぶされたので、マーカスは叫びだしたい気持ちになった。残っている力をふりしぼり、目をあけると――

そこにいたのは、ウェザビー夫人ではなかった。

「ホノーリア？」しゃがれ声で言った。「ここでいったい何をしてるんだ？」

ホノーリアは一歩跳びすさり、耳にきんと響く甲走った声を洩らした。マーカスはふたたび目を閉じた。ホノーリアがここにいるのはなんとも妙だが、理由を尋ねられるほどの気力はない。

「マーカス？」ホノーリアの声はいたく緊迫していた。「何か言える？　起きたの？」

マーカスはほんのかすかにうなずいた。

「マーカス？」ホノーリアがすぐそばにきて、マーカスは首に息がかかるのを感じた。なんということだ。あまりに暑いし、近すぎる。

「どうしてここにいるんだ？」そう尋ねたが、温かいシロップを含んだように口がまわらなかった。「きみは本来……」本来、ホノーリアはどこにいるべきなんだ？　そう、ロンドンだ。そこにいるべきではないのか？

「まあ、ほんとうによかった」ホノーリアが額に手をあてがった。温かい手だが、考えてみれば、いまはなんでも温かく感じられるのだろう。

「ホノ――ホノ――」名すらきちんと呼べなかった。必死に唇を動かすと、さらに息を継がねばいられない。とはいえ、ホノーリアは質問に答えるつもりはなさそうで、ならばなおさら無理をしても仕方がない。まったくどうして、ここにいるんだ？

「とても具合が悪そうだったわ」

マーカスはうなずいた。というより、自分ではうなずいたつもりだった。少なくとも、うなずこうという意思はあった。

「ウェザビー夫人がロンドンに手紙をくれたの」

なるほど、そういうわけだったのか。いや、それにしても妙だ。

ホノーリアは両手でマーカスの手を取り、そわそわと落ち着きなくその手を軽く叩いた。

「できるだけ急いで来たのよ。母も一緒に」

レディ・ウィンステッドも？　マーカスは微笑もうとした。レディ・ウィンステッドには親しみを抱いている。

「まだ熱がありそうね」ホノーリアは自信のなさそうな声で言った。「額がとても熱いもの。言わせてもらえば、そもそもこの部屋はうだるように暑いけど。だから、あなたがどのくらい熱が高いのかも、それが部屋の暑さのせいなのかもわからない」

「頼む」マーカスは苦しげな声で言い、ホノーリアの手を叩こうと、ふるえがちに片腕を伸ばした。目をあけて、薄暗さに慣れようと瞬きをした。「窓を」

ホノーリアが首を振った。「ごめんなさい。それができればいいんだけど、ウェザビー夫人がお医者様から――」

「頼む」マーカスは懇願するように言った――あろうことか、いまにも泣きそうな声になっていた。だが、かまいはしない。なんとしても、あのくそったれ窓をあけてもらわなければ。

「マーカス、それはできな……」ホノーリアはそう言いながらも迷っている表情だった。

「息ができないんだ」実際、けっして大げさに言っているわけではなかった。

「ええ、わかったわ」ホノーリアはすぐさま窓に近づいた。「でも、誰にも言わないでね」

「約束する」くぐもった声で答えた。起きあがって顔を向けることはできなかったが、夜の深い静寂のなかで、ひとつひとつの動きが聞きとれた。

「ウェザビー夫人は頑《かたく》なだったわ」ホノーリアがカーテンを開いて言う。「部屋を温かくしておかなければいけないと」

マーカスは唸り声を洩らし、かまうことはないと片手を振ろうとするしぐさを見せた。

「わたしは病人の看病の仕方を知っているわけではないんだけど――」ああ、やっと窓が押し上げられる音がした。「――熱が高いときに、こんな暑さのなかで耐えることが身体にいいとは思えない」

マーカスはようやくひんやりした空気を肌に感じ、歓喜の雄たけびをあげたい気分だった。

「わたしは熱を出したことがないの」ホノーリアがそう言いながら、そばに戻ってきた。「少なくとも、わたしが憶えているかぎりは。めずらしいことなのかしら？」

マーカスはその声から笑いを聞きとった。ホノーリアがどのような笑みを浮かべているかは正確にわかった――少し驚いている感じの、ちょっぴり恥ずかしそうな笑み。ホノーリアはよくこの笑みを浮かべる。そのとき必ず、口の右端が左端よりほんのわずかに上がるのだ。いまもその顔が声から思い描けた。心がなごんだ。と同時に、ふしぎな気もした。どうしてこんなにもホノーリアのことがわかるのだろう。もちろん、ほとんどの人々よりはホノーリアのことを知っている。だが、だからといって、笑顔まで記憶しているものだろうか。

それとも、あたりまえのことなのか？

ホノーリアがベッドのそばに椅子を近づけて坐った。「ここに着くまで、あなたをどうやって看病すればいいのか考えてもいなかった。なにしろ自分が熱を出したことがないんですもの。母から大変な思いをするものだと聞いてはいたんだけど」

ホノーリアは自分を看病するために来てくれたのか？　そのことにどうしてこんなにも驚いているのか、マーカスはわからなかった。ほかにホノーリアがフェンズモアに来る理由はないし、現にいまこの部屋にいるわけだが、それでもどういうわけか……いや、おかしなことではない。したがって、驚くことでもない。ただ……。

予想していなかった。

マーカスはくたびれている頭をどうにか働かそうとした。予想してはいなかったのに、驚くべきではないことなどありうるのだろうか？　といっても実際にいま、その状態にある。ホノーリアがほかのことすべてを後まわしにして、自分のためにフェンズモアに駆けつけてくれるとは、まったく予想していなかった。けれどもいまホノーリアはここにいて、それは驚くべきことではない。

あたりまえのことのようにすら思える。

「窓をあけてくれてありがとう」静かに言った。

「どういたしまして」ホノーリアは微笑もうとしたが、心配そうな表情を隠しきれなかった。「あなたの気持ちはよくわかるわ。わたしもこんなに暑い思いをしたのははじめてだもの」

「ぼくもだ」マーカスは冗談めかして答えた。

ホノーリアはまた微笑んだ。今度は本物の笑みなのがわかった。「もう、マーカスったら」手を伸ばし、マーカスの額から髪を払いのけた。それから首を振ったが、なぜそうしたのか自分でわかっているふうには見えない。ホノーリアの髪はいつものようにまっすぐ顔の両脇にかかっている。口の前にきた髪を吹いて払いのけようとしたが、またすぐに戻ってきた。仕方なく、手で払いのけて耳の後ろにかけた。

それでもまた顔の前に髪が戻ってきてしまった。

「疲れた顔をしている」マーカスはかすれがかった声で言った。

「ちゃんと目もあけていられない人に言われたくないわ」

「それもそうだな」せめてもどうにか人差し指を小さく振って茶目っ気を見せた。

ホノーリアは束の間押し黙り、ややびくんとして背を起こした。「何かお飲みになる?」

マーカスはうなずいた。

「気がつかなくてごめんなさい。目覚めたときにすぐに訊くべきだったわ。とても喉が乾いているはずなのに」

「少しだけだ」マーカスは嘘をついた。

「ウェザビー夫人が水差しを置いていってくれたわ」ホノーリアは後ろのテーブルに手を伸ばした。「冷たくはないけど、喉はさっぱりするはずよ」

マーカスはふたたびうなずいた。煮立っているものでなければなんであれ喉を潤せる。

ホノーリアはグラスを手にしたが、仰向けのマーカスがそのままでは飲めないことに気づいた。「まず起きあがるのを手伝うわね」グラスをいったんテーブルに戻す。マーカスの肩に腕をまわし、力でというより意気込みで首を起こさせた。「これでいいわ」家庭教師のようなてきぱきとした口ぶりで言う。「あとは、ええと、毛布を引き寄せて、水を飲みましょう」

マーカスはふたたび目をあけられるか不安になるほどゆっくりと何度か瞬きを繰り返した。いまはシャツを身につけていない。どうやらそれに気づいているのは自分だけらしい。そのうえ困ったことに、純潔でうぶなホノーリアを気遣うほどの力は奮い起こせそうにない。

ホノーリアは顔を赤らめているのだろうか。どちらとも言えない。薄暗くて見きわめられない。だが、気にすることはない。相手はホノーリアで、信頼できて分別もある女性だ。自分の胸を見たくらいで消えない傷を負うようなことはないだろう。

マーカスは水をごくりと飲み、わずかに顎にこぼれたのも気にせず、さらに飲んだ。ああ、ようやく口がさっぱりした。ずっと舌が粘ついたままで、口が乾いていた。

ホノーリアはつぶやきのようなものをわずかに洩らし、手を伸ばしてマーカスの濡れた顎をぬぐった。「ごめんなさい。ハンカチを持ってきてないの」

マーカスは手で頰をぬぐわれた感触に何かを呼び起こされ、ゆっくりとうなずいた。「前にもここにいたんだな」

ホノーリアはもの問いたげに見返した。

「ぼくに触れただろう。肩に」

ホノーリアの口もとにかすかに笑みが浮かんだ。「それならほんの数分前のことよ」

「そうなのか？」そうだったのだろうかとマーカスは考えてみた。「そうか」

「何時間も前からここにいるけど」と、ホノーリア。

マーカスはほんのわずかに顎を動かしてうなずいた。「ありがとう」これが自分の声なのか？　なんと弱々しいことか。

「こうして目覚めたあなたを見られて、どれほど安心したか言葉にできないくらいなのよ。いまも顔色は悪いけど、これでもだいぶよくなったわ。話せるんだもの。それも、ちゃんと筋が通ってるし」ホノーリアはどことなく落ち着かず、少し気が高ぶっているようなそぶりで、両手を胸の前で握り合わせた。「いまはこれ以上は望めないわ」

「ばかなことを」

ホノーリアは小さく首を振り、顔をそむけた。だがマーカスは、ホノーリアがすばやく目をぬぐったのを見逃さなかった。

ホノーリアを泣かせてしまった。思わず首をわずかに片側にうなだれた。泣かせてしまったと考えただけで疲れを覚えた。いたたまれない。ホノーリアに泣かれるのはどうにも堪えがたい。

ホノーリア……ホノーリアはそんな顔をしていてはだめだ……マーカスは唾を飲みこんだ。この女性を泣かせてはならない。自分はそんなにもくたびれた顔をしているのか。気がまわる状態ではなくとも、それくらいのことは感じとれた。

「心配したんだから」ホノーリアが言う。「あなた自身もこんなことになるとは思わなかったでしょう」冗談めかして言ったつもりらしいが、無理をしているのはあきらかだった。それでも、その気遣いがマーカスには嬉しかった。

「ウェザビー夫人はどこにいる？」

「寝てもらったわ。だいぶ疲れていたから」

「よかった」

「あのご婦人は、あなたをほんとうにかいがいしくお世話しているのね」

マーカスはまたうなずいたが、ほんのわずかしか首を動かせないので、ホノーリアに伝わっていることを祈った。かつて十一歳のときに熱を出した際にも、家政婦に世話をしてもらった。父は一度も部屋に来なかったが、ウェザビー夫人はずっとそばに付いていてくれた。マーカスはそのことや、クリスマスに家を留守にした父に代わってウェザビー夫人が何週間も森の匂いに包まれるほどたくさんの柊《ひいらぎ》をフェンズモアに飾ってくれたことをホノーリアに伝えたかった。のちにスマイス－スミス家で過ごすようになるまで、それが自分にとっていちばんのクリスマスの思い出だった。

すばらしい思い出だ。いつまでも忘れはしない。

「もっと水をお飲みになる？」ホノーリアが訊いた。

飲みたいが、こぼさずに飲みこめる自信がない。

「手助けするわ」ホノーリアがグラスを口もとに寄せてくれた。

マーカスは少しだけ口に含んでから、ふうと息をついた。「脚が痛む」

「きっとまだ捻挫《ねんざ》が治ってないのね」ホノーリアがうなずいた。

あくびが出た。「なんとなく……ひりひりするんだ。少し突っぱっているし」

ホノーリアが目を見開いた。マーカスには彼女を責めるつもりなどまるでなく、どうしてこのように痛むのか合点がいかないだけだった。

ホノーリアが気遣わしげに眉根を寄せて身を乗りだし、もう一度額に手をあてがった。

「また熱くなってきたわ」

マーカスは微笑もうとした。少なくとも口の片端は引き上げたつもりだった。「さっきはそうでもなかったのか？」

「ええ」ホノーリアは簡潔に答えた。「でもまた熱くなってる」

「上がったり下がったりするものなんだ」

「熱のこと？」

マーカスはうなずいた。

ホノーリアが唇を引き結び、急に老けたように見えた。いや、老けてはいない。老けて見えるわけがない。だが、不安げな顔をしている。髪はいつものように頭の後ろで緩く結ってまとめられている。てきぱきと小さめの歩幅で歩く特徴的な動作も変わらない。

でも、目もとがいつもと違う。どことなく暗い。不安そうな皺が寄っている。マーカスにはそれが気に入らなかった。

「もう少し水をくれないか？」これほど喉の渇きを覚えたことがいままであっただろうか。

「もちろんだわ」ホノーリアは即座に応じ、水差しからグラスに水を注いだ。

マーカスはそれもたちまち飲み干したが、今度はこぼれた水をみずから手の甲でぬぐった。

「また高くなるな」予想して言った。

「熱ね」今度はホノーリアも問いかけずに答えた。

マーカスはうなずいた。「あらかじめ言っておいたほうがいいと思ったんだ」

「だけど、わからないわ」ホノーリアは言い、マーカスのふるえがちな手からグラスを取った。「わたしが見舞ったとき、あなたはもう元気そうだったのに」

「ええ、そうよね」ホノーリアはあらためて言いなおした。「元気ではなかったわ。だけど、どうみても治りかけていたでしょう」

マーカスは片方の眉を上げようとした。うまくできたのかはわからない。

「咳は出ていた」マーカスは念を押すように言った。

「ええ。でも、わたしはまさか……」ホノーリアは自嘲ぎみに苦笑いを洩らし、首を振った。

「わたしに何が言えるというの？　病気のことは何ひとつ知らないのに。それなのにどうして、あなたの看病ができると思ってしまったのかすらわからない。ちゃんと考えてなかったのよ」

何を言いたいのかマーカスにはさっぱりわからなかったものの、ホノーリアの声を聞いているだけでどういうわけか嬉しくなった。

ホノーリアがベッド脇の椅子に腰をおろした。「とにかく来てしまったの。ウェザビー夫人の手紙を読んで、自分があなたのために何もできないことすら考えられなかった。とにかく来てしまったのよ」

「きみは助けてくれている」マーカスはかすれがかった声で言った。それは事実だ。すでに気分が安らいでいるのだから。

9

翌朝、ホノーリアは痛みに耐えかねて目覚めた。首が凝っていて、背中はこわばり、左脚はすっかりしびれてしまっている。窮屈な姿勢になっていたうえ、暑くて汗ばんでいて、なんとも言えず不快な気分だ。匂いのせいもあるのかもしれない。このような匂いがするということは――

ああ、その先はとても言葉にする気になれない。しかも自分のみならず、五メートル以内に近づいた人にになら誰にでもわかることだ。

マーカスがうとうとと眠りに落ちたあとで窓は閉めた。悩んだ末の判断で自分としてはいまだ納得がいかなかった。でも、医師の指示に逆らって窓をあけておけるほどの自信もない。

足を振ると、ちくちくする痛みが走り、ホノーリアは顔をしかめた。足がしびれるのはとりわけ苦手だ。血のめぐりをよくするために前かがみになって足を揉みほぐそうとしたが、そうすると今度はふくらはぎのほうが火がついたかのように痛んだ。

あくびをして唸るように息をつき、関節の軋むいやな音は気にしないようにして立ちあがった。人が椅子で寝ない理由がうなずけた。もしもうひと晩、ここで過ごさなければならないとしたら、床に横になるほうを選ぶ。

せめてカーテンを開いて少しでも陽光をとりこもうと、足をなかば引きずるようにして窓辺に向かった。マーカスが寝ているのであまり明るくはできないけれど、早く様子を見なければと焦る気持ちもあった。顔色や目の周りの隈を確かめておきたい。それを知ったからといってどうすればいいのかはわからないけれど、考えてみれば、ゆうべこの部屋に入ったときから自信を持ってできたことは何ひとつない。

それに、ともかく窮屈な椅子から立ちあがる口実がほしかった。

ホノーリアはカーテンを片側に寄せ、曙光《しょこう》のまぶしさに目をしばたたいた。空にはまだピンクと桃色の筋が描かれ、芝地の上に朝もやが柔らかに漂っていて、夜が明けてからたいして時間は経っていないらしい。

穏やかですがすがしく、美しい光景だ。ホノーリアはふたたび窓を押し上げ、わずかにあいた隙間に顔を近づけて、ひんやりと湿った空気を吸いこんだ。

でも、自分にはやるべき仕事がある。マーカスの額にそっと手をあてて熱を確かめなければと、すぐに窓から離れて部屋のなかに向きなおった。ところがわずかに二歩進んだところで、マーカスが寝返りを打ち――

なんてこと、ゆうべはこれほど熱っぽい顔をしていなかったでしょう？

まだしびれが残っている左脚を引きずって、急いでマーカスに近づいた。具合が悪そうだ

――顔は赤くむくみ、額に触れると、乾いてかさついていた。

それに熱い。恐ろしくなるほどに。

ホノーリアはすばやく水差しを取りにいった。タオルやハンカチが見あたらず、水差しに

手を入れて濡らし、マーカスの頬にあてて冷やそうとした。でもこれではその場しのぎにしかならないのはあきらかなので、衣装簞笥《だんす》へ走り、抽斗《ひきだし》をひとつひとつ引いて、ようやくハンカチらしきものを見つけた。それを水差しのところに持っていって水に浸し、そこではじめて、ハンカチとはまるで違うものだったと気づいた。

まあ、なんてこと。ホノーリアがマーカスの顔にあてようとしていたのは、口にはできないところを隠すものだった。

顔を真っ赤にしてその布を絞り、そそくさとマーカスのそばに戻った。詫びの言葉をつぶやいて——マーカスはそれが何かを判別して腹を立てられる状態ではないけれど——湿らせた下穿《したば》きを額にあてがった。

マーカスが突如寝返りを打ち、なんとも苦しげな声を洩らしはじめた——呻《うめ》いたり、ただ声をあげたり、言葉にならないつぶやきを発したり。「やめろ」や「だめだ」、さらには「容易に」「糟鮫《かすざめ》」「橋」といった言葉も聞こえたような気がした。

「ダニエル」この言葉だけははっきり聞きとれた。

ホノーリアは涙をこらえ、しばしマーカスのそばを離れて水差しを取りにいった。戻ったときには額にあてた冷たい布が取り払われていたので、あてなおそうとすると、払いのけられてしまった。

「マーカス」聞こえていないのは知りつつ、諭すように言った。「わたしに看病させて」けれどもマーカスはもがきだし、ホノーリアはのしかかるようにして、激しく動く身体を落ち着かせようとした。「やめて」払い落とそうとするマーカスにきつく言い聞かせた。「勝ち負けは、ないの。いうなれば――」片側の肩を前腕でしっかりと押さえる。「――わたしが勝てば、あなたも勝ちよ」

マーカスがいきなり首を起こし、ふたりの頭がぶつかった。ホノーリアは痛みに不満げな声を洩らしたものの、腕をどけはしなかった。「もう、だめよ、おとなしくして」奥歯を噛みしめて言った。「つまり――」互いの顔を近づける。「――あなたは死なない」

ホノーリアは体重をかけてマーカスを押さえつけながら、片腕を水差しのほうに伸ばし、下穿きをまた湿らせようとした。「あす、わたしがあなたの額にのせているものに気づいたら、わたしを嫌いになるでしょうね」そう言いながら、下穿きをマーカスの額にぺたんとあてなおした。手荒に置くつもりはなかったけれど、マーカスがやさしくできる余裕を与えてくれないのだから仕方がない。

「静かにして」ゆっくりと声をかけて、布を首に移した。「約束するわ、静かにすれば、ずっと楽になるのよ」ふたたび布を水に浸ける。「わたしのほうがはるかにずっとほっとするでしょうけど」

今度は、剝きだしでもとうに気にならなくなっていた胸に、湿らせた布を移した。ところがマーカスは気に入らないらしく、ぐいと押し返したので、ホノーリアはベッドの端から転がり落ちて、絨毯の上に腰を着いた。

「もう、だめでしょう」そうこぼし、気をとりなおして戻ろうとした。ところが、ベッドをまわりこんで水差しを手にしようとしたとき、マーカスが片脚を上掛けの内側から突きだし、ホノーリアは腹部を蹴られた。

よろめいて、両腕を振りまわしてどうにか体勢を立て直そうとしたが、結局また床に転んだ。考える間もなく最初に手に触れたものをつかんだ。

マーカスが叫び声をあげた。

鼓動が三倍にも速まり、ホノーリアはマーカスの脚をつかんでしまったのだと気づいて手を放した。つかまれるものを失い、またも床に倒れこみ、右肘を強く打ちつけた。

「痛いっ！」指先にまでじんじんする痛みが走り、今度は自分が苦痛の声をあげていた。それでも片肘を押さえつつ、どうにかこうにか立ちあがった。それにしてもマーカスが先ほどあげた叫びは……。

人の声とは思えないものだった。

ベッド脇に戻ると、マーカスはなおも苦しげな声を洩らし、喘ぐように息をしていた――痛みを必死にこらえているのか呼吸が浅く速い。

「どうしたの？」ホノーリアはささやきかけた。熱のせいとは思えない。もっと差し迫った原因があるに違いない。

脚だろうか。ついさっき、つかんでしまった。

それからふと、自分の手が粘ついているのに気づいた。

片肘を押さえたまま、空いているほうの手のひらを返してみる。

血。

「ああ、どうして」

みぞおちにざわつきを覚えつつマーカスに近づいた。驚かせたくないし、なにしろもう二度も押し返されている。でも、この血は……自分の血ではない。

マーカスは脚を上掛けの内側に戻していたので、膝が見えるところまで慎重に毛布をめくった。

「まあ、どうしてこんなことに」

ふくらはぎの脇に沿って長く深い裂傷が延び、そこから血と、考えるのも恐ろしい何かが滲《にじ》みでている。脚全体が異様にむくんで変色し、傷の周辺の皮膚は赤らみ、ぶきみなぬめりを帯びている。まるで腐っているかのようなおぞましい光景だ。もしやほんとうに腐っているのだろうかと考えて、ホノーリアは慄然《りつぜん》とした。

毛布を手放し、後ろによろめいて、吐き気を懸命にこらえた。

「どうすればいいの」ほかに言葉は見つからず、ほとんど何も考えられなかった。これが高熱の原因に違いない。寒気や咳のせいではなく。

ホノーリアは忙しく考えをめぐらせた。傷から感染症を起こしている。ブーツを切ったときに傷つけてしまったのだろう。でも、マーカスは傷を負ったとは言っていなかった。どうして言ってくれなかったの？　誰かに話してくれればよかったのに。せめて自分には打ち明けてほしかった。

ドアを軽くノックする音がして、ウェザビー夫人が顔を覗かせた。「お変わりありませんか？　大きな物音が聞こえたものですから」

「ええ、それが」ホノーリアは上擦《うわず》った甲高い声で答えた。せりあがってくる恐怖を必死に鎮めた。冷静に考えなければいけない。こんなようでは誰の役にも立てない。「脚、脚のことは知っていたの？」

「なんのことでございますか？」ウェザビー夫人はすばやくそばに来て訊き返した。

「脚よ。ひどい感染症を起こしてるわ。熱はそのせいだったのよ。間違いない」

「お医者様は咳のせいだとおっしゃってたんです。それで――まあ！」ホノーリアが毛布をめくってマーカスの脚を見せると、ウェザビー夫人はたじろいだ。「ああ、なんてこと」手で口を覆い、あとずさった。いまにも嘔吐《おうと》しかねない表情だ。「気がつきませんでした。誰ひとりとして。どうして誰もわからなかったんでしょう？」

ホノーリアもまったく同じ疑問を抱いていたが、いまはそんなことを考えている場合ではなかった。誰かを咎めるより、全員で協力してマーカスを助けなければ。「お医者様を呼んでください」ウェザビー夫人に言った。「消毒しなくてはいけないと思うの」

家政婦は即座にうなずいた。「すぐに呼んでこさせますわ」

「ここにお呼びするのに、どれくらいかかるかしら？」

「ほかへ往診に出かけているかどうかによりますわ。家におられれば、従僕が二時間足らずでお連れできるはずです」

「二時間!」ホノーリアは叫んでしまってから唇を噛んで声を呑みこんだ。このような症状を実際に目にしたのははじめてだけれど、話には聞いている。これは命を落としかねない深刻な感染症だ。一刻を争う。「二時間も待てないわ。すぐに適切な手当てをしないと」

ウェザビー夫人は脅えた目で見返した。「傷の消毒の仕方をご存じなのですか?」

「もちろん知らないわ。あなたは?」

「まったくわかりません」ウェザビー夫人は答えて、吐き気をこらえているような顔でマーカスの脚を見やった。

「でも、もっと軽いものなら手当てしたことがあるでしょう?」ホノーリアは強い調子で訊いた。「つまり、傷の手当てよ」

ウェザビー夫人は両手を揉みあわせ、うろたえた目をホノーリアからマーカスに移した。

「わかりませんわ」早口で言う。「当て布をすればいいのかしら。どうにかして毒を出さないと」

「毒を出す?」ホノーリアは訊き返した。なんとも古めかしい方法に思える。「お医者様を呼んでください」精いっぱい自信のある口ぶりをつくろった。「いますぐに。それからまた戻ってきて。お湯とタオルを持って。それと、役に立ちそうなものはなんでも」

「お母様をお連れしますか?」

「母を?」ホノーリアは唖然となって家政婦を見やった。母に病人を見せることに何か差しさわりがあるわけではないけれど、ウェザビー夫人がいったいなんのためにそれを思いついたのかがわからない。「どうかしら。あなたの判断におまかせするわ。とにかく急いで」

ウェザビー夫人はうなずき、部屋を飛びだしていった。

ホノーリアはマーカスに目を戻した。まだ脚が剝きだしになったままで、猛々《たけだけ》しい裂傷はまるで憤った顔をこちらに向けているかに見える。「ああ、マーカス」ささやきかけた。「どうしてこんなことになってしまったの?」マーカスの手を取ると、今度は払いのけられなかった。少し落ち着いたのかもしれない。呼吸も数分前よりいくぶん穏やかになっているし、顔色もさほど赤らんではいないようだ。

それとも、快復の兆しを望むあまり、幻想を見ているのだろうか?

「そうかもしれないわね」ホノーリアは声に出して言った。「でも、わたしは希望の種は見逃さないわ」よりじっくりとマーカスの脚を観察した。あやうく胃の中身がこみあげかけたものの、吐き気をぐっと押し戻した。まずは傷を洗わなくてはいけない。お医者様が到着するまでどれくらいかかるかまだわからないし、湯に浸けた布をあてたほうが効き目はあるとしても、すぐに揃えられるもので取りかかってはいけない理由もとくに思い浮かばない。

熱を冷やすために使っていた下穿きはマーカスに放り投げられてしまっていたので、ホノーリアはふたたび衣装簞笥から同じものを取りだしてきた。ほどよい柔らかさの布だということ以外、本来の用途はなるべく考えないよう努めた。

その布を緩く円筒形に巻き、片端を水に浸ける。「ごめんなさいね、マーカス」ささやきかけてから、濡らした布を恐るおそる裂傷に触れさせた。

マーカスはびくりともしなかった。

ホノーリアはとめていた息を吐きだし、布を見おろした。赤い血と、おそらくは感染症を起こしている傷口から滲みだしている黄色っぽい染みが付いている。

自分の手当ての仕方にわずかながらも自信を得て、布のまだきれいなところを先ほどより少しだけ力を入れて傷ついた皮膚にあてる。マーカスにさほど痛がる様子は見えないので、同じ作業を布のきれいなところがほとんどなくなるまで繰り返した。

心もとなげにドアのほうを見やった。ウェザビー夫人は何をしているのだろう？　手当てを進めてはいるけれど、布を湯に浸けてするほうが効果があるのは間違いない。それでも、マーカスが先ほどより落ち着いているあいだはせめて、この作業を続けよう。

ホノーリアはまたも衣装箪笥からマーカスの口にするのも憚《はばか》られるものを取りだしてきた。

「わたしがぜんぶ使ってしまったら、あなたは身につけるものがなくなってしまうわね」腰に両手をあててマーカスに話しかけた。

「また水に浸けてと」独りごち、布を濡らす。「また拭きとるわよ」さらに少し強めに布を皮膚にあてた。切り傷やすり傷の血をとめるために布を押しあてる方法くらいは知っている。正確にはマーカスはいま血を流しているわけではないけれど、布を押しあてても悪化させることはないはずだ。

「つまり、快復に悪い影響は及ぼさないということね」ホノーリアはさいわいにもまだ目覚める気配のないマーカスに言った。「いまはたぶん痛みを与えているのでしょうけど」

ふたたび布を水に浸けて、まだきれいなところをこれまであえて避けていた傷口に近づけた。とりわけ痛々しい様相を呈している部分だ——より少し黄色がかっているし、あきらかにほかのところより腫れている。

なるべく痛みを与えないようそっと布をあて、マーカスがかすかな寝言らしきものしか洩らしていないのを確かめてから、もう少し強めにあてた。「一歩ずつ進みましょう」ささやいて、呼吸を整える。「ちょっとずつ」

きっとうまくいく。マーカスを助けなくてはいけない。いいえ、もとどおりにしてみせる。これまでの人生のすべてがこの瞬間のためにあったかのように思えてきた。「だから、わたしは去年結婚しなかったんだわ」マーカスに語りかけた。「ここであなたを看病するために」しばし考えをめぐらせた。「もちろん、わたしがいなければ、あなたはこのような状況に陥ってはいなかったとも言えるわけだけど。でも、そんなことに頭を悩ませていても仕方ないわよね」

ホノーリアは慎重に傷まわりの汚れをとる作業を続け、いったん手をとめて、首を左右に曲げて伸ばした。手にした布を見おろす。なおも厭《いと》わしい汚れが付いているが、もう気分が悪くなるようなことはなかった。

「ねえ、見て」マーカスに言う。「わたしがだんだんうまくなっている証拠ではないかしら」

徐々にやりがいも出てきた。冷静に淡々と仕事を続けようとしたが、つい意気揚々と自分がうまくなっているとまで言ったとたん、ふっと喉の奥からむせび声がこぼれ出た。喘いでいるようにも苦しげな息切れにも聞こえる音に、ホノーリアは自分でもぞっとした。

マーカスが死んでしまうかもしれない。その事実に息がつけなくなるほどの衝撃を受けた。マーカスが死んでしまったら、自分はほんとうにひとりぼっちになる。たしかに、この数週間はべつにして、ここ数年は頻繁に顔を合わせていたわけではなかった。

それでも、マーカスの存在はつねに身近にあった。彼がいさえすれば、この世界はあたりまえのように快適な場所に感じられる。

そのマーカスの命がいま脅かされている。この男性がいなくなったら、どうやって生きていけばいいのかわからない。どうしていままで、そのことに気づけなかったのだろう？

「ホノーリア！」

振り返ると、母が部屋に飛びこんできた。

「話を聞いてすぐに来たのよ」レディ・ウィンステッドは足早に近づいてきて、マーカスの脚を見やった。「まあ、なんてこと」

ホノーリアは胸苦しさからまたも息切れのようなむせび声を洩らしかけた。マーカスを見つめる母を目にして、胸のうちの何かを揺さぶられた。十二歳で落馬したときにも同じような思いを味わった。痣《あざ》をこしらえ、身体のあちこちが痛み、石に擦れた顔から血が出ていたが、自分ではいたって元気なつもりで家までてくてく歩いて帰った。

そうして母に会い、その表情を目にしたとたん、わっと泣きだしてしまった。

あのときと同じように、ホノーリアは泣きだしたい気持ちだった。ああ、できることなら、椅子から立ちあがって顔をそむけて、思いきり泣いてしまいたい。

でも、できなかった。マーカスは自分を必要としている。マーカスのために冷静でいなければいけない。そして判断力を働かせなければ。「ウェザビー夫人がお湯を沸かしてるわ」母に伝えた。「もうすぐ持ってきてくれるはずよ」

「助かるわ。たくさん必要になるから。それにブランデーも。あとはナイフね」

ホノーリアは呆然と母を見つめた。ひょっとして、どうすべきかを知っているというのだろうか。この母が。

「お医者様は脚を切断するとおっしゃるかもしれないわ」レディ・ウィンステッドが険しい表情で告げた。

「なんですって？」ホノーリアには思いも寄らないことだった。

「そうしたほうがいい場合もあるのよ」

ホノーリアの鼓動がとまり、母の次の言葉を聞いてまた動きだした。「でも、まだわからない」

信じられない思いで母を見つめた。このように明確な意思をもった母の言葉を聞いたのはいつ以来だろう。兄のダニエルが国を追われたときに、母の一部も一緒に持ち去られてしまった。そしてすっかり気力を失い、何事にも誰にも、娘にさえ関心を抱けなくなった。いまの暮らしに、たったひとりの息子がいなくなって永遠に帰ってこないかもしれない現実に顔をそむけるかのように、何ひとつ決めようとはしなくなった。

けれども母に必要だったのは、目を覚ますきっかけだったのかもしれない。いわば差し迫った状況だ。

自分が誰かに必要とされることを求めていたのだろう。

「さがってなさい」母はそう言って、袖を捲《まく》りあげた。

思いがけずちくりと胸を刺した嫉妬心《しっとしん》は気にしないようにして、ホノーリアは横に退《しりぞ》いた。ずっともとの母に戻ってほしいと願っていたんだもの。

「ホノーリア？」

母が待ち受ける表情で自分を見ていた。「ごめんなさい」ホノーリアはつぶやき、持っていた布を差しだした。「これを使う？」

「清潔なものをお願い」

「わかったわ」母の求めに応じ、急いでふたたびマーカスの下穿きを取りにいった。

母は受けとった布をとまどい顔で眺めた。「これはいったい……」

「これしか見つからなかったの」ホノーリアは弁解がましく説明した。「それに、少しでも急ぐことが肝心だと思ったから」

「そのとおりよ」母は力強く認め、真剣なまなざしでまっすぐ娘の目を見据えた。「このような症状は前にも見たことがあるわ」ふるえがちな息遣いから、かろうじて緊張が感じとれた。「あなたのお父様よ。肩に傷を負ったの。あなたが生まれる前に」

「何があったの？」

母はマーカスの脚に視線を戻し、目を凝らして裂傷を確かめた。「もう少しここに光をあてられないかしら？」それを聞いてホノーリアが窓辺にいき、カーテンを開いているあいだに、母は言葉を継いだ。「あなたのお父様がどうして傷を負ったのかは知らないのよ。でも重い感染症を引き起こしてしまったの」小さな声で言い添えた。「今回と同じくらい深刻な状態だったわ」

「でも、お父様は元気だったわ」ホノーリアは母のそばに戻ってきた。この話の結末はすでに知っている。父の両腕は亡くなるまでしっかりとあるべきところに付いていた。

母がうなずく。「ほんとうに幸運だったわ。最初に診察したお医者様は、切断しなければいけないと言ったの。そのとき、わたしは――」声が途切れ、やや間をおいて、母が続けた。「わたしは同意しようとした。あなたのお父様の命をどうしても救いたかったのよ」清潔な布でマーカスの脚をそっと拭き、さらに詳しく傷を調べた。ふたたび話しだした母の声はささやくように低かった。「言われるがままになんでもしようとしていたの」

「どうして腕を切断せずにすんだの？」ホノーリアは静かに訊いた。

母はいやな記憶を払いのけるかのように、ふっと短く息を吐きだした。「あなたのお父様がべつのお医者様にも診てもらいたいと望んだのよ。もしべつの医者にも同じことを言われたら、そのとおりにしてもらう。でも、ひとりの医者に言われただけでは、腕は切り落とせないと」

「もうひとりのお医者様は、切る必要はないと言ったのね？」

母は苦笑いを洩らした。「いいえ、切断しなければいけない可能性が高いと言ったわ。でも、まずは傷を洗ってみましょうと、あなたのお父様に話した。きちんと汚れを落とさなければいけないと」

「わたしがいましていたことよね」ホノーリアは勢いこんで言った。「汚れはだいぶ取れたはずよ」

「適切な判断だわ」母が言う。「だけど……」唾を飲みこんだ。

「だけど、なんなの？」

母はマーカスの脚の裂傷にしっかりと視線を据え、布を軽く押しあてつつ状態を見ている。娘のほうは向かずに、ごく低い声で言った。「お医者様は、あなたのお父様が悲鳴をあげなければ、汚れが取りきれていない証拠だとおっしゃったのよ」

「そのときにお医者様がしたことは憶えてる？」ホノーリアはささやくように訊いた。

レディ・ウィンステッドはうなずいた。「完璧に」静かに答えた。

ホノーリアはさらなる言葉を待った。それからすぐに、待っている場合ではないと気づいた。

母がようやく目を向けた。「縛りつけなくてはいけないわ」

10

それから十分とかからずに、マーカスの寝室は急ごしらえの手術室に様変わりした。ウェザビー夫人が湯と清潔な布の替えを持って戻ってきた。ふたりの従僕がマーカスをベッドにしっかりと括《くく》りつけるよう申しつけられ、怖気《おじけ》をありありと顔に浮かべながらも指示に従った。

母は鋏《はさみ》を要求した。できるだけ刃の鋭い小さなものを。「死んでしまった皮膚を切りとらなければいけないわ」口の両端に決意の小皺を寄せ、ホノーリアに言った。「お医者様があなたのお父様にそうしているところを見てたのよ」

「でも、お母様がそれをしたわけではないわよね？」ホノーリアは訊いた。

母は娘の目をいったん見つめてから視線をそらした。「してないわ」

「そう」ホノーリアは唾を飲みこんだ。ほかに答えようがないように思えた。

「冷静さを保てさえすれば、それほどむずかしいことではないわ」母が言う。「きっちり正確にやる必要はないのだから」

ホノーリアはマーカスを見てから、ぼんやりと口をあけて母に目を戻した。「正確にやる必要はない？　それはどういう意味？　マーカスの脚なのよ！」

「わかってるわ」母が言う。「でも、これだけは約束できる。もし切りとりすぎたとしても、差しさわりはないの」

「差しさわりはないって――」

「ええ、もちろん痛みはあるわ」レディ・ウィンステッドは気の毒そうにマーカスを見おろした。「だからこそ括りつけたんですもの。でも、致命傷になることはない。取り残すくらいなら、切りとりすぎてしまったほうがいいのよ。感染症の原因はすべて取り除くことが絶対に欠かせないのだから」

ホノーリアはうなずいた。理にかなっている。痛ましいことではあるけれど、納得がいった。

「さっそく始めましょう」母が告げた。「鋏を待っているあいだにもできることはたくさんあるわ」

「そうね」ホノーリアは応じ、母がマーカスのそばに腰かけ、布を湯気の立った湯に浸けるのを見つめた。「わたしにお手伝いできることはある？」自分がベッドの足もとにいるだけの役立たずに感じられて尋ねた。

「向こう側に坐って」母が答えた。「頭の近くに。話しかけるのよ。気持ちをなごませてあげて」

マーカスがなんであれ自分のすることでなごむとは思えないものの、そうすることで自分の気が楽になるのは間違いない。いずれにしても、何もしないでぼんやり立っているよりはましだ。

「こんにちは、マーカス」ホノーリアはベッドのそばに椅子を近づけて、呼びかけた。

返事は期待していなかったし、実際に言葉は返ってこなかった。

「大変なことになってしまったわね」内容はどうあれ、なるべく明るく陽気な声を心がけた。唾を飲みこみ、精いっぱいほがらかに続けた。「でもおかげで、母がこのような傷の手当てにちょっとした心得があるのがわかったわ。驚いてしまうでしょう？」誇らしい気持ちが高まってきて母をちらりと見やった。「じつを言うと、母がこういったことを知っているとは想像もできなかったわ」身をかがめ、マーカスの耳もとにささやきかけた。「それどころか、血を見たら気を失ってしまうようなご婦人だと思ってたんだもの」

「聞こえてるわよ」母が言った。

ホノーリアは弁解じみた笑みを返した。「ごめんなさい。でも――」

「謝る必要はないわ」母は皮肉っぽい笑みをちらりと向けてから、また作業に戻った。今度は目を上げずに言葉を継ぐ。「だからといっていつも……」

母はどう言えばいいのか迷っているらしく、ひとたび口をつぐんだ。

「毅然《きぜん》としていることを求められても困るけれど」レディ・ウィンステッドは結局そう締めくくった。

ホノーリアは身じろぎもせず上唇を丸め、母の言葉を胸に沁みこませた。自分にとってそれは〝これまではごめんなさいね〟と言われたのも同然の詫びの言葉だった。

同時に、釘を刺されたとも言える。母はこの話題にはこれ以上触れられるのをいやがっている。いまのひと言を返すだけでもやっとだったのだろう。そこでホノーリアは母の思いを汲《く》んで詫びの言葉を受け入れた。マーカスのほうに顔を戻して言う――

「ともかく、きっと誰もあなたの脚を見ようとはしなかった。咳をしていたから。お医者様もそのせいで高い熱が出ていると思ってたんだもの」

マーカスが苦しげな低い声を洩らした。ホノーリアがすかさず脚のほうに目を向けると、母がウェザビー夫人から渡された鋏を動かしはじめていた。鋏をめいっぱい開き、手術用の小刀のごとく脚の傷の端に刃先をあてる。それからなめらかな手ぎわで、裂傷に沿って長い切り込みを入れた。

「ぴくりともしなかったわ」ホノーリアは目を丸くして言った。

母は目を上げずに答えた。「痛みを感じる部分ではないからよ」

「そう」ホノーリアはマーカスに目を戻した。「つまり意外に痛くないことなのかしら」

マーカスが叫び声をあげた。

ホノーリアがはっと首を起こすと、母がブランデーの瓶を従僕に返しているところだった。

「ごめんなさい、痛いに決まってるわよね」マーカスに語りかけた。「でも、きっとこれ以上は痛くならないわ」

マーカスがふたたび叫び声をあげた。

ホノーリアは唾を飲みこんだ。母は鋏をかまえなおし、今度は実際に皮膚を切りとりはじめた。

「ごめんなさい」マーカスの肩を軽く叩いて、また話しかけた。「やっぱりまだ楽になるわけではなさそうね。じつを言うと、わたしにはどうなっているのかまったくわからない。でも、わたしはずっとここで付き添ってるわ。約束する」

「思っていた以上に重症だわ」母がほとんど独り言のようにつぶやいた。

「なんとかなるのよね？」ホノーリアは訊いた。

「わからない。やってみるけれど。ただ……」言葉が途切れ、レディ・ウィンステッドは唇をすぼめて長く静かに息を吐きだした。「誰か、額を拭いてもらえないかしら？」

ホノーリアは立ちあがりかけたが、ウェザビー夫人が即座に動いて、冷たい布で母の額を軽く押さえた。

「この部屋はあまりに暑いわ」レディ・ウィンステッドが言う。

「窓を閉めておくようにと言われたものですから」ウェザビー夫人が説明した。「お医者様からきつく申しつけられたんです」

「脚がこれほど重症になっていることに気づかなかったお医者様？」レディ・ウィンステッドは鋭い声で訊いた。

ウェザビー夫人は答えなかった。けれども窓に歩いていき、なかほどまで押し上げた。

ホノーリアは母がこれほど集中し、決意をもって行動していることがいまだ信じられず、まじまじと見つめた。「ありがとう、お母様」ささやくように言った。

母が目を上げた。「この坊やを死なせるわけにはいかないわ」

マーカスはもう坊やではないけれど、母がいまもそのような目で見ていたとしても、驚きはしなかった。

レディ・ウィンステッドはふたたび作業に戻りつつ、ごく低い声で続けた。「ダニエルのためにも」

ホノーリアは身を固くした。兄が不名誉な騒ぎを起こして国を追われて以来、母がその名を口にしたのを聞いたのはこれがはじめてだった。「ダニエルお兄様？」慎重に平静な声で訊き返した。

母は目を上げず、さらりと返した。「わたしはすでに息子をひとり失っているのだから」

ホノーリアは啞然となって母を見つめ、それからマーカスに視線を移し、ふたたび目を上げた。母がマーカスのことを息子同然に思っているとは知らなかった。マーカスにもその気持ちが伝わっていたなら……。

またもマーカスを見やり、できるだけ音を立てないよう涙を吞みこもうとした。マーカスはずっと家族を持つことに憧れてきた男性だ。母に家族の一員と思われているとは気づいていなかっただろう。

「休まなくて大丈夫？」母が訊いた。

「ええ」ホノーリアは母がこちらを見ていないのは承知のうえで首を振った。「ええ。わたしは大丈夫よ」気持ちを落ち着ける間を取ってから、前かがみにマーカスの耳もとにささやいた。「いまのは聞こえた？　母はやる気満々よ。だから母をがっかりさせないで」マーカスの髪を撫で、濃く黒い房を額から払いのけた。「わたしのことも」

「ううっ！」

その叫び声にホノーリアは思わず身を引いた。母の作業がたまにとりわけ痛みを与えるらしく、そのたびマーカスが全身を跳ね上げ、ベッドに彼を括りつけている布紐が引っぱられる。その姿を見るのはつらく、胸が痛む。自分も痛みを感じているようにすら思えてくる。

それだけではない。ホノーリアはだんだんと気分が悪くなってきた。吐き気を覚え、いたたまれなくなった。マーカスがばかげた偽物のモグラ塚に足を滑らせたのも、そのせいで足首をくじいたのも、もとを正せば自分のせいだ。ブーツを切らなければならなくなって、そのせいで病気になってしまったのも。

だから、万が一マーカスが命を落とすようなことになれば、それも自分のせいだ。

ホノーリアはこみあげる喉のつかえを押し戻そうと唾を飲みくだし、わずかに身を乗りだして語りかけた。「ほんとうにごめんなさい。言葉では言い表せないくらい、あなたには申しわけないと思ってるわ」

マーカスの動きがとまり、ホノーリアは束の間、自分の声が聞こえているのかもしれないと思った。けれどすぐに、母が手をとめたからだと気づいた。自分の言葉を聞いていたのはマーカスではなく母のほうだった。だが母は好奇心をそそられていたとしても、口には出さなかった。娘が詫びた理由は尋ねず、ただ小さくうなずいて、作業に戻った。

「元気になったら、ロンドンに来てほしいわ」ホノーリアはまたいかにも楽しげな声をつくろって続けた。「なにはともあれ、新しいブーツが必要でしょう。ちょっと緩めの靴にしたほうがいいわね。流行の型ではないのは知ってるけど、あなたが履けば流行《はや》るかもしれない」

マーカスがびくっと動いた。

「でも、田舎に残るのもいいわよね。今年の社交シーズンはお休みするの。今年こそ結婚したいとあなたに言ったけど――」ちらりと母を一瞥《いちべつ》してから、マーカスの耳にさらに顔を近づけてささやいた。「母が急にまた元気になったのよ。これならもう一年、そばにいさせてもらってもいいと思って。それに二十二歳なら、まだそれほど結婚を焦るべき歳ではないでしょう」

「あなたは二十一よ」母が目を上げずに言った。

ホノーリアはたじろいだ。「どこまで聞こえてたの？」

「最後のところだけよ」

母が正直に答えているのかどうかは知りようがない。とはいえ、いまはなんとなく互いに質問はしないという暗黙の了解ができていたので、ただこう答えた。「今年結婚しなければ、二十二歳になるけど、気にするほどの歳ではないわよね、という意味で言ったのよ」

「それならもう一年、一族の四重奏に参加することになるのね」母は笑顔で言った。皮肉はまったく感じられない。ただ純粋に心からの励ましが込められた笑みだった。

母は少しばかり耳が遠いのかもしれないと思ったのは、これがはじめてではない。

「いとこたちはあなたともう一年一緒に演奏できて喜ぶはずよ」母が続ける。「あなたが抜けたら、あなたのパートを引き継ぐのはハリエットだけれど、少し若すぎるでしょう。まだ十六にもなっていないのではないかしら」

「九月に十六になるのよ」ホノーリアは答えた。従妹のハリエット——サラの妹——は、これまでのスマイス-スミス家の娘たちのなかでも最も演奏が下手な可能性が高い。もっぱらそのように言われている。

「あの子にはもう少し練習が必要ね」レディ・ウィンステッドが顔をしかめた。「かわいそうな子。きっとまだこつをつかめていないのよ。音楽一家に生まれてしまったことは、試練かもしれないわ」

ホノーリアは呆れた顔をしないようつくろった。「たぶん」いくぶんあきらめもまじえて言った。「劇のほうが向いてるんだわ」

「あなたとハリエットのあいだに、ヴァイオリンを引き継ぐ娘がいないなんて」母はぼそりとこぼし、マーカスの脚に目を落として眉をひそめ、ふたたび作業を始めた。

「デイジーがいるわ」ホノーリアはまたべつの家のもうひとりの従妹の名を挙げた。「ヴィオラが結婚したから、先に役目を負うことになったわけだけれど」

「役目を負う？」母が軽やかな笑いを含んだ声で訊き返した。「たいそうなお務めみたいに言うのね」

ホノーリアは口をあんぐりあけないよう、しばし間をおいた。あるいは笑いだしたり叫んだりしないように。「そんなつもりはないわ」どうにかごまかした。「四重奏を演奏するのは好きよ」

本心だった。あらかじめ耳に詰め物をするのは欠かせなくても、いとこたちと楽器を練習するのは楽しい。披露するのが恐ろしいだけだ。

サラがいつも言うように、たしかに身がすくむ。

ぞっとする。

打ちのめされる。

(サラはなんでも少し大げさに言う傾向があるけれど)。

でもどういうわけか、ホノーリアは恥ずかしいことをしているとは思わなかったし、最後まで笑顔で演奏することができた。むしろ、楽器を演奏することにはやりがいを感じている。なにより家族が見守り、しかも心から喜んでくれている。

「それはそうと」話題を戻そうとしてそう続けたものの、もともと話していたことを思いだすのにわずかに時間がかかった。「わたしは今年の社交シーズンもお休みはしないわ。ちょっと言ってみただけよ。言葉のあや」唾を飲みこむ。「口が滑っただけ」

「早まって不幸な道を選ぶより、すてきな男性と結婚するほうが望ましいわ」母はとたんに賢人のような口ぶりになって言った。「あなたのお姉さんたちもみな、すてきな伴侶《はんりょ》を見つけたのだから」

義理の兄たちは自分から見るとさして魅力的な男性には見えないとはいえ、ホノーリアはうなずいた。どの兄もみな妻に敬意を払って接しているのは確かだ。

「全員が最初のシーズンで結婚を決められたわけではないわ」レディ・ウィンステッドは目を上げず作業を続けながら言い添えた。

「そうね。でも、全員、二年めが終わるまでには結婚してたと思うけど」

「そうだったかしら？」母は首を起こして目をしばたたいた。「そうかもしれないわね。だけど、ヘンリエッタは……そうね、たしかに二年めの終わりぎりぎりに結婚したのだったかしら」また手を動かしはじめた。「あなたにも、どなたかが見つかるはずよ。わたしは心配してないわ」

ホノーリアはふっと軽く笑った。「心配をかけていないのならよかったわ」

「それにしても去年のことはいまでも納得がいかないわ。トラヴァーズは間違いなくあなたに求婚すると思ってたのに。フォザリンガム卿も」

ホノーリアは首を振った。「わたしにもわからない。わたしもそう思ってたわ。なかでもベイリー卿は熱心なご様子だったから。それなのに、突然、みなさんいなくなってしまったのよ。まるで一夜にして関心が冷めてしまったみたいに」肩をすくめ、マーカスに目を戻す。「でもたぶん、それでよかったのよね。マーカス、あなたはどう思う？　あなたはあの人たちのことをあまり好きではなかったようだし」ため息をつく。「だからこうなったというわけではないけれど、あなたの意見はためになると思うの」鼻先で笑うように息を吐いた。

「わたしがこんなことを言うなんて信じられないでしょう？」

マーカスが顔を向けた。

「マーカス？」目を覚ましたのだろうか？　ホノーリアは顔をより近づけて、なんであれ変化の兆しを探した。

「どうかしたの？」母が訊いた。

「どうなのかしら。マーカスが首を動かしたの。もちろん、いままでも何度か首を動かしてはいたんだけど、今回は何かが違ったわ」ホノーリアはマーカスが熱で朦朧《もうろう》としていても何か感じてくれていることを祈って、肩をきつくつかんだ。「マーカス？　聞こえる？」

マーカスの乾いてひび割れた唇がほんのかすかに動いた。「ホ――ホノ――」

ああ、神様、感謝します。

「話さなくていいわ」ホノーリアは言った。「わかってるから」

「痛い」マーカスが苦しげな声を発した。「とんで……もなく」

「ええ。わかるわ。痛いわよね」

「気がついたの？」母が訊いた。

「ほんの少しだけ」ホノーリアはベッドに身を乗りだして腕を伸ばし、マーカスの手を取った。指を組み合わせてきつく握る。「あなたは脚に大変な傷を負ってしまったの。いまそこをきれいにしているところよ。だから痛むわ。とてもつらいとは思うけど、やらなければいけないことなの」

マーカスは小さくうなずいた。

ホノーリアはウェザビー夫人を見やった。「アヘンチンキはあるかしら？　飲みこめるうちに少し飲ませてあげておいたほうがいいと思うの」

「そうですわね」家政婦は応じた。湯とタオルを持って戻ってきてからずっと両手を揉みあわせているばかりだったので、仕事を与えられてほっとした表情だった。「いますぐ探してきます。あるとすれば、思いあたるのは一箇所だけですから」

「名案だわ」母が言い、立ちあがって、ベッドの枕もとに移動した。「聞こえる、マーカス？」

マーカスの顎が動いた。大きくではないが、ほんのわずかに。

「あなたは重症よ」

マーカスが間違いなく微笑んだ。

「ええ、そうね」レディ・ウィンステッドは微笑み返した。「そんなことはわかってるわよね。でも、あなたは絶対に元気になるわ。まだ少し痛むかもしれないけれど」

「少し？」

ホノーリアは口もとをゆがめてかすかに笑った。こんな状態で皮肉を返せるとは信じられない。たいした男性だとマーカスを誇らしく思った。「一緒に乗り越えましょう、マーカス」そう声をかけ、自分が何をしようとしているのかわからないうちに、とっさに身を乗りだし、マーカスの額に口づけていた。

マーカスがまたこちらに顔を向け、いまやその目はほとんど完全に開きかけていた。息遣いは苦しそうで、まだだいぶ熱っぽい顔をしている。それでも、その目のなかには、熱で朦朧として痛みに苦しみながらも、たしかにいつものマーカスがいた。

このマーカスを、自分が守り抜かなくては。


三十分後、マーカスはアヘンチンキが相当に効いたと見えて、また目を閉じていた。ホノーリアはマーカスの身体を少しずらして手を握り、よどみなく語りかけつづけた。話の内容はともかく、その声が彼のなぐさめになっていると感じていたのは、けっしてホノーリアひとりではなかった。

ほんとうに少しでもなぐさめになっていますようにと願った。そうでなければ自分はまったくの役立たずになってしまうのだから、やりきれない。

「もうすぐ終わるわ」マーカスに語りかけ、いまだその脚に向かって熱心に作業をしている母になにげなくちらりと目をやった。「終わるはずよ。きれいにしなければいけないところがそんなにあるとは思えないもの」

ところが、母がいらだたしげな息をつき、椅子の背にもたれて額をぬぐった。

「どうかしたの？」ホノーリアは訊いた。

母は首を振り、あらためて作業を始めたが、すぐにまた背を起こした。「見えない」

「どういうこと？　いいえ、そんなことはないでしょう」ホノーリアは落ち着かなければと息を吸いこんだ。「もっと顔を近づければいいのよ」

レディ・ウィンステッドは首を振った。「そういう問題ではないの。読書をするときと同じよ。本を目から遠ざけなければ読めない。もう——わたしには——」もどかしげにあきらめたような息をついた。「わたしにはもうちゃんと見えない。細かなところまでは」

「わたしが代わるわ」ホノーリアは実際よりもはるかに自信のある声で申し出た。

母はさっと目を向けたが、驚いている顔ではなかった。「簡単ではないわよ」

「わかってるわ」

「マーカスが叫び声をあげるかもしれない」

「さっきも聞いたもの」そう答えたものの、喉は締めつけられているように苦しく、鼓動も速まっていた。

「実際に鋏を持つ立場になると、よけいにその声を聞くのがつらくなるわ」母が静かに言う。

マーカスが死んでしまったらそれ以上につらい思いをするのだから、助けるためにやれることはなんでもするつもりだと、気品高く勇ましい言葉で宣言したかった。でも結局は言わなかった。言えなかった。残されている気力にはかぎりがあり、いまは話すことに費やせる余裕はない。

「やれるわ」ただそう答えた。

いまもベッドにしっかりと括りつけられているマーカスを見る。この一時間ほどのあいだにいつの間にか、熱っぽく赤らんでいた顔は青白くなり、生気を失っていた。よい兆しなのだろうか。母に尋ねたが、やはりわからないという返答だった。

「やれるわ」母から鋏を受けとって、あらためて言った。母が椅子から腰を上げ、入れ替わりにホノーリアがそこに腰をおろし、深呼吸をひとつした。

「一歩ずつ着実に」自分に言い聞かせ、まずは脚の傷をじっくりと観察した。母の作業を見ていたので、切りとるべき皮膚の見わけ方はわかっている。あとはそこに意識を集中して取り除けばいい。それを終えたら、また次に切りとるべき皮膚に移る。

「できるだけ、きれいな皮膚との境目ぎりぎりまで切りとるのよ」母が助言した。

ホノーリアはうなずき、鋏をさらに傷のそばに近づけた。歯を食いしばり、切りはじめた。

マーカスは唸るような声を洩らしたが、目を覚ましはしなかった。

「うまくできてるわ」母がやさしい声で言った。

ホノーリアは瞬きで涙をこらえ、うなずいた。どうしてそのたったひと言に、これほど心揺さぶられるの？

「いちばん下の部分に、わたしが取りきれなかったところが少しあるわ」母が言う。「端までよく見えなかったのよ」

「わかったわ」ホノーリアはいかめしい顔つきで答えた。死んでしまった皮膚を取り除いた部分がまだ腫れている。母がしていたように、鋏の先端でその部分を突き、黄色い汁を染みださせた。マーカスがもがいて紐が引っぱられ、ホノーリアは詫びの言葉をつぶやいたが、手をとめはしなかった。布を手にして、傷口に強く押しあてる。

「お湯を」

誰かからグラスを受けとり、マーカスのつらそうな呻きはどうにか気にしないようにして、傷口に湯を垂らした。とても熱い湯だったが、母によればそのおかげで父もかつて救われたのだという。

母の話が正しいことをホノーリアは祈った。

布を押しあてて、余分な湯を吸いとる。マーカスがまた聞きなれない声を発したが、先ほどよりは苦しそうではなかった。ところが今度はふるえはじめた。

「まあ、大変」ホノーリアは甲高い声をあげ、布を取り去った。「わたし、何をしてしまったのかしら?」

母がけげんそうに覗きこんだ。「なんだか笑っているように見えるわね」

「アヘンチンキの量が多すぎたんでしょうか?」ウェザビー夫人が問いかけた。

「そうは思えないわ」ホノーリアは答えた。「多く飲みすぎると反対に目覚められなくなると聞いてるもの」

「やっぱりどうみても、笑ってるわね」母がふたたび言った。

「そんなはずないでしょう」ホノーリアはにべもなく否定した。そもそもこのような状態で、いったいどうして笑うというのだろう? 母を後ろへ軽く押しやり、またもマーカスの脚に湯を垂らし、できるかぎり傷口をきれいにしたと満足がいくまで、同じ作業を繰り返した。

「ぜんぶ取れたと思うわ」ホノーリアはそう言うと、椅子の背にもたれた。深々と息をつく。とてつもない緊張感で全身の筋肉が引き攣っていた。鋏を置き、手のひらを開こうとしたが、爪が食い込んでしまっているように感じられる。

「傷口にじかにアヘンチンキを垂らしてみてはどうでしょう？」ウェザビー夫人が問いかけた。

レディ・ウィンステッドが目をしばたたいた。「どうなのかしら」

「害にはならないわよね？」ホノーリアは訊いた。「飲めるものなんだから、傷を悪化させる心配はないはずよ。それに、痛みをやわらげる作用があるのなら……」

「ここにご用意してありますわ」ウェザビー夫人が褐色の小瓶を掲げてみせた。

ホノーリアはその瓶を受けとり、コルク栓を抜いた。「お母様？」

「少しだけよ」レディ・ウィンステッドも自分の決断に完全に自信があるわけではなさそうだった。

ホノーリアが脚の傷口にアヘンチンキをわずかに垂らしたとたん、マーカスが苦しげな呻き声をあげた。

「まあ、どうしましょう」ウェザビー夫人がうろたえた声で言う。「大変失礼しました。わたしが言いだしたことですから、わたしのせいですわ」

「いいえ、違うわ」ホノーリアは言った。「これはシェリー酒なのよ。だからなんだわ」どうしてなのかはわからないけれど、どことなく気味の悪いラベルが付いたこの瓶には（〝アヘンチンキ〟よりもはるかに大きな字で〝酒〟と記されている）シナモンとサフランも含まれていると直感した。指先をわずかに瓶に入れ、液体を舐《な》めてみる。

「ホノーリア！」母が甲走った声を洩らした。

「あら、なんてひどい味なの」ホノーリアは口蓋《こうがい》に舌を擦らせ、味を消し去ろうと無駄な努力を試みた。「だけど、シェリー酒が入っているのは確かよ」

「そんなものを口にするなんて考えられないわ」レディ・ウィンステッドが言った。「危険よ」

「ちょっと興味があったのよ。飲ませたときに、マーカスは妙な顔をしてたでしょう。垂らしたときには、あきらかに痛そうだったわ。それも、ほんのちょっぴり垂らしただけだったのに」

母がいかにももどかしげにため息をついた。「お医者様はまだお見えにならないのかしら」

「もう少しかかるのではないかと」ウェザビー夫人が言う。「少なくとも一時間はかかりますわ。それも、ご自宅におられた場合ですけれど。外出されているとしたら……」声が消え入った。

それからしばらく誰も口を開かなかった。マーカスのことさら浅く苦しげな息遣いだけが聞こえていた。とうとうホノーリアは沈黙に耐えきれなくなり、問いかけた。「これから、どうすればいいのかしら？」マーカスの脚を見おろす。傷口は痛々しく開いたままで、まだところどころ血が滲みだしている。「包帯をしておいたほうがいいの？」

「しないほうがいいのではないかしら」母が言う。「お医者様がいらしたら、結局剝がさなければいけないし」

「お腹はすいていませんか？」ウェザビー夫人が尋ねた。

「いいえ」ホノーリアはそう答えたが、ほんとうはすいていた。ぺこぺこだ。それでも食べられそうにない。

「レディ・ウィンステッド？」ウェザビー夫人はやんわりと返事を促した。

「何かちょっとしたものなら」レディ・ウィンステッドは心配そうにマーカスを見据えたまま、低い声で答えた。

「では、サンドイッチはいかがです？」ウェザビー夫人が提案した。「もしくは、そうですわ、朝食でも。おふたかたとも、朝食を召しあがってらっしゃらないので。料理人に卵とベーコンを用意させましょう」

「なんでも、いちばん簡単なものを」レディ・ウィンステッドは答えた。「それから、ホノーリアにも何か用意してくださいな」娘のほうを見る。「少しでも食べておいたほうがいいわ」

「わかってるわ。だけど……」言いかけて口をつぐんだ。母は自分の気持ちを理解してくれているはずだ。

母がそっと肩に手をかけた。「それと、坐ったほうがいいわね」

ホノーリアは腰をおろした。

そして、待った。

何をするより、つらいことだった。

11

アヘンチンキはなんとすばらしいものなのだろう。

マーカスはもともと薬物を嫌い、使用する人々を見くだしているようなところがあったのだが、いまはその人々全員に謝ってもいいとすら思っていた。世の中すべての人々に謝りたいくらいだ。なぜなら自分はあきらかに、これまでほんとうの痛みというものを知らなかったことに気づかされたからだ。このような痛みは経験したことがなかった。

突かれたり切られたりするのはそれほどでもない。啄木鳥《きつつき》につつかれる木の幹のように身体の一部を切りとられるのはさぞつらいはずだと思われるだろうが、実際にはそれほどでもなかった。たしかに痛いが、耐えられないほどではない。

死にかけた（少なくともそう感じた）原因はそちらではなく、レディ・ウィンステッドが持ちだしたブランデーだ。この婦人が幾度となく、ざっくりあいた傷口に注いだブランデーの量は一ガロンには達したのではないだろうか。たとえ火をつけられても、あれほどには痛まなかっただろう。

もう二度とブランデーは飲むまい。よほど上質なものでないかぎりは。いや、そうだとすればやはり飲むことになる。なにしろ、きょう使われたブランデーもかなりの上物だ。

本来は飲むべきものだ。

マーカスはふと考えこんだ。先ほど考えはじめたときには理屈がとおっていたはずだ。いや、いまもとおっている。そうではないのか？

いずれにしろ、上物のブランデーではなかったと信じたいものをレディ・ウィンステッドが脚に注いでからしばらくして、アヘンチンキが喉に流しこまれた。これはまったくもって、すばらしいものとしか言いようがない。いまだ脚はじわじわと串焼きにされているようなもので、たいがいの人々ならおそらく不愉快に違いないと思われるだろうが、レディ・ウィンステッドになんの麻酔薬も使わずに〝手当て〟を受けたあとでは、アヘンの作用でうとうとしながらナイフで刻まれるのが心地よいとさえ感じられた。

くつろげると言ってもいいほどだった。

それどころか、どういうわけかふしぎと愉快な気分になってきた。

ホノーリアに微笑みかけた。いや、より正確に言うなら、ホノーリアと思われるものに微笑みかけた。なにぶん石でものせられているかのように瞼が重かった。

実際には微笑んでいるつもりだけだったのかもしれない。口もやけに動かしにくかった。

それでも、マーカスは笑いたかった。できることならそうしていただろう。それがなにより重要なことのように思えた。

脚を突き刺す作業がいったん中断され、少ししてまた刺されはじめた。それから穏やかな小休止があり、また――

くそっ、今度は痛いぞ。

だが叫ぶほどではなかった。不満の声は洩らしたかもしれないが、定かではない。それから湯を注がれた。たっぷりと。ひょっとして脚を茹《ゆ》でられているのではないだろうか。

肉を煮込むとは、なんと恐ろしいイングランドの習慣なのか。

マーカスは含み笑いを洩らした。可笑しかった。いったいどうしてこんなに可笑しいのだろう？

「まあ、大変！」ホノーリアの甲高い声が聞こえた。「わたし、何をしてしまったのかしら？」

マーカスはまた少し笑った。ホノーリアの声が滑稽だったからだ。霧笛を口にあてて喋っているかのように聞こえた。まおぅ、たあい、へえん。

ホノーリアにも同じように聞こえているのだろうか。

待てよ……ホノーリアは、自分が何をしてしまったのかと言わなかったか？　ということはつまり、いま鋏を持っているのはホノーリアなのか？　その事実をどう受けとめるべきか、マーカスは決めかねた。

それにしても……肉の煮込みとは！

マーカスは考えるのはやめて、また笑いだした。困った、可笑しくてたまらない。それなのにどうしていままで、誰からも愉快なやつだと言われたことがなかったのだろう？

「もう少しアヘンチンキを飲んでいただいたらいかがでしょう？」ウェザビー夫人が言った。

ああ、そうとも、頼む。

けれども、与えてはもらえなかった。代わりにふたたび湯をかけられ、ついで、またも突いたり刺したりがしばらく続いた。そしてようやく数分後に、それも終わった。

ご婦人がたはふたたびアヘンチンキについて話しだし、信じがたいほど非情な行動に出た。誰ひとりグラスを差しだすでもスプーンで含ませてくれるでもなく、じかに脚に注いだのだ――

「ああ、うぅ！」

――あきらかにブランデーより傷口に沁みるものを。

だがそれでやっとご婦人がたは痛めつけるのは終わりにしようと決めたらしく、何事か話しあったあとで、紐をほどき、脚を茹でた湯で濡れていないベッドの反対側に病人を移動させた。

そのうちいつしか……まどろんでいたらしい。むしろ、そうだと信じたい。というのも、人間並みの巨大な兎《うさぎ》が寝室のなかを飛び跳ねている姿がはっきりと見えたからだ。これが夢でなかったとしたら、この部屋にいる全員が大変な災難に見舞われているということになる。

しかしじつのところ、心配しなければならないのは兎ではなく、そいつが棍棒《こんぼう》のごとく振りまわしている巨大な人参《にんじん》のほうだった。

ひとつの村の人々を満腹にさせられるほどの人参だ。

マーカスは人参が好物だった。といってもオレンジは好きな色ではない。この野菜が思いがけないときによく目につくことも少々気にさわる。驚きのない暮らしのほうが好ましい。

青。自分にとって落ち着くのはこの色だ。爽《さわ》やかで心なぐさめられる。明るい青がいい。快晴の空のように。

あるいは、ホノーリアの瞳のように。本人はその瞳をラベンダー色と呼んでいたが――子供のときからだ――マーカスから見れば違った。第一、ホノーリアの瞳はラベンダーの花よりもずっと明るい。ラベンダー色は冴えない。いわばグレーに近い紫色ではないか。それになんとも辛気臭《くさ》い。喪に服している老婦人たちを思い浮かべてしまう。頭に長い布《ターバン》を巻いたご婦人たちだ。喪があける日が近づくと、どうして黒からラベンダー色の装いに変えるのが適切とされているのか、マーカスには納得がいかなかった。褐色のほうがふさわしいのではないか？　もう少し無難な色にすべきだろう？

それに、どうして老婦人たちは頭に布を巻くんだ？

これはじつに興味深い問題だ。いままで色についてこんなにも深く考えたことはなかった。何年も前に父の言いつけで絵を習わされていたときに、もっと関心を向けられればよかったのかもしれない。だがじつのところ、十歳の少年が皿に盛られた果物を四カ月も飽きずに眺めていられるものだろうか？

ふたたびホノーリアの瞳に考えがめぐった。あの瞳は間違いなくラベンダー色よりも明るい。たしかにわずかに紫がかっためずらしい色ではある。あのような瞳を持つ人物はほかに知らない――それは事実だ。ダニエルの瞳ですら、まったく同じとは言えない。ダニエルの瞳のほうが暗い色をしている。大きな差ではないが、マーカスにはその違いがはっきりとわかった。

とはいえ、ホノーリアは認めないだろう。子供の頃はしじゅう、自分とダニエルの瞳がいかにそっくりなのかを説明していた。兄との結びつきを、つまり、きょうだいだけにしかない繋がりの証しを求めているのだろうと、マーカスはいつも思いながらそれを聞いていた。

ホノーリアはみんなの一員になりたがっていた。それをひたすらいつも望んできた。早く結婚して、静かでがらんとした家から出ていきたい気持ちもよくわかる。賑やかさを求めているのだ。笑い声を。

ホノーリアをひとりぼっちにはさせたくない。ひとりぼっちにさせてはならない。

ホノーリアはいまもこの部屋にいるのだろうか？　それにしてはやけに静かだ。マーカスはもう一度目をあけようとした。うまくいかなかった。

紐から解き放たれたので、ほっとして横向きになった。ふだんは横向きに寝ている。

誰かが肩に触れ、毛布を引っぱり上げてくれた。感謝の気持ちを示そうと口をもごもごと動かした。どうにかつぶやけたらしく、ホノーリアの問いかける声が聞こえた。「起きてるの？」

マーカスは先ほどと同じように口を動かした。いまはこれくらいのことしかできそうにない。

「そう、なんとなくはわかるのね。いままでよりはきっとよくなっているのよ」

マーカスはあくびをした。

「まだお医者様を待ってるの。もういらしてもいい頃なんだけど」ホノーリアはしばし押し黙り、それからまた明るい声で続けた。「あなたの脚はだいぶよくなったわよ。少なくとも、母はそう言ってる。ほんとうのことを言うと――わたしにはまだ痛々しく見えるんだけど。でも、今朝よりましなのは確かね」

今朝？　ということはつまり、いまは午後なのか？　目をあけられないのがもどかしい。

「いまは自分の部屋にいるわ。母のことよ。涼しいところで少し休みたいんですって」また間をおいてから、言葉を継いだ。「いまもこの部屋はかなり暑いわ。窓はあいてるんだけど、ほんの少しだけなの。あなたが風邪をひいたら大変だとウェザビー夫人が心配しているから。わたしはこの暑さのなかで風邪をひくとはとても思えないけど、あのご婦人はそういうこともあると言うのよ。

わたしは涼しい部屋で毛布をしっかり掛けるほうがいいわ。あなたにはどうでもいいことかもしれないけど」

どうでもよくはない。といっても、ホノーリアが話している内容はなんであれかまわなかった。彼女の声が聞ければそれでいい。

「母は最近いつも暑がってるわ。おかげでわたしは気が変になりそう。暑いと言ったと思ったら、寒いと言いだして、すぐにまた暑くなるんですもの。しかもどう考えても、まるで理屈がとおらない。だけど寒がるより暑がっているときのほうが多いわね。母に贈り物をしたい方には、扇子をお勧めするわ。つねに必ずひとつは持ち歩いているから」

ホノーリアはふたたびマーカスの肩に触れ、額にその手を移し、そっと前髪を払いのけた。マーカスは気がやわらいだ。やさしくそっと気遣われるのは、どうもおもはゆい。見舞いに訪れたホノーリアに茶を強く勧められたときにも同じように感じた。

もしや自分は世話を焼かれるのが好きなのだろうか。信じがたいことだ。

マーカスは小さく息をついた。自分の耳には満足の吐息のように聞こえた。ホノーリアにも同じように聞こえていればいいのだが。

「あなたはもうずいぶん長く寝ているのよ」ホノーリアが言う。「でも、熱はさがっているのではないかしら。完全にというわけではないでしょうけど、落ち着いたように見えるわ。憶えていないかもしれないけど、寝ているあいだにあなたは喋ってたのよ」

ほんとうに喋ったのか？

「ほんとうよ。今朝は糟鮫について何か話してたわ。それから、少し前には、玉葱《たまねぎ》についても何か言ってたし」

玉葱？　人参ではなく？

「いったいあなたはどんなことを考えてるのかしら？　食べ物のこと？　糟鮫の玉葱添え？　わたしが具合の悪いときに食べたいものではないけど、好みは人それぞれだものね」ホノーリアはふたたび髪を撫ではじめ、しかも、ほんとうに驚きはしたが嬉しいことに、頰に軽く口づけてくれた。「きっともうそんなに深刻な状態ではないわ」笑顔で言った。

むろん笑顔が見えたわけではないが、微笑んでいるのが声からはっきり聞きとれた。

「あなたはいつもよそよそしく憂うつそうなふりをしてるけど、ほんとうは違う。睨みつける癖はたしかにあるけど」

そうなのか？　そんなつもりはなかった。ホノーリアを睨んだ憶えはない。

「あなたに裏切られたような気がしてたのよ。ロンドンではほんとうにあなたのことを嫌いになりかけてたんだから。でも、あなたのことを忘れていただけだったのね。つまり、もともとどんな人だったのかということを。きっといまも変わらない」

ホノーリアが何を言いたいのか、マーカスにはさっぱりわからなかった。

「ほんとうの自分の姿を人に見せたくないのよね」

ふたたび間があき、ホノーリアがおそらくは椅子の上で坐りなおしているような物音が聞こえた。それからまた笑みが感じられる声で話しだした。「あなたは人見知りだから」

まったく、何をいまさらわかりきったことを言ってるんだ。よく知らない人々と会話をするのは苦手だ。昔からずっとそうだった。

「あなたがそういう性格だというのはふしぎなことなのよ」ホノーリアが続ける。「人見知りの男性がいるなんて誰も思わないのでしょうね」

それはいったいどんな論理なのかわからない。

「あなたは背が高い」ホノーリアが考えこんでいるような声で言う。「それに逞しいし、知性も高くて、男性に求められるものをすべて備えているわ」

いまの説明には美男というのがたしかに抜けていた。

「いうまでもなく、とんでもなくお金持ちで、そう、もちろん、爵位もある。結婚する気になれば、お相手は選び放題のはず」

やはり醜男《ぶおとこ》だと思われているのか？

指でぽんと肩を突かれた。「あなたのようになりたい人たちがどれだけいるか、あなたにはわからないでしょうね」

いまの姿を見れば、誰もそうは思うまい。

「だけど、あなたは人見知りだわ」ホノーリアは信じられないとでもいうような口ぶりで言った。そばに近づいた気配があり、頬に軽く息がかかった。「わたしはあなたのそういうところが好きみたいなんだけど」

そうなのか？　なにしろマーカスは自分のそういうところがずっといやだった。学生時代も、なんのためらいもなく誰とでも話せるダニエルを羨ましく見ていた。自分の場合はどうしても、どのようにとけこめばいいのか少しばかり考えてしまう。だからこそスマイス－スミス家の人々と過ごすのはいつでも楽しかった。つねに賑やかで騒々しい家なので、ほとんど気づかれずに雑然とした暮らしにまぎれ込み、家族の一員になれた。

マーカスにとって唯一味わった家族の暮らしだった。

ホノーリアがふたたび顔に触れ、指で鼻筋をなぞった。「人見知りでなかったら、あなたは完璧すぎてしまう。おとぎ話の出来すぎた主人公。あなたは小説なんて読まないでしょうけど、わたしの友人たちはあなたをゴーリー夫人のゴシック小説の登場人物みたいに思ってるのよ」

どうりでホノーリアの友人たちを好きになれないわけだ。

「主人公のほうなのか悪役のほうなのかはわからないけど」いまの発言に悪意はないとマーカスは判断した。いたずらっぽく笑っているのが聞きとれた。

「あなたには元気になってもらわなくちゃ」ホノーリアがささやいた。「そうしないと、わたしはどうすればいいかわからなくなる」そのあと、かろうじて聞きとれる程度の低い声で続けた。「あなたはわたしの心の拠《よ》りどころなのかもしれない」

これは答えずに放ってはおけないので、マーカスは何か言わなければと唇を動かそうとした。だがまだ顔全体が重いし、だるく、喘ぐように何度か息を吐きだすだけで精いっぱいだった。

「マーカス？　水が飲みたいの？」

たしかに飲みたい。

「なんとなく起きてはいるのね？」

そんなところだ。

「さあ、どうぞ」ホノーリアが言う。「飲んでみて」

唇に何か冷たいものが触れた。スプーンから生ぬるい水が口のなかに垂らされた。けれどもなかなかうまく飲みこめず、ほんの数滴しか含めなかった。

「起きているわけではなさそうね」ホノーリアが椅子に腰を戻す音がした。ため息が聞こえた。疲れているようだ。マーカスにはそれがいらだたしかった。

それでも、ホノーリアがそばにいてくれるのはありがたい。自分にとってもまた、この女性が心の拠りどころになっているのかもしれない。

12

「お医者様！」およそ二十分後、ホノーリアは驚くほど若い男性が部屋に入ってきたのを見るなり、すばやく立ちあがった。これまで白髪頭ではない医師に会った記憶はない。「脚だったんです。前回診ていただいたときには――」

「前回来たのはぼくではない」医師は無愛想に遮った。「父が診たので」

「まあ」ホノーリアがすっとさがって場所をあけると、医師が身を乗りだしてマーカスの脚を眺めた。医師のあとから部屋に入っていた母がそばに歩いてきた。

そして娘の手を取った。ホノーリアは母の手のぬくもりに励まされ、命綱のごとくきつく握った。

若い医師はホノーリアにはもの足りなく思える程度にマーカスの脚を眺めてから、腰をかがめて病人の胸に耳をあてた。「アヘンチンキをどのくらい与えましたか？」

ホノーリアは母を見やった。マーカスに飲ませたのは母だ。

「スプーンで」母が答えた。「二杯ほどかしら」

医師が口もとを引きしめ、背を起こして向きなおった。「一杯ですか、それとも二杯？」

「はっきりとは言えないわ」レディ・ウィンステッドが言う。「ちゃんと飲みこめてはいなかったので」

「こぼれたぶんは、わたしが拭きましたから」ホノーリアは言葉を差し挟んだ。

医師は何も答えなかった。ふたたびマーカスの胸に耳をあてた。何か数えているかのように唇が動いている。ホノーリアはできるかぎり待ち、とうとう口を開いた。「お医者様、えと……」

「ウィンターズ先生よ」母がさりげなく名を伝えた。

「ええ、あの、ウィンターズ先生、教えてください。飲ませすぎてしまったのですか？」

「問題はないかと」ウィンターズ医師は答えたが、まだマーカスの胸に耳をあてている。

「アヘンは肺の働きを抑制します。呼吸が浅くなっているのはそのためです」

ホノーリアは恐ろしさに口を手で覆った。マーカスの呼吸が浅くなっていることにすら気づかなかった。それどころか、よくなっていると思っていた。落ち着いてきたのだと。

医師が背を起こし、脚のほうに注意を向けた。「正確な情報をお伺いしておくことが肝心なのです」そっけない声で言う。「アヘンチンキを飲ませたことをお聞きしていなければ、もっと心配していたでしょう」

「心配ではないと？」ホノーリアは信じられない思いで訊いた。

ウィンターズ医師は鋭い目で見返した。「心配していないとは言ってません」マーカスの脚に目を戻し、まじまじと眺めた。「聞いていなければ、もっと心配していただろうと言ったのです。アヘンチンキを飲んでいないのにこのように呼吸が浅くなっているのなら、きわめて深刻な感染症を引き起こしていると考えられるからです」

「では深刻ではないのですね？」

医師はまたもいらだたしげな視線を返した。問いかけられるのを歓迎していないことだけは間違いない。「診察が終わるまで、質問は差し控えていただけませんか」

ホノーリアは顔全体をいらだちでこわばらせながらも、引きさがった。どんなに腹立たしくともウィンターズ医師に敬意を払わなくてはいけない。マーカスの命を救える人物がいるとすれば、この男性以外に考えられないのだから。

「傷口をどのように消毒したのか、正確に教えてください」医師がマーカスの脚からいったんちらりと目を上げ、強い口調で訊いた。「それから、その処置をされる前はどのような状態であったのかも知っておきたいのですが」

ホノーリアは自分たちがしたことを母と代わるがわる説明した。ウィンターズ医師は満足している様子で、少なくとも不服そうには見えなかった。話をすべて聞き終えると、あらためてマーカスの脚に目を戻し、もう一度眺めてから、深々と息を吐きだした。

ホノーリアはひとまず待った。医師が考えていると思ったからだ。でもやはり、考える時間があまりに長すぎる。とうとうこらえきれなくなった。「ご診断はいかがですか？」そう口走った。

ウィンターズ医師は考えながら話しているといったふうに、ゆっくりと言った。「脚は残せるかもしれません」

「残せるかもしれない？」ホノーリアは訊き返した。

「いまはまだ確実な判断はくだせません。ですが残せることになったとすれば――」医師がホノーリアと母を見やった。「――あなたがたの見事な処置のおかげです」

ホノーリアは驚いて目をぱちくりさせた。褒められるとは思っていなかった。そこで、身のすくむような質問を投げかけた。「それで、助かるんでしょうか？」

医師は率直な揺るぎないまなざしでホノーリアの目を見据えた。「脚を切断すれば、間違いなく助かります」

ホノーリアは唇をわななかせた。「どういうことですか？」か細い声で訊いた。どういうことなのかわかっていても、医師の口からきちんと聞いておきたかった。

「現段階では、脚を切断すれば、確実に助けられるということです」医師は、まだ手がかりが残されていないか確かめるかのように、マーカスのほうに顔を振り向けた。「脚を切断しなくても、すっかり快復するかもしれない。しかし、助からない可能性もある。感染症がどの程度進行しているのか、予測できないのです」

ホノーリアは黙りこんだ。目だけを動かし、ウィンターズ医師の顔からマーカスの脚へ、そしてまた医師に視線を戻した。「どうしたらわかるのですか？」静かに問いかけた。

ウィンターズ医師は首を片側に傾け、目顔で訊き返した。

「いつになれば判断できるのですか？」ホノーリアは声量をあげて、わかりやすく訊きなおした。

「手がかりになる症状があります」医師が答えた。「たとえば、脚に赤い筋が表れてきたら、脚を切断すべきです」

「もしそれが表れなければ、治るということですか？」

「そうとも言いきれません」医師は簡潔に答えた。「ですが、現時点では、傷の状態に変化が見られなければ、よい兆しと考えていいでしょう」

ホノーリアはしっかりと理解しようと、ゆっくりうなずいた。「フェンズモアに残っていただけるのですか？」

「それはできません」医師はそう答えると、背を向けて診察道具を鞄に片づけはじめた。「ほかの患者さんも診に行かなければならないのですが、晩にまた来ます。それまでは判断しなければならないようなことは何もないと思うので」

「思うですって？」ホノーリアは鋭さを帯びた声で訊いた。「確かではないということですか？」

ウィンターズ医師はため息をつき、この部屋に入ってからはじめて疲れたような表情を見せた。「お嬢様、医学には確かなことなどないのです。何ひとつ断定することはできません」医師が窓のほうを見やった。カーテンは開かれたままで、フェンズモアの南側の青々とした芝地がはるか先まで延びている。「しかしいつか変わる日がくるでしょう。残念ながら、わたしたちが生きているあいだではないかもしれませんが。それまでは、わたしの仕事は科学と同じように試行錯誤を繰り返していくしかない」

ホノーリアが聞きたかった返答ではなかったものの、現実として受けとめ、医師にうなずきを返して、診察の礼を述べた。

ウィンターズ医師も軽く頭をさげて応じてから、ホノーリアと母に看病の仕方について指示を与え、晩にまた訪問することを約束して部屋を出ていった。母も見送りに出ていき、ホノーリアはぶきみなほど静かにベッドに横たわっているマーカスとまたふたりきりになった。

なぜか急激に気力が失せて、何分かのあいだぼんやりと部屋の真ん中に立っていた。自分にできることはありそうもない。今朝もいまと同じように脅えていたけれど、せめてもマーカスの脚の手当てに集中することができた。いまはただ待つしかなく、心は恐れるばかりで、仕事を見つけることを拒んでいる。

なんと酷《むご》い選択だろう。命か、脚か。しかも、自分がそれを決めなければならないかもしれない。

そのような重責は担《にな》えない。ああ、神様、とても無理です。

「ねえ、マーカス」ホノーリアはため息をつき、ようやくベッド脇の椅子のところに戻ってきた。「これはどういうことなの？　どうしてこうなってしまったの？　間違ってるわ」椅子に腰をおろし、ベッドに身を乗りだして腕を交差させ、片側の肘に頭をのせた。

命を救うためならば、当然ながら脚を犠牲にするしかない。マーカスの意識がはっきりしていて話せる状態だったなら、そちらを選択するはずだ。誇り高い男性ではあるけれど、片脚で生きるくらいなら死を選ぶとまでは言わないだろう。マーカスが考えることはわかっている。もちろん、このような選択について話したことはない――そんなことを話す機会が誰にあるだろう？　食卓を囲んで、脚を切断するか死を選ぶかなどという話題が出るはずもない。

けれども、ホノーリアにはマーカスがどうしたいのかはわかっていた。マーカスのことは十五年も前から知っている。どちらを選ぶかは尋ねるまでもない。

それでも、マーカスは憤るだろう。自分にではなく、医師にでもなく、おのれの運命に。あるいは神に。だけど、マーカスなら乗り越えられる。それは間違いない。自分もそばを離れはしない。でももしマーカスが……もしも……。

ああ、どうしたらいいの。そんなことは想像すらできない。

ホノーリアは息を吸いこんで、気を鎮めようとした。いますぐウィンターズ医師を追いかけていって、マーカスの脚を切断するよう頼んだほうがいいのだろうかという思いもよぎった。それで確実に助かるとすれば、この手で恐ろしいのこぎりを握れるかもしれない。少なくとも、医師に差しだすくらいのことならできる。

マーカスのいない世界など考えたくもない。たとえ自分が暮らしているところにはいなくても、自分はヨークシャーや、ウェールズや、オークニー諸島に嫁いで二度と会えないとしても、マーカスがこのケンブリッジシャーで元気に生きていて、馬に乗ったり本を読んだり暖炉のそばの椅子に腰かけたりしているのなら、それだけでいい。

でも、いくら不安な状態がつらくても、判断をくだすにはまだ早い。身勝手な行動をとってはいけない。脚を切るのは最後の手段だ。だけどそうやって先延ばしにして、手遅れになることはないのだろうか？

ホノーリアは腕に顔を埋めたまま、目をきつく閉じた。恐怖と焦りに胸を圧《お》され、こみあげてきた涙がいまにもあふれだしそうだった。

「お願いだから死なないで」かすれ声でつぶやいた。腕に頬を擦らせて涙をぬぐいとってから、また肘に顔を埋めた。マーカスに頼むのではなく、脚に頼むべきなのかもしれない。もしくは神か、悪魔か、ゼウス神か、トール神にでも。状況を好転させてくれるのであれば誰にでも、いま牛の乳搾《ちちしぼ》りをしている人にでも懇願したい。

「マーカス」名を口にするだけで心やわらぐような気がして、もう一度呼びかけた。「マーカス」

「……ノリア」

どきりとして、さっと背を起こした。「マーカス？」

マーカスの目はあいていないが、瞼の下で瞳が動き、顎がほんのかすかに揺れたのが見てとれた。

「ああ、マーカス」泣き声になり、涙があふれだした。「いやだわ、ごめんなさい。泣いている場合ではないのに」ハンカチを探したが見つからず、仕方なくシーツで目をぬぐった。「あなたの声が聞けて、ほんとうに嬉しいわ。たとえいつものあなたらしくはない声でも」

「み、み、水――」

「水が飲みたいの？」ホノーリアはマーカスの途切れた言葉をとっさに補って訊いた。

マーカスの顎がまた揺れた。

「さあ、少しだけ頭を起こすわね。そのほうが飲みやすいから」マーカスの腋の下から腕をまわし、わずかに首を起こさせた。たいして上がらなかったが、いくらかは飲みやすいはずだ。水の入ったグラスはベッド脇のテーブルに置かれ、前回飲ませようとしたときのままスプーンが差してあった。「二、三滴落とすわね」声をかけた。「一度にちょっとずつ。たくさん入れて喉を詰まらせてしまったら大変だから」

けれど今度は先ほどよりうまくいき、スプーン八杯ぶんをほとんど飲ませたところで、マーカスがもうじゅうぶんだというそぶりを見せて、ぐったりとベッドに首を戻した。

「気分はどう？」枕を軽く叩いてふくらませつつ尋ねた。「少しでもよくなったかしら」

マーカスがわずかに首を横に動かした。残念ながら気分は悪いという意味で肩をすくめようとしたのだろう。

「気分が悪いに決まってるわよね」ホノーリアは慮《おもんぱか》って言った。「でも、何か変化はない？さらに悪くなったとか、ちょっとだけましになったとか」

反応はなかった。

「いままでと同じくらいつらいということね？」ホノーリアは苦笑した。ほんとうについ笑ってしまい、そんな自分に呆れた。「わたし、どうかしてるわね」

マーカスがうなずいた。わずかとはいえ、これまでよりは大きな動きだ。

「聞こえてるのね」ホノーリアはこらえきれず、顔をわななかせつつほころばせた。「わたしをからかっただけで、ほんとうは聞こえてたんだわ」

マーカスがふたたびうなずいた。

「いいわよ、それで。勝手にして。でもあなたが元気になったら、絶対に元気になるけど、そのときには憶えてなさい。だけどいまは、お好きなようにからかえばいいわ。あら！」にわかに気力が湧いてきて、すばやく立ちあがった。「脚を見ておかないと。ウィンターズ先生が帰ってからたいして時間は経ってないけど、一応見ておくのに越したことはないから」

ほんの二歩近づいて、ひと目見ただけで、なんの変わりもないことがわかった。傷口はいまだ生々しく赤く鈍い光を帯びているが、もう不快な黄色い液体は滲みだしていないし、なにより、赤い筋はどこにも見あたらない。

「変わらないわ」マーカスに語りかけた。「変化があると思っていたわけではないけど、さっきも言ったように、見ておくのに越したことは……いいえ、やめておくわ」気恥ずかしげに微笑んだ。「くどいわね」

ホノーリアはひとしきり押し黙り、ただじっとマーカスを眺めた。目は閉じていて、ウィンターズ医師に診察してもらったときと何も変わらないように見えるが、声を聞き、水も飲ませられた。それだけでも希望を見いだせた。

「熱も！」ホノーリアは唐突に声をあげた。「熱も確かめておかないと」マーカスの額に触れた。「変わらないかしら。つまり、あなたにとってはふだんより少し高めということね。でも、前よりはさがってる。あきらかによくなってるわ」ふと口をつぐみ、自分はいわば霧のなかで声をあげているようなものなのだろうかと考えた。「まだ、聞こえてる？」

マーカスの顔が動いた。

「それならよかった。ばかなことを言ってるのはわかってるのよ。でも、ひとりでばかなことを言ってるのはむなしいでしょう」

マーカスの口もとが動いた。笑ったのだとホノーリアは感じとった。きっと何かが可笑しかったのだろう。

「お望みなら、喜んでばかなことを言ってあげるわ」声高らかに言った。

マーカスがうなずいた。

ホノーリアは口に手をあて、その肘にもう片方の手を添え、胸の下で腕を支えるようにして頬杖をついた。「あなたの考えていることが知りたいわ」

マーカスがかすかに肩をすくめた。

「たいして何も考えていないとでも言いたいの？」ホノーリアは指を突きつけた。「そんなことを信じられるはずがないでしょう。あなたのことは、とってもよく知ってるんだから」どんなにわずかなものであれ、さらなる反応がないか待った。何もないので、また話しだした。

「たぶんあなたは、今年のトウモロコシの収穫量をどうすれば最も増やせるかを考えてるんだわ。もしくは、地代が安すぎはしないだろうかと」ホノーリアはいったん黙って考えた。「違うわね、あなたなら、地代が高すぎるのではないかと考えるのではないかしら。あなたは間違いなく、思いやりのある領主様だもの。誰も苦しめたくないのよね」

マーカスは首を振った。そのしぐさから何か言いたいことだけは読みとれた。

「誰も苦しめたくないということ？　それとも、そんなことを考えてるんじゃないと言いたいの？」

「きみ」マーカスがしゃがれた声で言った。

「わたしのことを考えてるの？」ホノーリアはささやくように訊いた。

「ありがとう」どうにか聞きとれる程度の低い声だったが、ホノーリアの耳にははっきりと届いた。おかげで泣かないよう全力でこらえなければならなかった。

「わたしはここから離れない」マーカスの手を取った。「あなたがよくなるまでは」

「あ、あり――」

「いいのよ。繰り返さなくても。最初から言う必要はなかったの」

とはいうものの、やはり嬉しかった。感謝の言葉と、最初にただぽつりと〝きみ〟と言われたのと、どちらのほうにより心打たれたのかはわからないけれど。

マーカスは自分のことを考えてくれていた。横たわったまま、片脚を失うどころか、命さえ落としかねない状況にありながら。

ホノーリアはフェンズモアに駆けつけてからはじめて、恐れを忘れた。

13

次にマーカスが気がついたときには、あきらかに何かが変わっていた。真っ先に感じたのはまたも脚の激痛だったが、どういうわけかそれはさほど悪いことではないように思えた。それから、空腹を覚えた。それも、もう何日も食べていないかのように腹ぺこだ。ひょっとしてほんとうに何日も食べていないのだろうか。寝こんでしまってからどれくらい経っているのか見当もつかない。

そうしてついに、マーカスは目をあけた。これこそ願ってもないことだった。

何時なのかはわからない。暗いが、朝の四時だったとしても夜の十時と見わけがつかないだろう。病に臥《ふ》していれば時間の感覚は失われてしまう。

マーカスは喉を湿らせようと唾を飲みこんだ。もう少し水がほしい。ベッド脇のテーブルのほうを向いた。まだ暗さに目が慣れていないが、すぐそばの椅子で誰かが眠りこんでいるのはわかった。ホノーリアなのか？　そうなのだろう。自分が苦しんでいたあいだ、もしや一歩もこの部屋を出ずに付き添っていてくれたのだろうか。

マーカスは目をしばたたき、そもそもどうしてホノーリアがフェンズモアにいるのかを思いだそうとした。ああ、そうだ、ウェザビー夫人が手紙を書いたのだ。家政婦がなぜそうしようと思ったのかはわからないが、それでホノーリアが来てくれたのは言い表せないほど嬉しい。

もしやホノーリアとレディ・ウィンステッドがこの脚にあれほどの責め苦を与えなければ、自分は死んでいたのかもしれない。

だが、それだけのことではなかったのだろう。意識が遠のいては戻るのを繰り返していたのはわかっているし、最も苦しいときの記憶はごっそり抜け落ちているものだということも知っている。そうだとしても、ホノーリアがこの部屋で自分のそばにいてくれたのはなんとなく感じていた。自分の手を取り、語りかけてくれたので、言葉は聞きとれずとも、そのやさしい声は心に届いていた。

そしてホノーリアがそこにいると思うと……なぐさめられた。自分はひとりではない。これまで生きてきてはじめて、ひとりではないと思えた。

マーカスは自嘲《じちょう》ぎみに苦笑した。ずいぶんと感傷的になっている。これまではずっと、ほかの人々を寄せつけないよう目に見えない盾《たて》を持って歩きまわっていた気分だ。もっと多くの人々と出会える機会はあったたし、その気になれば大勢の人々と知りあえていただろう。なんといっても自分は伯爵だ。指を鳴らしさえすれば、屋敷にあふれるほどの人々を呼び寄せられる。

だが、くだらないお喋りをする相手などほしいとは思わなかった。なにをするのにも意義を求めれば、おのずといつもひとりで過ごすことになった。

それでよかった。

それでいいと思っていた。

瞬きを何度か繰り返すと、だんだんと部屋のなかが見えてきた。カーテンは閉められておらず、月明かりでかろうじて色の違いも見わけられる。といっても壁が赤紫色なのも、暖炉の上に掛けられている大きな風景画がほとんど緑色で占められているのも、もともと知っているからなのかもしれない。人は見たいと思うものが見えるという。誰もが知っている自明の理だ。

マーカスはふたたび顔を振り向けて、椅子に坐っている人物に目を凝らした。間違いなくホノーリアで、見たい相手だから見えているのではない。髪はいくぶんほつれていて、レディ・ウィンステッドとはあきらかに違う鮮やかな褐色なのもわかる。

いったいどれくらいのあいだここに坐っているのだろう。居心地がいいはずもない。だが眠りを妨げたくはない。休息が必要に違いないからだ。

マーカスは起きあがろうとしたが、力が入らず、数センチ背を起こすのがやっとだった。それでも視界がわずかに広がり、ホノーリアの向こう側のテーブルにある水の入ったグラスに手が届くかもしれないとすら思った。

いや、やはり無理だろうか。片腕を十数センチ上げたところで、傍《かたわ》らに戻した。くそっ、力が出ない。それに喉が渇いている。まるで口のなかにおがくずを詰めこまれているようだ。

水の入ったグラスが遠く感じられる。手の届かない天上にあるかのように。

なんというざまだ。

ため息をつくと肋骨《ろっこつ》に痛みが走り、息を吐いたことを悔やんだ。身体のあちこちが痛い。身体のどこもかしこも痛むなどということがありうるのか？　とりわけ脚は燃えているような痛さだ。

だが熱はもうさがったようだ。少なくとも高熱ではない。はっきりとはわからないが、これまでよりはあきらかに頭がすっきりしている。

マーカスは一分ほどホノーリアを見つめた。眠りこんでいて身じろぎもしない。首を痛めかねないくらい不自然な角度に頭が傾いている。

起こしたほうがいいのかもしれない。そのほうが親切なのだろう。

「ホノーリア」かすれ声で呼びかけた。

ホノーリアは動かなかった。

「ホノーリア」もう少し大きな声を出そうとしたが、今度もやはり窓に張りついた虫の羽ばたきのようなしゃがれ声になった。いうまでもなく、その声を出すだけでも骨が折れた。

もう一度手を伸ばそうとした。腕がずしりと重く感じられたものの、どうにかこうにかベッドの向こうまで伸ばせた。軽く触れるだけのつもりが、ホノーリアの投げだされた脚をどんと突いてしまった。

「きゃっ！」ホノーリアは驚いた声をあげて目覚め、いきなり顔を起こした拍子に頭の後ろをベッドの支柱にぶつけた。「痛いっ」不満げな声を洩らし、ぶつけたところを手でさすった。

「ホノーリア」マーカスは注意を引こうと、もう一度呼びかけた。

ホノーリアは何かつぶやいて、手の付け根で頬を擦りながら、大きなあくびをした。それからようやく言った。「マーカス？」

眠そうな声だ。とても嬉しそうでもある。

「水を少しくれないか？」マーカスは訊いた。もう少し意味のある言葉を口にできればよかったのかもしれない。なにしろ、いまこそ生還できた瞬間なのだ。しかし喉が渇いていた。砂漠をさまよっていたかのように。それに水を求めるのも、いまの状態を言葉で伝えるのと同じくらい意味のあることではないだろうか。

「ええ、もちろん」ホノーリアは暗がりのなかを手探りでグラスを見つけた。「あら、もうなかったのね」そう聞こえた。「ちょっと待ってね」

ホノーリアは立ちあがってべつのテーブルへ歩いていき、水差しを手にした。「たくさんは残ってないわ」ぼんやりとした声で言う。「でも足りるわよね」グラスに水を注ぎ、スプーンを手に取る。

「自分で飲める」マーカスは声をかけた。

ホノーリアが驚いたように見返した。「そうなの？」

「起きあがるのを手伝ってくれないか？」

ホノーリアはうなずき、ほとんど抱きかかえるようにマーカスの背中に腕をまわした。

「さあ、いくわよ」低い声で言い、かかえ起こす。鎖骨《さこつ》の辺りにふわりと息がかかり、マーカスは口づけされたかのように感じた。思わずため息をつき、ホノーリアの呼気のぬくもりをしばし味わった。

「大丈夫？」ホノーリアが身を離して問いかけた。

「あ、ああ、もちろんだ」マーカスは病みあがりにしては精いっぱいの速さでわれに返って答えた。「すまない」

それからまたホノーリアの手を借りて坐り、グラスを受けとると、あとは自力で水を飲んだ。これほどの達成感を得られるとは驚きだった。

「だいぶよくなったようね」ホノーリアが眠たげな目をまたたいて言う。「わたし――わたし――」もう一度瞬きをしたが、今度はどうやら泣くのをこらえようとしているらしい。

「またあなたに会えて、心から嬉しいわ」

マーカスはうなずき、グラスを差しだした。「もう少し、頼む」

「わかったわ」ホノーリアが水を注ぎ、グラスを手渡す。マーカスはごくごくと、いっきに飲み干してから息をついた。

「ありがとう」グラスを返して言った。

ホノーリアはグラスを受けとって置き、椅子に坐りなおした。「ほんとうに心配したのよ」

「何があったんだ？」マーカスは尋ねた。ところどころは憶えている――ホノーリアの母が鋏を持ち、巨大な兎がいた。それに、ホノーリアが自分のことを心の拠りどころだと言ったのも。それだけはけっして忘れない。

「お医者様が二度診察にいらしたわ」ホノーリアが話しだした。「ウィンターズ先生よ。お若いほうのウィンターズ先生。お父様のほうの先生は――どのようなご都合があったのかわからないけど、正直なところ、べつに知りたくもないわ。あなたの脚を診ようともしなかった方なんですもの。あなたが傷から感染症を起こしているとは考えもしなかったのね。もしこんなに悪くなる前に気づいてくださっていれば、いいえ、それでも同じことになったのかもしれない」ホノーリアは悔しそうに唇を引き結んだ。「だけど、そうならなかったかも」

「ウィンターズ先生はなんと言ったんだ？」マーカスは訊き、念のため言い添えた。「お若いほうの先生だ」

ホノーリアは微笑んだ。「脚を切らずにすむかもしれないと」

「なんだって？」マーカスは首を振り、その言葉の意味を理解しようとした。

「片脚を切断しなくてはいけないかもしれなかったのよ」

「なんてことだ」マーカスは思わず枕に沈みこんでいた。「ああ、なんてことだ」

「あなたはそうなる可能性を知らずにいてよかったのかもしれない」ホノーリアが静かに言う。

「まったく、なんてことだ」片脚を失うことになるとはマーカスは思いもしなかった。実際にそのような立場に追いこまれなければ、想像できる者はいないだろう。

ホノーリアが両手でマーカスの片手を取った。「もう大丈夫」

「この脚が」マーカスはかすれ声でつぶやいた。すぐにも起きあがって、まだそこに脚があるか確かめなければというばかげた焦りに駆られた。それでもどうにかじっと仰向けのままでこらえた。自分の脚を見ようとなどしたら、ホノーリアに呆れられるに決まっている。だがたしかに痛む。かなり痛むが、いまとなっては嬉しい苦しみだ。少なくとも、脚がまだそこに付いている証しなのだから。

ホノーリアが片手を引き、その手でとりわけ大きなあくびを隠した。「まあ、許してね」口を閉じて言った。「ごめんなさい、あまり寝ていないものだから」

自分のせいなのはわかっている。マーカスはあらためてホノーリアに感謝の念を抱いた。「その椅子では快適に眠れるわけがないよな」そう答えた。「ベッドの向こう側で休めばいい」

「それはできないわ」

「きょうしてもらったことを考えれば、いまさら不作法もなにもないだろう」

「だめよ」ホノーリアはこれほど疲れていなければ笑いだしかねない表情だった。「というか、無理だわ。あなたの脚を消毒したときに、マットレスを濡らしてしまったの」

「そうなのか」マーカスはそう答えると笑いだした。愉快だったし、笑うのにふさわしいことのように思えた。

ホノーリアが椅子の上で楽な姿勢を探して身をもぞもぞ動かした。「毛布の上にならなら寝られるかしら」首を伸ばし、マーカスの向こう側の空いている場所を見やった。

「きみさえよければどうぞ」

ホノーリアは疲れたように息をついた。「足は湿ってしまうわね。でも、それくらい仕方がないわ」

少ししてホノーリアはベッドに上がり、毛布の上に横たわった。マーカスも隣りに横たわっていたが、べつのキルトに身体の大部分を覆われていた。片脚だけは空気にさらすためにあえて覆わずにおいてくれたのだろう。

ホノーリアがふたたびあくびをした。

「ホノーリア」ささやくように呼びかけた。

「なあに？」

「ありがとう」

「ううーん」

いったん間をおいて、言わずにはいられずに続けた。「きみが来てくれてよかった」

「わたしも来てよかったわ」ホノーリアが眠そうな声で答えた。「ほんとうに」

ホノーリアがすやすやと寝息を立てはじめ、しばらくしてマーカスも続いた。ふたりは眠りに落ちた。

翌朝、ホノーリアは心地よいぬくもりのなかで目覚めた。瞼はまだ閉じたまま、爪先《つまさき》を伸ばし、それから脚を曲げ、足首を右からまわし、左からまわす。ベッドの上で身体を伸ばすのが毎朝の習慣だ。次は必ず手を動かす。手のひらをいっぱいに開き、握る。今度は首を前後に動かし、ひとめぐりさせる。

あくびをして、こぶしを握り、腕を前に伸ばして――

誰かに当たった。

ホノーリアは凍りついた。目をあける。記憶がいっきによみがえった。

そうよ、マーカスとベッドに寝たのだ。違う。その言い方は正しくない。マーカスのベッドに寝ただけのことだ。

マーカスと一緒に寝たのではない。

不適切なことには違いないとしても、評判を穢《けが》すような行為はあきらかにできない病人の紳士のベッドならば、若い淑女であろうと大目に見てもらえるはずだ。

ホノーリアは少しずつゆっくり離れようとした。マーカスを起こす必要はない。同じベッドに上がって寝たのを憶えていない可能性もある。しかもいつの間にか、足が触れあいそうなくらい近づいていた。前夜はたしかに、ベッドの反対端に横たわったのに。

両膝を曲げ、足裏をマットレスに付けて姿勢を安定させた。まずは腰を上げて数センチ右にずらした。それから肩もずらし、また腰をずらし、足も横に移動させた。それからまた肩をずらそうとしたとき――

ばたん！

マーカスの片腕が身体の上にどさりとおかれた。

ホノーリアはまたも凍りついた。ああ、こうなったらどうすればいいの？　一、二分待てば、マーカスがもとの姿勢に戻ってくれるかもしれない。

待つことにした。さらに待った。ようやくマーカスが動いた。

こちらのほうに。

ホノーリアはぎこちなく唾を飲みこんだ。いま何時なのかはわからない——夜は明けているが、それからどれくらい時間が経っているのか見当もつかない——このままでは、ベッドでマーカスの手に押さえつけられている姿をウェザビー夫人に見られかねない。悪くすれば、母に。

前日までの経緯を考えればなおさら、自分を悪く言う者はいないだろう。といっても、自分もマーカスも未婚のうえ、ここはベッドで、しかもマーカスは最小限のものしか身につけていないし——

つまり言い逃れようがない。自分が離れなくてはいけない。たとえマーカスを起こしてしまったとしても、そのときは仕方がない。少なくともいま起きれば、銃を背中に突きつけられて、結婚を迫られることはないのだから。

なんとも心地よさそうな寝息は聞こえないふりで身をねじり起こしてベッドを降りると、マーカスが寝返りを打って、キルトにくるまった。ホノーリアは絨毯にしっかりと足をついて立ち、すぐさまマーカスの脚に目を向けた。ウィンターズ医師が危惧《きぐ》していた不吉な赤い筋は出ていないし、順調に快復しているように見える。

「ありがとうございます」ホノーリアはつぶやいて、さらなる快復を祈る言葉を唱えた。

「どういたしまして」マーカスがぼそりと言った。

ホノーリアは小さな驚きの声を洩らし、三十センチ近くも跳びすさった。

「ごめん」マーカスは詫びたが、笑っていた。

これまで聞いたことがないような、ほんとうに愉快そうな笑い声だった。

「あなたにお礼を言ったのではないわ」ホノーリアは口をとがらせて言った。

「わかってるさ」マーカスは微笑んだ。

ホノーリアはすっかり皺が寄ってしまったスカートを手で伸ばそうとした。それはロンドンから着てきた青いドレスで、もう——ああ、なんてこと——まる二日も着ている。どれほど身なりが乱れているかは考えたくもない。

「気分はどう？」問いかけた。

「だいぶよくなった」マーカスはそう答えて、上体を起こした。さりげなく上掛けを引き寄せたのを、ホノーリアは見逃さなかった。おかげでどうにか顔を真っ赤にせずに頬を染める程度ですんだ。考えてみれば滑稽にすら思える。きのうはマーカスのはだけた胸を何度も見たし、剝きだしの脚をつつきまわし、おまけに——これだけは本人にけっして言えないけれど——寝返りを打っていたときにお尻もちらりと目にしている。それなのに、マーカスが死のふちから脱し、互いにちゃんと目覚めたとたん、まともに目を合わせることもできなくなってしまうなんて。

「まだかなり痛む？」ホノーリアは上掛けから突きだしている脚を身ぶりで示して尋ねた。

マーカスは首を傾けて、脚の大きな裂傷を眺めた。「虎と闘ったことにしようと思ってるんだ」

「見栄を張る？」ホノーリアはつい笑みを浮かべて訊き返した。

マーカスは口もとをゆがめて笑った。「堂々と見栄を張れる口実ができた」

「大きな傷跡が残ってしまうわね」

「少しはましになったかな」

「虎。ケンブリッジシャーで？」

マーカスは肩をすくめた。「鮫よりは真実味があるだろう」

「猪《いのしし》が妥当ね」ホノーリアはきっぱりと言った。

「それではなんとなく情けないじゃないか」

ホノーリアは唇を引き結び、それからぷっと吹いた。ついでマーカスもぷっと吹き、それでホノーリアはやっと確信できた。マーカスはあきらかによくなっていると。奇跡が起きた。それ以外に言いようがない。顔色が見違えてよくなり、少しばかり痩せはしたかもしれないが、なにより目に生気が戻った。

マーカスはもう大丈夫だ。

「ホノーリア？」

ホノーリアはもの問いたげに見返した。

「きみはふらついている」マーカスが言う。「手を貸せればいいんだが……」

「少しだけ足がふらつくわ」ホノーリアはベッド脇の椅子に戻った。「たぶん……」

「食事はとったのか？」

「ええ。あの、でも、少しだけど。そのせいではないわ。ただ、たぶん……ほっとしたからよ」そう言うなり、自分でも驚いたことに、啜《すす》り泣《な》いていた。高波が押し寄せるように、涙がいきなりあふれだしてきた。それだけ気を張りつめていたのだろう。できるかぎり悠長にかまえていなければと自分をがんじがらめにしていたので、マーカスがよくなったとわかったとたん箍《たが》が緩んでしまった。

ヴァイオリンの弦がぴんと張ってぷつりと切れてしまったかのように。

「ごめんなさい」しゃくりあげながら言葉を継いだ。「どうしてかしら……こんなつもりは……ほんとうに嬉しいのに……」

「もういいから」マーカスがやさしい声で言い、ホノーリアの手を取った。「大丈夫だ。もう何も心配することはない」

「わかってる」ホノーリアは泣き声で答えた。「わかってるわ。だから泣いてるのよ」

「ぼくまで泣きたくなるじゃないか」マーカスが静かに言う。

ホノーリアはさっと目を上げた。マーカスの顔に涙は流れていないが、目が潤んでいた。感情をあらわにしたマーカスを見るのははじめてで、そのようなことがあるとは思いもしなかった。ホノーリアはふるえがちに手を伸ばし、マーカスの頬に触れ、指を目尻に移し、こぼれ出た涙を指先に感じて、はっと腕を引き戻した。それから、どちらも想像すらできなかった行動に出た。

ホノーリアはマーカスの身体に両腕をまわし、首の付け根に顔を埋め、抱きついた。「怖くてたまらなかったわ」か細い声で言う。「自分がどれほど脅えているかもわからなかった」

マーカスもホノーリアの身体に両腕をまわした。最初はためらいがちだったが、いったん触れてしまうと安心したようにやさしく抱き寄せ、髪を撫ではじめた。

「ほんとうにわからなかった」ホノーリアは続けた。「気づかなかったの」けれど思いつくまま言葉を継いでいるだけで、自分が何を言おうとしていたのかわからなくなっていた。何を伝えようとしていたのか思いだせない――何がわからなかったのか、何に気づかなかったのかも。いまはただ……ただ……。

目を上げた。いまはただマーカスの顔を見ていたい。

「ホノーリア」マーカスがささやきかけて、はじめて出会った相手であるかのように顔を見つめた。温かなチョコレート色の目に感情があふれている。その目の奥でホノーリアには見きわめのつかない何かが閃《ひらめ》き、ゆっくりと、ほんとうにとてもゆっくりと、顔が近づいてきて、ふたりの唇が触れあった。

ホノーリアにキスをしてしまった理由は説明のしようがない。なぜそんなことを自分がしたのか、マーカスはわからなかった。泣いているホノーリアを抱きしめるのは、ごく自然な罪のないことに思えた。そこからさらにキスをしようというつもりはなかった。

だがそのとき、ホノーリアと目が合った。その目は——ああ、なんと美しい瞳をしているのだろう——涙できらめき、ふっくりとした唇がふるえていた。息がとまった。思考が停止した。頭以外の何かに衝《つ》き動かされ、自分の奥深いところでホノーリアを抱いているのだと感じ、われを失った。

それまでの自分ではなかった。

ホノーリアにキスをせずにはいられなかった。どうしても。呼吸や血液や魂と同じくらい、しごくあたりまえに必要なものであるかのように。

そうして、マーカスは本能に身をまかせ……。

地球の回転がとまった。

鳥たちのさえずりがやんだ。

この世のすべての動きがとまり、自分とホノーリアだけがほんの軽い口づけで結びついた。熱情なのか、欲望なのか、自分のなかで何かが活気づいてきた。病みあがりでこんなにも体力を消耗していなかったなら、さらに先へ進めていたに違いない。自分をとめられはしなかったはずだ。ホノーリアにのしかかり、その柔肌《やわはだ》と香りに溺《おぼ》れていただろう。きっとさらに深く口づけて、ホノーリアに触れる。あらゆるところに。

そしてせがんだだろう。ここにいて、この熱情を受け入れ、きみのなかに自分を埋めさせてほしいと。

自分はホノーリアを欲している。マーカスにとってこれほど恐ろしいことはなかった。

相手はホノーリアだ。親友に自分が守ると誓った女性だ。それなのに……。

マーカスはキスを打ちきったものの、身を離すことはできなかった。最後に名残り惜しくホノーリアの額に自分の額を寄せ、ささやきかけた。「許してくれ」

するとホノーリアは去った。といっても、それほど速く動けたわけではなかった。両手をふるわせ、ふらつきがちな足どりで部屋を出ていった。

自分は獣《けだもの》だ。命を救ってくれた女性に、いったい何をしているんだ?

「ホノーリア」マーカスはつぶやき、ふとまだホノーリアのぬくもりが残っているかもしれないと思い、自分の唇に触れた。

ほんとうに残っていた。信じがたいことだ。

ホノーリアの唇とほんの軽く触れあったときの疼きがなおも残っている。キスがまだ続いているかのように。

ホノーリアがいまもここにいる。

そしてこれからもずっと傍らにいてくれるのではないかという、不可思議な予感を抱いた。

14

さいわいにも、ホノーリアはそれから一日、マーカスとの束の間のキスに思い煩わされずにすんだ。

そのような時間もなく寝入ってしまったからだ。

寝室として用意されていた部屋はマーカスの寝室からとても近いところにあったので、いますべきことだけに気持ちを集中できた——より正確に言うなら、自分の寝室まで立って歩いて入るだけで精いっぱいだった。足を踏み入れるなり、ベッドに身体を横たえて、それからまる一日眠りつづけた。

夢をみていたとしても、何も憶えていない。

ようやく目覚めたのはまた朝で、そのときにもまだロンドンから着てきた——いったいもう何日着ているのだろう？——ドレスを身につけていた。まずはなにはともあれ入浴し、清潔な衣類に着替え、それからもちろん朝食におりて、ウェザビー夫人にもぜひにと同席を勧めて、マーカスとはまるで関係のないたわいないお喋りを楽しんだ。

卵もベーコンと同じくらいことさら味わい深く、窓の外では紫陽花《あじさい》がひときわ美しく咲いていた。

紫陽花に目を引かれるとは誰に想像できただろう？

どうあれ、マーカスのみならず、マーカスを連想させることすべてに気が向かないようにしていたのに、とうとうウェザビー夫人に問いかけられた。「今朝はもう旦那様とはお会いになられましたの？」

ホノーリアはマフィンを口に運ぼうとしていた手をとめた。「いえ、まだ」マフィンに塗ったバターが手に滴り落ちた。いったん置いて、手をぬぐった。

するとまたウェザビー夫人が口を開いた。「会いたがっておられるはずですわ」

こう言われては部屋を訪ねないわけにはいかない。マーカスが高熱で朦朧としていたときにはつきっきりで看病していたのに、もしここでそっけなく手を振って「だってもう、お元気なんでしょう」と答えでもしたら不自然だ。

朝食用の食堂からマーカスの寝室までは三分ほどかかり、三秒のキスを思い返すには長すぎる時間だった。

兄の親友とキスをしてしまった。マーカスと……自分にとっても大切な友人のひとりであったはずの男性と。

そうした意識は、あの束の間のキスのあいだだけ頭から抜け落ちていた。いったい何が起こったのだろう。マーカスはもともと兄ダニエルの友人だった。厳密に言うと、兄の友人として知りあい、自分の友人にもなった男性だ。だからといって――

やめよう。頭が混乱してきた。

ああ、ばかばかしい。マーカスのほうはもうまったく気にしていないということも考えられる。あのときはまだ少し頭がぼんやりしていて、憶えてすらいないかもしれない。

それに第一、あれはキスと呼べるほどのものだったの？　ほんとうに一瞬の出来事だった。しかもキスをした側がされた側に純粋に深く感謝していて、恩義すら感じていた場合には、それ以上の意味はないのではないだろうか？

いわば自分はマーカスの命の恩人だ。キスをしてもふしぎではないのかもしれない。おまけに、マーカスはこう言った。〝許してくれ〟。唇を触れ合わせたとしても、相手に謝られたなら、それはキスと見なせるの？

たぶん見なせない。

いずれにしろ、あのキスについてマーカスと話すことだけは避けたいので、ウェザビー夫人から先ほど様子を見にいったときにはまだ眠ってらしたと聞き、目を覚ます前にさっさと見舞ってしまおうと決めた。

マーカスの部屋のドアは少しあいていたので、濃い色の木面に手をあてて、ゆっくりと慎重に押し開いた。領地と同様に手入れの行き届いた屋敷のドアの蝶番がぎしぎし軋むのではと恐れるのはばかげているかもしれないが、用心するのに越したことはない。頭が入るくらいドアを開くと、顔だけ差し入れ、マーカスの姿を探して首をめぐらせ――

マーカスがこちらを向いた。

「あら、起きてたのね！」驚いた小鳥の甲高いさえずりのように、言葉が口をついた。

どうしてこうなるの。

マーカスはベッドの上に坐り、腰の辺りまで上掛けを引き寄せている。もう寝間着を身につけていたので、ホノーリアはほっと胸をなでおろした。

マーカスが本を掲げてみせた。「本でも読もうと思っていたところだ」

読もうとしたが読む気になれずにいたことがあきらかにわかる口ぶりだったにもかかわらず、ホノーリアはすかさず答えた。「あら、それならお邪魔してはいけないわね」

それからとっさに片脚を引いてお辞儀をした。

お辞儀！

いったいどうしてそんなことをしてしまったのだろう？　これまでマーカスには一度も正式に膝を曲げて挨拶をしたことなどなかった。軽く頭をさげたり、ほんの少し膝を曲げて挨拶することはあったけれど、このように丁寧なお辞儀をしたら、マーカスに笑い転げられてもふしぎはない。ともかく、笑われるのは間違いない。でも、声が聞こえるより早く部屋を飛びだしたので、実際にどうだったのかはわからなかった。

それでも、そのあと客間で母とウェザビー夫人と顔を合わせたときには、しごく正直に、マーカスはとても快復しているように見えたと報告した。

「読書をしていたんですもの」やけに陽気すぎる声で言った。「よい兆しよね」

「何を読んでらしたの？」母がしとやかに尋ね、娘のティーカップにポットからお茶を注いだ。

「ああ、ええと……」ホノーリアは暗赤色の革表紙の本だったことしか思いだせず、目をしばたたいた。「よく見えなかったわ」

「よさそうな本を見つくろって、もっと持っていってさしあげたらいいわ」母はホノーリアにカップを手渡し、「熱いわよ」と言い添えた。そしてまた言葉を継ぐ。「ベッドでじっとしているのは退屈でたまらないものよ。わたしの経験ではそうだったわ。あなたを身ごもったときには四カ月、シャーロットのときには三カ月もベッドにいなければならなかったんですもの」

「知らなかったわ」

レディ・ウィンステッドは気にすることではないというように手を振った。「仕方のないことなのよ。自分ではどうしようもないんだもの。でも、本がだいぶ気をまぎらわせてくれたのは間違いないわ。できることと言えば、読書か刺繍くらいのものでしょう。マーカスが針と糸のほうを選ぶとは思えないし」

「そうね」ホノーリアはつい想像して微笑んだ。

母がお茶をもうひと口含んでから言った。「こちらの図書室でよさそうな本を探して持っていってあげたらいいわ。それから、わたしがいま読んでいる小説もおいていってさしあげましょう」カップを置く。「サラ・ゴーリーの本を持ってきたのよ。もうほとんど読み終わるところなの。いままでのところはとても楽しめたわ」

「『バターワース嬢といかれた男爵』?」ホノーリアは半信半疑で尋ねた。その本ならすでに読み終えていて、たしかに楽しめたけれど、滑稽なくらい展開のめまぐるしい物語で、マーカスが面白がって読む姿は想像できなかった。記憶が正しければ、崖から落ちかける場面がやたらとあった。木からも。それに窓枠からも。「マーカスはもう少しまじめな本のほうがお好みではないかしら？」

「もう少しまじめなもののほうが好みだと思い込んでいるだけかもしれないでしょう。それに、あの子はだいたいまじめすぎるのよ。たまには息抜きも必要だわ」

「もうとても子供とは言えないと思うけど」

「わたしにとってはいつまでも子供だわ」レディ・ウィンステッドは、黙ってふたりのやりとりを聞いていたウェザビー夫人のほうに顔を振り向けた。「そうでしょう？」

「ええ、わかりますわ」ウェザビー夫人がうなずいて言う。「なにしろわたしは、おむつをされていたときから存じあげていますから」

この会話をマーカスが気に入りはしないのは間違いないと、ホノーリアは思った。

「ホノーリア、あなたならきっとちょうどいい本を選べるわ」母が言う。「わたしより好みをわかっているでしょうから」

「正直なところ、その自信はないわ」ホノーリアはそれがなんとなく寂しく感じられて、自分のティーカップに目を落とした。

「このフェンズモアには、とても大きな図書室がありますのよ」ウェザビー夫人が誇らしげに言葉を挟んだ。

「それなら何かしら見つけられそうね」ホノーリアは明るい笑みを貼《は》りつけて答えた。

「そうしてあげなさい」母が言う。「刺繍のやり方を教えたくなければ」

ホノーリアが驚いた顔で見返すと、母は楽しげな目をしていた。「だって、とても想像できないでしょう?」レディ・ウィンステッドはくすくす笑いながら続けた。「見事な服を仕立てられる男性たちがいることは知っているけれど、わたしは絶対に奥の部屋にお針子の女性たちが隠れていると思うのよ」

「殿方の手は大きすぎますものね」ウェザビー夫人も同調した。「針を器用にあつかえるとは思えませんわ」

「そうはいっても、マーガレットよりはましかもしれないわ」レディ・ウィンステッドはウェザビー夫人に言い、説明を加えた。「わたしの長女よ。あの子より裁縫の下手な方にお目にかかったことはないんだもの」

ホノーリアは興味深く母を見やった。姉のマーガレットがそれほど裁縫を不得意としているとは知らなかった。でも考えてみれば、自分より十七も年上だ。ホノーリアが物心がついたときにはすでにマーガレットは結婚し、スマイス－スミス家を出ていた。

「それだけに、ヴァイオリンを弾く才能に恵まれていたのは幸いだったわ」レディ・ウィンステッドは言い添えた。

ホノーリアはその言葉にさっと目を上げた。姉のマーガレットの演奏は聴いたことがある。才能に恵まれているとはけっして言いがたいものだった。

「わたしの娘たちは全員、ヴァイオリンを弾きますのよ」母は誇らしげに言った。

「それではあなたもですの、レディ・ホノーリア？」ウェザビー夫人が尋ねた。

ホノーリアはうなずいた。「わたしもですわ」

「楽器をお持ちくだされればよかったのに。ぜひ、お聴きしたかったですわ」

「姉のマーガレットほど上手には弾けません」そう答えた。残念ながら事実だ。

「あら、そんなことはないわ」母は陽気に娘の腕を軽く叩いた。「昨年の演奏はなかなかよかったもの。もう少し練習すればいいことだわ」ウェザビー夫人のほうに顔を戻した。「わたしたちの一族は毎年、音楽会を開いてますの。ロンドンではとりわけ人気の高い催しですのよ」

「そのような音楽一家にお生まれになって、恵まれてらっしゃるわ」

「ええ」ホノーリアはほかに答えようがないので、そう応じた。「そうですわね」

「あなたのいとこたちはちゃんと練習しているかしら」母が心配そうな表情で言った。

「それは無理よ」ホノーリアは擁護した。「四重奏なんだもの。ヴァイオリンがひとり抜けていたら、練習にならないわ」

「ええ、そうかもしれないわね。ただでさえ、デイジーはまだほんとうに初心者だし」

「デイジー？」ウェザビー夫人が訊き返した。

「姪《めい》ですわ」レディ・ウィンステッドは説明を加えた。「まだ子供のようなもので――」ホノーリアには理由がまったくわからなかったが、なぜか母は声をひそめて続けた。「あまり才能があるとは言えなくて」

「まあ、お気の毒に」ウェザビー夫人は片手で胸を押さえ、ひと息ついた。「どうなさるんです？　音楽会が台無しになってしまいますでしょう」

「デイジーはわたしたちにちゃんと追いつきますわ」ホノーリアは弱々しい笑みを浮かべて答えた。たしかに、デイジーは下手だ。でもデイジーが加わったからといって、四重奏がこれ以上ひどくなるとも思えない。それに、デイジーはきっと自分たちに著しく欠けている熱意を掻き立ててくれるだろう。なにしろサラは四重奏をまた披露するくらいなら歯を抜かれたほうがましだと不満をこぼしているほどなのだから。

「チャタリス卿も、その音楽会に出席されているのですか？」ウェザビー夫人が尋ねた。

「ええ、毎年いらしてますわ」レディ・ウィンステッドは答えた。「それも最前列にお坐りになって」

マーカスは聖人だと、ホノーリアは思った。少なくとも一年にひと晩だけは。

「音楽を愛してらっしゃいますから」ウェザビー夫人が言う。

まさしく聖人ね。いいえ、殉教者かも。

「今年は出席されないわね」母が残念そうにため息をついた。「でも、みんなでこちらに来て、べつに演奏会を開くこともできるわ」

「だめよ！」ホノーリアの大きな声に、ふたりの婦人が揃って目を向けた。「つまり、マーカスはそんなことは望んでいないと言おうとしたのよ。自分のためにわざわざ配慮してもらうのはいやがる人だから」母の表情を見るかぎり、反論するそぶりはとくに見受けられなかったので、さらに言葉を継いだ。「それに、アイリスは旅が苦手だし」

見え透いた嘘とはいえ、すぐに思いつけるのはその程度のものだった。

「それなら仕方ないけれど」母があきらめて言った。「来年もあるわ」すると急に慌てたような目をして続けた。「だけど、あなたはもう演奏に加わっていないかもしれないわね」それからすぐに説明しなければと気づいて、ウェザビー夫人のほうを向いて言い足した。「スマイスースミス家の娘たちは結婚したら四重奏を抜けますの。それが伝統なので」

「でしたら、レディ・ホノーリア、あなたは婚約されてらっしゃるの？」ウェザビー夫人がとまどった面持ちで眉根を寄せて訊いた。

「いいえ」ホノーリアは答えた。「ですから、わたし――」

「つまり」母が遮って言った。「今年のシーズンが終わるまでに婚約するかもしれないということよね」

ホノーリアはぼんやりと見返すことしかできなかった。社交界に登場してからこの二年、母がこのように意気込みやもくろみをあらわにしたことはなかった。

「これからまだマダム・ブロヴァードにお願いしても間に合うかしら」母が考えこむようにつぶやいた。

マダム・ブロヴァード？　たしかロンドンで最も高級な婦人服の仕立て屋ではなかった？　ホノーリアは唖然となった。母はほんの数日前には、いとこのマリゴールドと〝ピンク色のドレスでも〟買ってらっしゃいと言っていた。それがいまではみずから、マダム・ブロヴァードのもとへ娘を連れていこうというの？

「目を引く柄の布地は同じものをけっして使わないご婦人ですのよ」母がウェザビー夫人に説明した。「だからこそ、最上の仕立て屋と言われているんですわ」

ウェザビー夫人はこの会話を心から楽しんでいるらしく、深々とうなずいた。

「けれど難点は、注文が遅れると――」レディ・ウィンステッドは運命を嘆くかのごとく両手を振り上げた。「――上質な布地がなくなっていることですわ」

「まあ、それは大変」ウェザビー夫人が同調した。

「ええ、そうなんですの。今年はどうしてもホノーリアにいちばんよく似合う色を着せたいんです。もちろん、瞳が引き立つものを」

「美しい瞳をなさってますもの」ウェザビー夫人が言い、ホノーリアのほうを向く。「ほんとうに」

「あの、ありがとうございます」ホノーリアは思わず礼を述べた。それにしてもきょうの母には……つまり率直に言ってしまえば、まるでロイル夫人のようになってしまった母の態度には驚かされるばかりだった。どう応じればいいのかわからない。

「では、図書室に行ってみますわ」ホノーリアがそう宣言したときにはすでに、年嵩《としかさ》のふたりの婦人たちはラベンダー色と紅紫色の違いについて活発な議論を始めていた。

「楽しいときを過ごしてね」母が顔も向けずに言った。「ですから、ウェザビー夫人、明るめの紅紫色を身につけるなら……」

ホノーリアは小さく首を振った。本がほしい。できればもう少しお昼寝もしたい。それにパイもひと切れ食べたい。どれから先でもかまわないけれど。

その日の午後、ウィンターズ医師が診察に訪れ、マーカスの順調な快復ぶりに太鼓判を押した。熱は完全にさがり、脚の傷も目にみえて治癒しており、くじいた足首も――このけがはすっかり忘れられていた――腫れはもう見られなかった。

マーカスが生命の危機を脱したとわかり、レディ・ウィンステッドはさっそくホノーリアとともに荷物をまとめてロンドンへ帰ることを告げた。「そもそも今回のわたしたちの訪問はきわめて異例のことだったのよ」マーカスの部屋をひとりで訪れてそう話した。「これまでの両家の交流や、あなたが危険な状態にあったことを考えれば、取りざたされるようなことではないのでしょうけど、お互い承知しているように、わたしたちがこちらでのんびりしていられるほど社交界は寛容なところではないわ」

「わかっています」マーカスは低い声で応じた。むろん、それが最善の判断だ。自分は退屈で仕方がないし、ふたりがいなくなれば寂しくなるが、今年の社交シーズンはもうじき始まるのだから、ホノーリアはロンドンに戻らなくてはいけない。伯爵家の未婚の令嬢ならば、ふさわしい花婿を探すのが務めだ。この時期にいるべき場所はほかにない。

自分もまたダニエルとの約束を守り、ホノーリアがろくでなしと結婚しないよう見守るためにロンドンへ行かなければならないはずなのだが、医師の指示で少なくともあと一週間はベッドから離れられない。そのあとも一週間か、ひょっとすると二週間は、ウィンターズ医師から感染症が完治したとの診断がくだされるまで、家で療養することになるだろう。レディ・ウィンステッドにも医師の指示を守ると約束させられた。

「せっかく救われた命を大事にしなくてはだめよ」レディ・ウィンステッドはそう言った。

ふたりを追ってロンドンに行くのは一カ月近く先になるだろう。マーカスは説明のつかないもどかしさを覚えた。

「ホノーリアは？」たとえよく知る親子であれ、未婚の若い令嬢のことを母親に尋ねるのは不作法だと知りつつ、レディ・ウィンステッドに問いかけた。なにしろ、退屈でしようがない。ホノーリアに話し相手になってほしい。

けっしてホノーリアが恋しいという意味ではなく。

「少し前まで一緒にお茶を飲んでいたのよ」レディ・ウィンステッドが言う。「今朝、あなたを見舞ったそうね。こちらの図書室で、あなたに本を選んでいるはずよ。夕方にはお持ちできるのではないかしら」

「それはとても助かります。これももうほとんど読み終えてしまったので……」マーカスはベッド脇のテーブルに目をくれた。いったい何を読んでいたのだったか。『人間的自由の本質についての哲学的探究』。

伯爵未亡人が眉を上げた。「楽しめたの？」

「いいえ、あまり」

「それなら、ホノーリアになるべく早く本を持ってくるよう言っておくわね」レディ・ウィンステッドは愉快そうな笑みで言った。

「楽しみにしています」マーカスもつい愉快そうに笑い返しかけて、ふっと気づき、より冷静な顔を装った。

「あの子も同じだと思うわ」レディ・ウィンステッドが答えた。

それはどうだろうかとマーカスは内心で思った。いずれにしても、ホノーリアがあのキスについて口に出さないかぎり、自分も触れるつもりはない。ささいなことではないか。いや、たとえそうではなくても、そういうことにしておくべきだ。実際、忘れるのはたやすい。あっという間に、もとの昔ながらの友人関係に戻れるだろう。

「まだ疲れているみたいなのよね」レディ・ウィンステッドが続けた。「どうしてなのかはわからないけれど。まる一日寝ていたのよ、ご存じだった？」

知らなかった。

「あなたの熱がさがるまで、つきっきりだったわ。わたしが代わると言っても、聞き入れなくて」

「お嬢さんには大変なご苦労をおかけしてしまいました」マーカスは穏やかに言った。「聞いたところによれば、あなたにも」

束の間、レディ・ウィンステッドは押し黙った。それから、話すべきか迷っているかのように唇を開いた。こういうときには往々にして沈黙がいちばんの後押しになるのをマーカスは心得ていたので、待った。すると数秒後、レディ・ウィンステッドが咳払いをして言葉を継いだ。「ホノーリアがどうしてもと言わなければ、フェンズモアには来ていなかったわ」

マーカスはどう答えればいいのかわからなかった。

「わたしはあの子に、わたしたちは家族ではないのだから、伺うのは適切なことではないと言ったのよ」

「ぼくには家族がいません」マーカスは静かに言った。

「ええ、ホノーリアもそう言ったわ」

マーカスは思いがけずこみあげてくるものを感じた。もちろん、ホノーリアは自分に家族がいないことを知っている。誰もが知っていることだ。だがどういうわけか、ホノーリアがそう言ったのを聞いて、いや正確には、そう言ったと伝え聞いたわけだが……。

胸に痛みを覚えた。ほんのわずかに。どうしてなのかはわからない。

ホノーリアにはそれもすべて、自分がひとりきりであることだけでなく、この孤独な気持ちさえもお見通しなのだろう。昔からわかっていたに違いない——いや、見抜いていたのだ——自分自身ではわからなかったことさえも。

ホノーリアがこうしてたまたますぐそばに戻ってくるまで、自分がそれほど孤独な人生を送っていたとはわかっていなかった。

「あの子は、どうしても行くと言ってきかなかったわ」レディ・ウィンステッドの声で、マーカスはわれに返った。ついで、かろうじて聞きとれる程度の低い声が耳に届いた。「あなたには言っておいたほうがいいと思ったから」

15

数時間後、マーカスが『人間的自由の本質についての哲学的探究』を読むふりすらあきらめてベッドに坐っていると、ホノーリアがこの日二回めの見舞いに訪れた。十数冊もの本をかかえ、後ろに夕食の盆を届けにきた女中を従えていた。

ホノーリアがほかにもこの部屋に用のある者が現われるまで待っていたとしても意外ではなかった。

「本をお持ちしたわ」ホノーリアは強い意思を感じさせる笑顔で言った。女中がベッドに盆をおろすのを待ち、ベッド脇のテーブルに本を積み重ねた。「母から、あなたには気晴らしが必要だと言われたから」またも微笑んだが、あまりに硬い表情で、自然に笑っているようにはとても見えない。軽く頭をさげると向きを変え、女中を追って戸口のほうへ歩きだした。

「待ってくれ!」マーカスは呼びとめた。行かせるわけにはいかない。まだいまは。

ホノーリアは立ちどまり、振り返って、目顔で問いかけた。

「坐ってくれないか?」マーカスは椅子のほうに顎をしゃくって尋ねた。ホノーリアがためらっているのを見て、付け加えた。「この二日間、ほとんどの時間をひとりで過ごしていたんだ」ホノーリアがなおも迷っているようなので、苦笑いを浮かべて続けた。「少しばかり退屈してるんだ、すまない」

いたらしい。

「少しだけ？」ホノーリアは訊き返してすぐに、会話をするつもりではなかったことに気づ

「いや、うんざりしてるんだ、ホノーリア」と、答えた。

ホノーリアはため息をつきつつも、仕方ないといった笑みを浮かべ、部屋のなかに戻ってきた。ドアはあけ放されたままだ。もう死のふちにいるわけではないので、礼儀は守らなければならない。「その言い方は嫌いだわ」ホノーリアが言う。

「うんざりしているというのが？」マーカスはあてずっぽうに訊いてみた。「使い古された言葉だから？」

「違うわ」ホノーリアはため息をつき、ベッド脇の椅子に腰をおろした。「なんにでもあてはまってしまうから、気が滅入るのよ」

マーカスはうなずいたものの、じつはうんざりするとはどういうことなのか、いまひとつよくわからなかった。孤独がどういうものなのかなら、むろん知っているのだが。

ホノーリアは傍らの椅子で両手を組み合わせて膝におき、おとなしく坐っている。気まずいわけではないが心地よくもない沈黙が長らく続き、いたく唐突にホノーリアが口を開いた。

「牛肉の煮だしスープよ」

マーカスはまだ蓋《ふた》をされたまま盆に置かれている磁器の小ぶりの深皿を見おろした。

「料理人は〝ブフ・コンソメ〟と呼んでいたわ」ホノーリアはいつもよりやや早口で続けた。

「でも簡単に言ってしまえば、煮だしスープよね。ウェザビー夫人によれば、病人には抜群

の効き目があるそうよ」

「スープ以外のものはどうせ出してもらえない」マーカスはすかすかの盆を見おろして残念そうにつぶやいた。

「何も付いてないトーストもあるけど」ホノーリアは気の毒そうに言い添えた。「仕方ないわ」

マーカスは思わず顎をわずかに突きだしていた。〈フリンドルの店〉のチョコレートケーキをひと切れくらい付けてくれてもいいではないか。クリームのかかった林檎のタルトでもいい。あるいは、ショートブレッドでも、干し葡萄《ぶどう》入りロールパンでも、いいや、砂糖がたっぷり入っているものならもうなんでもいい。

「おいしそうな匂い」ホノーリアが言う。「スープのことよ」

たしかに芳しい匂いだが、チョコレートならきっともっとそそられただろう。

マーカスはため息をつき、スプーンでスープをすくい、ふうと息をかけて冷ましてから味わった。「うまい」

「ほんとうに？」ホノーリアが疑わしげに見ている。

マーカスはうなずき、さらに何口か食べた。いや、飲んだと言うべきだろうか。スープは食べるものなのか、それとも飲むものなのだろうか？　欲を言えば、仕上げにチーズを溶かし込んでくれればよかったのだが。「きみの夕食はなんだった？」問いかけた。

ホノーリアは首を振った。「知らないほうがいいわ」

マーカスはスープをさらにひと口食べるように飲んだ。「そうかもしれない」それでもやはり訊かずにはいられなかった。「ハムもあったのか？」

ホノーリアは答えなかった。

「あったんだな」非難がましくつぶやいた。スープのわずかな残りを見おろす。トーストをこれに浸して食べる手もあったと思いついた。だがもう浸せるほど残ってはいなかったので、ぱさぱさのトーストを湿らせると、ほんのふた口ぶんで尽きてしまった。

砂漠をさまよったあとのように口がぱさついている。ふと手をとめた。そうとも、たしかに数日前は砂漠をさまよっているかのように喉が渇いていた。まるで味気ないトーストをもうひと口食べる。砂漠を歩いたことはないし、これから歩くことがあるとも思えないが、少し前まで砂漠と同じくらい暑く乾燥した環境におかれていたのはほぼ間違いない。

「どうして笑ってるの？」ホノーリアがふしぎそうに訊いた。

「ぼくが？　たぶん、あまりに情けなくて笑ってしまったんだろう」トーストをまじまじと見る。「やっぱりハムを食べたんだな？」それからさらに、答えは聞かないほうがいいと知りつつ続けた。「プディングもあったのか？」

マーカスはホノーリアを見つめた。いかにも後ろめたそうな顔をしている。

「チョコレートも？」かすれ声で訊いた。

ホノーリアが首を振った。

「苺は？　ケーキ――ああ、ひょっとして、料理人は糖蜜《とうみつ》のタルトもこしらえたのか？」

フェンズモアの料理人ほど舌のとろける糖蜜のタルトをこしらえられる者はいない。「とてもおいしかった」ホノーリアは認め、極上のデザートの味を思い起こして、うっとりと満足の吐息をついた。「濃厚なクリームと苺が添えられていたわ」

「残ってないのか？」マーカスは哀しげに訊いた。

「あると思うわ。たっぷり取り分けてもまだ——ちょっと待って」ホノーリアは目を細く狭め、いぶかしげな視線を投げた。「まさかこっそり持ってきてくれと言うのではないでしょうね？」

「だめかな？」マーカスは声だけでなく表情でも憐れみを誘おうとした。どうにかホノーリアに同情してもらわなければ。

「だめよ！」ホノーリアはそう言ったが、笑いをこらえて唇を引き結んでいるのが見てとれた。「糖蜜のタルトは療養中の人が食べるものではないわ」

「どうしてなのか納得がいかない」マーカスはしごく正直に言った。

「なぜなら煮だしスープを飲むべきだからよ。ほかに食べられるのは、仔牛の足のゼリー、それに肝油ね。誰もが知っていることだわ」

マーカスはその献立を聞いて胸のむかつきをこらえた。「そういった病人向けの食事をとっていれば、早く元気になれるのか？」

「いいえ、そういうわけではないと思うけど」

「では、どういうことなんだ？」

ホノーリアはすぐに答えようと唇を開きかけたが、おどけたふうに黙りこんだ。左のほうへ目をそらし、気の利いた返し文句を考えているらしいそぶりだ。そうしてようやく、ことさらゆっくりと答えた。「わからない」

「だったら、ひと切れ、こっそり持ってきてくれないか？」マーカスは渾身《こんしん》の笑みを見せた。〝拒まれたら死んでしまいかねない〟気持ちを全力で伝える笑みを。少なくとも、そう見えるよう微笑んだつもりだった。じつのところ女性の気をそそるのは得意ではないので、〝気が変になりかけているから、お互いのためにせめて応じるふりだけでもしてくれ〟という笑みに見えている可能性のほうが高い。

どちらにしろ自分ではわかりようがない。

「どんなに大変なことを頼んでいるかわかってるの？」ホノーリアが訊いた。誰かに覗かれているのを心配するように、人目を忍ぶそぶりで身を乗りだした。

「そうでもないさ」マーカスは答えた。「なにせぼくの家だ」

「ウェザビー夫人、ウィンターズ先生、それにわたしの母、あの三人組から怒りをかったら、いくらここがあなたの家だろうと太刀打ちできないわ」

マーカスは肩をすくめた。

「マーカス……」

だがホノーリアはそれ以上説得力のある反論はできなかった。そこで、マーカスは言った。

「頼む」

ホノーリアにじっと見返され、哀れっぽい顔を装った。

「もう、仕方ないわね」ホノーリアは鼻先で軽く笑い、あきらかに礼儀作法にもとる役目を引き受けた。「いますぐ行ったほうがいい？」

マーカスは神妙に両手を握りあわせた。「そうしてくれれば、非常にありがたい」

ホノーリアが顔を動かさずに目だけをきょろきょろさせた。人目を確かめているつもりなのか、マーカスにはその行動の意味がよくわからなかった。それから立ちあがり、淡い緑色のスカートに手を擦りつけた。「また来るわね」

「待ちきれない」

ホノーリアは戸口まで行き、くるりと振り返った。「タルトを持って」

「きみはぼくの救い主だ」

ホノーリアが目を狭めた。「あなたに貸しができたわね」

「きみには糖蜜のタルトよりもっと大きな借りがある」マーカスはいたって真剣に答えた。

ホノーリアが黙って部屋を出ていき、マーカスは空《から》のスープ皿とパンくずとともに取り残された。それに、本も。ホノーリアが自分のために持ってきてくれた本が積み重なったテーブルを見やった。ウェザビー夫人が用意してくれた生ぬるいレモン水のグラスを倒さないよう気をつけて、盆をベッドの反対側に移動させる。前のめりになっていちばん上の本を取り、眺めた。『壮大で、美しく、すばらしい、興味深いアーン湖畔の景観の魅力的かつ写実的解説』。

なんでまたホノーリアは図書室からこの本を選んできたんだ？

次の本に目を移した。『バターワース嬢といかれた男爵』。ふだんなら手に取るような本ではないが、どうしようもなく退屈そうな『スコットランドくんだりの壮大で美しいなんとか湖の魅力的かつ写実的解説』よりは、はるかに読みごたえがありそうだ。

マーカスは枕を背にして寄りかかり、最初の章を開いて読みはじめた。

暗く風の強い晩だった――

なんとなく聞きおぼえのある文章（小説『ポール・クリフォード』の冒頭文。イギリス文学史上、最悪の冒頭文と言われた）だ。

――プリシラ・バターワース嬢は、いつ雨が降りだして土砂降りに打たれることになってもふしぎではないと考えた……。

ホノーリアが戻ってくるまでに、バターワース嬢は家から放りだされ、疫病を克服し、猪に追われもした。

バターワース嬢はすこぶる足が速い。

マーカスはこの娘がイナゴの大群に遭遇するのを期待して、せっせと第三章までページをめくり、読みふけっている最中に、ホノーリアが息を切らし、布巾に包まれたものをしっかりと持って戸口に現われた。

「持ってこられたのか？」マーカスはバターワース嬢の本から目を上げて訊いた。

「もちろん、持ってきたわ」ホノーリアが当然よとでも言わんばかりの口ぶりで答えた。布巾を取って、いくぶん砕けてはいるものの、あきらかに糖蜜のタルトとわかるものを見せた。

「丸ごとひとつ持ってきたんだから」

マーカスは思わず目を見開いた。ぞくぞくしてきた。大げさではない。期待で胸が高鳴っている。バターワース嬢とイナゴなど比べものにならない。「きみはぼくの英雄だ」

「なにしろ、あなたの命の恩人だものね」ホノーリアが冗談めかして言い返した。

「ああ、たしかにそうだな」ぼそりと応じた。

「従僕のひとりに追いかけられたわ」ホノーリアはドアがあけ放された戸口を肩越しに見やった。「きっと泥棒だと思われたのね。わたしがフェンズモアに盗みに入ったとしたら、糖蜜のタルトから手をつけようとは思わないけど」

「どうかな？」マーカスは待ち望んでいたものを頬張《ほおば》って問いかけた。「ぼくなら間違いなく最初にいただく」

ホノーリアがタルトをひと切れ崩し、口に放りこんだ。「まあ、おいしい」吐息をつく。

「苺とクリームがなくてもじゅうぶんね」

「ぼくはむしろないほうがいい」マーカスは満足のため息をついて言った。「チョコレートケーキならまたべつだが」

ホノーリアはベッドの端に腰かけ、また小さなひとかけらを食べた。「ごめんなさい」飲みこんでから言う。「フォークのある場所がわからなかったのよ」

「かまわないさ」マーカスは答えた。まったくかまわない。ちゃんと味のある本物の食べ物を口にできただけで心から満足していた。嚙みごたえもある。なぜ病みあがりには漉《こ》されたスープを飲まなければいけないと考えられているのか、さっぱりわからない。

マーカスの頭に今度はシェパードパイが思い浮かんだ。甘い菓子もすばらしい味だが、もっと食事らしいものを食べたい。牛の挽肉《ひきにく》のパイに、薄切りのジャガイモをかまどでかりっと焼いたものも。

ホノーリアを見やった。そんなものまで布巾に包んで厨房から盗みだしてきてくれとは言えない。

ホノーリアがまたタルトのひと切れに手を伸ばしつつ訊いた。「何を読んでるの？」

「『バターワース嬢と』ええと……」読んでいたところを開いてベッドに伏せてあった本に目を落とした。「『いかれた男爵』と書かれてるな」

「そうなの？」ホノーリアは驚いているようだった。

「『スコットランドの無人小地域の考察と解明』を開く気にはなれなかった」

「なんですって？」

「これだ」マーカスは一冊の本を手渡した。

ホノーリアはその本を見おろし、書名にさっと目を走らせた。「内容がぎっしり詰まっているように見えたのよ」小さく肩をすくめて言う。「あなたが楽しめそうな本だと思ったの」

「熱で頭をやられなかったことだけは確かのようだ」マーカスはふっと鼻で笑って答えた。

「面白そうな書名だと思うけど」

「それなら、きみが読むといい」鷹揚《おうよう》に手を振って勧めた。「ぼくはまったく惜しくない」

ホノーリアはややむっとして唇を引き結んだ。「わたしが持ってきたほかの本は見てくれた?」

「じつはまだなんだ」マーカスはバターワース嬢の本を持ち上げた。「これにすっかり夢中になってしまって」

「あなたが楽しめる本だとは思わなかったわ」

「では、きみはもう読んだのか?」

「ええ、でも――」

「読み終わったのか?」

「ええ、でも――」

「楽しめたのか?」

すぐには答えてもらえそうにないので、マーカスはホノーリアの気がそれている隙に布巾をじりじりと引き寄せた。あと数センチで、ホノーリアの手が届かないところまで近づけられる。

「楽しめたわ」ホノーリアがようやく答えた。「納得できないところもいくつかあったけど」

マーカスは本のページをぱらぱらめくってざっと眺めた。「そうかな？」

「あなたはまだそこまで読んでないのよ」ホノーリアは言い、布巾を自分のほうに引き戻した。「バターワース嬢の母親は鳩《はと》につつかれて死ぬのよ」

マーカスはあらためて興味を惹かれて本をまじまじと眺めた。「そうなのか？」

「ぞっとするでしょう」

「読むのが待ちきれない」

「もう、よして」ホノーリアが言う。「期待するような物語ではないわ」

「どうして？」

「だってとても……」ホノーリアは適切な言葉を探すかのようにひらりと手を振った。「ふまじめなんだもの」

「ぼくにはふまじめなものは読めないと？」

「いいえ、もちろん、読むことはできるわ。ただ、あなたのお好みの物語とは思えないだけ」

「だからそれはどうしてなんだ？」

ホノーリアは眉を上げた。「ずいぶん、こだわるのね」

「興味があるんだ。ぼくはふまじめなものは読まないと、どうしてきみは思うんだ？」

「わからないわ。あなたはそういう人だからかしら」

「なんとなく侮辱されているように聞こえるのはどうしてだろう？」ただの好奇心から尋ね

た。

「それは違うわ」ホノーリアはまた糖蜜のタルトをひと切れつまんで齧った。するとそのとき、なんともおかしなことが起こった。マーカスはホノーリアの唇に目を留め、口の周りに付いた菓子くずを舌で舐めとるさまを見つめた。

数秒にも足らない、ほんの束の間のしぐさだった。だがマーカスはしびれのようなものに身を貫かれ、それが欲望だと気づいて息を呑んだ。みぞおちを締めつけられるような熱い欲望だ。

ホノーリアへの。

「大丈夫?」ホノーリアが訊いた。

いや。「ああ、その、どうして?」

「あなたを傷つけてしまったのかと思ったの」ホノーリアはすなおに答えた。「もしそうなら、どうか許して。ほんとうに、侮辱するつもりで言ったのではないわ。あなたはほんとうに善良な方だから」

「善良?」なんとありふれた表現だろう。

「善良ではないと言われるよりはいいでしょう」

こう言われたら、相手の女性の肩をつかんで、自分がいかに〝善良ではない〟かを示そうとする男もいるだろうが、そのような光景を詳細に思い描けるだけでもじゅうぶん〝善良ではない〟ようにマーカスには思えた。いずれにしろ、高熱で死のふちをさまよったあとでまだ体力が快復していないし、いうまでもなくドアはあけ放されていて、ホノーリアの母親がいつ廊下を通らないともかぎらない。仕方がないのでこう言うだけにとどめた。「ほかにはどんな本を持ってきてくれたんだ？」

こちらのほうがはるかに安全な話題だ。きょうの大半をあのキスはけっして欲望をそそられてしたのではないと自分に言い聞かせることに費やしたあとではなおさらに。あのときはひどく感傷的になっていたせいで、何かのはずみで完全に常軌を逸した行動に出てしまったのだろう。

残念ながら、そんな理屈もたったいま崩れ去ろうとしていた。ホノーリアがベッドの端に坐ったまま本の山に手を伸ばそうと身をずらし、腰がみるみるこちらに……つまりは自分の腰に、いや、ありていに言ってしまえば尻に近づいてきた。ふたりのあいだにはシーツも毛布もあり、当然ながら自分は寝間着を、そしてホノーリアもドレスとその下にも諸々のものを身につけているわけだが、それでも、ああ、こんなにも強く誰かがそばにいるのを意識したことはいままでなかった。

しかもいったい自分に何が起こっているのか、いまだによくわからない。

「『アイヴァンホー』」ホノーリアが言った。

いったい何を言ってるんだ？

「マーカス？　聞いてるの？　あなたに『アイヴァンホー』を持ってきたのよ。サー・ウォルター・スコットの。なかなか面白そうでしょう？」

マーカスは何かの聞きまちがいだろうと目をしばたたいた。ホノーリアは本を開き、冒頭部分のページをぱらぱらめくっている。

「著者名が入ってないのよ。どこにも見あたらないわ」ホノーリアは本の背を返して、掲げてみせた。「『ウェイヴァリー』の著者とあるだけよ。見て、それも背表紙に」

マーカスはうなずきを期待されているように思えたので、それに応えた。だが目はなおもホノーリアの口もとからそらせず、考えごとをするときの彼女の癖で薔薇の蕾《つぼみ》のようにすぼませた唇を見ていた。

「『ウェイヴァリー』は読んだ？」ホノーリアが鮮やかな色の目を上げた。

「いや」マーカスは答えた。

「たぶん読んでおいたほうがいいのよね」ホノーリアがつぶやくように言う。「姉は楽しめたと言ってたわ。でもいずれにしても、わたしがあなたに持ってきたのは『ウェイヴァリー』ではなく、『アイヴァンホー』のほうよ。もっと正確に言うなら、その第一巻。全三巻を運んできても仕方ないと思ったから」

「『アイヴァンホー』は読んだ」マーカスは言った。

「あら、それなら、これはよけておくわね」ホノーリアは次の本を見やった。

そしてマーカスはそのホノーリアを見ていた。

睫毛を。こんなに長い睫毛をしていることに、どうしていままで気づかなかったのだろう？　ふだんから長い睫毛が目立たないほど濃い化粧をしている女性ではないのだから、妙なことだ。

「マーカス？　マーカス！」

「どうしたんだ？」

「大丈夫？」ホノーリアが身を乗りだし、やや心配そうに見つめた。「少し顔が赤いわね」

マーカスは空咳をした。「もう少しレモン水を飲んでおこう」ひと口飲み、さらにもうひと口たっぷり含んだ。「この部屋は暑くないか？」

「いいえ」ホノーリアは眉をひそめた。「わたしは」

「気のせいだな。ぼく――」

ホノーリアがすかさず額に手を伸ばした。「熱くはないわね」

「ほかには何を持ってきてくれたんだ？」マーカスは慌てて本の山のほうに顎をしゃくって尋ねた。

「ああ、ええと、これが……」ホノーリアは次の本を手に取って表紙の書名を読んだ。「『十字軍の聖地奪還と占領の歴史』。あら、だめね」

「どうしたんだ？」

「第二巻だけを持ってきてしまったわ。途中からでは読めないわよね。エルサレムの包囲とノルウェー人のところがすべて抜けてしまうもの」

言わせてもらえば、十字軍の話などでは男の欲望はとうてい鎮められないと、マーカスは内心で皮肉っぽく考えた。とはいうものの……。

あらためていぶかしげにホノーリアを見やった。「ノルウェー人？」

「あまり知られていない最初の聖戦よ」ホノーリアはおそらくは十年ぶんもの歴史について、さらりと手を振って簡単に言ってのけた。「語りたがる人はほとんどいないわ」マーカスを見やり、呆気にとられているのを表情から読みとったらしい。「十字軍の話は好きなのよ」ちらりと肩をすくめて言った。

「それは……すごいな」

「『ウルジー枢機卿《すうききょう》の生涯』はどう？」ホノーリアが新たな本を掲げて訊いた。「だめ？『アメリカ革命の勃興《ぼっこう》と進行と終焉《しゅうえん》』もあるわよ」

「ほんとうはぼくを退屈させようとしてるんだろう」

ホノーリアは咎めるような目を向けた。「十字軍の話は退屈しないわ」

「だが、第二巻しか持ってこなかった」マーカスは念を押すように言った。

「お望みなら、第一巻をお持ちするわ」

マーカスはそれを脅しと受けとめた。

「まだほかにもあるわ。これを見て」ホノーリアは得意げな顔で、ポケットに入りそうなごく薄い本を見せた。「バイロンの本よ。いま誰より楽しませてくださる方なんでしょう？わたしはそう聞いてるわ。お目にかかったことはないけれど」表紙を開く。「『海賊』はもうお読みになった？」

「出版された日に」

「そう」ホノーリアは顔を曇らせた。「サー・ウォルター・スコットの本がもう一冊あるわ。『ピーク山のペヴェリル』相当長いわね。しばらく時間をつぶせるわよ」

「バターワース嬢の物語を読むのにまだしばらく時間がかかる」

「お好きなように」ホノーリアは〝あなたが気に入るはずがないわ〟とでも言いたげに見返して答えた。「それは母の本なのよ。あなたにさしあげてと言ってたけど」

「少なくとも、また鳩のパイを食べたくなりそうなのは確かだな」

ホノーリアは笑った。「あす、わたしたちが発ったあとで、あなたにこしらえてさしあげるよう料理人に言っておくわ」はたと目を上げた。「わたしたちがあすロンドンへ発つのはご存じ？」

「ああ、きみの母上から聞いた」

「ほんとうはあなたが完全によくなるまで滞在したかったんだけど」ホノーリアは力を込めて言った。

「いいんだ。きみはロンドンでたくさんの催しに出席しなくてはいけない」

ホノーリアは顔をしかめた。「じつは練習があるのよ」

「練習？」

「だから例の――」

ああ、まさか。

「――音楽会の」

スマイス－スミス家の音楽会。十字軍の話で燃え立たされたものもたちまち消沈した。スマイス－スミス家の音楽会の記憶――すなわち脅威――を思い起こしてなお、甘美な空想を続けられる男はこの世にいない。

「きみはまたヴァイオリンを弾くのか？」丁寧な口ぶりで尋ねた。

ホノーリアはおどけたような顔を見せた。「一年でチェロを弾けるようになるのは無理よ」

「ああ、そうとも、当然だ」つまらないことを尋ねてしまった。だが礼儀にかなった質問はそれくらいしか思いつけそうにない。「それで、今年の音楽会はいつ開かれるのか、もう決まっているのかい？」

「四月十四日。もうそんなに時間がないわ。二週間と少ししか」

マーカスは糖蜜のタルトをもうひと切れつまんで味わいつつ、自分はあとどれくらいで快復できるだろうかと考えをめぐらせた。三週間というところだろうか。「残念ながら、今年は出席できそうにないな」

「残念ながら？」ホノーリアがいかにも驚いたように訊き返した。この反応をどう解釈すればいいのかわからない。

「ああ、もちろんだとも」やや口ごもりがちに答えた。もともと格別に嘘がうまいわけではない。「もう何年も欠かさず出席してきたんだ」

「そうね」ホノーリアは首を振った。「大変なご苦労をおかけしたわ」

マーカスはホノーリアを見た。

ホノーリアが見返した。

マーカスはさらにまじまじと見つめた。「何が言いたいんだ？」用心深く問いかけた。

ホノーリアがほんのり頬を染めた。「つまり」なんの変哲もない壁に視線をそらした。「わかってるのよ。わたしたちはけっして……だから……」咳払いをする。「〝調子はずれ〟の反意語なんてあったかしら？」

マーカスは信じがたい思いで見返した。「きみはわかっていると言いたいのか……だからつまり――」

「下手だと？」ホノーリアが代わりに言葉を継いだ。「もちろん知ってるわ。わたしをそんなにまぬけだと思ってたの？　それとも耳が遠いとでも？」

「いや」考える時間を稼ぐためにのんびりと答えた。そうすれば何かしらうまい言いわけが浮かぶだろうと思ったのだが、さっぱりだった。「ぼくはただ……」

そこでとどめて言葉を濁した。

「わたしたちは下手だわ」ホノーリアは肩をすぼめた。「でもだからといって、嘆いてもすねても仕方がないの。どうすることもできないのよ」

「練習は？」マーカスは細心の注意を払って尋ねた。

人が呆れながら面白がることなどできるとは信じがたいが、ホノーリアの表情を読み解くとするならば、そのようにしか見えない。「練習でほんとうに上達が見込めるのなら」ホノーリアは口もとをほんのわずかにゆがめつつ、愉快げに瞳を動かして言った。「信じて、誰にも負けないくらい熱心にヴァイオリンの練習に励むわ」

「そうかもしれないが、それでも――」

「無理なのよ」ホノーリアはきっぱりと言いきった。「わたしたちはどうしようもなく下手なの。それだけのことだわ。もともと音楽の才能には恵まれていない一族なのよ。それもなにより音感がない」

マーカスは自分の耳を疑った。いまでも音楽を楽しめていられるのがふしぎなくらい、これまで何度もスマイスｰスミス家の音楽会に出席してきた。そして昨年は、ホノーリアもヴァイオリンの弾き手としてはじめてその四重奏に加わり、感激しているとしか思えない満面の笑みで、いきいきと演奏しているようにマーカスには見えた。

「じつを言うと」ホノーリアが続けた。「そんなところも微笑ましいのではないかと思ってるんだけど」

ホノーリアと同じように考えられる人間をこの世で探せるとは思わないが、それを口に出して言っても意味がない。

「だから、わたしは笑って」ホノーリアが言う。「楽しんでいるふりをしてるの。ある意味ではほんとうに楽しんでもいるわ。スマイスｰスミス家は一八〇七年から音楽会を開いてきた。いうなれば、一族の伝統なのよ」間をおいて、より穏やかに、考えこむような口ぶりで言う。「一族の伝統を引き継げるのは幸せなことではないかしら」

マーカスは自分の一族、いやむしろ、家族がいるべき場所にぽっかり空いた穴に思いを馳《は》せた。「ああ」静かに言う。「たしかに」

「たとえば」ホノーリアが続ける。「〝幸運の靴〟を履くこともそう」

マーカスは今度こそ自分の聞きまちがいだと思った。

「音楽会では」ホノーリアは小さく肩をすくめて説明した。「その靴を履くのがうちの伝統なの。姉のヘンリエッタとマーガレットはいつも、そもそも誰が始めたことなのかという話で揉めるんだけど、わたしたちは必ず赤い靴を履いてるのよ」

赤い靴か。突如、十字軍に加わった素人の楽隊が思い浮かび、とぐろを巻いて小さく押しこめられていたマーカスの欲望がふたたび頭をもたげた。にわかに、この世界に赤い靴ほどそそられるものはないように思えてきた。どうかしている。

「ほんとうに大丈夫なの？」ホノーリアが訊いた。「少し顔が赤くなってるわ」

「問題ない」マーカスはかすれがかった声で答えた。

「母は知らないのよ」と、ホノーリア。

何をだ？　先ほどはどうであったにしろ、今度はあきらかに顔が赤らんでいた。「どういうことだろう？」

「赤い靴のことよ。わたしたちがそれを履いているのを、母は知らないわ」

マーカスは咳払いをした。「秘密にしなければならない理由でもあるのか？」

ホノーリアはしばし考え、唐突に手を伸ばして、糖蜜のタルトをもうひと切れつまんだ。

「わからない。とくにないと思うんだけど」タルトを口に入れ、飲みこんでから肩をすくめた。「いまさらながら考えてみれば、どうして赤い靴を履くのか知らないのよね。緑でもよさそうなものなのに。青でも。でもやっぱり、青はだめね。少しは目立たないと。でも、緑ならいいはずよね。ピンクでも」

赤ほど目立つ色はないだろう。それだけは間違いないと、マーカスは思った。

「わたしがロンドンに戻ったらすぐに四人での練習を始めないと」

「大変だな」マーカスはそう返した。

「あら、そんなことはないわ」ホノーリアが言う。「わたしは四人での練習が好きなの。なにしろいまはもう姉たちも兄も家を出てしまったから、ふだんは時計の音と食事の用意の音しかしない。みんなで集まってお喋りできるのはほんとうに楽しいわ」やや恥ずかしそうにマーカスを見やった。「少なくとも練習時間と同じくらいはお喋りしてるわね」

「そうだろうな」マーカスはつぶやくように言った。

そのひと言にわずかに含まれた皮肉を聞き逃さなかったことをホノーリアが目つきで示した。それでも、思ったとおり、怒ってはいなかった。

そしてマーカスはふと、ホノーリアがその程度で怒りはしないとわかっていて話せるありがたみに気づかされた。互いをよく知る相手と過ごすのは心地よいものだ。

「それで」ホノーリアがそのひと言で話を先へ進めることをはっきりと伝えてから、続けた。「今年もサラがピアノを弾くことになっていて、わたしにとっては親友でもあるから、一緒に過ごせるのは嬉しいわ。チェロの弾き手で加わるアイリスは、わたしと同じ歳で、前からもっと一緒に過ごしたいと思ってたの。ロイル家にも一緒に来てたのよ。それに――」声が消え入った。

「どうしたんだ？」マーカスはどことなく不安げな表情に気づいて問いかけた。

ホノーリアは目をしばたたいた。「アイリスは上手に弾けているような気がするの」

「チェロが？」

「ええ。信じられる？」

大げさにそう言ってみただけなのだろうとマーカスは判断した。

「それから」ホノーリアが続ける。「アイリスの妹のデイジーも加わるんだけど、こちらは残念ながら、下手なのよ」

「つまりその……」丁寧に尋ねる方法などあるのだろうか？「多くのほかの人々と比べてなのか、いままでのスマイスｰスミス家のなかでもということなのかな？」

ホノーリアは笑みをこらえているような顔つきだった。「わたしたちからしてもという意味よ」

「それはたしかに由々しき事態だ」マーカスは滑稽なほどまじめくさった顔で答えた。

「そうなのよ。サラはこの三週間のうちに雷に打たれたいとすら願ってるわ。昨年の音楽会以来、ようやく最近立ち直ったばかりなのに」

「にこりともせず、冷静な顔をしていたお嬢さんだな？」

「見てたの？」

「サラを見ていたわけではない」

ホノーリアは唇を開いた。といっても最初は驚いたからではなさそうだった。何かすばらしく気の利いた返し文句を考えているといった顔で、瞳がいきいきと輝いていた。ところが、何か発するより先に、言われたことの意味を悟ったらしい。

マーカスもそのときやっと、自分が何を言ってしまったのかに気づいた。

ホノーリアがゆっくりと頭を片側に傾け、こちらを見ている。まるで……まるで……。どう表現すればいいのだろう。その表情をどう解釈すればいいのかわからないが、自分を見ている目がだんだんと暗くなっていることだけは間違いなかった。ホノーリアの目は暗くなり、深みを増し、心の奥底まで見通されているとしか思えない。

魂までも見通されていると。

「ぼくはきみを見ていたんだ」どうにか聞きとれる程度の低い声で言った。「きみだけを見ていた」

だが、そのときにはまだ……。

自分の手の上にホノーリアが手をおいた。小さく華奢で、ほのかにピンク色がかった手だ。完璧に見えた。

「マーカス？」ホノーリアがささやいた。

いまになってようやくマーカスは気づいた。自分はホノーリアを愛していたのだと。

16

信じがたいことだけれど、ほんとうに自分の周りの世界が完全にとまってしまったかのように、ホノーリアには思えた。

間違いない。そうでなければ、たったいまここで、夕食の盆とこっそり持ちだしてきた糖蜜のタルトが置かれたマーカスの部屋で、こんなにも急に頭がくらくらして、ほかにふたつとない最上のキスを息苦しいほどに自分が求めている理由がわからない。

ホノーリアは顔を振り向け、なぜだか角度を変えればマーカスの顔がもっとよく見えそうな気がして、頭をほんのわずかに傾けた。すると思いのほかほんとうによく見えた。動いたらますますはっきり見えるようになったのはとてもふしぎだった。いままでもたしかに視界は鮮明だったのだから。

これまではマーカスをちゃんと見ていなかったのだろうか。目を見据えていると、形や瞳以外のものも見えてきた。瞳のふちが褐色で、真ん中は黒いといったことだけではない。そこにいるマーカスを、そのすべてが見えているような気がした。そしてホノーリアは思った

――

わたしはこの男性を愛している。

頭のなかでそう声が響いた。

わたしはこの男性を愛している。

これほど驚かされ、しかも明白なことはきっとほかにないだろう。何年ものあいだ心のどこかに追いやられていたものが、〝サラを見ていたわけではない〟というマーカスのひと言で、ひょっこり正しい場所に戻ってきたかのように思えた。

マーカスを愛している。ずっと前から愛していた。それなら納得がいく。マーカス・ホルロイドのほかにいったい誰を愛せるというの？

「ぼくはきみを見ていたんだ」聞きまちがいではないかと不安になるほど、マーカスが低い声で言った。「きみだけを見ていた」

ホノーリアは視線を落とした。マーカスの手の上に手をおいていた。自分でも気づかぬうちに。「マーカス？」ささやくように呼んだ。何を求めて呼びかけたのかはわからない。でも、それ以外の言葉は思い浮かばなかった。

「ホノーリア」マーカスもささやくように呼び返し――

「旦那様！　旦那様！」

ホノーリアはさっと身を引き、椅子から転げ落ちかけた。廊下がいくぶん騒々しくなり、慌しく近づいてくる足音が聞こえた。ホノーリアはそそくさと立ちあがり、椅子の後ろにさがった。

ほどなく、ホノーリアの母とウェザビー夫人がせかせかと部屋に入ってきた。「手紙が届いたわ」レディ・ウィンステッドが息をはずませて告げた。「ダニエルから」

ホノーリアはわずかによろめき、椅子の背につかまった。兄からの手紙は一年以上も途絶えていた。もしかしたらマーカスには届いていたのかもしれないが、自分には来ていないし、母への連絡が途切れてからはもうずいぶん時が経っている。

「なんて書いてあるの？」母がせかしたが、マーカスはまだ封を開いているところだった。

「まだ開いてもいないのよ」ホノーリアは母を諫《いさ》めた。マーカスが手紙を読むあいだ部屋の外にいましょうという言葉が喉もとまで出かかったものの、そこを離れることはできなかった。ダニエルはたったひとりの兄で、心の底から恋しい。簡単な書付ひとつ届かなかったこの数カ月、兄はきっと妹を忘れたわけではないと自分に言い聞かせていた。手紙がどこかへ迷いこんでしまっただけなのだと。異国間の郵便制度があてにならないことは広く知られている。

でもいまは、連絡がこれほど長く途絶えていた理由を考えても仕方がない。なにはともあれ、マーカス宛ての手紙に何が書かれているのかを知りたかった。

というわけで、全員がその場でじっと固唾《かたず》を呑んでマーカスを見つめた。どれほど不作法であろうと、誰も微動だにしなかった。

「元気そう？」マーカスが一枚めを読み終えたところで、母がついに沈黙を破った。

「はい」マーカスは低い声で答えて、驚くべきことでも書いてあるのか目をしばたたいた。

「元気です。しかも、帰ってくるそうです」

「なんですって？」レディ・ウィンステッドが血の気を失い、ホノーリアは慌てて母を支えようとそばに寄った。

マーカスが咳払いをした。「ヒュー・プレンティスと書簡のやりとりがあったと書かれています。ラムズゲイトがようやく過去のことは水に流すと承諾したそうで」

兄の騒動は時間が経つにつれよけいに深刻さを増しているとホノーリアは感じていた。前回ラムズゲイト侯爵と顔を合わせた際も、自分を見たとたん頭に血がのぼっていまにも倒れかねない様子だった。それももう一年以上前のことではあるけれど。

「ヒュー・プレンティスが罠を仕掛けている可能性はないの？」ホノーリアは訊いた。「ダニエルお兄様をイングランドにおびきだすために」

「そうは思えない」マーカスは言い、手紙の二枚めに目を移した。「そのようなことをする男ではない」

「そうかしら？」レディ・ウィンステッドはけっして信じられないといったふうに声を上擦らせて訊き返した。「わたしの息子の人生を台無しにした人なのよ」

「あれはいろいろな不運が重なって起きたことなんです」マーカスは手紙の文字を目で追いつつ、言葉を継いだ。「ヒュー・プレンティスはもともと善良な男です。変わり者ではあっても、道義心がないわけではありません」

「お兄様はいつ戻ると書いてあるの？」ホノーリアは訊いた。

マーカスは首を振った。「はっきりとは書いていない。イタリアでいくつか用事を片づけてから、帰国の途につく予定だと」

「ああ、夢のようだわ」レディ・ウィンステッドは傍らの椅子に沈みこんだ。「こんな日がくるとは思わなかった。もう期待しないようにしていたのよ。それでも結局、当然ながら、そのことしか考えられなかったわけだけれど」

ホノーリアはしばし呆然と母を見つめることしかできなかった。この三年、母はダニエルの名すら口に出そうとはしなかった。その母がいま、兄のことしか考えられなかったと言っている。

ホノーリアはかぶりを振った。いまさら母に腹を立てても仕方がない。ここ数年母がどのように過ごしてきたにしろ、この数日でそれを補って余りあることを果たした。母の迅速な手当がなければ、マーカスはおそらくこうして生きてはいられなかっただろう。

「イタリアからイングランドまで帰ってくるのに、どれくらいの時間がかかるの？」ホノーリアは最も重要だと思われることを尋ねた。

マーカスが目を上げた。「わからない。イタリアのどこにいるかすら知らないからな」

ホノーリアはうなずいた。兄には昔から、話が長いわりにいちばん肝心なことを言い忘れる癖があった。

「ほんとうにすばらしいことですわ」ウェザビー夫人が言う。「みなさん、ほんとうにお寂しい思いをなさっていたんですものね」

一瞬、部屋が静まり返った。あきらかに誰も相槌の打ちようがなかった。やむなく、レディ・ウィンステッドが口を開いた。「でも、ちょうどあすロンドンに発つ準備をしておいてよかったわ。息子が帰ってきたときに、家を空けていたくないもの」マーカスを見やって言う。「今夜はもう失礼するわね。あなたも、もう休んだほうがいいわ。さあ、来なさい、ホノーリア。話しあわなければいけないことがたくさんあるわ」


レディ・ウィンステッドが話しあいたいこととは、つまるところ、ダニエルが帰ってきたらどう祝おうかというものだった。けれども、その話しあいはたいして進まなかった。いつ帰ってくるのかわからなければ、いまできることはほとんどないと、ホノーリアはやんわり釘を刺した。母は娘の忠告は聞こえなかったふりで十分以上も喋りつづけ、帰国を祝う会はささやかなものにするのか盛大に開くのか、ラムズゲイト侯爵とヒューの親子も招くべきなのかといったことを悩みだした。招いたとしても当然、辞退されるわよね？　良識のある方ならそうなさるはずだけれど、ラムズゲイト卿にかぎっては予測できないわ、と。

「お母様」ホノーリアはあらためて言葉を挟んだ。「ダニエルお兄様が帰ってきてからでなければ、何も決められないわ。祝ってもらうことは望んでいないかもしれないでしょう」

「何を言ってるの。望んでいるに決まってるわ。あの子は――」

「不名誉な事件を起こして国を追われたのよ」ホノーリアは遮って続けた。そのように露骨な言い方はしたくなかったけれど、ほかに表現のしようがない。

「ええ、でも理不尽なことだったのよ」

「理不尽なことだったとしても関係ないわ。すでに起こってしまったことで、お兄様は誰にも思いだしてほしくないと願っているかもしれない」

母は納得していないようだったが、ホノーリアもそれ以上は言わず、あとはふたりともベッドに入るより仕方がなかった。


翌朝、ホノーリアは日の出とともにベッドを離れた。早朝に出発することになっていたからだ。ロンドンまで一泊せずにたどり着くにはそうするしかなかった。朝食を簡単にすませると、別れの挨拶をしようとマーカスの部屋へ向かった。

それ以上のことも何か期待していたのかもしれない。

けれど部屋に入ると、ベッドにマーカスの姿はなかった。代わりに女中がマットレスからシーツを剝がしていた。

「チャタリス卿はどちらにいらっしゃるのかしら?」ホノーリアは何か問題が起きたわけではないことを祈って尋ねた。

「隣りの部屋におられます」女中は答えて、さらに頰を少し染めて続けた。「近侍と」

ホノーリアはマーカスが入浴しているのを即座に察して唾を飲みこみ、女中と同じようにやや頰を染めた。女中がシーツと枕カバーを丸めてかかえて部屋を出ていき、ホノーリアは寝室にひとり取り残され、どうしようかとしばし思案した。別れの挨拶を書き残していくべきなのだろう。この一週間ですでに礼儀はずれのことをさんざんしてしまったとはいえ、未婚の娘がここで待つことは許されない。

重い病に臥しているときならある程度は大目にみてもらえても、マーカスはもう起きあがって歩いていて、しかもいまは服をきちんと身につけていない可能性が高い。ここでじっとしていたら、身の破滅を招くだけのことだ。

そのうえ、母が出発したくてしびれを切らして待っている。

ホノーリアは部屋を見まわして紙と羽根ペンを探した。窓ぎわに小さな書き物机があり、ベッド脇のテーブルに――

ダニエルからの手紙が置かれていた。

ゆうべマーカスが置いたときのまま少し皺の寄った二枚綴《つづ》りの手紙には、郵便料金を節約しようとしたのが見てとれる小さな文字がぎっしり書きこまれている。その手紙の内容については、兄が帰ってくるということ以外、マーカスから何も聞かされていない。もちろんそれが最も重要な知らせとはいえ、ホノーリアは新たな情報を知りたくてたまらなかった。兄からの連絡が途絶えてだいぶ時が経っている。兄が朝食に何を食べたかということだけでもかまわない……イタリアの朝食はきっとこちらとはまるで違うはずだ。兄はどうしているのだろう？　退屈していないかしら？　イタリア語は話せるの？

ホノーリアは二枚綴りの手紙を見おろした。盗み読みなどという不作法なことをしてはいけない。

だめ。そんなことはできない。マーカスの私物に許しも得ずに触れるのは、信頼を裏切る行為だ。兄の私物を侵すことにもなる。

とはいうものの、兄とマーカスのあいだに自分に隠さなければならないようなことがあるとも想像できない。

先ほど女中が身ぶりで示したドアのほうを見やった。その向こうの部屋からは何も聞こえてこない。マーカスが浴槽を出ていれば、物音がするはずだ。手紙に目を戻す。

ホノーリアは文字を読むのが格別に速かった。

結局、マーカス宛ての兄の手紙を読もうと決断できたわけではなかった。読まずにすませる踏ん切りがつかなかったというほうが正しい。ささいな違いであれ、そう考えれば、もしその机に置かれているのが自分の手紙であれば許せないはずのことでも後ろめたさがいくらか薄らいだ。

速く動けばそれだけ罪が軽くなるとでもいうように、すばやく二枚綴りの手紙を取りあげた。〝親愛なるマーカスへ〟と宛名が書かれ……兄のダニエルは借りている部屋や近隣の店について、やたら詳しく、ただし住んでいる町の名だけは明かさずに、あれこれ綴っていた。さらに食事のことにも説明は及び、イングランドの料理よりも美味《うま》いと強調している。続いて、帰国する予定であるとの簡潔な添え書きがあった。

ホノーリアは微笑んで、二枚めを読みはじめた。話すときと同じ調子で書かれているので、兄の声がいまにも聞こえてくるようだった。

次の段落では、近々帰ることを母に伝えてくれるようマーカスに頼んでいて、ホノーリアはますます顔をほころばせた。その母と妹がすぐそばにいるところで、マーカスがこの手紙を開くとは、兄は夢にも思わなかっただろう。

そして手紙の最後に、ホノーリアは自分の名を目にした。

ホノーリアの結婚にかかわる知らせはいっさい届いていないので、妹はいまも未婚だということだよな。昨年フォザリンガムを追い払ってくれたことについては、あらためて礼を言わせてくれ。あんなろくでなしが妹に求婚しようとするとは腸《はらわた》が煮えくり返る。

どういうこと？　ホノーリアは読みまちがいではないかと目をしばたたいた。マーカスがフォザリンガム卿を自分に近づかせないようにしたというのだろうか？　フォザリンガム卿は好きになれない男性なので求婚されてもきっと受け入れはしなかったけれど、それにしても……。

トラヴァーズも同じ穴のむじなだ。おとなしく妹から手を引いたのならいいんだが、もしきみに金《かね》を用立ててもらったのなら、もちろん返済する。

どうなってるの？　お金を用立てたのならって……いったいなんのために？　求婚させないためにお金を払ったの？　そんなことはとうてい理解できない。

妹を見張っていてくれたことには心から感謝している。荷の重い役目だし、ぼくが出発する間ぎわに頼んだのだから、きみにはほとんど選択の余地がなかったこともわかっている。帰ったら、ぼくがその責任を負う。そのときには、きみは嫌いなロンドンから離れられる。

そこで兄の手紙は終わっていた。あきらかに自分と思われる厄介な重荷から、マーカスがやっと解放されることを伝える一文で。

ホノーリアは兄の手紙を置き、見つけたときのように戻した。

兄はマーカスに妹を見張るよう頼んだのだろうか？　どうしてマーカスは何も言ってくれなかったの？　まったく気づかなかった自分はなんて愚かなのだろう。そういうことなら、すべて説明がつく。パーティに出るたびマーカスがこちらを睨んでいたのは――振るまいが気に入らなかったからではなく、親友の妹に好ましい求婚者が現われるまでロンドンから離れられないせいで不機嫌だったからだ。いつ見てもつまらなそうにしていたのも納得がいく。

そして、親しくなった男性たちがどういうわけかみな突然離れていったのは――マーカスに追い払われたからだ。マーカスは親友のダニエルなら妹にふさわしいと見なす相手ではないと判断し、当のホノーリアにはわからないように蹴散らしていたのだ。

憤るべきなのだろう。

でも、ホノーリアは腹立たしいとは思わなかった。そのことには。

唯一頭をめぐったのは、ゆうべマーカスが口にした言葉だった。〝サラを見ていたわけではない〟

いまとなってはマーカスがサラを見ていたのではないのは当然だ。頼まれて、自分を見ていたのだから。親友との約束を守るために。

いわばマーカスはみずからの務めとして、こちらを見ていたということになる。

それなのに自分はいまマーカスを愛している。

驚きのあまり喉の奥からいきなり笑いがこみあげた。この部屋を出なければ。もしも手紙を盗み読みしたのを知られたら、なおさら自分を貶《おとし》めるだけのことだ。

とはいえ書付を残さずに出ていくことはできない。いつもの自分なら黙って去りはしないはずなので、何か書き残していかなければ、まず間違いなくマーカスに何かおかしいと悟られてしまう。

そこでホノーリアは紙と、さらに羽根ペンを見つけて、ごくありきたりのいたって凡庸《ぼんよう》な別れの挨拶の言葉を書きつけた。

そして、部屋を出た。

17

翌週
ロンドン、ウィンステッド邸
空気の入れ換えを行なったばかりの音楽室

「今年はモーツァルトよ！」デイジー・スマイス－スミスが声を張りあげた。きちんと結われたブロンドの巻き毛を振り乱しかねない勢いで、新しいヴァイオリンを掲げてみせた。「すてきでしょう？　ルジェーリのよ。十六歳の誕生日のお祝いに父が買ってくれたの」

「美しいヴァイオリンね」ホノーリアはまずはそう答えた。「でも、昨年もモーツァルトを演奏したのよ」

「毎年モーツァルトなんだから」ピアノの前に坐っているサラがのんびりとした声で言った。

「だけど、わたしは昨年演奏してないんだもの」デイジーはいらだたしげにサラをちらりと見やった。「それに四重奏に加わるのはまだ二回めの人が、毎年そうだと文句を言うのはおかしいわ」

「今年の社交シーズンが終わるまでに、あなたの首を絞めちゃうかも」サラはまるで〝お茶ではなくてレモネードにするわ〟とでも言うときの口ぶりで返した。

デイジーは舌を突きだした。

「アイリスは？」ホノーリアはチェロを弾くいとこのほうを見やった。

「わたしはかまわないけど」アイリスが暗い表情で答えた。

ホノーリアはため息をついた。「昨年やったものはできないわ」

「そうかしら」サラが言う。「わたしたちの演奏なら、どうせ誰も気づかないわよ」

アイリスがうなだれた。

「でも、演目表には印字されるのよ」ホノーリアは指摘した。

「去年の演目表を今年まで取ってある人がどれだけいるのかしら？」サラが問いかけた。

「わたしの母は残してるわ」デイジーが言う。

「わたしの母もよ」サラは続けた。「でも、わざわざ今年のものと見比べはしないでしょう」

「母はするわ」デイジーがふたたび言った。

「ああ、神様」アイリスがぼそりとこぼした。

「ミスター・モーツァルトの楽曲はひとつではない」デイジーが勢いこんで言う。「選択肢は山ほどあるわ。わたしは『アイネ・クライネ・ナハト・ムジーク』を演奏したらいいと思うの。とっても好きな曲なのよ。活気があって、華やかでしょう」

「その曲にはピアノのパートがないわ」ホノーリアは諭すように言った。

「わたしはそれでかまわないけど」すぐさまピアノの向こうからサラの声がした。

「わたしが加わらなければいけないとしたら、あなたも入らなければだめよ」アイリスがほとんどけんか腰に言った。

サラは椅子の背もたれにげんなりと寄りかかった。「アイリス、あなたにそんなに意地悪な顔ができるとは思わなかったわ」

「睫毛がないからではないかしら」デイジーが言う。

アイリスはいたって平然と見返して口を開いた。「あなたは嫌い」

「デイジー、言葉が過ぎるわよ」ホノーリアはいかめしい顔を振り向けた。アイリスは並はずれて肌の色が薄く、髪も赤みがかったブロンドなので、たしかに睫毛や眉はあまり目立たない。けれどホノーリアは以前から、アイリスは妖精を思わせる格別な美しさを備えていると思っていた。

「ほんとうに睫毛がなかったら、死んでるわ」サラが言う。

ホノーリアはどうしてそのように話が進むのか信じられず、今度はサラを見やった。いいえ、それでは正しい表現ではない。残念ながら、信じられないわけではない。理解できないだけで。

「だって、事実でしょう」サラが言いわけがましく続けた。「少なくとも、目は使いものにならなくなっているはずよ。睫毛は目に埃《ほこり》が入るのを防ぐためのものなんだから」

「どうしてこんな話になるの？」ホノーリアは疑問を投げかけた。

デイジーが即座に答えた。「そもそもサラがお姉様に、そんなに意地悪な顔ができるとは思わなかったと言ったからだわ。それでわたしが――」

「もういいわ」ホノーリアは遮り、デイジーがなおも言葉を継ぐ機を待つかのように口をあけているのに気づき、もう一度言った。「もういいわ。ちょっと言ってみただけだから」

「せっかくちゃんと答えを言えたのに」デイジーが得意げに鼻で笑ってつぶやいた。

ホノーリアはアイリスのほうを見た。アイリスは自分と同じ二十一歳だが、今年はじめて四重奏に加わった。これまでチェロを担当しつづけてきた姉のマリゴールドが、ようやく昨年の秋に嫁いだからだ。「アイリス、あなたは何か意見はない？」ホノーリアは明るく尋ねた。

アイリスは椅子の上で背を丸め、胸の前で腕を組んだ。あたかも身を縮こめて自分を消し去ろうとでもしているように。「チェロのパートがない曲」低い声で答えた。

「わたしが加わらなければいけないとしたら、あなたも入らなければだめよ」サラがとりすました笑みを浮かべて言った。

アイリスは才能を認めてもらえない芸術家のごとく憤然とサラを睨んだ。

「あら、もちろん、わたしは演奏するわ」サラは勝ち誇ったように続けた。「念のために言っておくなら、わたしは去年も出たのだから。この一年ずっと自分を納得させようとしてきたのよ」

「どうしてみんな文句ばかり言ってるの？」デイジーがもどかしげに問いかけた。「すばらしいことでしょう！　みんなで一緒に演奏できるのよ。わたしがこの日をどれほど待ち望んでいたかわかる？」

「残念ながら、よくわかってるわ」サラはにべもなく答えた。

「わたしはそのあいだずっとこの日がくるのを恐れてた」アイリスがつぶやいた。

「あなたたちふたりが姉妹だなんて、ほんとうに驚きよね」サラが言う。

「わたしは毎日その事実に驚かされてるわ」アイリスがぼそりと言い添えた。

「ピアノ四重奏曲にしなくてはいけないわ」ホノーリアはデイジーがほかのふたりに揶揄《やゆ》されているのに気づく前に急いで言葉を差し入れた。「残念だけど、選択肢はそれほど多くない」

意見を述べる者はいなかった。

ホノーリアは唸り声を呑みこんだ。乱雑な四重奏にならないよう、自分がまとめ役を務めるしかないのはあきらかだ。じつのところ乱雑でも四重奏になっていれば、例年のスマイスースミス家の音楽会よりは進歩したことになるのかもしれないけれど。

それだけ現状は悲惨だということだ。

「モーツァルトのピアノ四重奏曲、第一番と第二番」ホノーリアはそれぞれの楽譜を掲げ、声高らかに問いかけた。「どちらがいいかしら？」

「どれでも去年と違う曲ならいいわ」サラがため息をついた。前のめりにピアノにもたれかかり、さらには鍵盤に頭を垂れた。

「いいと思うわ」デイジーが意気揚々と賛成の声をあげた。

「魚を食べたときみたいに吐き気がするわね」サラがうなだれて言う。

「すてきな表現だこと」ホノーリアは皮肉をつぶやいた。

「わたしは魚を食べても吐き気なんてしないわ」デイジーが辛らつに言い返した。「それにたとえ吐き気がする人でも、音楽をそんなふうに喩《たと》えるなんて――」

「思いきって、この慣習に異を唱えればいいのではないかしら？」サラが遮って言い、頭を起こした。「正直にいやだと言えばいいのよ」

「だめよ！」デイジーが大きな声で反対した。

「それはだめ」ホノーリアも同意した。

「だめなの？」アイリスが弱々しく問いかけた。

「また同じことを繰り返すなんて、わたしには信じられない」サラはホノーリアに言った。

「伝統なのよ」

「嘆かわしい伝統だわ。立ち直るのにまた半年かかってしまう」

「わたしは二度と立ち直れないかも」アイリスが沈んだ声でつぶやいた。

デイジーはいまにも足を踏み鳴らしかねないそぶりだった。ホノーリアが鋭い視線で釘を刺していなければ、おそらくほんとうに床を踏みつけていただろう。

ホノーリアはふとマーカスのことを思いだし、すぐに頭から振り払った。「伝統なのよ」繰り返した。「わたしたちは伝統を大切にしている一族に生まれて幸運だわ」

「いったい何が言いたいの？」サラはかぶりを振って尋ねた。

「伝統がない一族もあるということよ」ホノーリアは力を込めて答えた。

サラはさらにしばし黙ってホノーリアを見つめてから、口を開いた。「悪いけど、だからといって何が言いたいのかわからない」

ホノーリアは三人の顔を眺め、声が上擦っているのは知りつつ、感情を抑えられず続けた。

「音楽会で演奏するのが好きなわけではないけど、あなたたち三人とこうして練習するのは大好きなのよ」

三人のいとこたちが束の間当惑したようにぼんやり見つめ返した。

「どんなに幸せなことかわからない？」ホノーリアは問いかけ、誰もうなずこうとしないのを見て、言葉を継いだ。「一緒にいられることが」

「それならカードをしても一緒にいられるわよね？」アイリスが訊き返した。

「わたしたちは、スマイス－スミス家だわ」ホノーリアは奥歯を嚙みしめて言った。「だから、こうして一緒にいられるのよ」それから、サラに反論される前に続けた。「あなたも、姓は違うけれど同じ一族よ。あなたのお母様はスマイス－スミス家の出なのだから。大切なのは、そこのところなの」

サラは息を吐きだした――深々と長い、疲れたようなため息を。

「それぞれ自分の楽器を持って、モーツァルトを演奏しましょう」ホノーリアは呼びかけた。

「それと、みんな笑顔で」

「わたしにはあなたたち三人が話していることがまったくわからない」と、デイジー。

「演奏はするわよ」サラが言った。「でも、笑顔は約束できない」正面のピアノを見据え、目をしばたたいた。「それに、わたしの楽器は持てないし」

アイリスが突如くすくす笑いだした。目を輝かせて言う。「手伝ってあげましょうか」

「持ち上げるのを？」

アイリスが茶目っ気たっぷりに笑った。「窓までならたいして……」

「前からあなたのことは大好きだったのよ」サラもにっこり笑い返した。

サラとアイリスがレディ・ウィンステッドの新しいピアノを破壊する策略をめぐらせているあいだに、ホノーリアはどちらの曲を選ぶべきかと考えて楽譜に向きなおった。「四重奏曲第二番は昨年演奏したのよ」聞いているのはデイジーだけだったが、続けた。「でも、第一番にするのは気が進まないわ」

「どうして？」デイジーが訊いた。

「演奏がとてもむずかしいことで有名な曲なの」

「どうしてなのかしら？」

「わからない」ホノーリアは正直に答えた。「少なくともそう聞いているから、慎重にならざるをえないわ」

「第三番というのはあるの？」

「残念ながらないわ」

「それなら第一番をやるべきよ」デイジーは力強く宣言した。「挑戦しなければ得られるものもなし」

「ええ、だけど、賢者はおのれの限界を知るべしだわ」

「誰がそんなことを言ったの？」デイジーが訊く。

「わたし」ホノーリアはじれったそうに答えた。ピアノ四重奏曲第一番の楽譜を手に取る。

「いつもの三倍練習しても、憶えられそうにないわ」

「憶える必要はないわ。目の前に楽譜があるんだから」

これでは恐れていた以上に状況は悪くなりかねない。

「第一番を演奏するべきよ」デイジーは断固として言い張った。「去年と同じ曲を演奏するのは恥ずかしいわ」

どの曲を選ぼうと恥ずかしい思いをするのは同じだとホノーリアは思いつつ、面と向かって口にする勇気はなかった。

言い換えれば、何を演奏するにしろ、どの曲なのか判別できないくらい台無しにしてしまうのは間違いない。それなら、むずかしい曲を下手に演奏するより、もう少しむずかしくない曲を下手に演奏するほうがましだと言えるのだろうか？

「そうね、やってみましょうか」ホノーリアは従妹の提案を受け入れた。「第一番をやりましょう」そう言ってからサラが怒りだすだろうと気づいて首を振った。とりわけむずかしいのがピアノのパートだ。

でも、サラは曲を選ぶ話しあいにすら参加しようとしないのだから仕方がない。

「賢明な選択よ」デイジーが揺るぎない確信のこもった声で言う。「ピアノ四重奏曲第一番に決まりね！」肩越しに呼びかけた。

デイジーの肩越しでは、サラとアイリスが実際にピアノを数メートル動かしていた。

「どうするつもり？」ホノーリアはほとんど叫ぶように甲高い声をあげた。

「あら、心配しないで」サラが笑いながら言う。「どうせ窓から放り投げられはしないんだから」

アイリスがピアノの椅子に崩れ落ちるように腰を落とし、肩をふるわせて笑いだした。

「笑いごとではないわ」ホノーリアは笑いを呑みこんで言った。いとこたちとくだらないことで笑いあうのはなにより楽しいけれど、誰かが取りまとめをしなければならず、自分がその役目を引き受けなければ、デイジーが名乗りでてしまう。

それでは収拾がつかなくなる。

「モーツァルトのピアノ四重奏曲第一番に決まったわよ」デイジーがあらためて伝えた。

アイリスはたちまち蒼《あお》ざめ、まさしく亡霊のように見えた。「冗談よね」

「いいえ」ホノーリアは内心では少しばかりうんざりして答えた。「明確な意見があったのなら、話しあいに参加するべきだったのよ」

「だけど、どれだけむずかしい曲なのか、わかってるの？」

「だからこそ、挑戦するのよ！」デイジーが元気よく言い放った。

アイリスは妹を一瞥してから、いとこのほうがまだ分別はあると判断したらしく、ホノーリアに顔を振り向けた。「ホノーリア、ピアノ四重奏曲第一番は、わたしたちには無理だわ。

できるわけがない。演奏されているのを聴いたことがある？」

「一度だけ」ホノーリアは正直に答えた。「はっきりとは憶えてないけど」

「無理よ」アイリスが泣きそうな声で言う。「素人に演奏できる曲ではないわ」

このいとこの泣き言に、ホノーリアはみじんも面白がらず同情できるほどお人よしにはなれなかった。なにしろアイリスは昼間にここに来てからずっと文句ばかりこぼしている。

「よく聞いて」アイリスが続けた。「この曲を演奏したら、わたしたちは皆殺しにされちゃうわ」

「誰に？」デイジーが尋ねた。

アイリスは妹を見ただけで、呆れて口をつぐんだ。

「音楽にでしょ」サラが言葉を差し挟んだ。

「あら、やっと話しあいに参加してくれる気になったのね」ホノーリアは言った。

「いやみはやめて」サラがそっけなく言い捨てた。

「それなら訊くけど、わたしが曲を選ぼうとしていたときに、あなたたちは何をしてたのかしら？」

「ピアノを動かしてたわ」

「デイジー！」三人が声を揃えた。

「わたしが何か悪いことを言った？」デイジーが強い調子で訊く。

「なんでも正直に答える必要はないの」アイリスがぴしゃりと返した。

デイジーはぶつくさこぼしつつ、楽譜をぱらぱらめくりだした。

「わたしはみんなにもっと意欲を高めてもらいたいのよ」ホノーリアはサラとアイリスに向きなおって腰に手をあてた。「音楽会のために練習しなくてはいけないわ。あなたたちがどんなに文句を言おうと、逃れられないことなの。だからもうわたしを困らせるのはやめて、言われたとおりにして」

サラとアイリスはただじっと見つめ返した。

「ねえ、お願い」ホノーリアは言い添えた。

「ちょっと休憩をとったほうがよさそうね」サラが提案した。

ホノーリアは不満げに答えた。「まだ始めてもいないのに」

「わかってるわ。でも、休憩が必要よ」

ホノーリアは力が抜けて、ぼんやりと立ちつくした。疲れたし、サラの言うとおり、この四人には休憩が必要だ。何もしていなかったからといって、疲れないとはかぎらない。

「それに」サラがいたずらっぽい目を向けた。「喉がからからだし」

ホノーリアは片方の眉を上げた。「文句を言いすぎて喉が乾いたの？」

「そうよ」サラは笑って認めた。「親愛なるいとこにお願いよ、レモネードを用意してもらえない？」

「どうかしら」ホノーリアはため息まじりに答えた。「でも、一応聞いてみるわ」レモネードにはそそられる。ほんとうはまだ練習を始める気になれないというほうが正しいけれど。

立ちあがって呼び鈴を鳴らすと、椅子に戻るより早く、ウィンステッド邸に長年仕えている執事、プールが戸口に現われた。

「早いわね」サラがつぶやいた。

「レディ・ホノーリア、お客様がお見えです」プールが抑揚をつけて高らかに伝えた。

ひょっとしてマーカス？

ホノーリアは鼓動を高鳴らせたが、すぐにそれはありえないと思いなおした。マーカスはまだフェンズモアに閉じこめられている。ウィンターズ医師からきつく言い渡されているのだから。

プールが部屋に入ってきて、名刺を載せた盆をホノーリアに差しだした。

チャタリス伯爵。

驚いたことに、ほんとうにマーカスだった。どうしてこんなに早く、ロンドンに来たのだろう？　ホノーリアは屈辱も怒りも、なんであれ（まだどう表現すればいいのかわからない）それまでマーカスに抱いていた感情はすべて忘れ、どうしようもなく心配な気持ちすら通り越して新たな憤りに駆られた。いったいどうしてそんな無理をするの？　マーカスが愚かにも家で療養せずにロンドンに来て倒れでもしたら、高熱を出して血を流しながらうなされていたあいだ、自分がつきっきりで看病した苦労も無駄になってしまう。

「すぐにお通しして」ホノーリアは即座に答えた。三人のいとこたちが一様に驚いた顔を向けたので、だいぶきつい言い方になっていたらしい。

ホノーリアはしかめ面で三人を見返した。デイジーがおもむろに一歩さがった。

「あの人はまだ外を歩きまわってはいけないのよ」ホノーリアは唸るように言った。

「チャタリス卿ね」サラが確信に満ちた口ぶりで言う。

「ここで待ってて」ホノーリアは三人に告げた。「すぐに戻るわ」

「それまでは練習しなくていいのよね」アイリスが訊いた。

ホノーリアはわざわざ答えるまでもない問いかけだと判断し、瞳をぐるりとまわした。

「伯爵様はすでに客間でお待ちです」プールが伝えた。

当然だ。執事が伯爵をその場に待たせ、銀盤に名刺を載せて持ってくるような礼儀を欠いた振るまいはしない。

「すぐに戻ってくるから」ホノーリアはいとこたちに請けあった。

「さっきも聞いたわ」サラが言う。

「ついてこないでね」

「それも聞いたわ」と、サラ。「というより、そういうふうに聞こえたわ」

ホノーリアはサラをもうひと睨みして、部屋を出た。サラにはマーカスの容態が悪くなったので快復するまで母と看病を手助けしたと話しただけで、フェンズモアでの出来事を詳しくは説明していない。それでも自分を誰より知っているサラのことなので、マーカスの名刺を差しだされただけで冷静さを失いかけたいとこを見て、なおさら好奇心を掻き立てられているに違いなかった。

ホノーリアは足を踏みだすたび怒りをつのらせながら屋敷のなかを足早に進んだ。いったいマーカスは何を考えているのだろう？　ウィンターズ医師から聞き違えようのないくらい明確に申し渡されていたはずだ。一週間はベッドにいて、そのあとも一、二週間は家で療養しなければいけないと。どう計算しても、いまこのロンドンにいていいことにはならない。

「いったいあなたはどういう――」床を踏み鳴らすように客間に入ったが、暖炉のそばに立っている健康そのものの客人の姿を目にして、つと足をとめた。「マーカス？」

マーカスに笑いかけられ、心が勝手に――情けない裏切り者だ――とろけた。「ホノーリア」マーカスが応えた。「またきみに会えて嬉しいよ」

「ずいぶん……」ホノーリアはいまだ自分の目が信じられず瞬きをした。顔色はよく、目の隈ももうないし、減っていたはずの体重も見るからに戻っている。「……元気そうね」驚きを隠しきれない声でどうにか言い終えた。

「ウィンターズ先生から、もう旅をしてもいいと言われたんだ」マーカスが説明した。「高熱を出して、これほど早く快復した患者を見たのははじめてだそうだ」

「糖蜜のタルトのおかげかも」

マーカスの目が温かみを帯びた。「たしかに」

「どうしてロンドンへ？」ホノーリアは尋ねた。さらに胸のうちで〝ようやくもうすぐ、わたしがろくでなしと結婚しないよう監視する役目から逃れられるのに〟と付け加えた。

少しばかり意地悪になっているのかもしれない。

でも、怒ってはいない。いまさらどうしようもないことで、実際、マーカスに非はない。ダニエルから頼まれた務めを果たしただけのことだ。それに、ほんとうに想いあっていた恋を引き裂いたわけでもない。ホノーリアは好意を示してくれていた紳士の誰にもたいして心惹かれてはいなかったし、正直なところ、そのうちの誰から求婚されても、受け入れるつもりはなかった。

でも考えると歯がゆかった。どうして誰も、自分との交際をマーカスに邪魔立てされたことを教えてくれなかったのだろう？　教えられていれば、文句を言ったかもしれないけれど――いいえ、もちろん、ほぼ間違いなく黙ってはいられなかった――騒ぎ立てるようなことはしない。それにきっと、フェンズモアでマーカスの態度を誤解することもなかった。マーカスが自分に少しは愛情を抱いているかもしれないなどと思わずにすんだのに。

さらに言うなら、マーカスを愛してしまうこともなかったかもしれない。

いずれにしても、確かなことがひとつあるとすれば、こちらの気持ちの変化はマーカスに悟られてはいけないということだ。マーカスが兄に頼まれた務めをひそかに果たしていたことについては、何も気づいていないふりを通さなければ。

ホノーリアがそう心を決めて精いっぱいの笑みを貼りつけ、いかにも興味津々に返答を待っていると、マーカスが答えた。「例の音楽会を見逃すわけにはいかないだろう」

「あら、それが本心ではないのはもう知ってるわ」

「いや、本心だとも」マーカスは語気を強めた。「きみのほんとうの想いを知って、今度はまったく新しい聴き方ができるような気がするんだ」

ホノーリアは呆れたように瞳をまわした。「よして。あなたがどんなにわたしに笑いかけてくれても何も変わらない。不快な音に煩わされるのはわたしではなく、あなたなのよ」

「用心のために耳に綿を詰めておこう」

「母がそれを聞いたら、二度と立ち直れないほど傷つくわ。母はあなたを救った人なのに」

マーカスはやや驚いた顔で見返した。「母上はきみに音楽の才能があると、いまも信じているのか？」

「わたしたち全員に」ホノーリアは当然のように答えた。「わたしで演奏する娘がもう最後になることに少し寂しさを感じているのではないかしら。でも、どんどん新しい世代に引き継がれていくものなのよ。たくさんの姪たちが、小さなヴァイオリンを華奢な手で練習しているのだから」

「そうなのか？　そんなに小さなヴァイオリンがあるのか？」

「いいえ。そのほうが話がうまく伝わると思ってそう言っただけ」

マーカスは含み笑いを洩らし、それから沈黙に包まれた。ふたりともいつになくぎこちなく、押し黙ったまま、ただ客間の真ん中に立っていた。

不自然だった。いつものふたりとはまるで違う。

「散歩にでも出ないか？」マーカスが唐突に訊いた。「気持ちのいい天気だ」

「だめよ」意図したよりもややそっけない口調になってしまった。「ごめんなさい」

マーカスの目に影がよぎったように見えたけれど、すぐに消えたので、きっと思いすごしだったのだろう。「いいんだ」マーカスがこわばった口ぶりで言った。

「行けないのよ」傷つけるつもりはなかったので、ホノーリアはそう言葉を継いだ。いいえ、やはり意地悪な気持ちも働いていたのだと後ろめたさを覚えた。「いとこたちが来てるの。練習するために集まったから」

マーカスの顔にどことなく警戒するような表情が浮かんだ。

「何か用事を見つけて、メイフェアから離れることをお勧めするわ」ホノーリアは続けた。「デイジーはまだ〝きわめて弱く《ピアニシモ》〟がうまくできなくて」マーカスのぽかんとした顔を見て、言い添えた。「音が大きいのよ」

「ほかの三人はそうではないんだな？」

「いい質問ね。だけど、そうとも言いきれない」

「つまりきみは、音楽会に出席するのなら、なるべく後ろの席に坐れと言いたいのか？」

「できることなら、隣りの部屋の」

「本気で言ってるのか？」マーカスは驚くほど——というより、滑稽なくらい——希望をみなぎらせて訊いた。「隣りの部屋にも座席が用意されているのか？」

「いいえ」ホノーリアはふたたび瞳をぐるりとまわして答えた。「でも、後ろの席に坐ったくらいでは逃れられないわ。デイジーがいるかぎり」

マーカスは深々と息をついた。

「急いで元気になる前に、考えておくべきだったわね」

「ならば、それがほんとうなのか確かめに来るとしよう」

「さてと」ホノーリアはマーカスへの恋心などまるでなく、たくさんの予定が入っていて、やるべきことに追われている多忙な令嬢といった口ぶりで続けた。「ほんとうにもう行かないと」

「そうだな」マーカスが別れの挨拶の代わりに礼儀正しくうなずいた。

「さようなら」ホノーリアはそう言ったものの、動かなかった。

「さようなら」

「とても楽しい時間だったわ」

「ぼくもだ」マーカスが言う。「きみの母上によろしくお伝えください」

「承知しました。あなたが元気になったと知ったら、喜ぶわ」

マーカスはうなずいた。だが動かない。それからようやく言った。「では、また」

「ええ」ホノーリアは慌てて言った。「もう行かないと。さようなら」もう一度繰り返し、今度は客間を出た。そして一度も振り返らなかった。

自分がこれほどあっさり立ち去れるとは思わなかった。

18

マーカスはロンドンの住まいの書斎で椅子に腰をおろし、じつのところ自分は若いご婦人の気を引く方法をろくに知らないのだと考えこんでいた。避ける方法なら知っているし、若いご婦人の母親たちから逃れることならなおさら得意だ。令嬢たち（より具体的に言えば、ホノーリアだが）の気を引こうとしている男たちをそれとなく探る術《すべ》も心得ていて、その男たちを遠まわしに脅して目当ての令嬢をあきらめさせることにはとりわけ自信がある。

だが自分のこととなると、どうすればいいのかさっぱりわからない。

花を贈ればいいのか？　男たちはよく花束をかかえている。ご婦人は花が好きなのだろう。いや、花なら自分も好きだ。花を好きではない者などいるのだろうか？

ホノーリアの目を思い起こさせるムスカリにしようかとひらめいたが、小さな花なので、花束には向かないかもしれないと考えなおした。そもそも花束を手渡して、きみの瞳の色を思い起こさせる花だからなどと言えるだろうか？　その場合には、ムスカリの花そのものというより茎に近い部分の色なのだといちいち説明を加えなくてはならない。

そのように愚かしい自分の姿は想像したくない。

おまけに、これまでホノーリアに花を贈ったことがないというのが最たる問題だった。ホノーリアはきっとまずは疑問を抱き、さらにはいぶかしむだろう。それでもし、この想いに応えてもらえなかったなら（応えてくれると信じられる根拠は何もない）ウィンステッド邸の客間でまぬけよろしく立ちつくすことになる。

　そうして考えてみると、この案は取りやめたほうがいい。

　親交を深めるのはおおやけの場でのほうが安全だと、マーカスは判断した。あす、レディ・ブリジャートンが誕生日の舞踏会を開くことになっており、ホノーリアも出席する予定であることはわかっていた。たとえ気乗りしなくても、ホノーリアは現われるはずだ。花婿にふさわしい独身紳士が大勢出席するのだから、とうてい断われない。そのなかにはグレゴリー・ブリジャートンも含まれていて、マーカスはこの若者についてケンブリッジシャーでは問題はないとホノーリアに答えたのだが、やはり妻を娶るにはまだ青臭いと見方を変えていた。もしホノーリアがミスター・ブリジャートンに関心を示す態度を見せたなら、割って入らなければならない。

むろん、いつものようにそれとなく気づかれないように。だがあすの舞踏会に出席しなければならないのには、もうひとつべつの理由もあった。

マーカスは机を見おろした。左側にはブリジャートン館への招待状、右側には一週間前にホノーリアがフェンズモアを去る際に残していった書付が置いてある。拍子抜けするほど簡単な文面だった。宛名と署名、そのあいだにありきたりの文言が二行にわたって綴られているだけだ。どうにか命を救われ、キスをして、糖蜜のタルトを盗みだしてきてもらって食べたといったことには、いっさい触れられていない。

これでは優雅で申しぶんのないガーデンパーティに招かれた客が、女主人に感謝を伝えるために残した書付と変わらない。結婚を考えている相手に宛てたものではありえない。

だが、こちらはまさしくその結婚を考えている。ダニエルがようやくイングランドに帰ってこられた暁《あかつき》には、妹への求婚の許しを得る。それまでにまずは、しっかりとホノーリアの心をつかんでおきたかった。

それゆえ悩んでいた。

ため息が出た。ご婦人がたとの話し方が自然に身についている男たちもいる。そのうちのひとりであれば、どれほど都合がよかっただろう。

ところが自分はそうした男たちとは違って、ホノーリアとしかうまく話せない。しかもこの頃は、それさえ思うようにできなくなった。

というわけで、翌日の晩、マーカスはこの世で最も嫌いな場所にいた。ロンドンの舞踏会だ。

いつものように大広間の全体が見渡せる片端で、壁を背にしてなにげないそぶりで立っていた。女性に生まれなかったのはまったくもって幸運だったと思ったのは、これがはじめてではない。左側にいる若い令嬢はいわば壁の花のひとりで、マーカスは横に並びつつ、いかめしく距離をとって押し黙っていた。

舞踏会は恐ろしく混雑しており――――レディ・ブリジャートンはきわめて人気の高いご婦人だ――――ホノーリアが来ているのかどうかすらわからなかった。まだ姿を目にしていないが、なにせ自分が入ってきた戸口すら見えないありさまだ。このような熱気と汗と人込みのなかで、楽しいひと時を過ごせると期待する人々がいるとは理解できない。

マーカスは隣りに立っている若いご婦人をふたたびそれとなくちらりと見やった。見憶えのある顔だが、どちらの令嬢だったか思いだせない。社交界に登場したばかりというほど若くはないにしろ、歳は自分とさほど変わらないのではないだろうか。隣りの婦人が深々と疲れたようなため息をつき、マーカスは通じあえるものを感じずにはいられなかった。この婦人もまた特定の誰かを探しているわけではないように装いつつ、人込みに目を走らせている。

マーカスはふと、この婦人に挨拶の言葉をかけ、ホノーリアを知っているか尋ねて、知っていたなら姿を見かけなかったか確かめてみようと思いついた。ところが、マーカスがそちらに身体を向ける前に、婦人が背を返すようにしてつぶやいた声が聞こえた。「ああ、もう、エクレアが食べたい」

婦人はすっとその場を離れ、人込みを縫って進みだした。マーカスはその姿を興味深く目で追った。目指す場所を正確に知っている歩き方だ。それにもし先ほど耳にしたつぶやきが聞きちがいでなかったとすれば……。

あの婦人はエクレアがどこにあるのかを知っている。

マーカスはすぐさま婦人のあとを追った。もしこの舞踏会で、自分が人込みに耐えてまで待っているホノーリアに会えないならば、せめてデザートくらいは味わいたい。

たとえ明確な目当てや目的がなくとも、あるふりをして行動する技は昔から磨いてきたので、顎を高く上げ、鋭い視線を人々の頭越しに据えるだけで、難なく無用な会話を避けて進むことができた。

脚に何かが当たるまでは。

いたたっ。

「なんて顔をしてるの、チャタリス」高慢なご婦人の声がした。「ほんの少し触れたくらいで」

声の主を悟り、逃れる術はないとあきらめ、ぴたりと足をとめた。苦笑いを浮かべ、レディ・ダンベリーの皺の寄った顔を見おろした。王政復古の時代からわが国の人々を脅えさせてきたご婦人だ。

いや、正確にはそれくらい昔から生きているように思えるというだけだが。亡き母の大おばにあたる婦人なので、百年は生きていたとしてもふしぎはない。

「脚にけがをしたばかりでして、おば上」マーカスは最大の敬意を払って頭をさげた。

レディ・ダンベリーは武器（杖とも呼ばれるものであることは承知している）をどしんと床に打ちつけた。「落馬したの？」

「いえ、ぼく――」

「階段から転げ落ちたの？　足の上に瓶でも落としたの？」老婦人は狡猾《こうかつ》な顔つきになって続けた。「それとも、ご婦人絡みかしらね？」

マーカスは腕組みしたいのをこらえた。母の大おばは薄笑いを浮かべて自分を見上げている。話し相手をからかうのが好きなのだ。以前から、年をとることのいちばんの利点は何を言っても咎められないことだと公言している。

マーカスは身をかがめ、いたく深刻そうに耳打ちした。「じつは、近侍に刺されたんです」

この老婦人を驚かせて黙りこませたのはこれがはじめてで、もう二度とできないことかもしれない。

レディ・ダンベリーはぽっかり口をあけ、目を見開いた。おまけに蒼ざめさせることができたなら、なおさら嬉しいが、もともと顔色がくすんでいるので、なんとも見きわめがたい。母の大おばはしばし言葉を失い、それからいきなりけたけたと笑いだして言った。「いやね、もう。ほんとうはいったい何があったの」

「言ったとおりです。刺されたんですよ」マーカスはそこでいったん間をおき、付け加えた。「舞踏会の真っ最中でなければ、お見せするのですが」

「ほんとうなの？」レディ・ダンベリーはいまやほんとうに興味をそそられていた。身を乗りだし、凄まじい好奇心で目を輝かせている。「ぞっとするわね？」

「まったくです」マーカスは力を込めて言った。

レディ・ダンベリーは唇を引き結び、いぶかしげに目をすがめて訊いた。「それで、あなたの近侍はいまどこに？」

「チャタリス館で、ぼくのお気に入りのブランデーでもくすねているでしょう」

レディ・ダンベリーはこれにもくっくっと笑い声を洩らした。「あなたはいつもわたしを楽しませてくれるわ」歯切れよく言う。「一族の子供たちのなかでは二番めのお気に入りなのよ」

「ほんとうに？」としか、マーカスは返す言葉が見つからなかった。

「それなのに、ほとんどの人からは面白みのない男性だと見られているのは知ってるの？」

「相変わらず、率直におっしゃる」マーカスはつぶやいた。

レディ・ダンベリーは肩をすくめた。「あなたはわたしの甥《おい》の娘の息子にあたるのよ。好きなだけ率直に言えるわ」

「血縁関係にあれば、何を言っても許されるわけではないと思いますが」

「言うじゃないの」老婦人はそう言い返してから、同意のしるしにこくりとうなずいた。

「わたしはただ、あなたが愉快な魅力を隠していると言いたかっただけだわ。心の底から感心しているわけだけれど」

「感激を抑えきれません」

レディ・ダンベリーはマーカスの顔の前で人差し指を立てて振った。「わたしが言いたいのはつまり、こういうことよ。あなたはほんとうはとても面白みのある人なのに、それを誰にも見せようとしない」

マーカスはふとホノーリアを思った。ホノーリアは自分の話に笑ってくれる。それもなにより耳に心地よい笑い声を立てて。

「でも」レディ・ダンベリーは杖を床に力強くついて、きっぱりと言った。「そのことはもういいわ。どうしてここに現われたの？」

「招待されていたはずですが」

「ふん、ばかばかしい。あなたはこういった場が嫌いなはずでしょう」

マーカスは小さく肩をすくめてみせた。

「さしずめ、スマイスｰスミス家のお嬢さんを見張りにでも来たんでしょう」

マーカスは老婦人の肩越しにエクレアの在処《ありか》を探していたのだが、その言葉ではっと顔を戻した。

「あら、心配無用よ」レディ・ダンベリーはこともなげに瞳をまわして続けた。「あなたがあのお嬢さんに関心を持っていることを他言するつもりはないわ。片方のヴァイオリンを弾いているお嬢さんよね？　お気の毒に、あなたも一週間で耳をやられてしまうでしょうね」

マーカスはとっさに、なにしろ演奏がうますぎますからと冗談でかわしてホノーリアをかばおうとしたが、やはり冗談にできるようなことではないと思い返した。ホノーリアは自分たちの四重奏がどれほど下手なのかをじゅうぶん知りながら、一族にとって大事なことだからと続けている。だからこそ今年も舞台に立ち、ヴァイオリンの名手のつもりで演奏しようとしている――どれほど勇気のいることか。

それに愛も。

ホノーリアはとても愛情深い女性で、マーカスはいまひたすら、その愛情を自分にも向けてほしいと願っていた。

「あなたは昔から、あのご一家と親しくしていたわね」レディ・ダンベリーの声に考えを遮られた。

目をしばたたき、会話に意識を戻すのに少しの間がかかった。「はい」ようやく答えた。「彼女のお兄さんと学友でしたから」

「ええ、そうだったわね」老婦人はため息をついた。「まったくおかしな話だわ。あの子が国を追われることになるなんて。だからラムズゲイトは困り者だと、わたしは前から言っていたのよ」

マーカスは唖然として母の大おばを見返した。

「あなたが言うように」レディ・ダンベリーがとりすまして言う。「血縁関係にあるからといって、なんにでも口出しを許されるわけではないわ」

「たしかに」

「あら、見て、あそこにいるわ」レディ・ダンベリーが顎をしゃくって右手のほうを示した。

マーカスがその視線の先を追うと、ホノーリアがこの距離からでは誰かわからない若い女性ふたりと話していた。ホノーリアがまだこちらに気づいていない隙に、その姿に見入った。髪型がいつもとは違う。どこをどうしたのかはわからないが――ご婦人がたの髪型への細かなこだわりはまるで理解できない――よく似合っている。ホノーリアの何もかもが愛らしい。もっと詩的な表現ができればいいのだが、素朴な言葉のほうがより気持ちを言い表せることもあるはずだ。

ホノーリアは愛らしい。いとおしくてたまらない。

「愛しているのね」レディ・ダンベリーがひそやかな声で言った。

マーカスはすばやく顔を振り向けた。「何を言ってるんです？」

「ありふれた言いまわしなんでしょうけど、あなたの顔に書いてあるんですもの。さあ、さっさと行ってダンスを申し込むのよ」レディ・ダンベリーは杖を持ち上げてホノーリアのほうを指し示した。「絶対にそうすべきだわ」

マーカスは押し黙った。レディ・ダンベリーの発言は、どんなに短いものでも解釈がむずかしい。しかもいうまでもなく、いまだ杖を持ち上げたままだ。このようなときには用心するに越したことはない。

「早く行きなさいったら」レディ・ダンベリーがせかした。「わたしのことは心配いらないわ。また新たなお人よしを見つけて楽しむから。ええ、そうよ、あなたに反撃されずにすむように、愚か者と呼ぶのはやめておいたわ」

「それもまた血縁のある者だけに許される特権とでも言うのではないでしょうね」

老婦人は嬉しそうにけたけたと笑った。「あなたは一族の子供たちのなかでもいちばんの貴公子ね」誇らしげに褒めた。

「あなたの二番めのお気に入りですから」ぼそりと返した。

「あのお嬢さんのヴァイオリンを壊す方法を見つけたら、順位を上げてあげるわ」

笑ってはいけないと思いつつ、マーカスは笑った。

「ほんとうに不運だわ」レディ・ダンベリーが言う。「この歳で完璧に耳が聞こえているのはわたしくらいのものだもの」

「ほとんどの人々はそれを幸運と呼びますが」

レディ・ダンベリーは鼻息を吐いた。「あの音楽会が間近に迫っていなければね」

「ではなぜ出席されるのです？」マーカスは尋ねた。「あの一族と特別に親しいわけでもないのに。断わるのはたやすいことでしょう」

レディ・ダンベリーはため息をつき、一瞬まなざしがやわらいだ。「どうしてかしらね」打ち明けるように言う。「お気の毒な演奏に拍手をしてさしあげる人もいなければ」

老婦人がふだんのひょうひょうとした顔に戻ると、マーカスは微笑んで言った。「じつはおやさしい方なのですね」

「誰にも言わないでよ、ふん」レディ・ダンベリーは杖をどしんとついた。「あなたにはもう飽きたわ」

マーカスは母の恐るべき大おばに最上の敬意を込めて頭をさげると、ホノーリアのほうへ歩きだした。ホノーリアはごく淡い青色のふんわりとした砂糖菓子にしか喩えようのないドレスを着ていて、肩があらわになっているところがまたとても愛らしかった。

「レディ・ホノーリア」傍らに着くなり声をかけた。彼女が振り返ると、礼儀正しく頭をさげた。

ホノーリアが目にぱっと嬉しそうな輝きを灯し、しとやかに膝を曲げて、低い声で挨拶の言葉を返した。「チャタリス卿、お目にかかれて光栄ですわ」

　これだから、こうした場は嫌いなのだ。昔から自分を名で呼ぶホノーリアが、ロンドンの舞踏場に入るやチャタリス卿と呼びはじめる。

「もちろん、ロイル嬢は憶えてらっしゃるわよね」ホノーリアは言い、右側でより濃い青色のドレスを着て立っている婦人を身ぶりで示した。「それと、こちらはいとこのレディ・サラ」

「ロイル嬢、レディ・サラ」マーカスはそれぞれに軽く頭をさげて挨拶した。

「ここでお目にかかれるとは思わなかったわ」ホノーリアが言う。

「思わなかった？」

「だってまさか――」声が消え入り、ホノーリアはとたんに頬を染めた。「なんでもないわ」どうみても嘘をついている。とはいえ、このように人目の多いところで問いつめるわけにもいかず、呆れるほどわかりきっている愚問を口にした。「今夜はずいぶんと混雑していませんか？」

「ええ、そうですわね」三人の令嬢たちが声の大きさはそれぞれに口を揃えた。そのうちひとりはさらに「ほんとうに」と付け加えたように聞こえた。

　束の間沈黙し、ホノーリアがだし抜けに口を開いた。「あのあと兄から何か連絡はありました？」

「いや」マーカスは答えた。「すでに帰国の途についたものと思いたいが」

「それなら、兄がいつ帰ってくるのか、あなたもご存じないのね」

「ああ」マーカスはいぶかった。最初の返答であきらかにわかるはずのことをなぜあらためて訊いたのだろう。

「そう」それからホノーリアは、いかにも言うべきことが見つからないから仕方がないといった笑いを浮かべた。ますます不自然だ。

数秒待っても誰もほかに会話に加わろうとしないので、ホノーリアがまた続けた。「あなたも兄の帰りが待ちきれないでしょう」

いまの言葉に何か含みがあるのは間違いないが、何をほのめかされているのか、マーカスには見当もつかなかった。まさか求婚の許しを得るためにダニエルの帰りを待ち望んでいることを知られているはずもない。

「ああ、また会えるのは楽しみだ」つぶやくように答えた。

「わたしたちも同じだわ」ロイル嬢が言う。

「ええ、ほんとうに」これまで黙っていたホノーリアのいとこも相槌を打った。

今度は長い間があき、マーカスはホノーリアのほうを向いて言った。「ダンスのお相手をお願いしたい」

「もちろん、かまいませんわ」ホノーリアはそう答えた。喜んでいるようにも見えるが、今夜の表情はいつになく読みとりにくかった。

ほかのふたりの令嬢たちは瞬きもせず目を大きく見開いたまま動かない。マーカスは思わず二羽の駝鳥《だちょう》を思い浮かべ、すぐにはっと自分に求められていることに気がついた。「お三方とも、ぜひダンスのお相手をお願いします」礼儀正しく言いなおした。

すぐさまダンスの予約カードが三枚差しだされた。メヌエットはロイル嬢と、カントリーはレディ・サラ、ワルツはホノーリアと踊るよう書き入れた。噂好きの人々にはどうとでも言わせておけばいい。ホノーリアとワルツを踊るのははじめてというわけでもない。

踊る組み合わせが決まり、四人はふたたび黙りこみ（四重奏もいつもこれくらい静かであればいいのだが）、そのうちようやくホノーリアのいとこが咳払いをして言った。「失礼ながら、ダンスがもう始まりそうですわ」

つまりメヌエットが流れはじめるということだ。

ロイル嬢がこちらを見て、にっこり笑った。いまさらながら、この令嬢の母親が娘と自分を取り持とうとしていたことを思い起こした。

ホノーリアが目を向けた――気をつけてとでも言わんばかりに。

いっぽうマーカスがそのとき考えていたことはただひとつだった――ああ、まったく、エクレアにありつけなかった。


「あの方はあなたが好きなのね」マーカスとセシリーがメヌエットを踊るためにその場を離れるや、サラが言った。

「えっ？」ホノーリアは訊き返し、目をまたたいた。遠ざかっていくマーカスの後ろ姿を見ているうちに、いつの間にかぼんやりしていた。

「あの方はあなたが好きなのよ」サラが言う。

「なに言ってるの、当然でしょう。わたしたちはもうずっと昔から友人なんだもの」いいえ、ほんとうは少し違う。ずっと昔から互いを知っているけれど、友人に――それも真の友人に――なったのはつい最近のことだ。

「そうではなくて、あの方はあなたがほんとうに好きなのよ」サラはことさら力を込めて言った。

「えっ？」ホノーリアはどうにも頭が働かなくなっていて、また訊き返すことしかできなかった。「あの、違うわ、違うの。そんなことはないわ」

それでも鼓動は速まっていた。

サラはようやく納得がいったとでもいうようにゆっくりと首を振って続けた。「あの方が雨ざらしになって風邪をひいて、あなたがセシリーとフェンズモアにお見舞いにいって帰ってきたとき、セシリーからきっとそうだと聞いていたのよ。でも、わたしは、セシリーの考えすぎだろうと思ってた」

「そのときの理性を取り戻してほしいわ」ホノーリアは早口に言った。

サラがふっと笑って受け流した。「あの方があなたを見つめるときの表情に気づいてないの？」

ともかく否定したい一心でホノーリアは言い返した。「わたしを見つめてなどいないわ」

「あら、見つめてたわ」サラは断言した。「そうそう、ちなみに、あなたが心配していると
いけないから言っておくけど、わたしはあの方に興味はないから」
ホノーリアは瞬きしかできなかった。
「ロイル家に滞在したとき」サラが念を押すように言う。「あの方とわたしがたちまち恋に
落ちる可能性について話したでしょう？」
「ええ、そうだったわね」ホノーリアはそのときのことを思い起こし、マーカスが誰かべつ
の女性と恋に落ちると考えただけでずきりとする胸の痛みにはそしらぬふりをした。咳払い
をする。「忘れてたわ」
サラは肩をすくめた。「藁《わら》にもすがる思いだったのよ」人込みを眺めわたし、低い声で言
う。「このなかに、水曜日までにわたしと結婚してもいいと言ってくださる紳士はいるかし
ら」
「サラ！」
「冗談よ。もう、そのくらい読みとって」それからサラがぽつりと言った。「またあなたを
見てるわ」
「えっ？」ホノーリアは虚を衝かれて思わず跳びあがりかけた。「まさか、ありえないわ。
セシリーと踊っているんだから」
「セシリーと踊りながら、あなたを見てるのよ」サラは自分の見きわめにいまや自信すら抱
いているかのような口ぶりだった。

それをマーカスに想われている証しと信じたくても、兄の手紙を読んでしまったあとではとても無理だった。「わたしに惹かれているからではないわ」ホノーリアはそう答えて首を振った。

「そうなの？」サラはいまにも胸の前で腕を組みかねないそぶりだ。「どうしてそう言えるの？」

ホノーリアは唾を飲みこみ、ひそやかに辺りを窺った。「秘密を守れる？」

「もちろんよ」

「兄が、自分の留守中に〝わたしを監視しろ〟とあの人に頼んだの」

サラはほんの少しも驚かなかった。「それがどうして秘密なの？」

「わたしもそう思うわ。ええ、たしかにそうなのよ。それなのに誰もわたしに教えてくれなかった」

「それならどうしてわかったの？」

ホノーリアは頬が熱くなるのを感じた。「わたし宛てではないものを読んでしまったからかしら」くぐもった声で答えた。

サラは目を大きく見開いた。「そうなの？」身を乗りだす。「あなたらしくもない」

「魔が差したのね」

「後悔してる？」

ホノーリアはしばし考えをめぐらせた。「いいえ」正直に答えた。

「ホノーリア・スマイス－スミス」サラがいかにも愉快げな声で言う。「わたしはあなたを誇りに思うわ」

「理由を訊くべきなんでしょうけど」ホノーリアは警戒する口ぶりで続けた。「答えは知りたくないような気もするわ」

「あなたがこれまでしたことのなかで、最も不作法なことではないかしら」

「そんなことはないわ」

「あら、もしかして、裸でハイド・パークを走りまわったことをわたしに隠してたの？」

「サラ！」

サラはくすりと笑った。「盗み読みくらい、誰でも一度はしているわ。わたしはあなたがようやくふつうの人々の仲間入りをしてくれたことが嬉しいの」

「わたしはそれほど堅物ではないわ」ホノーリアはむっとして言い返した。

「たしかにそうね。でも、あなたを冒険好きな人とも呼べないわ」

「わたしもあなたを冒険好きな人とは呼べないけど」

「ええ」サラは肩を落とした。「わたしも違う」

ふたりはやや侘びしげに、そしていくぶん思い煩うふうにその場に佇《たたず》んだ。「だけど」ホノーリアはなごやかさを取り戻そうとして言った。「ハイド・パークを裸で走りまわりたいとは思わないでしょう？」

「あなたとでなければ」サラがいたずらっぽく答えた。

ホノーリアは笑い、とっさにいとこの肩に腕をまわし、軽く抱きしめた。「あなたが大好きなのは知ってるわよね」

「あたりまえだわ」と、サラ。

ホノーリアは待った。

「あら、ええ、もちろん、わたしもあなたが大好き」サラが言った。

ホノーリアはにっこり笑い、その瞬間、この世のすべてが正しくまわっているように思えた。たとえ正しくとまではいかないにしろ、少なくともいつもどおりなのは間違いない。自分はいまロンドンの舞踏会で、大好きないとこと並んで立っている。これ以上に自然なことはない。ホノーリアは頭をわずかに傾けて、大勢の人々を眺めた。メヌエットのダンスはとても厳《おごそ》かだし優雅で、ほんとうに美しい。それに気のせいかもしれないけれど、婦人たちはみな似たような色のドレスを身につけているように見える——舞踏場じゅうに青と緑と銀色がきらきらと揺らめいている。

「まるでオルゴールみたい」ホノーリアはつぶやいた。

「そうね」サラはうなずいてから、すっぱり斬り捨てるように言った。「メヌエットは嫌い」

「そうなの？」

「ええ」サラが言う。「どうしてかはわからないけど」

ホノーリアは踊る人々を見つめつづけた。こんなふうにサラと過ごすのはこれで何度めだろう？　ふたり並んで、人々を眺めながら、互いの顔も見ずに会話を続けている。互いのことはよくわかっているので、相手の表情から気持ちを推し量る必要もない。

ようやくマーカスとセシリーが見えるところにまわってきたので、進んではさがるふたりを見つめた。「セシリー・ロイルは、マーカスの気を引こうとしていると思う？」

「あなたは？」サラが訊き返した。

ホノーリアはマーカスの脚を見ていた。あれだけ大柄な男性にしては感心するほど優雅に動いている。「わからない」つぶやくように答えた。

「気になるの？」

ホノーリアはどの程度気持ちを明かしていいものなのか、束の間考えた。「そうみたい」結局そう答えた。

「セシリーがどう思っていようと関係ないわ」サラが言う。「あの方は彼女には関心がない」

「そうね」ホノーリアは静かに続けた。「でも、わたしに関心があるとも思えない」

「そのうちわかることよ」サラはそう言うと、おもむろに顔を向けて、いとこの目を見つめた。「そのうちに」

一時間ほど経って、ホノーリアがデザートのテーブルに残された空《から》の大皿の傍らに立ち、最後のエクレアを食べられた幸福に浸っていると、マーカスがワルツを踊るために近づいてきた。

「あなたは間に合った？」ホノーリアはマーカスに訊いた。

「なんのことだ？」

「エクレアよ。とろけるようなおいしさだったわ。あら」ホノーリアは笑みをこらえた。

「ごめんなさい。その顔からすると、間に合わなかったのね」

「今夜はずっとここに来ようとしていたのに」マーカスが打ち明けた。

「もっと出てくるかもしれないわ」できるかぎり楽観的な言葉を返した。

マーカスは片方の眉を上げて見返した。

「やっぱり出てこないかもしれないわね」ホノーリアは続けた。「ほんとうに心苦しいわ。どこから買い入れたものなのか、レディ・ブリジャートンに尋ねてみましょうか。もしくは――」秘密めかした表情をこしらえる。「――こちらの料理人が作ったのなら、引き抜いてしまえばいいんだわ」

マーカスは微笑んだ。「もしくは、ダンスをするかだな」

「ダンスをしましょうか」ホノーリアは快く応じた。マーカスの腕に手をかけて、大広間の中央へ導かれていった。ふたりはこれまでもダンスをしていて、ワルツも一度か二度は踊っていたが、今回は何かが違った。すでに音楽が始まる前から、磨きあげられた板張りの床を滑るように楽々と動けているように思えた。そうして腰に手を添えられ、マーカスの目を見上げたとき、何か熱くなめらかなものが身体の奥からあふれだしてきた。

ふわりと身が軽くなり、息苦しい。空腹で飢えているかのように感じられる。何かよくわからないものが、恐ろしくなるほど欲しくてたまらない。

でも、脅える必要はなかった。マーカスが背中を支えてくれている。身体がどんなに熱く昂《たか》ぶろうと、この腕のなかにいれば安心していられる。マーカスのぬくもりがドレスの布地を通して滋養のように沁みこんできて、その熱くみなぎるものの勢いで、爪先立てば飛びたてそうにすら思えた。

マーカスが欲しい。ふと、そう気づいた。これが欲望なのだと。

身を滅ぼしてしまう女性たちがいるのも無理はない。そうした女性たちは〝過ちをおかした〟のだと、ホノーリアは聞かされていた。ふしだらだから身の破滅を招いたのだとささやかれている。これまでは自分にはまったく理解できないことだった。いったいどうして、たった一夜の熱情と引き換えに人生を台無しにしてしまう人がいるのだろうと。

いまその理由がわかった。自分もまさに同じことを望んでいるのだから。

「ホノーリア？」星が降りそそぐようにマーカスの声が柔らかに耳に届いた。

ホノーリアは目を上げ、マーカスの顔をつくづく眺めた。音楽は聴こえているのに、足が動かない。

マーカスは問いかけるかのように頭を片側に傾けた。けれど何か問いかけるわけではなく、ホノーリアも答えようがなかった。代わりにマーカスの手をぎゅっと握り、ふたりは踊りだした。

音楽が低くなり、また高まり、ホノーリアはマーカスの顔から目を離さずに導かれるまま踊った。音楽に抱き上げられ、さらわれ、このときはじめて、ダンスを踊るとはどういうことなのかがわかった気がした。足の動きがワルツにぴったり合うと――ワン、トゥー、スリー、ワン、トゥー、スリー――心が舞いあがった。

ヴァイオリンの音が肌に沁み入り、木管楽器の音に鼻をくすぐられた。そして音楽とひとつになれたように思えたとき、演奏が終わり、ふたりは離れ、頭をさげるマーカスに膝を曲げて挨拶をして、喪失感に襲われた。

「ホノーリア？」マーカスが静かに呼びかけた。気遣わしげな顔をしている。きみに好かれるためならばなんでもするというよりはむしろ、困ったな、具合でも悪くなったんだろうかとでも思っている表情だ。

マーカスは恋に落ちた男性には見えない。お腹をこわした病人に付き添って心配しているといったほうがふさわしい顔つきだ。

マーカスとダンスをしていたときにはまるで別人になれた気がした。音感が鈍く、うまく拍子をとって動けなかった自分が、マーカスの腕のなかでは魔法をかけられたように踊れた。天にも昇る心地のダンスだっただけに、マーカスが同じように感じてくれていないのならあまりに切ない。

同じように感じてくれてはいなかったのだろう。自分はいまどうにかやっと立てている状態だというのに、マーカスのほうはと言えば……。

いつもと変わらない。

親友の妹をお荷物だと思っているに違いない、昔と同じマーカスだ。たとえ不愉快きわまりないとまでは思われていないにしろ、お荷物には変わりない。マーカスがなぜ兄の帰国を待ちきれずにいるのかはわかっている。ダニエルが帰ってくれれば、ロンドンから離れ、田舎に帰って、いまより快適に過ごせるからだ。

つまり、自由になれる。

もう一度名を呼ばれ、ホノーリアはどうにかわれに返った。「マーカス」思わず言葉が口をついた。「どうしてここにいるの？」

束の間、マーカスはまるでホノーリアの頭に角が生えてきたかのようにきょとんと見返した。「招待されたからだ」ややむっとして答えた。

「違うわ」頭は痛いし、目を擦りたいし、それよりなにより叫びたかった。「この舞踏会ではなくて、ロンドンにいる理由よ」

マーカスがいぶかしげに目をすがめた。「どうしてそんなことを訊くんだ？」

「あなたはロンドンが嫌いでしょう」

マーカスは首巻き《クラヴァット》を直した。「いや、嫌いというわけでは――」

「社交シーズンが嫌いなのよね」ホノーリアは遮って言った。「わたしにそう言ったじゃない」

マーカスは何か言いかけて、口をつぐんだ。ホノーリアはそれを見て思い起こした――この男性がいかに嘘が下手なのかを。昔からそうだった。子供のとき、マーカスはダニエルと天井からシャンデリアを引きずりおろしたことがあった。いま考えても、どうやったのかはわからない。レディ・ウィンステッドが説明するよう迫ると、ダニエルは平然としらをきり、そのなめらかな口ぶりに、母もほんとうのことを話しているのかどうか見きわめがつかないようだった。

かたやマーカスは頰をわずかに赤くして、首もとがかゆいかのように襟をつかんでいた。ちょうどいまのように。

「こちらで……果たさなければならない務めがあるんだ」マーカスが口ごもりがちに答えた。果たさなければならない務め。

「そう」ホノーリアは息がつかえそうになりながら相槌を打った。

「ホノーリア、大丈夫か?」

「大丈夫よ」きつく言い返してしまい、いらだっているのを恥ずかしく感じた。兄のダニエルが妹の自分を監視する務めを担わせたのだから、マーカスは何も悪くない。引き受けたことも責められない。紳士なら親友の頼みを聞き入れるのは当然だ。

マーカスはそこにじっと立ったまま、ホノーリアの態度が一変した理由を探すかのように、目だけを動かしていた。「きみは怒っているのか……」どことなくなだめるような、年上ぶった調子にも聞こえる言い方だった。

「怒ってなんていないわ」ホノーリアは歯嚙みして否定した。

こういった場面ではたいがい、ほらやっぱり怒っていると切り返しそうなものなのに、マーカスはただ腹立たしいほど落ち着き払った表情でこちらを見ている。

「怒ってないわよ」沈黙にせきたてられるようにつぶやいた。

「そうだよな」

ホノーリアはさっと目を上げた。例のごとく子供あつかいされている。たとえこれまでは自分の思いすごしだったとしても、今回だけは間違いない。

マーカスは黙っている。口を開くつもりはないのだろう。騒ぎ立てるようなことはけっしてしない。

「気分がよくないの」ホノーリアは口走った。少なくともそれはほんとうのことだった。頭痛がするし、気が高ぶって落ち着かないので、いまはただとにかく家に帰って、ベッドで上掛けにくるまりたい。

「新鮮な空気を吸えるところに案内しよう」マーカスはこわばった口調で言い、ホノーリアの背に手を添えて、庭に向かってあけ放されている両開きの格子ガラスの扉へ導こうとした。

「いやよ」ホノーリアは思わず場違いに大きなきつい声で拒んだ。「いえ、だからあの、けっこうよ」唾を飲みこむ。「帰ったほうがいいと思うから」

マーカスはうなずいた。「きみの母上を探してこよう」

「自分で探すわ」

「それくらいぼくが――」

「自分のことは自分でするわ」言葉をほとばしらせた。ああ、なんていやな言い方をしてしまったのだろう。もう口を閉じていたほうがいい。ちゃんと話せそうにない。それでも感情を抑えられなかった。「あなたに務めを果たしてもらう必要はないわ」

「なんのことを言ってるんだ？」

その質問には上手に答えられそうにないので、代わりにこう言った。「家に帰るわ」

マーカスは永遠にも感じられるほど長く見つめ返したあと、ぎこちなく頭をさげた。「お望みどおりに」そう言うと、歩き去っていった。

そうしてホノーリアは家に帰った。望みどおりに。願っていたようにベッドに入った。

みじめな気分は変わらなかった。

19

音楽会当日
開演の六時間前

「サラはどこ？」

ホノーリアは楽譜から目を上げた。余白に注意事項を書き入れているところだった。たいして役に立たないことばかりだけれど、思い込みであれ、音楽を少しはわかっている気になれるので、すべてのページにひとつは覚え書きのようなものを付け加えるようにしている。

アイリスが部屋の真ん中に立っている。「サラはどこ？」繰り返して訊いた。

「知らないわ」ホノーリアは答えて、部屋を見まわした。「デイジーはどこ？」

アイリスは気ぜわしげにドアのほうを手ぶりで示した。「一緒に着いたんだけど、化粧室にでもいったのではないかしら。あの子のことは心配しないで。けっして逃げだすようなことはないから」

「サラは来てないの？」

アイリスはいまにも火を噴きかねない顔つきだった。「それも知らないの？」

「アイリス！」

「ごめんなさい。不作法な言い方はしたくないけど、それならいったいどこにいるの？」

ホノーリアはいらだたしげに息を吐きだした。アイリスにはほかにもっと心配すべきことはないのだろうか？　たとえば、最近愛していると気づいてしまった男性の前で愚かな振るまいをしてしまったというようなことは。

あれから三日経っても、そのときのことを思い起こすとホノーリアは気分が悪くなった。自分の言ったことを正確には憶えていない。でも、ぎこちなく詰まりがちな聞き苦しい自分の声だけは耳に残っている。頭が話すのをやめさせようとしても、口は言うことを聞かなかった。完全に理性を失っていたので、これまでマーカスにお荷物だと思われていたとすれば、いまは厄介者だと呆れられているだろう。

そもそもその前から、つまり世の男性たちに女性はやはり気まぐれな生き物だと決めつけられても当然の、考えなしの言葉を吐いて感情的に振るまう前から、すでにもう愚かしい行動をとっていた。まるで救世主が現われてくれたとばかりにマーカスとダンスをして、気持ちのこもった目で見つめていたのだから。そしてマーカスはと言えば――

黙っていた。何ひとつ言わなかった。名を呼びかけただけだ。それから、具合が悪くなったのだろうかと心配するようにこちらを見やった。おそらく、嘔吐されれば、せっかくの上質なブーツがまた台無しになってしまうとでも思ったのだろう。

三日前のことだ。この三日、マーカスとはひと言も話していない。

「少なくとも二十分前には着いていてもいいはずだわ」アイリスがぼやくように言った。

それに対してホノーリアはつぶやいた。「二日前にここに来ていてもいいはずなのよ」

アイリスがさっと目を向けた。「なんて言ったの？」

「道が混んでいるのかしら？」ホノーリアはすぐさま言いつくろった。「ここからほんの半マイルのところに住んでるのよ」

ホノーリアは気もそぞろにうなずいた。楽譜の二ページめに目を落とし、マーカスの名が書きこまれているのに気づいた。ふたつも。いいえ、三つだ。付点二分音符の横にもさりげなく、渦巻き形の飾り文字で小さくM．H．の頭文字が記されている。なんてこと。未練がましい。

「ホノーリア！　ホノーリア！　聞いてるの？」

またもアイリスだ。ホノーリアは唸り声をこらえた。「もうすぐ来るわよ」なだめるように言った。

「そう思う？」アイリスが強い調子で訊いた。「わたしはそう思わないんだもの。こういうことになりかねない気がしてたのよ」

「どういうこと？」

「わからないの？　来ないってことよ」

ホノーリアはようやく目を上げた。「あら、おかしなこと言わないで。サラがそんなことをするはずがないでしょう」

「そうかしら？」アイリスは疑念に満ちた目を向けた。とまどいも滲んでいる。「ほんとうにそう思う？」

　ホノーリアはいとこをひとしきり見つめ、やがて言った。「まさか、そんなことが」

「ピアノ四重奏曲第一番はやめたほうがいいと言ったでしょう。サラはけっしてピアノが下手なわけではないけど、あの曲はあまりにむずかしいわ」

「むずかしいのは、わたしたちにとっても同じだわ」ホノーリアは力ない声で言った。どんどん気分が悪くなってきた。

「ピアノほどではないわ。それに、ヴァイオリンのパートがどれほどむずかしくてもたいして変わらない。だって――」アイリスは言いかけて口をつぐんだ。唾を飲みこみ、頬を染めた。

「傷つきはしないわ」ホノーリアは続けた。「自分が下手なのは承知してるから。デイジーはさらにひどいことも。わたしたちはどの曲を選んでも、どうせうまく弾けはしない」

「信じられない」アイリスはせわしなく部屋のなかを歩きまわりはじめた。「ほんとうにこんなことをするなんて」

「まだそうと決まったわけではないでしょう」ホノーリアは声をかけた。

　アイリスがくるりと振り返った。「ほんとうにそう思う？」

　ホノーリアは気まずそうに口をつぐんだ。アイリスの言うとおりだ。サラはこれまで四人での練習の集合時間に二十分も――いいえ、もう二十五分過ぎている――遅れたことはない。

「あなたがこれほどむずかしい曲を選ばなければ、こんなことにはならなかったんだわ」アイリスが咎めた。

ホノーリアは床を踏みつけるように立ちあがった。「わたしのせいにしないで！　わたしはこの一週間、文句ばかりこぼしていたわけではないし――あの、なんでもないわ。ここにいないのはわたしではなくてサラで、それがどうしてわたしのせいにされるのかわからない」

「ええ、もちろん、あなたのせいではない」アイリスはかぶりを振った。「ただ――もうっ！」大きな声をあげて憤懣《ふんまん》を吐きだした。「サラがわたしをこんな目に遭わせるなんて信じられないだけよ」

「わたしたちを、だわ」ホノーリアはやんわりと正した。

「ええ、だけど、演奏をいやがっていたのはわたしひとりだわ。あなたとデイジーは気にしていなかった」

「それとどういう関係があるのかわからない」ホノーリアは言った。

「わたしもわからないわ」アイリスが泣きそうな声で続ける。「だけど、わたしたちはここで四人で演奏しなくてはいけない。あなたがそう言ったのよ。顔を合わせるたび、そう言ってたわよね。だから、わたしが自尊心も恥ずかしさも胸に押しこめて、知っている人ばかりの前に立たなければならないとしたら、サラも同じようにするべきでしょう」

そこにデイジーが現われた。「どうしたの？　どうしてアイリスお姉様がこんなに興奮してるの？」

「サラが来てないの」ホノーリアは説明した。

デイジーは炉棚の上の置時計を見やった。「不作法ね。三十分近く過ぎてるのに」

「来ないわよ」アイリスがそっけなくつぶやいた。

「まだわからないわ」ホノーリアは諭した。

「来ないって、どういうこと？」デイジーが声を大きくして訊いた。「来ないわけがないでしょう。ピアノなしで、どうやってピアノ四重奏曲を演奏するつもり？」

部屋はしばし沈黙に包まれ、そのうちアイリスがはっと気づいたかのように口を開いた。

「デイジー、あなた、賢いじゃない」

デイジーは嬉しそうな顔をしつつも問いかけた。「わたしが？」

「音楽会を取りやめればいいのよ！」

「だめよ」デイジーは激しく首を振り、ホノーリアに顔を向けた。「わたしは反対よ」

「選択の余地はないわ」アイリスは喜びに目を輝かせて言葉を継いだ。「あなたの言うとおりだわ。ピアノなしではピアノ四重奏曲は演奏できない。ああ、サラはなんて賢いのかしら」

けれども、ホノーリアは納得できなかった。サラのことは大好きだけれど、この音楽会についてはどうしても、みんなのためを考えてそのような計略をめぐらせたとは思えない。

「サラが音楽会を取りやめさせようとして来ないのだと、ほんとうにそう思う？」

「どんな理由だろうとかまわないわ」アイリスはあっさり言ってのけた。「ほんとうにそうなってくれたら――」束の間、文字どおり感極まって言葉に詰まった。「――わたしは自由になれる！　わたしたちはみんな自由になれるのよ！　わたしたち――」

「ねえ、聞いて！」

その声にアイリスの喜びの演説は断ち切られ、全員が戸口へ顔を向けた。サラの母で、三人のおばにあたるシャーロットが――ほかの人々にはレディ・プレインズワースとして知られている――足早に部屋に入ってきた。その後ろから、上質な仕立てだがひと目で家庭教師とわかる、いっさい飾り気のないドレスを着た黒い髪の若い婦人も現われた。

ホノーリアはとてもいやな予感を覚えた。

若い婦人にというわけではない。一族の揉めごとに引きずりこまれてやや気詰まりそうではあるものの、いたって感じのよい女性だ。気になるのは、シャーロットおばの不穏な目の輝きだった。「サラが体調を崩してしまったのよ」声高らかに告げた。

「ああ、そんな」デイジーは落胆の声を洩らし、ぐったりと椅子に沈みこんだ。「わたしたちはどうすればいいの？」

「あとで懲《こ》らしめてやるわ」アイリスがホノーリアにささやいた。

「当然ながら、音楽会を取りやめることはできないわ」シャーロットおばが続けた。「そのような悲劇が起こったら、これからずっと負い目を感じて生きていかなければならないもの」

「お嬢さんのほうも」アイリスが独りごちた。

「そこで慣習を破って、これまで演奏したどなたかに加わってもらうことも考えてみたけれど、一八一六年に演奏したフィリッパ以降、四重奏にはピアノ奏者はいなかったのよ」

ホノーリアは畏怖《いふ》の念を抱いておばを見つめた。おばはそこまで正確に記憶しているのか、それとも書き留めでもしているのだろうか？

「フィリッパは身重です」アイリスが言った。

「知ってるわ」シャーロットおばが答えた。「出産予定日までもう一カ月もないはずよ。大きなお腹をかかえてるわ。ヴァイオリンならどうにか持てたとしても、ピアノの前に坐るのは無理ね」

「フィリッパの前は誰が弾いていたのですか？」デイジーが訊いた。

「誰も」

「まさか、信じられないわ」ホノーリアは言った。十八年も続いている音楽会で、スマイスースミス家の女性たちのなかでピアノを弾いたのはたったふたりだけだなんて。

「事実なのよ」シャーロットは断言した。「わたしもあなたと同じくらい驚いたわ。これまでの演目表にすべて目を通したのだから、間違いない。ほとんどの年がヴァイオリンがふたりと、ヴィオラとチェロの四重奏だったの」

「それが弦楽四重奏の」デイジーが言わずもがなのことをわざわざ口にした。「基本の楽器の組み合わせですもの」

「それなら、音楽会は取りやめるのですか？」アイリスが訊き、ホノーリアはこのいとこに諫める視線を投げた。アイリスの口調は期待のあまり少しばかり明るすぎた。

「それだけはだめよ」シャーロットおばは言い、傍らの女性を身ぶりで示した。「こちらは、ミス・ウィンターよ。サラの代役を務めてもらうわ」

三人は、シャーロットおばの傍らでやや後ろにさがってじっと立っている黒い髪の女性にいっせいに目を向けた。ひと言で表現するなら、美女と呼ぶにふさわしい婦人だった。艶やかな髪から白くなめらかな肌に至るまで、なにもかもが完璧だ。ハート形の顔をしていて、ふっくりとした唇はピンク色で、睫毛は目を大きく見開いたら眉に届いてしまいそうなほど長い。

「それなら」ホノーリアはアイリスにささやきかけた。「少なくとも、わたしたちは見られずにすむわ」

「うちの子供たちの家庭教師よ」シャーロットおばが説明した。

「では、ピアノが弾けるんですね？」デイジーが訊いた。

「そうでなければ、連れてこないわ」シャーロットおばはじれったそうに答えた。

「むずかしい曲ですわ」アイリスがいくぶん挑戦的な口ぶりで続けた。「ほんとうにむずかしい曲なんです。ほんとうにとても――」

ホノーリアはいとこの脇を肘で突いた。

「演奏する曲はすでに伝えてあるわ」シャーロットおばが言う。

「ご存じなの？」アイリスが訊いた。信じられない思いと、率直に言うなら絶望をあらわにした面持ちで、ミス・ウィンターを見ている。「ほんとうに？」

「さほど上手には弾けませんけれど」ミス・ウィンターは柔らかな声で答えた。「でも、弾いたことはあります」

「演目表はすでにできあがってるわ」アイリスが食いさがった。「ピアノ奏者はサラだと印字されているのよ」

「新たな演目表を貼りだしましょう」シャーロットおばがいらだたしげに続けた。「はじめに、みなさんにその旨をお知らせすればいいわ。劇場ではよくあることよ」ミス・ウィンターのほうへひらりと手を振った拍子に、肩を軽くぶってしまった。「この女性をサラだと思って演奏してちょうだい」

いくぶん不作法な沈黙が流れ、ホノーリアはすぐに前に踏みだした。「ようこそ」きっぱりと言い、アイリスとデイジーに、もう従うしかないことを示そうとした。「お目にかかれて嬉しいですわ」

ミス・ウィンターは軽く膝を曲げて挨拶を返した。「わたしもですわ、あの……」

「まあ、大変失礼しました」ホノーリアは言葉を継いだ。「わたしは、レディ・ホノーリア・スマイス=スミスです。でも一緒に演奏するのですから、どうか、わたしたちを名で呼んでください」いとこたちを紹介した。「こちらがアイリスと、デイジー。同じくスマイス=スミス家の娘たちです」

「わたしもかつてはそうだったのよ」シャーロットおばが言葉を差し入れた。

「わたしの名は、アンです」ミス・ウィンターが名乗った。

「アイリスはチェロを弾きます」ホノーリアは続けた。「そして、デイジーとわたしはヴァイオリンの担当です」

「あとは四人で練習してね」シャーロットおばが戸口へ歩きだした。「とても忙しい午後になると思うけれど」

四人の演奏者たちは黙ってレディ・プレインズワースを見送り、部屋からいなくなったと見るや、アイリスが口を開いた。「きっとほんとうは病気ではないのよ」

アイリスの語気の強さにアンが驚いた様子ですぐさま反応した。「どういうことでしょうか？」

「サラよ」アイリスは気遣うふうもなく言った。「仮病ね。間違いなく」

「わたしにはなんとも言えませんわ」アンはあたりさわりのない言いまわしで答えた。

「きょうはお見かけしていないので」

「吹き出物が出たのかもしれないじゃない」デイジーが言う。「顔にぶつぶつができていたら、誰にも見られたくないでしょう」

「あとが残るようなものなら納得してあげる」アイリスは不機嫌な声で答えた。

「アイリス！」ホノーリアはたしなめた。

「レディ・サラのことはあまり存じあげないんです」アンが言う。「わたしは今年雇われたばかりで、サラお嬢様はもう家庭教師が必要なお歳ではありませんから」

「どのみち、あなたの言うことは聞かないでしょうけど」デイジーが言う。「サラより年上なの？」

「デイジー！」ホノーリアはきつい声で諫めた。ああもう、きょうは叱ってばかりいる。

デイジーが肩をすくめた。「名で呼びあうことにするなら、何歳なのか訊くくらいかまわないと思うんだけど」

「あなたよりは年上よ」ホノーリアは言った。「つまり、あなたは訊く立場にないわ」

「かまいませんわ」アンが言い、デイジーにちらりと微笑みかけた。「わたしは二十四歳です。ハリエット、エリザベス、フランシスに教えています」

「神のご加護をお祈りするわ」アイリスがつぶやいた。

ホノーリアもこれには諫める言葉を口にできなかった。サラの三人の妹たちはみなそれぞれにほんとうに愛らしい。でも、三人集まると……プレインズワース家が騒動に事欠かないのもうなずける。

ホノーリアはため息をついた。「練習を始めましょうか」

「先に言っておかなくてはいけませんわ」アンが言う。「わたしは上手には弾けないんです」

「大丈夫ですわ。みんなそうですから」

「そんなことはないわ！」デイジーが声をあげた。

ホノーリアはミス・ウィンターに身を近づけて、ほかのふたりには聞こえないようにささやいた。「アイリスはたしかに才能に恵まれています。サラも問題なく弾けますけど、デイジーとわたしは下手なんです。気を強くもってやり抜くことをお勧めしますわ」

アンはやや不安げに見返した。ホノーリアは肩をすくめて応えた。スマイス－スミス家の音楽会で演奏するのがどういうことなのかはすぐにわかる。

そうでなければ、耐えられずに気が変になってしまうかのどちらかなのだから。


マーカスはその晩だいぶ早めに到着したものの、前の席を確保すべきか後ろの席にしたほうがいいのか決めかねていた。手にしているのは――ムスカリはどこの店にもなかった――オランダから輸入された鮮やかな色のチューリップを二十本以上も揃えた花束だ。

花束を女性に贈ったことは一度もない。いったい自分はこれまで何をしていたのだろうかと思わずにはいられなかった。

じつは音楽会への出席は取りやめようかとも考えた。レディ・ブリジャートンの誕生日を祝う舞踏会では、ホノーリアの様子がとても妙だった。どうやら何かの理由で自分に腹を立てているらしい。理由は見当もつかないし、悩むべきことなのかどうかすらわからない。そもそもロンドンに来てすぐに訪ねたときにも、ホノーリアはいつになくよそよそしかった。

とはいうものの、ダンスをしたときには……。

魔法をかけられたかのようだった。ホノーリアも同じように感じていたに違いない。周りの世界はたちまち消え去り、ふたりだけが様々な色や音の靄《もや》のなかに包まれていた。しかもホノーリアに一度も足を踏まれなかった。

それだけでもまさしく称賛すべきことだ。

だがひょっとしてあれは自分の夢想だったのだろうか。あるいは、自分だけの一方的な思い込みだったのかもしれない。というのも、音楽がやんだとき、ホノーリアはそっけなく無愛想で、気分が悪くなったと言いつつ、それを気遣う自分の申し出をことごとく撥《は》ねつけた。

ご婦人がたの考えていることは理解できない。ホノーリアについては例外だと思っていたのだが、どうやらそうではなかったらしい。そんなわけで、マーカスはこの三日間、いったいどういうことなのだろうと考えつづけていた。

それでも、やはり音楽会は欠席できないという結論に達した。ホノーリアが滔々《とうとう》と語ってくれたように、これは一族の伝統だ。ひとりでロンドンに来られる歳になってから毎年出席してきたし、そのために快復してすぐにロンドンに来たのだと言っておきながら欠席すれば、ホノーリアは侮辱されたと感じるはずだ。

そんなことはできない。ホノーリアが自分に腹を立てていようとかまいはしない。こちらがホノーリアに腹を立てていたとしてもそれは同じだ。自分には断固としてここにいる権利がある。第一、彼女にいつもとまるで違う冷淡な態度をとられても、こちらにはまったく身に憶えがない。

ホノーリアは友人だ。たとえ愛してもらえずとも、これからも友人であるのは変わらない。故意に彼女を傷つけるのは自分の右手をもぎとるのも同じことだ。

愛してしまったのはごく最近だとしても、ホノーリアのことはもう十五年も前から知っている。十五年も知っていれば、鼓動の音すら感じとれるようになるものだ。たったひと晩、妙な態度をとられたくらいで、見方が変わりようがない。

マーカスは、音楽会を目前に控えて使用人たちが準備に忙しく行き来する廊下を音楽室へ向かった。演奏の前にホノーリアにひと目会って、少しでも励ましの言葉をかけられればそれでよかった。

いや、励ましが必要なのは自分のほうかもしれない。じっと席について、ホノーリアがただ家族を喜ばせたいがために懸命に演奏する姿を見ているのは忍びない。

音楽室の入口にぎこちなく立ち、来るのが早すぎたことを悔やんだ。出かけるときには名案に思えたのだが、いまはいったい自分が何を考えていたのかわからない。ホノーリアは見あたらない。考えてみれば当然のことだった。いとこたちとほかのどこかの部屋で直前の音合わせをしているに違いない。しかも使用人たちがみな、〝ここで何をしているのだろう〟とでも言いたげに、いぶかしげなまなざしをちらちら向けている。

マーカスは顎を上げ、とりわけ格式高い催しでいつもしているように部屋のなかを見渡した。退屈そうにも横柄な男にも見えるだろうが、じつのところそのどちらでもなかった。

ほかの人々が来るまでには少なくともあと三十分はあるだろうし、客間で待つにしても、いまはまだがらんとしているはずだ。そのとき、ピンク色のきらめきをちらりと目にとらえ、すぐにそれがめずらしくあたふたしているレディ・ウィンステッドだと気づいた。こちらに目を留めるなり、せかせかと近づいてきた。「まあ、ちょうどいいところにいらしたわ」

マーカスは伯爵未亡人の慌てた表情をつくづく眺めた。「どうかしたのですか？」

「サラが体調を崩してしまったのよ」

「それは大変ですね」礼儀正しく答えた。「大丈夫でしょうか？」

「わからないわ」姪の具合が悪いにしては、レディ・ウィンステッドの声はいささか鋭さを帯びていた。「会ってないのよ。わかっているのは、ここには来られないということだけ」

マーカスは思わず抱いた期待を必死に押し隠した。「それでは音楽会は取りやめるのですか？」

「どうしてみなそう尋ねるのかしら？　いえ、なんでもないの。もちろん、取りやめるわけにはいかないわ。プレインズワース家の家庭教師がピアノを弾けるそうだから、サラの代わりを務めてもらうことになったのよ」

「それなら問題ありませんね」マーカスは咳払いをした。「そうですよね？」

レディ・ウィンステッドは物覚えの悪い子供を見るような目を向けた。「その家庭教師がどれくらいうまく弾けるのかわからないでしょう」

マーカスは家庭教師のピアノの腕で四重奏の出来が変わるとは思わなかったが、口に出すのは控えた。代わりに相槌で言葉を濁した。「ええ、まあ、たしかに」いや、〝たしかに、そうですね〟と言ったのかもしれない。いずれにしろ、沈黙せずに声を発するという目的は果たせた。

じつのところ、この状況ではそれ以上の返答は思いつかない。

「今回で十八回めの音楽会になることはご存じ？」レディ・ウィンステッドが尋ねた。

知らなかった。

「一度も失敗したことはないのだから、今年も成功させないと」

「その家庭教師のご婦人は、並はずれた才能に恵まれているかもしれませんよ」マーカスはなぐさめようとした。

レディ・ウィンステッドはもどかしげな目を向けた。「本番まで六時間しかないのだから、才能はたいして問題ではないわ」

これでは話が堂々めぐりするだけだとマーカスは判断し、音楽会の準備で自分にできることはないかと礼儀正しく問いかけてみた。むろん、けっこうよと言われて、あとは客間でひとりブランデーでも楽しめることを期待して。

ところが、レディ・ウィンステッドに片手を握りしめられ、心の底から驚いたし、正直に言えば脅えた。「お願い！」

マーカスは凍りついた。「どうしたんです？」

「あの子たちにレモネードを持っていってもらえないかしら？」

レディ・ウィンステッドが自分に何か頼んでいる――「なんです？」

「みんな忙しいのよ。みんな」それを証明しようとするかのように、レディ・ウィンステッドは両腕を広げた。「従僕たちはすでに三回も椅子を並べなおしてるわ」

マーカスは部屋をざっと眺めて、十二列程度の椅子を並べるのがどうしてそれほどむずかしいのだろうかといぶかった。

「レモネードを持っていけばいいのですね」あらためて訊きなおした。

「喉が渇いていると思うの」レディ・ウィンステッドが言う。

「歌うわけではないですよね？」まさかとは思うが。

レディ・ウィンステッドはややむっとして唇を引き結んだ。「歌いはしないわ。でも、きょうはずっと練習してるのよ。疲れることなの。あなたは演奏は？」

「楽器ですか？　しません」父が息子に学ばせる必要があるとは考えるに至らなかった、数少ない技能のひとつだ。

「それなら、おわかりにならないわね」レディ・ウィンステッドがことさら大げさに言う。

「かわいそうに、あの子たちは喉がからからのはずよ」

「レモネードですね」マーカスは盆に載せて運べというのだろうかと考えつつ、念を押した。

「わかりました」

レディ・ウィンステッドは眉を上げ、行動が遅いとでも言いたげに、やや不満げな表情を浮かべた。「水差しを運べる程度の力はあるでしょう？」

侮辱と受けとって腹を立てるには、あまりにばかげた問いかけだ。「もちろん、運べると思いますが」乾いた声で答えた。

「よかったわ。あそこよ」レディ・ウィンステッドは部屋の端にあるテーブルを手ぶりで示した。「それと、ホノーリアはそのドアの向こうに」後方を指さした。

「ホノーリアだけですか？」

レディ・ウィンステッドはいぶかしげに目をすがめた。「そんなはずがないでしょう。四重奏なのだから」そう言うと、また動きだし、従僕たちに指示を出し、女中たちにあれこれ問いかけ、いたって順調に進んでいるかに見える準備を取り仕切りはじめた。

マーカスは軽食が並べられたテーブルへ歩いていき、レモネードが入った水差しを手にした。そこにはまだグラスが用意されていなかったので、レディ・ウィンステッドは娘たちの喉に直接レモネードを流しこめとでもいうのだろうかと思いめぐらせた。

マーカスは笑みを浮かべた。想像すると愉快な光景だ。

水差しを持ち、レディ・ウィンステッドに教えられたドアのほうへ進み、練習の邪魔にならないようひそやかに部屋に足を踏み入れた。

練習は行なわれていなかった。

代わりに、令嬢たちがまるで国家の命運がかかっているかのような白熱した議論を繰り広げていた。ピアノの前に坐っている家庭教師らしき女性だけは賢明にも口をつぐんでいる。

スマイス－スミス家の三人の娘たちが声を荒らげずに意見を戦わせているのは驚きだったが、考えてみれば隣りの部屋にもうすぐ観客が集まりはじめることは承知しているはずなので、暗黙の了解ができているのかもしれない。

「アイリス、とにかく笑顔でいれば」ホノーリアが強い調子で言う。「ずっと楽にやれるようになるわ」

「誰のために？　あなたのため？　だって、わたしはそれで楽にやれるようになるはずがないんだから」

「笑っても同じよ」もうひとりの娘が言った。「にこにこしてても何も変わらない。どうせ意地悪なんだから」

「デイジー！」ホノーリアが叱る口調で名を呼んだ。

デイジーが目を細め、アイリスを睨んだ。「意地悪よね」

「それを言うなら、あなたはぐずね」

マーカスは家庭教師を見やった。この女性がピアノの鍵盤蓋に頭をもたせかけているところを見ると、スマイス－スミス家の三人はすでにしばらくこれを続けているのだろう。

「笑ってみない？」ホノーリアが疲れた表情で問いかけた。

アイリスが唇をにっと横に伸ばすと、マーカスですら逃げだしたくなるほどぶきみな顔になった。

「もう、いいわ、わかったから」ホノーリアが低い声で言う。「もうやめて」

「ほんとうは窓から身を投げたいくらいなのに、機嫌のいいふりなんてとても無理」

「窓は閉まってるわ」デイジーがよけいなひと言を付け加えた。

アイリスのまなざしには明白な敵意がこもっていた。「そうね」

「お願い」ホノーリアが懇願するような声で言う。「仲良くやりましょうよ」

「わたしはすばらしい出来だと思うわ」デイジーが得意げに言う。「アンと六時間しか練習できなかったなんて、誰も気づかないわよ」

家庭教師は自分の名を聞いていったん目を向けたが、返事をする必要がないとわかるとまた顔を伏せてしまった。

アイリスがうんざりしたようなそぶりで妹を振り返った。「あなたにはいいも悪いもわかるはず——痛いっ！　ホノーリア！」

「ごめんなさい。肘が当たっちゃった？」

「当たったわよ、脇腹に」

ホノーリアはアイリスにだけ聞こえる声で何かきつい調子でささやいた。アイリスが妹のほうを蔑むようにちらりと見やり、瞳で天を仰いで「わかったわよ」と言ったので、デイジーのことなのだろう。

マーカスは家庭教師に視線を戻した。どうやら天井の染みを数えているらしい。

「もう一度だけ試してみない？」ホノーリアが必死に気力を奮い立たせるように言った。

「なんのためにやるのかわからない」当然ながら、これはアイリスの声だった。

デイジーが辛らつなまなざしを投げて、ぴしゃりと言い返した。「完璧にするための練習よ」

家庭教師は笑いをこらえているように見える。それから顔を上げ、レモネードの入った水差しを手に立っている男性に目を留めた。マーカスが唇に指をあてて合図すると、家庭教師は小さくうなずいて微笑み、ピアノに顔を戻した。

「みんな、用意はいい？」ホノーリアが呼びかけた。
ふたりがヴァイオリンをかまえる。
家庭教師がピアノの鍵盤に手をおろす。
アイリスも仕方なさそうに息を吐きつつ、チェロに弓をあてがった。
そうして、身のすくむようなひと時が始まった。

20

スマイスｰスミス家の音楽室の控えの間で四人が奏でる音は、なんとも表現しがたいものだった。少なくとも礼儀を失せずに表現できる言葉があるとは思えない。音楽というよりはむしろ、率直に言ってしまえば、凶器と呼ぶのが最も的を射ているだろう。

マーカスは四人の女性たちひとりひとりに順番に目を移していった。家庭教師は鍵盤と楽譜を交互に見やって、ややせわしげにピアノを弾いている。デイジーは目を閉じて、本来は音楽の調べと呼ばなくてはいけないものに酔いしれているかのように、頭を揺らしている。アイリスはいまにも叫びだしそうな顔つきだった。あるいは、デイジーに腸《はらわた》が煮えくり返っているのかもしれないが。

そして、ホノーリアは……。

あまりの愛らしさに、マーカスはまさしく叫びだしそうになった。あるいはいっそあのヴァイオリンを握りつぶしてしまいたいくらいだ。

昨年の音楽会で演奏していたときのように、熱意に目を輝かせて幸せそうに微笑んでいるわけではない。真剣な目つきで、歯を食いしばり、軍隊の指揮官さながらの決然とした表情でヴァイオリンと格闘している。

このてんでばらばらの四人の演奏をどうにか調和させようと懸命になっているホノーリア

を、マーカスはなおさらいとおしく思わずにはいられなかった。

四人が曲の終わりまで演奏するつもりだったのかどうかはわからないが、さいわいにもアイリスがふと目を上げてこちらに気づき、「まあ！」と大きな声を発したので、そこで演奏は途絶えた。

「マーカス！」ホノーリアが声をあげ、あきらかに嬉しそうな表情を見せたが、いまとなってはこういったことについての自分の見きわめには自信が持てない。「どうしてここにいるの？」ホノーリアが訊いた。

マーカスは水差しを掲げてみせた。「きみの母上から、レモネードを持っていけと申しつかった」

ホノーリアは束の間きょとんと目を見張り、それからいきなり笑いだした。続いてアイリスも笑いだし、家庭教師もぱっと笑顔になった。デイジーだけが困惑した面持ちで立ちつくしている。「何がそんなに可笑しいの？」もどかしげに訊いた。

「何も」ホノーリアが笑いをこらえながら言う。「ただ――いくらなんでも、信じられないけど――母が伯爵様にレモネードをここへ運ばせたというだけよ」

「それの何が可笑しいのかわからない」デイジーが言う。「とても失礼なことなのよね」

「この子のことは気になさらないで」アイリスが言う。「ユーモアがまるでわからないんだから」

「そんなことないわよ！」

マーカスはじっと黙って、目顔でホノーリアに助言を求めた。ホノーリアは小さくうなずき、アイリスの意見に同意を示した。

「伯爵様、お伺いしたいのですが」アイリスが仰々しく問いかけた。「わたしたちの演奏はいかがでした？」

どう問われようとそれだけは答えられない。「ぼくはレモネードを届けにきただけなので」そう返した。

「うまくかわしたわね」ホノーリアがつぶやいて立ちあがり、近づいてきた。

「ここにグラスがあるといいんだが」マーカスは言った。「向こうでは見あたらなかったんだ」

「あるわ」ホノーリアが答えた。「まずはミス・ウィンターに注いでいただけないかしら？この午後にはじめて四重奏に加わって、いちばんお疲れのはずだから」

マーカスは応じる言葉をつぶやいて、ピアノのほうへ歩いていった。「あの、ではどうぞ」ややぎこちない言い方になってしまったが、なにしろ、飲み物の給仕には慣れていないのだから仕方がない。

「ありがとうございます、伯爵様」家庭教師はグラスを差しだした。

マーカスはそこにレモネードを注いでから、礼儀正しく頭をさげた。「前にお会いしたことがありますか？」どうも見憶えのある顔だ。

「ないと思いますわ」家庭教師はそう答えて、すばやくレモネードを飲んだ。

マーカスはひそかに首を捻りつつ、デイジーのところへ向かった。ありふれた顔立ちなら見憶えがあるように感じてもふしぎはないが、この家庭教師はそうではない。物静かで落ち着いているが飛びぬけて美しい。このような女性はたいていの母親なら家庭教師に雇いたがらない。レディ・プレインズワースの場合には息子がいないし、夫もドーセットにこもりきりで、自分ですら会ったことがないくらいなので、危険はないと判断したのだろう。

「ありがとうございます、伯爵様」デイジーがレモネードを注いでもらってから言った。「このような役目をお引き受けになるんですもの、ほんとうに気さくな方ですのね」

マーカスは返す言葉が見つからず、ただぎくしゃくとうなずき、その姉のほうに移動した。アイリスは瞳をぐるりとまわして妹をあからさまに茶化していたが、飲み物を注がれると笑顔で礼を述べた。マーカスはこれでようやくまたホノーリアのもとに戻れた。

「ありがとう」ホノーリアは言い、グラスに口をつけた。

「それでどうするんだ？」

ホノーリアはもの問いたげに見返した。「なんのこと？」

「音楽会さ」マーカスはわかりきっていることだろうと思いつつ答えた。

「何が言いたいの？　演奏するわよ。ほかにどうすればいいと言うの？」

マーカスはほんのわずかに頭を傾けて、家庭教師のほうを示した。「取りやめるには格好の口実ができたじゃないか」

「そんなことはできないわ」ホノーリアはそう答えたが、その声には後悔の念が少なからず滲んでいた。

「家族のために自分を犠牲にする必要はない」マーカスは声を低くして言った。

「犠牲になるわけではないわ。つまり――」ホノーリアは気恥ずかしげに、おそらくはわずかに切なさも含んだ笑みを浮かべた。「どう言えばいいのかわからないけど、犠牲になるわけではないのよ」大きくて温かみのある目を上げる。「わたしの役目だもの」

「ぼくは――」

ホノーリアはしばし待ってから、訊いた。「どうしたの？」

きみは自分の知る誰より勇敢で思いやりにあふれた人だとマーカスは言いたかった。きみといられるのなら、スマイス－スミス家の音楽会に何度でも出席できると。

愛していると言いたかった。だがここで言えるはずもない。「なんでもない。きみに敬服しているだけだ」

ホノーリアはくすりと笑った。「演奏会が終わる頃には、その発言を撤回したくなるはずよ」

「ぼくはきみのようにはできない」マーカスは低い声で言った。

ホノーリアはその真剣な口ぶりに驚いて、さっと目を合わせた。「どういう意味？」

マーカスはうまく説明できそうにないので、やむなくつかえがちに続けた。「ぼくは注目の的になることは楽しめない」

ホノーリアは小首をかしげ、マーカスをひとしきり眺めてから口を開いた。「ええ、そうよね」さらにこう続けた。「あなたはいつも木だったもの」

「なんだって？」

ホノーリアは懐かしそうな目をして言った。「わたしたちは子供の頃に、つたない家族劇を披露してたでしょう。あなたはいつも木の役だった」

「おかげで何も喋らなくてすんだ」

「しかも必ず後ろのほうに立ってたわよね」

マーカスは思わず苦笑いを浮かべた。「じつは木の役を気に入っていた」

「とてもりっぱな木だったわ」ホノーリアもまた微笑んだ——まばゆいばかりのすばらしい笑顔だ。「この世界にはもっと木が必要なのよ」


音楽会が幕を閉じる頃には、ホノーリアは微笑みつづけたせいで顔が引き攣っていた。にこやかに第一楽章を弾きつづけ、第二楽章では明るい笑みを湛《たた》え、第三楽章に至っては歯の治療を受けているかのように最後までひたすら歯を剥きだしていた。

今夜の四重奏もまさしく恐れていたとおりの出来の悪さだった。それどころか、もしかすると、これまでのスマイス－スミス家の音楽会の歴史のなかでも最悪だったかもしれない。アンのピアノの腕はなかなかのもので、もっと早くやるべきことを知らされていたなら格段にうまく弾けていたかもしれないが、実際にはみんなよりつねに一・五小節遅れの演奏となってしまった。

しかもデイジーが必ず一・五小節先走るのでよけいに混乱した。

アイリスは上手に演奏していた。正確には、上手に演奏していたと思うとしか言えないのだけれど。というのも、ひとりでの練習を聴いたときには、もしアイリスが突如立ちあがって、じつは養子なのだと告白したとしても意外ではないほどの腕前に驚かされていたからだ。けれど本番でのアイリスはにわか仕立ての舞台に立つのを屈辱に感じていて、チェロを弾く手に生気はなかった。背を丸めるようにして不機嫌そうな面持ちで、ホノーリアがちらりと目をくれるといつもチェロの首の部分でわが身を切り裂こうとしているかのように見えた。

ホノーリアはと言えば……やはりうまくは弾けなかった。でも、そうなることはわかっていた。じつを言えば、いつも以上に出来が悪かったかもしれない。嬉しそうな笑顔を見せようと口を横に開くことばかりに気をとられ、幾度も自分が弾くべきところを入りそこねた。

それでも演奏した甲斐はあった。聴衆の最前列はほとんど親族で占められていた。母と、おばたち全員がそこにいた。姉たちも、大勢のいとこたちも……みな、一族の伝統を受け継ぐ自分に誇りと喜びにあふれた面持ちで微笑みかけてくれていた。

それに聴衆のなかにいくぶん気分の悪そうな顔をしている人々がいたとしても、いうなれば、みなあらかじめ承知のうえでここに来ているのだから仕方がない。十八年続いている伝統であれば、恐ろしい音を耳にすることをまったく知らずにスマイス－スミス家の音楽会にやってくる者はいない。

おそらくはほとんどが演奏の終了を祝っての盛大な拍手が送られ、その音が鳴りやむと、ホノーリアは笑顔を保ったまま、舞台に近づいてくる勇気ある観客たちに挨拶をした。たいがいの人々は自分たちに平然と褒め言葉をかけられる自信はないはずだ。だからせめて演奏を楽しんだふりをしてくれている人々にはみなに挨拶をしておきたい。それもようやくすんだと思ったとき、もうひとり最後に言葉をかけようとする人物が近づいてきた。

残念ながらマーカスではなかった。マーカスはフェザリントン家の四人姉妹のなかで最も美しいことで知られるフェリシティ・フェザリントンとなにやら話しこんでいる。

ホノーリアは近づいてきた人物に挨拶をしようと、いったん引き結んでしまった唇を無理やり横に開き――

レディ・ダンベリーと向きあった。ああ、なんてこと。

怯んではいけないと自分に言い聞かせても、それでもやはりこの老婦人は恐ろしい。杖をどしん、どしんと床についたあと、こう言った。「あなたは新顔のお嬢さんではないわね？」

「失礼ながら、どういうことでしょうか？」ホノーリアはほんとうになんのことを言われているのか、さっぱりわからなかった。

レディ・ダンベリーは目がほとんど埋もれてしまいそうなほど顔をくしゃりとしかめて身を乗りだした。「昨年も演奏していたわよね。演目表はいつも見ているけれど、取っておかないのよ。紙がかさばるでしょう」

「ええ、そういうことでしたら」ホノーリアは答えた。「違います、いえ、つまり、わたしは新顔ではありませんわ」正しい文法で答えようと、どう質問されたのかを思い起こそうとしたが、そんなことにこだわっても意味はないと考えなおした。言いたいことはあきらかにレディ・ダンベリーに伝わっている。

当然ながら考える力の半分以上はマーカスのほうに費やされているので、いまだフェリシティ・フェザリントンと話しつづけているのもわかっていた。フェリシティは、熱を出したマーカスを看病するためにロンドンを離れる前に自分がまさに買おうとしていた桜草の淡いピンク色のドレスをまとい、今夜はまたひときわ愛らしく見える。どれほどささいなことであれ、行なうべき時と場を逃してはならないのだと、ホノーリアは思い知らされた。

レディ・ダンベリーが前かがみになり、楽器を覗きこもうとした。「ヴァイオリンね？」

ホノーリアは老婦人に目を戻さざるをえなかった。「え、ええ、そうです」

レディ・ダンベリーが狡猾そうなまなざしを向けた。「ピアノではないとでも言いたそうに見えたけれど」

「そんなことはありませんわ」それからふとホノーリアは今夜の演奏を思い返して正直に答えた。「チェロではないとは言っておきたかったとしても」

レディ・ダンベリーが皺の寄った顔をぱっとほころばせ、けたけたと笑いだしたので、ホノーリアの母が心配そうに顔を振り向けた。

「わたしはヴァイオリンとヴィオラがどう違うのかよくわからないのよ」レディ・ダンベリーが言う。「あなたは？」

「わかります」話すのに慣れるにつれ、ホノーリアは少し大胆になってきた。「でもきっと実際にヴァイオリンを弾いているからですわ」

そう言ってしまってから、〝弾いている〟というのは少し誇張かもしれないと気づいた。でもその思いは胸にとどめた。

レディ・ダンベリーは杖を力強く床についた。「ピアノのお嬢さんは存じあげないけれど」

「プレインズワース家のまだ小さな従妹たちの家庭教師で、ミス・ウィンターですわ。いとこのサラが体調を崩したので、代役を務めてもらいました」ホノーリアは眉をひそめた。

「事前にお知らせすることになっていたはずなのですが」

「伝えてもらっていたのかもしれないわね。わたしが聞いていなかっただけで」

いっそ今夜はなにも聞こえてらっしゃらなければよかったのにという言葉が喉もとまで出かかったが、呑みこんだ。にこやかな表情を取りつくろい、こんなにいらだつのはすべてマーカスのせいだと――ほんの少しはフェリシティ・フェザリントンのせいでもある――心ひそかに考えた。

「どなたを見てるの？」レディ・ダンベリーが抜け目なく問いかけた。

ホノーリアは即座に答えた。「誰も」

「それなら、どなたを探してるの？」

ほんとうに、なんて粘り強い老婦人なのだろう。「いいえ、どなたも探してはいませんわ」愛想よく答えたつもりだった。

「あらそう。ちなみに、あの子はわたしの甥なのよ」

ホノーリアは警戒心を押し隠して訊き返した。「なんのことでしょうか？」

「チャタリスよ。正確に言うと、わたしの甥の娘の息子なのだけれど、そんなふうに長たらしい言い方をすると、ずいぶん年をとったような気分になるんだもの」

ホノーリアはマーカスを見て、それからまたレディ・ダンベリーに目を戻した。「マー――いいえ、チャタリス卿が甥御さんなのですか？」

「そう頻繁に訪ねてくれるわけではないけれど」

「仕方がないですわ、ロンドンがお好きではないので」ホノーリアは何も考えずに答えた。

レディ・ダンベリーが心得たふうに含み笑いを洩らした。「よく知ってるのね？」

ホノーリアは否応なしに頬が熱くなった。「幼なじみのようなものですから」

「ええ、そうね」レディ・ダンベリーがつまらなそうに言う。「それは聞いてるわ。わたし――」何かに目を留め、急に恐ろしげな目つきになって身を乗りだした。「わたしがあなたの心強い味方になってさしあげるわ」

「どうぞおかまいなく」ホノーリアはやんわりと断わった。この老婦人の表情を見るかぎり、望ましい成果は期待できそうにない。

「あらあら、わたしにまかせておきなさい。こういったことには、すばらしい功績を残しているのだから」ひと呼吸おく。「といっても、まだ一戦一勝なのだけれど、わたしは前向きなのよ」

「何にですか？」ホノーリアは何を言われているのかわけがわからず訊きなおした。

レディ・ダンベリーは聞いていなかった。「ミスター・ブリジャートン！　ミスター・ブリジャートン！」意欲満々に声を張りあげた。手も振りはじめ、なにぶん杖を握ったまま腕を動かすので、ホノーリアは耳をそぎとられないよう機敏に頭を動かして避けなければならなかった。

ホノーリアがようやくもとの姿勢に戻れたとき、端整な顔立ちの紳士が緑色の瞳をいたずらっぽく輝かせてやってきた。とまどったのも束の間、紹介されるまでもなく、その人物がグレゴリー・ブリジャートンの兄、コリン・ブリジャートンだと気づいた。面識はなかったものの、姉たちが未婚のときにはしじゅう吐息まじりにこの男性のことを噂しあっていた。笑顔のみならず魅力的な人柄についても、ほとんど伝説のように語られている紳士だ。

そしてその笑顔がいま自分に向けられていた。ホノーリアは胃が跳びはねたように感じ、慌てて気を鎮めた。マーカスをどうしようもなく愛してしまっていなかったなら（あちらの笑顔はもっとずっと控えめなだけに、はるかに価値がある）この男性に心動かされかねなかっただろう。

「しばらく国を出ていましたので」ミスター・ブリジャートンはホノーリアの手に口づけてから、なめらかに言った。「まだご挨拶していなかったのでは」

ホノーリアはうなずき、ありきたりの挨拶を返そうとして、ふとその手に包帯が巻かれているのに気がついた。

「大きなおけがでなければいいのですが」礼儀正しく気遣った。

「ああ、これのことですか？」コリンは手を上げた。指先は自由に動かせるようだが、残りの部分は手袋をしているかのように布に包まれている。「たいしたことはありません。開封刀《レターオープナー》でうっかり切りつけてしまって」

「でも、感染症にはどうかお気をつけになって」ホノーリアはつい必要以上に語気を強めて言った。「もし赤くなったり、腫れたり、そのうえ黄色いものまで出てきたりしたら、すぐにお医者様に診てもらわなくてはいけませんわ」

「緑は？」コリンがすかさず訊き返した。

「なんておっしゃいましたの？」

「用心すべき兆候について、あなたは様々な色を並べられたので」

ホノーリアはいっとき、じっと見返すことしかできなかった。傷による感染症は笑いごとではすまされない。

「レディ・ホノーリア？」コリンがささやくように呼びかけた。

ホノーリアはコリンの問いかけは聞こえなかったふりで話しつづけることにした。「なによりも肝心なのは、傷の周りに赤い筋が出ていないか確かめることです。それがいちばんよくない兆候ですから」

コリンは目をしばたたいたが、会話の流れに驚いていたとしても、そのような様子は見せなかった。ただ興味深そうに自分の手を見おろして訊いた。「どのような赤ですか？」

「なんですか？」

「どのような赤い筋が出たら、心配しなくてはいけないのかな？」

「どうしてそんなに医学に詳しいの？」レディ・ダンベリーが言葉を差し挟んだ。

「そこまでは、つまり、どのような赤なのかはわかりませんわ」ホノーリアはミスター・ブリジャートンに答えた。「縞模《しま》様《もよう》のようなものが出たら、注意が必要ではないかしら」レディ・ダンベリーのほうを向く。「ひどい感染症になってしまった人を最近看病したので」

「手の？」レディ・ダンベリーが大きな声で訊いた。

ホノーリアはどう説明すればいいのかまごついた。

「それはご婦人の手だったの？　腕？　脚？　ちゃんと詳しく教えてちょうだい、お嬢さん」老婦人はコリンの足すれすれのところに杖をどしんとついた。「それを話してくれないと、つまらないわ」

「失礼しました、ですからあの……脚ですわ」それがご婦人ではなく男性の脚だったことはあえて付け加える必要はないと、ホノーリアは判断した。

レディ・ダンベリーはいったん押し黙ってから、いきなり愉快そうに笑いだした。ホノーリアにはその理由がまるでわからなかった。すると老婦人がもうひとりのヴァイオリン奏者とも話しておかなければとつぶやいてその場を離れたので、ホノーリアはミスター・ブリジャートンとふたりだけで――といっても、部屋には人があふれていたが――取り残された。

仕方なしに、デイジーのほうへ向かう老婦人を見ていると、ミスター・ブリジャートンが言った。「ご心配なく、おおむね悪気はないご婦人です」

「わたしのいとこのデイジーですか?」ホノーリアはけげんそうに尋ねた。

「いえ」コリンは束の間当惑した顔をして、答えた。「レディ・ダンベリーのことです」

ホノーリアはコリンの後方にいるデイジーとレディ・ダンベリーを見やった。「お耳が悪いのかしら?」

「あなたのいとこのデイジーですか?」

「いいえ、レディ・ダンベリーですわ」

「そのようには思えませんが」

「まあ」ホノーリアは顔をゆがめた。「それはお気の毒だわ。デイジーと話し終えたときには悪くなってしまっているかも」

ミスター・ブリジャートンはこれを聞いて肩越しに振り返らずにはいられなかった。デイジーがレディ・ダンベリーに一言一句をゆっくりと大きな声で話している光景に見入った――というより、正確に言うなら聞き入った。そしてやはり顔をゆがめた。

「まずいことになりそうだな」コリンがつぶやいた。

ホノーリアは首を振り、つぶやくように答えることしかできなかった。「ええ」

「あなたのいとこのお嬢さんは、爪先を大事になさっていますか?」

ホノーリアは困惑して目をしばたたいた。「ええ、そう思いますけど」

「では、杖はもう見たくもなくなるでしょう」

ホノーリアがふたたび目をやると、ちょうどデイジーが小さな悲鳴を洩らして跳びすさろうとしたところだった。だがいっとき遅く、レディ・ダンベリーの杖にしっかりと足を押さえつけられてしまった。

ホノーリアとミスター・ブリジャートンは笑いをこらえてしばし押し黙り、やがてコリンが言った。「先月は、ケンブリッジで過ごされていたとか」

「ええ」ホノーリアは答えた。「あなたの弟さんとお食事を楽しませていただきました」

「グレゴリーと？　ほんとうですか？　しかも楽しいひと時だったと？」コリンはそう言いながらおどけたふうに笑っていて、ホノーリアにはブリジャートン家の暮らしぶりが目に浮かぶようだった。からかいの言葉が飛び交う、愛にあふれた家族。

「とてもご親切にしていただきましたわ」ホノーリアは笑顔で答えた。

「秘密をお教えしましょうか？」コリンがささやき、ホノーリアはこの男性にかぎってはまさしく噂どおりの人物だと見定めた――驚くほど上手に女性の気をそそる。

「他言してはいけないのよね？」ホノーリアはほんのわずかに身を寄せた。

「絶対に」

ホノーリアはにこやかに笑い返した。「それならぜひ、お伺いしたいわ」

ミスター・ブリジャートンはホノーリアとちょうど同じくらい身を寄せた。「弟には夕食のテーブル越しにエンドウ豆を飛ばす癖があるんです」

ホノーリアはいかにも深刻そうにうなずいた。「最近でもそんなことを？」

「いや、最近はそれほどしなくなりましたが」

ホノーリアは唇を引き結んで笑みをこらえた。このようなきょうだい同士のふざけあいを聞いていると愉快な気分になる。スマイス－スミス家でもよく繰り広げられていたことだが、ホノーリアはたいがい見ているだけだった。ひとりだけ歳が離れているので、じつのところ、きょうだいたちはほとんどいつも末っ子をからかうことを忘れていたらしい。

「ミスター・ブリジャートン、ひとつだけお訊きしてもいいかしら」

コリンが首を傾けた。

「いったいどうすれば、豆を飛ばせるのかしら？」

コリンがいたずらっぽく笑った。「ただスプーンですくうだけのことですよ、レディ・ホノーリア。しかしグレゴリーの邪悪な手にかかると、それだけではすまなくなるわけで」

ホノーリアはくすくす笑い、そのとき突然、誰かに肘をつかまれた。

マーカスがいたく不機嫌な顔で立っていた。

21

このように気持ちが荒立ったのはいつ以来のことなのかわからない。だがコリン・ブリジャートンの軽薄な顔をじっと見ているうちに、マーカスは凄まじい怒りに駆られていた。

「チャタリス卿」ブリジャートンが低い声で呼びかけ、礼儀正しく軽く頭をさげてから目を合わせた。もう少し機嫌がよければ、その顔がいかにいらだたしいかを言い表せたかもしれないが、けっして機嫌はよくなかった。つい先ほどまでは違った。それどころか、おそらくは人類史上最も下手なモーツァルトの曲の演奏に耐えたあとにしては、きわめて機嫌がよかった。

たとえ不幸にも聴力が少しばかり失われていようとかまわなかった。マーカスのそのほかのところは幸福に満たされていたからだ。じっと席について、ホノーリアを見ていた。直前の練習ではいかめしい戦士のようだったのに、本番では幸せそうな楽団の一員にしか見えなかった。ホノーリアは最後まで笑みをたやさなかったが、マーカスはその笑みが聴衆に向けられているものではないことを知っていた。演奏を楽しんでいるわけでもない。愛する人々のために笑っているのだ。ほんの束の間だが、マーカスは自分もその人々のひとりであるように感じた。

本音では、自分のためだけに笑っていてほしい。

ところがホノーリアはいま、きらめく緑の瞳と魅力的な笑顔で名高いコリン・ブリジャートンに笑いかけている。それだけならまだしも、コリン・ブリジャートンのほうも笑い返していて……。

人にはみなそれぞれ、どうしても耐えられないことがある。

だが、そのふたりのあいだに割って入るにはまず、フェリシティ・フェザリントンとの会話から逃れなければならなかった――というのもなにしろ、フェリシティの母親の言葉の万力とも言うべきもので押さえこまれていたからだ。不作法だったかもしれないが、いや間違いなく不作法だったのだが、マーカスは配慮も気の利いた弁解もなしに、フェザリントン家の親子のもとを離れた。

フェザリントン夫人の手を文字どおり振りほどき、ようやく、楽しげにいきいきと笑いながらミスター・ブリジャートンと話しているホノーリアのもとへ向かった。

マーカスはつねに礼儀を心がけている。実際に礼儀正しく行動している。だがそばに行くと、ホノーリアがわずかに横に足をずらし、そのときスカートの裾の内側から赤い繻子《しゅす》の布地がちらりと見えた。

幸運の赤い靴。

その靴をマーカスはほかの男の目にさらさせたくなかった。ほかの男にはその靴のことを知られるのも許せない。

ホノーリアがもとの位置に足を戻し、わずかに覗いていた魅惑的な赤い布地がまたスカートの内側に隠れた。マーカスは踏みだして、おそらくは自分の耳に聞こえた以上に冷ややかな声で呼びかけた。「レディ・ホノーリア」

「チャタリス卿」ホノーリアが応じた。

ホノーリアにそう呼ばれるのは気分が悪い。

「お目にかかれて嬉しいわ」ただの顔見知りか遠縁の親類に挨拶しているかのような口ぶりだ。「ミスター・ブリジャートンとご面識は？」

「ある」マーカスは簡潔に答えた。

ブリジャートンがうなずき、マーカスもうなずき返し、それ以上互いが話せることは何もないように思えた。

ブリジャートンは暗に求められていることをあきらかに察しているはずなので、何かしら口実を見つけて去ってくれるのをマーカスは待った。ところが、いらだたしいこの男は悩みひとつないといった顔で、笑みを湛えてその場に立っている。

「ミスター・ブリジャートンからお聞きしたんだけど――」ホノーリアが話しだしたのと同時に、マーカスも口を開いていた。「申しわけないが、レディ・ホノーリアと話したいので はずしてほしい」

マーカスのほうが声が大きく、そのうえ最後まできっちり言い終えた。ホノーリアはぴたりと口を閉じ、むっつりと黙りこんでしまった。

ミスター・ブリジャートンが頑として動かず、値踏みするようなまなざしでこちらを見ているので、マーカスは奥歯を嚙みしめた。すると、ブリジャートンがまるで何事もなかったかのようにぱっと笑顔になって、洒脱に頭をさげて言った。「もちろん、かまいませんよ。ちょうどレモネードがどうしても飲みたくなってきたところなので」

ブリジャートンは頭をさげ、にっこり笑い、歩き去っていった。

ホノーリアはコリンが声の届かないところまで離れるのを待ち、マーカスに憤慨した顔を向けた。「不作法にもほどがあるわ」

マーカスは鋭い視線を返した。「弟のミスター・ブリジャートンのほうとは違って、なめてかかると危険な相手だ」

「何が言いたいの?」

「気のあるそぶりはやめたほうがいい」

ホノーリアは啞然となって口をあけた。「そんなことはしてないわ!」

「していただろう」マーカスは語気を強めた。「見ていたんだ」

「いいえ、あなたは見ていなかった」ホノーリアはそう切り返した。「フェリシティ・フェザリントンと話していたでしょう!」

「ぼくより頭ひとつも小さなご婦人だ。その頭越しに見ていたんだ」

「言っておくけど」ホノーリアは歯嚙みして言った。どうしてマーカスに憤慨されなければいけないのかまるでわからない。「あなたのおば様があの方を呼んだのよ。自分の家にお招きしたお客様に失礼なことができると思う? さらに言うなら、ご招待に快く応じてくださった方なのに」

けっして喜んで来てくれたと思っているわけではないけれど、母がブリジャートン家の人々を招待しないことはありえない。

「ぼくのおば？」マーカスが訊いた。

「レディ・ダンベリーよ。たぶん、あなたのお母様のお父様のお父様の……」

マーカスが睨みつけた。

「だから、お母様のお父様のお父様のお姉様だか妹さんだか……」ホノーリアはただマーカスをいらだたせたいばかりに続けた。

マーカスはぼそりと何かつぶやいてから、今度は聞こえる程度に少しだけ声を大きくして言った。「困ったご婦人だ」

「わたしは好きよ」ホノーリアは反抗的に言い返した。

マーカスは何も答えなかったが、腹立たしそうな顔をしている。どうしてなのかとホノーリアは考えこんだ。いったい何にそれほど腹を立てているのだろう？　やはり自分は愛する男性からお荷物だと思われているらしい。いくら気心のしれた友人ではあっても、重荷に感じられてしまうものなのだろう。またしても兄とのばかげた約束を守って、友人の妹に危険な男性が近寄っているると見るや追い払おうとしているのだから。

愛してもらえないのは仕方がないとしても、せめてほかの男性とめぐり逢う機会を邪魔するのはやめてほしい。

「失礼するわ」ホノーリアは耐えられなくなり、言い放った。もうマーカスを見ていたくない。デイジー、アイリス、母の顔も。それに、部屋の隅でレモネードを手に、今度はフェリシティ・フェザリントンの姉を魅了しているコリン・ブリジャートンも。

「どこに行くんだ？」マーカスが問いただすように訊いた。

ホノーリアは答えなかった。マーカスに教えなければならない理由はない。

一度も振り返らずに部屋を出た。


どうなってるんだ、まったく。

マーカスはすぐさまホノーリアを追いかけたかったが、人目を引いてしまうのはわかっていた。いまの言いあいを誰にも聞かれていなければいいのだが、コリン・ブリジャートンは部屋の片隅でレモネードを手にいわくありげに微笑んでいるし、レディ・ダンベリーはおなじみの〝わたしはなんでもお見通しで、どんなことでもできるのよ〟とでも言わんばかりの表情を浮かべている。これまでなら母の大おばのそのような顔つきを見てもたいして気にならなかった。

だが、今回はどうもこの老婦人が何か自分に罠を仕掛けたような気がしてならない。

ついには、いまいましいコリン・ブリジャートンに包帯を巻いた手で敬礼のようなまねをされ、マーカスはもうじゅうぶんだと見切りをつけて、ホノーリアが出ていった戸口から廊下に出た。どんな噂を立てられようとかまいはしない。ふたりがともにいなくなったことを取りざたされれば、ホノーリアに求婚せざるをえなくなるだろう。

そうなってもなんの問題もない。

マーカスは庭、客間、音楽室の控えの間、図書室、さらに厨房にまで探しにいき、あえて考えないようにしていた寝室でとうとうホノーリアを見つけた。ウィンステッド邸にはこれまで幾度となく訪れているので私室の配置もわかっているし、一応はほかに思いあたる部屋はすべて先に探した。ホノーリアがこの家で自分から逃れられると思っているとすれば大間違いだ。

「マーカス！」ホノーリアが悲鳴に近い声をあげた。「何しに来たの？」

ここまで自分を探しにくるとは思っていなかったのだろう。

とっさに口をついたのはなんとも筋の通らない言葉だった。「どうしたんだ？」

「どうしたんだ？」ホノーリアはベッドの上ですばやく起きあがり、頭板のほうへじりじりと腰をずらした。「あなたこそ、どうかしちゃったの？」

「ぼくはふて寝するためにパーティから抜けだしてきたわけじゃない」

「パーティではないわ。音楽会よ」

「い、い、いや、きみたちの音楽会だ」

「それなら、わたしがふて寝しようと自由だわ」ホノーリアは独りごちた。

「なんだって？」

「なんでもないわよ」ホノーリアは胸の前できつく腕を組んで睨み返した。「あなたがいるべき場所じゃないわ」

マーカスは皮肉たっぷりに肩をすくめ、ひらりと手を振った。なにをいまさらとでも言いたげに。

ホノーリアはその手つきを見て、それから顔に目を戻した。「それはどういう意味？」

「きみは一週間近くもぼくの寝室で過ごしたんだぞ」

「あなたは死にかけてたのよ！」

たしかに的を射た返答だが、マーカスはすなおに認めるつもりはなかった。「これだけは言っておくが」と本題に話を戻した。「ぼくはきみのためにブリジャートンを追い払ってやったんだ」

ホノーリアは怒りをあらわに口を大きく開いた。「あなたは――」

「きみがかかわってはならない男だ」マーカスは機先を制した。

「なんですって？」

「声を落とせないのか？」低い声で叱るように言った。

「あなたがこの部屋に入ってこなければ、大きな声は出してないわ」ホノーリアも低い声できつく言い返した。

マーカスは感情を抑えられず踏みだした。「あの男はきみにふさわしくない」

「あの方についてわたしは何も言った憶えはないわ！　レディ・ダンベリーが呼び寄せたのだから」

「困ったご婦人だ」

「それはさっきも聞いたわ」

「繰り返したっていいだろう」

ホノーリアはついにベッドからおりた。「わたしにコリン・ブリジャートンをご紹介くださることが、どうしてそんなに困ることなの？」

「なぜなら、ぼくに嫉妬させようとしてやったことだからだ！」完全に叫んでいた。

ふたりともぴたりと沈黙し、ドアがあけ放された戸口を同時に見やってから、マーカスが足早に歩いていってドアを閉めた。

戻ってきて、じっと立っているホノーリアが唾を飲みくだしたのを見てとった。目を大きく見開いている――いつもどきりとさせられる、目を丸くして見つめるあの表情だ。蠟燭の揺らめく灯りのもとで、その目は銀色のように輝き、マーカスはいつのまにか魅入られていた。

ホノーリアは美しい。もともとわかっていたことだが、その事実を膝がふるえるほどはっきりと思い知らされた。

「どうしてあのご婦人がそんなことをするの？」ホノーリアが穏やかに尋ねた。

マーカスは答えたくないので歯を食いしばったが、結局、ひと言だけ口にした。「知らない」

「どうしてあなたを嫉妬させられると、あのご婦人にわかるの？」ホノーリアはさらに返答を迫った。

「自分にはなんでもできると思ってるからだろ」マーカスは投げやりに答えた。なんであれほんとうのことだけは口にできない。愛していると言いたくないのではなく、いまではだめなのだ。このような形では言いたくない。

ホノーリアはふたたび唾を飲みくだした。ほかの部分にはまったく動きがないので、そのしぐさが痛々しいほどにきわだった。「それならどうして、わたしがおつきあいするお相手を選ぶ権利があなたにあるの？」

マーカスは答えなかった。

「どうしてなの、マーカス？」

「ダニエルに頼まれた」硬く抑揚のない声で言った。後ろめたいわけではない。これまで明かさずにいたことについてもそれは同じだ。だが、追いつめられているように思えるのが気に入らなかった。

ホノーリアがふるえがちに深々と息を吸いこみ、吐きだす。最後は口に手をあてて、吐息をつき、ぎゅっと目をつむった。一瞬、泣きだすのではないかと思ったが、それからすぐに、ただ感情を抑えようとしているだけなのだとわかった。哀しみ、それとも怒りだろうか？マーカスは見きわめがつかず、どういうわけか胸がずきりと痛んだ。

ホノーリアの気持ちを知りたい。ホノーリアのすべてを。

「それなら」ホノーリアがようやくまた口を開いた。「兄はもうすぐ帰ってくるから、あなたはお役目から解放されるわね」

「いや」誓いの言葉のごとく心の奥のほうからこぼれ出た。

ホノーリアがもどかしげに眉をひそめて見返した。「どういうこと？」

マーカスは踏みだした。何をしようとしているのかわからないが、ともかくもう自分を抑えられない。「そのつもりはない。解放されたくないんだ」

ホノーリアが唇を開いた。

マーカスはさらに一歩前に出た。鼓動が高鳴り、身体のなかで何かが熱くなって切迫し、ホノーリアと自分のほかには何がそばにあろうと、目に入らなかった。

「きみが欲しい」露骨《ろこつ》で少々がさつな言い方かもしれないが、隠しようのない正直な気持ちだった。

「きみが欲しい」繰り返してから、腕を伸ばしてホノーリアの手を取った。「きみが欲しいんだ」

「マーカス、わたし――」

「きみにキスしたい」そう言うと、指でホノーリアの唇に触れた。「きみを抱きしめたい」

もはや一秒たりとも我慢できそうにないので、さらに続けた。「きみを求めている」

両手でホノーリアの顔を包み、口づけた。切望と飽くなき欲望のたけを、抑えてきたもののすべてを、そのキスに込めた。彼女を愛していると気づいたときから、熱情はどんどん激しさを増していた。まるでずっと前からそこにあって、気づいてもらえるのを待っていたかのように。

ホノーリアを愛している。

ホノーリアが欲しい。

ホノーリアが必要だ
それも、いますぐに。

マーカスはこれまでずっと高潔な紳士として生きてきた。女性と戯《たわむ》れはしない。軽薄なことはできない。注目されるのも嫌いだが、ホノーリアにはどうしても自分だけを見ていてほしい。そのためなら不適切なことだろうと礼儀にはずれたことでもする。ホノーリアを抱き寄せて、ベッドに運びたい。服をすべて剝ぎとって、慈しみたい。そうして言葉ではどう表現すればいいのかわからないことをすべて伝えたい。

「ホノーリア」少なくとも呼びかけることはできた。声からこの想いを聞きとってもらえたならいいのだが。

「わたし…わたし……」ホノーリアはマーカスの頬に触れ、探るように顔を眺めた。口がわずかに開き、ピンク色の舌先でちらりと唇を舐める。

マーカスはそれを見てじっとしてはいられなかった。またキスをしたい。抱き寄せて、その身体を自分に押しつけたい。もしホノーリアがやめてと言ったり、首を振ったり、なんであれいやがるそぶりを見せたなら、背を返して部屋を出ていただろう。

だがホノーリアは拒まなかった。ただじっと驚きに満ちた目を大きく見開いているので、マーカスは引き寄せて抱きかかえるようにして、ふたたびキスをした。それでついに、かろうじて自分を繋ぎとめていた理性の最後の糸を解き放った。

ホノーリアを抱きしめ、ふくらみやくびれをたどる。切なげな低い声が聞こえて——悦《よろこ》び、それとも欲望の表れだろうか？——身体のなかで炎が燃え立った。

「ホノーリア」マーカスは苦しげな声で呼び、背中から甘美な尻の丸みにせわしげに手を滑らせた。尻をつかみ、柔らかな腹部を自分の昂ぶりに押しつけた。その瞬間、彼女が小さな驚きの声を洩らしたが、マーカスは離れようとも言いわけしようとも思わなかった。ホノーリアはむろん純潔なので、自分に押しつけられているものが何を意味しているのかおそらくわかってはいない。

だからこそもっとゆっくり導いてやらなければと思いつつ、できなかった。男がこらえられる時間にはかぎりがあり、マーカスは頬を触れられた時点ですでにその限界に達していた。

腕のなかにあるホノーリアの身体は柔らかくしなやかで、無邪気な唇で必死にキスに応えようとしている。マーカスはすかさずホノーリアを抱き上げ、速やかにベッドへ運んだ。できるだけそっとおろして、服を着たままのしかかると、彼女の身体の感触にいまにも破裂しそうに思えた。

ドレスにはご婦人がたの好みらしい少しふくらんだ袖が付いていて、ベッドにおろされた拍子にそこが肩からわずかにずれ落ちていた。マーカスは袖のふちに触れ、内側に指を入れて、なめらかな白い肩をあらわにした。

荒々しく息をつき、身を引いて、あらためて見おろす。「ホノーリア」これほどきつく張りつめていなければ、笑いかけていただろうが、いまは名を呼ぶだけでやっとだった。だが、それ以上に重要な言葉などあるのだろうか。

自分を見上げるホノーリアの唇は先ほど触れあった名残りで少しふくらんでいる。目は欲望できらめき、速い呼吸に合わせて胸が上下に動いていて、これまで見たどんなものより美しい。

「ホノーリア」ふたたび名を呼んだ。今度は問いかけだったのだが、懇願とも言えるかもしれない。背を起こして上着とシャツを脱いだ。肌を空気に触れさせたかったし、彼女をじかに感じたかった。脱いだものが床に落ちると、ホノーリアが手を伸ばし、柔らかな手で胸に触れてきた。マーカスはささやくように名を呼ばれ、われを忘れた。

ホノーリアはいつ自分がマーカスに身をゆだねようと決めたのかわからなかった。たぶん、名を呼ばれ、手を伸ばして彼の頬に触れたときなのだろう。もしくは熱っぽく飢えたような目で見つめられ、「きみを求めている」と言われたときだったのかもしれない。

でも、マーカスが部屋に飛びこんできたときから、こうなることは予感していた。その瞬間、もしマーカスが自分を愛していることを、あるいはせめて求めていることだけでも何かの形で示してくれたなら、身をゆだねてしまうだろうと本能のようなもので悟った。それまでホノーリアは自分のベッドに坐って、どうしてこんなにもわけのわからない晩になってしまったのだろうと考えていた。そこに突然、魔法で想いが通じたかのようにマーカスが現われた。

言い争ったあとなのだから、ほかに誰かがそこにいれば、マーカスを部屋から追いだして鍵を掛けるよう頼んだかもしれないが、身体の奥深くではすでに何かが熱く燃えあがっていた。ここは自分の寝室で、自分のベッドがある。そのうえこうして愛する人と触れあえる喜びには抗えなかった。

だからマーカスがすぐそばにきて、「きみを求めている」と言ったとき、いま息をしていること以上にあきらかな自分の欲望を隠すことはできなかった。ベッドに運ばれたときには、そこが自分のいるべき場所で、マーカスとここにいるのは当然のことにしか思えなかった。

マーカスはいつも自分のそばにいる。ごくあたりまえのことだ。

マーカスがシャツを脱ぎ、逞しい胸があらわになった。もちろん前にも見ているけれど、そのときとは違った。いまのマーカスは自分を貪欲《どんよく》に求めている目つきで、この身にのしかかっている。

ホノーリアも同じ気持ちだった。どうしてこんなに欲しいのだろう。マーカスが自分のものになってくれるのなら、喜んで自分も彼のものになる。永遠に。

手を伸ばし、マーカスに触れ、その身体の熱さに驚いた。手に鼓動を感じ、思わず名を呼びかけていた。マーカスはとても男らしく、とてもまじめで、とても……善良だ。

善良な男性だ。善良な心を持った、すてきな人。しかも、ああ、その彼が自分の首もとに唇を寄せて何をしているのかわからないけれど……それもほんとうにすてきな心地がする。

マーカスが部屋に来る前からすでに室内履きは脱いでいたので、ストッキングを穿いた足の先を彼の脚のほうへ伸ばし――ぷっと吹きだした。

マーカスが身を引いた。もの問いたげな目だけれど、見るからに愉快そうだ。

「あなたのブーツ」くすくす笑いながら言った。

マーカスは一瞬身を固くして、それからゆっくりと自分の足を見おろした。そして、つぶやいた。「なんてことだ」

それを見て、ホノーリアはさらにけらけらと笑いだした。

「可笑しくないぞ」マーカスが不満げに言う。「これは……」

どうにか笑いをこらえた。

「……可笑しいな」マーカスが認めた。

ホノーリアはベッドが揺れるほどまた笑いだした。「脱げる？」息をついて言う。

マーカスが高慢そうな目を向けてから、ベッドの端に坐りなおした。

ホノーリアは何度か深呼吸をして息を整え、ようやく言葉を発した。「もしものときは、わたしがナイフで切り裂いて脱がしてあげる」

答える代わりにマーカスは右足のブーツを無造作に床に置いた。それから言う。「ナイフは必要ない」

ホノーリアは真剣な表情を取りつくろおうとした。「それを聞いて安心したわ」

マーカスが左のブーツも置いてから、気だるげなまなざしを向け、ホノーリアの心をとろけさせた。「ぼくもだ」そうつぶやいて、隣りに寝そべった。「ぼくもほっとした」

背中に連なるボタンがいくつかはずされ、頬紅色の絹地が溶けるようにするりと滑り落ちた。ホノーリアはとっさに乳房を両手で隠した。マーカスは何も言わず、その手を引き剝がそうともしなかった。代わりに情熱的な熱い唇を近づけ、またもキスをした。ホノーリアはマーカスの腕のなかでだんだんとくつろいできて、気がついたときには自分の手ではなく彼の手に乳房を包まれていた。

しかも心地よい。

自分の身体が——身体のあらゆるところが——こんなにも敏感で欲ばりだとは知らなかった。「マーカス！」薔薇色の乳首に触れられてはっと息を吞み、背をそらした。

「きみはとても美しい」ささやきかけるように言われ、ほんとうに自分は美しいのだと思えた。見つめられ、触れられ、触れられるたび、誰より美しい女性のような気分になってくる。

今度は口で乳房に触れられ、ホノーリアは静かに驚きの声を洩らし、脚をぴんと伸ばして、マーカスの髪に手を差し入れた。何かにつかまりたかった。何かをつかまずにはいられない。そうしなければ、落下してしまうか、吹き流されてしまいそうな気がする。あるいは身体のなかをめぐる熱気が噴きだして、砕け散ってしまうかもしれない。

自分の身体がまったく得体《えたい》の知れないもののようで、こんな感覚に陥るとは想像すらできなかった。それでいてなぜか、とてもあたりまえのようにも感じられる。手は触れるべきところを知っていて、腰も自然に動き、マーカスにじわじわとドレスをおろされ、腹部を唇で下へたどられているのも、正しく望ましいことに思える。しかもそれだけにとどまらず、さらなることも求めていた。お願い、そのまま進んで。

マーカスが太腿をつかみ、そっと開かせると、ホノーリアは従順に応じて、もどかしげな声を洩らした。「ああ、お願い、マーカス！」

するとマーカスは口づけを返した。ホノーリアはこの思いがけないキスがどうしようもなく嬉しかった。マーカスが脚のあいだに腰を据えたので、心がまえをして息を詰めた。ところが口で触れられ、舌と唇で探られて、堪えがたい切迫感に身をよじって喘いだ。

「お願い、マーカス」懇願するように言ったものの、自分が何を求めているのかわからなかった。けれどそれがなんであれ、マーカスなら与えてくれると信じていた。彼ならこの甘美な疼きをなだめられる方法を知っている。きっと自分を天へ導いて、地上に連れ帰ってくれる。生涯、その腕のなかで暮らせるように。

マーカスがいきなり身を引いたので、ホノーリアは触れあえなくなった寂しさで叫びそうになった。マーカスはほとんど剝ぎとるようにズボンを脱ぎ、戻ってきて、ふたたび身を重ねた。顔を近づけ、手を握り、腰をせっかちに脚のあいだに据える。

ホノーリアは呼吸を落ち着かせようと唇を開いた。マーカスが自分を見つめ、ただひと言口にした。「ぼくを受け入れてくれ」

彼の先端に押し広げられ、ホノーリアは気づいた。どうしても全身に力が入ってしまうのだから、これは相当にむずかしいことなのだと。それでも、そっと突かれるうち徐々に力が抜け、マーカスがしだいになかに入ってきた。そしてとうとうすっぽり収まると、ホノーリアは呆然と息を呑んだ。

マーカスは快さに身ぶるいし、腰を引いては押しだす動きをゆっくりと繰り返しはじめた。ホノーリアは言葉を口走ったが、自分が何を言っているのかわからなかった。たぶん、彼に何かをねだっているのか頼んでいるのか、もしくはこれを最後までやり遂げてくれる約束を求めているのだろう。わたしを放さずに、最後まで連れていってほしい。けっして途中でやめないでと――

そのとき何かが起こった。

全身がぎゅっと小さく収縮したかと思うと、ヴォクソール庭園で打ち上げられた花火のようにいっきに砕け散った。マーカスも叫び声をあげ、最後にもう一度ぐいと突いて精を放ち、崩れ落ちた。

それから何分かホノーリアはただ横たわり、彼のぬくもりに浸った。マーカスが柔らかい毛布を引き上げ、ふたりは小さな至福の世界にくるまれた。互いの手の指を組み合わせて握る。これほど安らげる心地よいひと時があるとは思ってもみなかった。

これからはこうしていられる。生きているあいだはずっと。マーカスはまだ結婚という言葉を口にしてはいないけれど、心配はいらない。これはマーカスだ。このようなときをともにした女性を見捨てるような男性ではない。きっと求婚する頃合を見計らっているだけだ。

そういったことを適切に行なおうとするのが、わたしのマーカスなのだから。

わたしのマーカス。

耳に心地よい響きだ。

たしかに今夜はけっして適切な行動をとっているとは言えないけれど、とホノーリアは目をきらめかせて思い返した。でもそれはきっと……。

「何を考えてるんだ?」マーカスが問いかけた。

「何も」ホノーリアは嘘をついた。「どうして訊いたの?」

マーカスが身体を横にずらして片肘をつき、顔を見おろした。「恐ろしい顔をしている」

「恐ろしい?」

「あやしい、かな」マーカスは言いなおした。

「どちらのほうがましなのかわからないわ」

マーカスが含み笑いを洩らし、ホノーリアはその温かみのある低い笑い声を肌に感じた。それから急にマーカスが真剣な表情になった。「戻らなければいけない」

「そうね」ホノーリアはため息まじりに応じた。「探されてしまうから」

「ぼくのほうはそれはないが、きみは違う」

「母には気分が悪くなったと言えばいいわ。サラがどんな具合であるにしろ、わたしも同じだと言えば。つまり、たいしたことではないということだけど、ほんとうのところはサラにしかわからない」ホノーリアは口もとをゆがめて唇を引き結んだ。「それとわたし、アイリス、それにたぶん、ミス・ウィンターにしか。けっして」
マーカスがふたたび笑い、身を乗りだしてきて、ホノーリアの鼻に軽く口づけた。「できることなら、ずっとこうしていたい」

その言葉がキスのように温かくじんわり感じられ、ホノーリアは微笑んだ。「わたしも、まるで天国にいるみたいだと思っていたところよ」

マーカスはいっとき沈黙し、ホノーリアが聞きまちがいではないかと不安になるほど低い声でささやきかけるように言った。「天国がどんなところなのかは誰にもわからない」

22

　ホノーリアが凝った髪形に結っていなかったのは幸いだった。その日の午後は四重奏を練習しなおさなければならなかったこともあり、身なりにそれほど時間をかけられなかった。おかげで髪も苦労せずにもとのように整えられた。

　マーカスの首巻き《クラヴァット》はそうもいかなかった。どう試みたところで、もとのようにぴしりと細やかには結べない。

「あなたは絶対に近侍を首にできないわね」ホノーリアは三度めの試みを失敗して言った。

「それどころか、お給金を増やしてあげたほうがいいかもしれないわ」

「レディ・ダンベリーには、近侍に刺されたと言ってしまったしな」マーカスがぼそりと答えた。

　ホノーリアは手で口を覆った。「笑ってはいけないわよね。笑いごとではないもの」

「だがやはり、可笑しい」

　ホノーリアはぎりぎりまでこらえてから言った。「ええ」

　マーカスがふっと笑い、いかにも幸せそうに屈託なく表情をやわらげたので、ホノーリアは胸が躍った。誰かの幸せそうな表情を見てこんなにも幸せな気分になれるのはとてもふしぎだけれど、なんてすばらしいことなのだろう。

「自分でやってみよう」マーカスはクラヴァットの両端を持って鏡の前に立った。

ホノーリアは数秒と見ていられず、きっぱりと言った。「家に帰るしかないわね」

マーカスが鏡に映った首もとの布を見たまま言う。「最初の結び方すらわからない」

「それならとても無理よ」

マーカスは眉を吊り上げ、高慢そうな顔つきで見返した。

「あきらめなさい」ホノーリアは歯切れよく続けた。「今回のことと、ブーツの一件で、男性より女性の装いのほうが実用的ではないという見方は変えざるをえないわ」

「そうだろうか?」

ホノーリアは、完璧に磨きあげられて輝きを放っているマーカスのブーツに視線を落とした。「わたしはいままで、ナイフを使わなければ靴が脱げなかったことはないもの」

「ぼくの服には背中にボタンが付いているものはない」マーカスが切り返した。

「あら、わたしは身体の前にボタンのあるドレスを着ることもできるけど、あなたは首に何か巻かないと出かけられないでしょう」

「フェンズモアでは問題ない」マーカスはますます皺の寄った布をなおもいじりまわしながら、つぶやいた。

「だけど、ここはフェンズモアではないわ」ホノーリアはにっこり笑って、念を押すように言った。

「お手あげだ」マーカスはクラヴァットを首からすっぱり取り去った。ポケットに押しこみ、首を振って言う。「考えてみれば、都合がいいじゃないか。こんなものをきちんと結べたところで、いまさら音楽会へ戻っても仕方がない。どうせみんな、ぼくが家に帰ったと思うだけのことだろう」ひと息ついて、言い添えた。「ぼくのことを憶えていればだが」

今夜は若い未婚の令嬢たちも何人か来ていて、さらに言うなら、若い未婚の令嬢の母親たちも何人か来ているのだから、マーカスがいなくなったことに気づいている者は必ずいると、ホノーリアは思いめぐらせた。

とはいえ、マーカスの言いぶんは理にかなっていたので、ふたりはひそやかに使用人用の階段をおりていった。ホノーリアはいくつかの部屋を通り抜けて音楽室に通じている控えの間に入り、マーカスは勝手口からこっそり外に出る計画だった。別れなければならない場所まで来ると、マーカスがホノーリアの顔を見つめ、そっと頬に触れた。

ホノーリアは微笑んだ。胸がはちきれそうなほど幸せだった。

「あす、きみを訪問する」マーカスが言った。

ホノーリアはうなずいた。それから、どうしてもこらえられず、ささやくように訊いた。

「さよならのキスをしてくれる？」

それ以上の言葉は必要なかった。マーカスは身をかがめ、両手でホノーリアの顔を包み、熱っぽく口づけた。ホノーリアは燃えついたように熱くなり、溶けて蒸発してしまいそうに思えた。笑いだしたくなるくらい嬉しくて、キスを返そうと伸びあがると——

マーカスが消えた。

怒声らしきものが聞こえ、マーカスは狭い廊下の反対側に飛ばされ、壁に叩きつけられた。ホノーリアは悲鳴をあげて駆け寄った。何者かがこの家に侵入し、マーカスの首を押さえつけている。脅えている暇はない。すかさず侵入者に突進し、背中に飛びかかった。「放しなさい」歯の隙間から声を絞りだし、これ以上マーカスを殴らせまいと侵入者の腕をつかんだ。

「なにするんだ」男が嚙みつくように言った。「放せ、南京虫」

南京虫？

ホノーリアは身体から力が抜けた。「ダニエルお兄様？」

「ほかにいったい誰がいるというんだ？」

兄はもう三年も国を出ていたのだから、返し文句ならいくらでも思いつけた。帰国を知らせる手紙をよこしたとはいえ、それがいつなのかは誰にも伝えていなかったのだから。

「ダニエルお兄様」ホノーリアはあらためて呼びかけ、兄の背中から離れた。一歩さがって、じっと見入った。年をとったように見える。もちろん、実際に年はとったわけだけれど、たった数年会わなかっただけのようには思えない。疲れていて、うらぶれているようにも感じられる。旅の疲れもあるのだろう。身なりも薄汚れているけれど、イタリアからロンドンまで帰ってきたばかりならば、誰でもこのように見えるものなのかもしれない。

「帰ってきたのね」ただ呆然として言った。

「そうとも」兄は鋭い声で答えた。「だがいったいこれはどういうことなんだ？」

「わたし――」

ダニエルが片手を上げてとどめた。「ホノーリア、黙っててくれ」

わたしに訊いたのではなかったの？

「驚かせるなよ、ダニエル」マーカスが言い、立ちあがった。ややふらつきながら、壁にぶつけた頭の後ろをさすっている。「この次は、知らせてから――」

「ふざけるな」ダニエルは吐きだすように言い、マーカスの頬をこぶしで殴りつけた。

「お兄様！」ホノーリアは甲高い声をあげた。もう一度兄の背中に飛びかかろうとしたが、うるさそうに払いのけられてしまった。まるで――

いうなれば、南京虫同然に。

それでも兄をとめなければと急いでまた立ちあがろうとしたが、相手はもともと敏捷《びんしょう》なうえ、いきり立っていた。ホノーリアがしっかりと身を起こすより早く、兄がまたもマーカスを殴った。

「ダニエル、きみと戦うつもりはない」マーカスは言い、顎に流れた血を袖でぬぐった。

「妹といったい何をしていたんだ？」

「きみは――」

どすん！

「――どうかしてる」ダニエルのこぶしを腹部に受けた衝撃をぐっとこらえるかのように、マーカスが苦しげな声を絞りだした。

「妹を、見張って、いてくれと頼んだんだ」ダニエルは唸るような声でひと言吐きだすたび、マーカスの腹部にこぶしを突きだした。「見てろと、ちゃんと、妹を」

「ダニエルお兄様、やめて！」ホノーリアは必死になだめようとした。

「妹なんだぞ」ダニエルが語気を荒らげた。

「わかってる」マーカスが怒鳴り返した。冷静さを取り戻してきたらしく、腕を引き、ダニエルの顎を殴り返した。「だから――」

だがダニエルは話には興味はなさそうだった。少なくとも、自分が問題にしている特定の疑問に友人が答えようとしないかぎりは。マーカスに言葉を継がせず首をつかみ、壁に押しつけた。「おい」またも問いただす口ぶりで訊く。「妹に何をしていた？」

「死んでしまうわ」ホノーリアは声を上擦らせた。ふたたび兄をとめようと突進したが、マーカスはもう助けは不要と見えて、すばやく膝を持ち上げ、ダニエルの股間を蹴り飛ばした。ダニエルは人間らしからぬ声を洩らし、妹にもたれてくずおれた。

「ふたりともどうかしてるわ」ホノーリアは息を吐きだすように言い、兄の脚ともつれ合った自分の脚を引き抜いた。けれど男性ふたりに聞いているそぶりはなく、床板に話しかけたも同然だった。

マーカスは顔をしかめて締めつけられかけた首をさすっている。「どういうつもりだ、ダニエル。あやうく殺されるところだった」

ダニエルは痛みに喘ぎながらも坐ったまま睨み返した。「ホノーリアに何をしようとしていたんだ？」

「そんなこと――」ホノーリアはそんなことは問題ではないでしょうとその場をとりなそうとしたが、マーカスの声に掻き消された。「何を見たんだ？」

「そんなことはどうでもいい」ダニエルが鋭く言い返した。「もてあそばれないよう妹を見張っていてくれと頼んだのに――」

「頼まれたとも」マーカスが怒鳴り声で遮った。「ああ、考えてみるがいい。きみは若い未婚の妹を見張っていろと頼んだんだ。ぼくに！　若いお嬢さんを連れだす方法などまるでわからない男にだ」

「よけいなことまでしただろうが」ダニエルは唾を飛ばして言った。「その舌を妹の――」

ホノーリアは唖然となって口をあけ、兄の頭を横から叩いた。兄が軽くだけれど押し返したので、もう一度叩こうとしたとき、マーカスが凄まじい勢いで割って入ってきた。

「うおっ！」マーカスが意味を成さない声を轟《とどろ》かせた。怒声としか言いようがない。ホノーリアがとっさによけると、マーカスはただひとりの真の友人であったはずの男に飛びかかった。

「いいかげんにしろよ、マーカス」ダニエルは殴られて息を切らしつつ言った。「どうしちまったんだ？」

「あんな言い方は許せない」マーカスはいきり立っていた。

ダニエルは友人の身体の下から抜けだして、よろよろと立ちあがった。「あんな言い方？

おまえを罵っただけのことだ」

「そうなのか？」マーカスは間延びした口ぶりながらも声を張りあげた。「そういうことなら——」ダニエルの頬にこぶしを突きだす。「——これはそのぶんだ。それに——」もう片方の頬も殴りつけた。「——これはホノーリアを放っておいたぶんだ」

ホノーリアはマーカスの心遣いはありがたいものの、放っておいたという表現は正しいとは思えなかった。「でも、兄はわざとそうしたわけでは——」

ダニエルが血の流れている口を手で押さえた。「こっちは絞首刑になるところだったんだぞ！」

マーカスはダニエルの肩を突き、さらにぐいと押しやった。「もっと早く帰ってこられたはずだ」

ホノーリアは息を呑んだ。ほんとうなの？

「いや」ダニエルはマーカスを押し返して言った。「無理だった。だいたい、ラムズゲイトが完全にいかれてるのを知らなかったのか？」

マーカスは腕組みをした。「二年以上も妹に手紙を書かなかったよな」

「それは違う」

「事実だわ」ホノーリアは反論したが、誰も聞いてはいなかった。それでようやく悟った。ふたりは自分の話に耳を傾けるつもりはないのだと。少なくとも、このけんかが終わらないかぎり。

「きみの母上は打ちのめされていた」マーカスが言う。

「どうしようもなかったんだ」ダニエルが言い返した。

「失礼するわ」ホノーリアは告げた。

「手紙くらい書けたはずだ」

「母に？　書いたさ！　返事はこなかったけどな」

「失礼するわ！」ホノーリアは繰り返したが、ふたりはいまや鼻が触れあいそうなほど顔を突きあわせ、罵り言葉や、神のみぞ知る何かをぶつくさ言いあっている。ホノーリアは肩をすくめた。ともかく、ふたりが殺しあうことはもうなさそうだ。放っておいても大丈夫だろう。昔けんかをしても仲直りしていたときのように。それに正直なところ、ふたりが自分のことでけんかになったのをホノーリアは少しばかり――いいえ、ほんとうは少しばかりどころではない――嬉しくも感じていた。兄はさておき、マーカスのことは……。

先ほどマーカスが自分をかばってくれたときの荒々しい顔つきを思いだして吐息をついた。マーカスは自分を愛してくれている。まだ言葉にしてくれてはいないけれど、いまも、そしてきっとこれからもそばにいてくれる。兄とはっきりさせておくべきことをすべてはっきりさせたら、この愛の物語は――わたしの愛の物語だと、夢見心地で思った――このうえなく幸せな結末を迎える。ふたりは結婚し、たくさんの子供たちを授かり、その子たちがすくすくと成長し、かつてのスマイス－スミス家のように賑やかな家族になる。マーカスがこれまで持てなかった、からかいあう楽しい家族だ。そうしてみんなで、少なくとも一週間に一度は糖蜜のタルトを食べる。

なんてすてきなのだろう。

ホノーリアが最後にもう一度ちらりと目をくれると、男性ふたりはなおも互いの肩を小突きあっていたが、さいわいにも先ほどまでの猛々しさはもうなかった。自分が音楽会に戻っても大丈夫だ。いずれにしても兄が帰ってきたことを母に伝えなければいけない。


「ホノーリアはどこに行った？」数分後、ダニエルが訊いた。

ふたりは床に並んで腰をおろし、壁に寄りかかっていた。マーカスは膝を折り、ダニエルは脚を投げだしている。小突きあうのにもいつしか疲れはて、どちらからともなく同時に痛みに顔をゆがめて壁にもたれかかり、それでようやく気持ちも萎《な》えて、互いにわれに返った。

マーカスは顔を起こして首をめぐらせた。「パーティに戻ったんだろうな」これ以上立ち向かう気力は奮い立てられそうにないので、ダニエルがもう反撃してこないことを祈った。

「ひどい顔をしてるな」ダニエルが言う。

マーカスは肩をすくめた。「そっちのほうがひどいさ」願望にすぎないが。

「キスをしていただろ」と、ダニエル。

マーカスはいらだたしげにじろりと見やった。「だから？」

「だから、どうするつもりなのか訊いてるんだ」

「腹を殴られる前に、きみに求婚の許しをもらおうと思っていた」

ダニエルが目をしばたたいた。「ほう」

「いったいどうすると思ってたんだ？　自分で誘惑してから狼の群れに放りだすとでも？」

ダニエルはとたんに表情をこわばらせ、怒りに満ちた目を向けた。「つまりもう誘惑――」

「やめろ」マーカスはすかさず片手を上げてとどめた。「それは訊くな」

ダニエルは黙ったが、疑わしげな目を向けた。

「やめろ」マーカスはもう一度言ったが、よけいに友人の疑念を深めただけだった。顎をさすった。やけに痛む。隣りを見ると、ダニエルも顔をしかめて手の指を曲げ伸ばし、関節の痣をまじまじと眺めている。「それにしても、よく帰ってきたな」

ダニエルがけげんそうに片方の眉を上げて見返した。

「この次は、いつ帰るのか事前に知らせてくれ」

ダニエルは答えようとするそぶりを見せたが、結局は何も言わずに瞳をぐるりと動かした。

「この三年、きみの母上は息子の名を口に出さなかった」マーカスは静かに言った。

「どうしてそんなことを教えるんだ？」

「きみが出ていってしまったからだ。きみがいなくなって――」

「選択の余地はなかった」

「帰ってこられたはずだ」マーカスは友人の返答を一蹴した。「きみは――」

「いや」ダニエルが遮って言葉を継いだ。「無理だった。ラムズゲイトは大陸まで追っ手を差し向けてきたんだ」

マーカスはしばし沈黙した。「すまない。知らなかった」

「いいんだ」ダニエルはため息をつき、頭を壁にもたせかけた。「手紙の返事を一度もくれなかった」

マーカスは目を向けた。

「母だ」ダニエルは言い足した。「ぼくの名を口にしなかったと聞いても驚かない」

「ホノーリアにはだいぶつらいことだったようだ」マーカスはやんわりと言った。

ダニエルは唾を飲みこんだ。「妹とはいつから、つまりその……」

「この春からだ」

「何があったんだ？」

マーカスはふっと笑った。といっても、口の片端しか動かせなかったが。もう片方は早くも腫れあがっていた。「よくわからないんだ」正直に答えた。モグラ塚や、足首をくじいたこと、脚に感染症を起こし、さらには糖蜜のタルトを食べたといったことを話しても意味がないように思えた。それでは出来事の羅列になってしまう。何かが起きていたのは、この胸のなかでだ。

「愛しているのか？」

マーカスは友人と目を合わせ、うなずいた。

「それなら、いい」ダニエルは片方の肩だけをすくめてみせた。

ふたりにはそれだけでじゅうぶんだった。互いが言うべきことは言えたとマーカスは納得した。男同士ならば、はっきりさせておかなければならないことがある。だがこれでもうじゅうぶんだ。マーカスはダニエルの脚か肩でも軽く叩こうと腕を伸ばしかけた。だが結局、茶化すふうに肘で脇腹を突いた。「また会えてよかった」

ダニエルが何秒かして答えた。「ああ、そうだな、マーカス。よかった」

23

ホノーリアはマーカスと兄を廊下に残して歩き去ってから、ひそやかに控えの間に入った。予想どおり、そこには誰もいなかった。音楽室へ通じるドアが少しだけあいていて、その隙間から洩れる光が床を照らしている。もう一度だけ鏡で自分の姿を確かめた。暗いのではっきりとはわからないが、身なりの乱れはないようだ。

音楽室にはまだ大勢の人々が残っていたので、せめて家族以外には長く部屋を出ていたことを気づかれていませんようにと祈って足を踏み入れた。部屋の中央付近でデイジーが人々に囲まれ、ルジェーリのヴァイオリンがいかに精巧に作られているかを誰彼かまわず説明している。母はこのうえなく幸せそうに満足した表情で端のほうに立っていて、アイリスはどうやらすぐ隣りにいたらしい。

「どこに行ってたの？」アイリスが強い調子でささやきかけた。

「気分が悪くなったのよ」ホノーリアはそう答えた。

アイリスが呆れたふうに鼻で笑った。「あら、サラと同じ病気にかかったとでも言うのではないでしょうね」

「ええ、そうかもしれないわ」

今度はため息が返ってきた。「もう帰りたいのに、母が許してくれないの」

「残念ね」ホノーリアは相槌を打った。嬉しくて仕方のないときに心から同情しているように言うのはむずかしいけれど、最善は尽くした。

「頭にくるのはデイジーよ」アイリスが憎々しげに言う。「すっかりはしゃいでしまって、まるで——あら、袖に付いているのは血？」

「どこ？」ホノーリアは自分の腕の裏側を見ようと首を捻った。袖のふくらんだ部分に一ペニー硬貨くらいの染みが付いている。兄もマーカスも最後に見たときには血を流していたので、どちらのものなのかはわかりようがない。「まあ。でも、どうしてそんなものが付いてしまったのかしら」

アイリスは眉根を寄せ、さらに近づいて眺めた。「やっぱり血だと思うわ」

「そんなことがあるわけないわ」ホノーリアはごまかした。

「でも、それならいったい——」

「デイジーがどうしたの？」ホノーリアはすぐさま問いかけた。アイリスがきょとんと自分を見ているので、言い添えた。「頭にくると言ってたでしょう」

「ええ、そうなのよ」アイリスは語気を強めた。「わざわざ目立つようなことをする必要はないのに——」

甲高い笑い声に遮られた。声の主はデイジーだ。

「もう泣きそう」アイリスが大げさにこぼした。

「そんな、アイリス、あなた――」

「愚痴くらい言わせて」アイリスがぴしゃりと言った。

「ごめんなさい」ホノーリアは申しわけなさそうにつぶやいた。

「いままで、これほどの屈辱を味わった日はなかったわ」アイリスはうつろな表情で首を振った。「もう二度とこんな目に遭うのはいやよ、ホノーリア。言っておくけど、もう無理。次のチェロ奏者が見つからなくても、知らないわ。わたしはもう弾けない」

「結婚すれば……」

「ええ、そんなことはわかってる」アイリスはほとんど嚙みつくように言い返した。「当然、去年もそのことは頭をよぎったわ。四重奏から逃れたいだけの理由で、ヴェナブル卿の求婚を受けようとすら思ったんだから」

ホノーリアはたじろいだ。ヴェナブル卿は自分たちの祖父だとしてもふしぎではない年齢だ。それ以上かもしれない。

「とにかく二度と消えないで」アイリスはいまにも泣きだしそうに声を詰まらせて言った。「演奏を褒められても、どうしたらいいかわからない。なんて答えればいいのよ」

「どこにも行かないわ」ホノーリアはいとこの手を取った。

「ホノーリア、ここにいたのね！」母がいそいそと近づいてきた。「どこに行ってたの？」

ホノーリアは空咳をした。「階上《うえ》で少し休んでたのよ。いっきに疲れが出てしまって」

「ええ、そうよね、長い一日だったもの」母はうなずいて言った。

「いつの間にか時間が過ぎていたの。うたた寝してしまったみたい」ホノーリアは弁解がましく続けた。いつからこんなに嘘が上手になったのだろう？　袖に付いた血のことにしろ、このことにしろ。

「そのことはもういいわ」母が言い、アイリスのほうに顔を向けた。「ミス・ウィンターを見かけなかった？」

アイリスが首を振った。

「シャーロットが帰る支度をしているのに、どこに行ってしまったのかわからないのよ」

「化粧室ではないでしょうか？」アイリスが推測して言った。

レディ・ウィンステッドはいぶかしげに答えた。「それにしてはずいぶん長いわ」

「あの、お母様」ホノーリアは廊下に残してきた兄のことを話そうと切りだした。「少し話せるかしら」

「あとにしましょう」レディ・ウィンステッドが首を振りつつ言う。「ミス・ウィンターのことが心配になってきたわ」

「わたしと同じように少し休んでいるのかもしれないわ」ホノーリアはなだめるように言った。

「そうね。今週はシャーロットがいつもよりよけいにお休みの日を与えてあげられるといいんだけど」母は自分の言葉に同意するかのように小さくうなずいた。「いますぐシャーロットを見つけて、提案しておくわ。それくらいのことしかできないものね。きょうはほんとうに、ミス・ウィンターに救われたのだから」

レディ・ウィンステッドが歩き去ると、アイリスが言った。「〝救われた〟という言葉の意味は人それぞれなのね」

ホノーリアはくすりと笑いを洩らし、いとこの背中に腕をまわした。「来て。この部屋にいるあいだはせめて幸せそうに堂々と歩きましょう」

「幸せそうに堂々とは、わたしには無理そうだけど――」

そのとき、何かがつぶされたような音が響きわたり、アイリスの言葉は掻き消された。いや、つぶれたのではないのかもしれない。どちらかと言えば、何かが砕け散ったかのように聞こえた。バチン、バチンという音とともに、楽器の弦がはじかれたらしき音も鳴り響いた。

「なにかしら？」アイリスが訊いた。

「わからないわ」ホノーリアは首を伸ばした。「まるで――」

「ああ、ホノーリア！」デイジーの甲走った声が聞こえた。「あなたのヴァイオリンが！」

「どうしたの？」ホノーリアは従妹の言葉が何を意味しているのか見当もつかないまま、騒がしくなっているところへゆっくりと近づいていった。

「まあ、なんてこと」アイリスが口走り、手で口を覆い、もう片方の手ですばやくホノーリアを押しとめようとした。まるで、〝あなたは見ないほうがいいわ〟とでも言うように。

「どうしたの？　わたし――」ホノーリアは呆《ほ》然と口をあけた。

「レディ・ホノーリア！」レディ・ダンベリーが吼えるように呼ばわった。「あなたのヴァイオリンをこんなふうにしてしまって、心からお詫びするわ」

ホノーリアはただ目をしばたたき、自分の楽器の残骸《ざんがい》をじっと見おろした。「どうして？　これはいったい……？」

レディ・ダンベリーはいつになく大げさに感じられるほど申しわけなさそうに首を振った。「わからないのよ。杖がぶつかったのかしら。たぶん杖で机の上から落としてしまったんだわ」

ホノーリアは口をあけ閉めしていたが、声は出てこなかった。自分のヴァイオリンは机から落ちただけにはとても見えない。正直なところ、どうすればこのような状態になってしまうのか想像もつかなかった。まさに木端《こっぱ》微塵《みじん》になっている。弦はすべて切れ、木の部分も粉々で、顎あてのところは跡形もない。

象に踏みつぶされたとしか思えない。

「新しいものをわたしが弁償させていただくわ」レディ・ダンベリーが声高らかに告げた。

「あの、いえ」ホノーリアはまるで抑揚のない声で言った。「その必要はありませんわ」

「それも」レディ・ダンベリーはホノーリアの言葉は意に介さず続けた。「ルジェーリのヴァイオリンを」

デイジーがぼんやり口をあけた。

「ほんとうに、けっこうですから」ホノーリアは自分のヴァイオリンであったはずのものから目をそらせなかった。どういうわけか見入らずにはいられない。

「わたしが壊してしまったんだもの」レディ・ダンベリーが威厳たっぷりに言う。ホノーリアにというより周りの人々に示すかのごとく、これ見よがしに片腕を振った。「わたしが償わなければいけないわ」

「でも、ルジェーリだなんて！」デイジーが声を張りあげた。

「ええ、そうよ」レディ・ダンベリーが胸に片手をあてて続ける。「並はずれて高価なものだけれど、このような場合には、最上のものをさしあげなくては」

「順番を待っている方々が大勢いますわ」デイジーが苦笑して言った。

「そうよね。先ほどもあなたからそう聞いたわ」

「半年。もしかしたら一年待たなくてはいけないんです」

「もっと長くかかるかもしれないのよね？」レディ・ダンベリーはどことなくほくそ笑むふうに訊いた。

「新しいヴァイオリンはいりません」ホノーリアは言った。ほんとうに必要ない。マーカスと結婚し、もう二度と、音楽会でヴァイオリンを弾かずにすむのだから。

もちろん、それはまだ誰にも言うことはできない。

それにまだ求婚されてもいない。

でも、そんなことはたいして問題ではないように思えた。ホノーリアにはマーカスが求婚してくれるという確信があった。

「わたしの古いヴァイオリンをあげるわ」デイジーが言う。「わたしはかまわない」

そうしてレディ・ダンベリーがデイジーとさらに話を続けているあいだに、ホノーリアは床に散乱した破片を見つめながら、アイリスに身を寄せてささやいた。「見事な壊れ方だわ。ほんとうにあのご婦人がやったと思う?」

「どうかしら」アイリスも同じように当惑した表情で答えた。「杖でここまでできるとは思えない。象でもなければ」

ホノーリアは笑いを噛み殺し、木っ端微塵の残骸からようやく目を離した。「わたしもまったく同じことを思ったわ!」

ふたりは目を合わせ、同時に笑いだし、その楽しげな笑い声に、レディ・ダンベリーとデイジーが話をやめて目を向けた。

「しょげていると思ってたのに」デイジーが言う。

「あら、やっぱりあなたはまだまだね」レディ・ダンベリーが居丈高に返した。「たかがヴァイオリンを失っただけなのよ」

「やれやれだな」誰かのいかにも嬉しそうな声がした。

ホノーリアは声の主に目を向けた。見憶えのない人物だ。流行の上質な身なりをした中年の紳士で、同じように洗練された装いの婦人を連れている。姉たちが未婚女性だった頃に社交界一の洒落男《しゃれおとこ》として名を馳せていたという、ジョージ・ブライアン・ブランメルの肖像画がホノーリアの頭に呼び起こされた。

「あのお嬢さんにヴァイオリンはもう必要ないでしょう」紳士が言った。「むしろ、もう二度と楽器に触れられないよう、手を括りつけられるものでもお贈りしたいくらいだ」

数人が忍び笑いを洩らし、ほかの人々は気詰まりそうな表情を浮かべた。

ホノーリアはどうすればいいのかわからなかった。スマイス－スミス家の音楽会を冗談の種にするのは、当のスマイス－スミス家の人々には聞こえないところでというのが、ロンドンでは暗黙の了解事項となっている。ゴシップ記事ですら、いかにその演奏がひどいかといったことには触れていない。

母はどこにいるのだろう？　おばのシャーロットは？　ふたりはこの騒ぎを耳にしていないのだろうか？　聞こえていたらとても平静ではいられないはずだ。

「そうでしょう、みなさん」紳士は自分を取り巻く小さな集団に向かって言った。「どうして誰も真実を言いたがらないのでしょう？　このお嬢さんがたの演奏はじつにひどい。聴くに堪えないものです」

数人が笑った。手で口を隠しながらではあったが。

ホノーリアはどうあれ自分の一族を擁護《ようご》しなければと言葉を探した。アイリスがもう生きてはいられないとでもいうそぶりで自分の腕をつかんでいる。デイジーはただ呆然となっていた。

「お願いですから」紳士はホノーリアに顔を振り向けて、まともに見据えた。「あのご婦人から新しいヴァイオリンはいただかないでください。もう二度と楽器に触れないでほしい」

それから、連れの婦人に〝もう少しで終わるから〟とでもいうように軽く笑いかけ、ふたたびホノーリアに言った。「あなたはあまりに下手だ。あれを聴いたら小鳥たちが鳴き叫びますよ。私でも泣きそうになったのですから」

「わたしはいまでも泣きそうよ」連れの婦人が言った。目を輝かせ、周りの人々に晴れやかに微笑みかけた。得意げに人をけなす言葉を口にして、そのように残酷な皮肉を思いつける自分の器量に満足している。

ホノーリアは唾を飲みこみ、憤慨の涙を瞬きでこらえた。公然といやみを言われようといつも上手に切り返せることには自信を持っていた。状況が違えば、相手が尻尾《しっぽ》を巻いて逃げださずにはいられないような返し文句を堂々と言い放ち、この場をおさめられていただろう。けれど今回は不意を突かれ、身がすくんでいた。手がふるえ、じっと見返すことしかできないものの、懸命に平静な顔を保とうとした。今夜寝る前にはああ言えばよかったと思うのだろうが、いまは頭のなかに雲のようなものがただぼんやり渦巻いているだけだ。誰かがシェークスピア全集でも手渡してくれないかぎり、まともな言葉を思いだせそうにない。

誰かが笑いだし、続いてまたべつの誰かが笑いだした。紳士が勝利をおさめようとしていた。名も知らない失礼きわまりない男性がこの家で、知っている人ばかりの面前で自分を罵り、勝ち誇った顔をしている。明白なただひとつの事実を除いて、すべてが間違っている。自分はたしかにヴァイオリンを弾くのは下手だ。だけど、このように失礼な態度をとることは誰であれけっして――絶対に――許されない。きっと誰かが自分を擁護するために進みでてくれるはずだ。

そしてついに、くぐもった笑い声や、ひそひそささやきあう声の向こうから、板張りの床を進んでくる、聞きまちがいようのないブーツの足音が響いてきた。人々がゆっくりと、波立つように次々とドアのほうへ顔を振り向けた。そこで目にしたのは……。

ホノーリアはもう一度、恋に落ちた。

クリスマスの家族劇でいつも好んで木を演じていたマーカス。表立たず静かに行動することを好み、注目の的となるのはいやがっていたマーカスが……。

そのマーカスが、人々の真ん中に進みでようとしていた。

「いまなんと言った?」怒れる神のごとく近づいてくると、問いただすように訊いた。

首巻き《クラヴァット》もせず、顔に痣をこしらえ、血も滲んでしまっているが、それでもなお怒りに奮い立っていた。ホノーリアの目にはまさしく神にしか見えなかったけれど。

向かいに立つ紳士が怯んだ。実際、その場にいたほとんどの人々が、いくぶん野蛮にも見えるマーカスにたじろいでいた。

「いまなんと言ったんだ、グリムストン?」マーカスはホノーリアを罵った男の目の前で足をとめ、繰り返した。

ホノーリアははっと記憶を呼び起こした。バジル・グリムストン。何年もロンドンから足が遠のいていたようだが、若い頃には辛らつな皮肉屋として知られていたという。姉たちも嫌っていた男性だ。

ミスター・グリムストンは顎を上げて答えた。「事実を言ったまでだ」

マーカスが片手を丸めて握り、そのこぶしをもう片方の手で包みこんだ。「今夜はまだこの腕をおさめられそうにないな」穏やかな声で言う。

ホノーリアはそこでようやくマーカスを落ち着いて眺めることができた。いかにも野性味あふれる風貌だ——髪を乱し、目は青黒い痣にふちどられ、口の左端はまだこれからさらに腫れあがりそうなふくらみを帯びている。シャツは破れ、血や埃がこびりつき、見まちがいでなければ、上着の肩になぜか小さな羽根がのっている。

これほど勇ましい男性は見たことがない。

「ホノーリア？」アイリスが腕を握りしめるようにしてささやきかけた。

ホノーリアは黙って首を振った。いまは話していられない。マーカスから片時も目を離したくなかった。

「なんと言ったんだ？」マーカスはあらためて問いかけた。

ミスター・グリムストンが人々のほうへ向かって言った。「つまみだしたほうがよさそうですね。招待主のご婦人はどちらに？」

「こちらですわ」ホノーリアは進みでた。厳密に言えば違うが、母が見あたらないのであれば、代役を担うべきは自分だ。

ところがマーカスが小さく首を振ってみせたので、ホノーリアはおとなしくアイリスの傍らに引きさがった。

「レディ・ホノーリアに詫びなければ」マーカスの声はやけに穏やかで、かえって凄《すご》みが感じられた。「ただではすませられない」

みながいっせいに息を呑む音が響いた。デイジーは大げさにアイリスにしなだれかかろうとしたが、すかさずよけられ、床に尻もちをついた。

「なにをばかなことを」ミスター・グリムストンが言う。「まさか、夜明けに拳銃を持ってこいとでも言うのではなかろうな」

「決闘の話をしているんじゃない」マーカスが言った。「たったいまここで片をつけてやるという意味だ」

「いかれている」ミスター・グリムストンが呆れたように言い捨てた。

マーカスは肩をすくめた。「そうかもな」

グリムストンがマーカスから連れの婦人に視線を移し、周りの人々を見まわし、また傍らの婦人に目を戻した。みな黙っているか目をそらし、助け船を出そうとする者はいない。酒落男はこのままでは顔を殴りつけられかねない定めを察し、咳払いをしてホノーリアに向きなおり、額を見やって言った。「申しわけない、レディ・ホノーリア」

「きちんと言うんだ」マーカスが鋭い声で言った。

「すまない」ミスター・グリムストンは歯の隙間から吐きだすように言いなおした。

「グリムストン……」マーカスがそれとなく警告した。

グリムストンはついに視線をさげて、ホノーリアの目を見た。「どうか、お許しください」口惜しそうな顔をして、声に憤懣が滲みでていたが、謝罪の言葉を口にした。

「もうけっこうです」ホノーリアは即座に答えた。マーカスがそれではまだ足りないと言いだす前に。

「もう行け」マーカスは命じる口調で言った。

「残ろうなどとは夢にも思わない」ミスター・グリムストンは鼻を鳴らして言い捨てた。

「そんなに殴られたいのか」マーカスは呆れたように首を振った。

「その必要はありませんわ」グリムストンの連れの婦人がすばやく言葉を差し挟み、用心深い目でマーカスを見やった。すっと踏みだしてグリムストンの腕をつかみ、後ろにさがらせた。「すてきな晩を」ホノーリアに向かって言う。「ありがとうございました。どなたかに尋ねられたら、何事もなく終わったと答えておきますから」

ホノーリアはいまだこの女性が何者なのかはわからないものの、とりあえずうなずいた。

「やっと消えてくれた」ふたりが立ち去るとすぐに、マーカスがつぶやいた。こぶしをさすっている。「じつを言うと、もう誰も殴りたくなかった。石頭のきみのお兄さんだけでじゅうぶんだ」

ホノーリアは思わず笑った。笑うようなことではないし、なによりいま笑うのは場違いだ。デイジーは床に倒れたまま、わざとらしく哀れっぽい声を洩らしているし、レディ・ダンベリーは〝見世物ではないわよ〟とがなり立てて人々を追い散らしていて、アイリスは答えようのないことを自分にあれこれ問いかけている。

けれども、ホノーリアはアイリスの話に耳を傾けてはいられなかった。マーカスに見つめられるなり、「愛してるわ」と告げた。いまここで言うつもりはなかったのに、胸にとどめておけなかった。「愛してるわ。ずっと」

誰かがそれを聞いていたのだろう。そしてその誰かがほかの誰かに伝え、その誰かがさらにほかの誰かに伝えたに違いない。なぜなら、ほどなく部屋が静まり返ったからだ。またしてもマーカスはまぎれもなく注目の的に立たされた。

「ぼくもきみを愛している」はっきりと力を込めて言った。それから、大勢の貴族たちが見守るなか、ホノーリアの手を取り、片膝をついて、言葉を継いだ。「レディ・ホノーリア・スマイス－スミス、どうか、ぼくの妻になっていただけませんか？」

ホノーリアは答えようとしたが、胸が詰まって声が出なかった。そこで仕方なく、うなずいた。涙を流し、うなずいた。勢いこんでうなずいたせいでよろけ、すかさず立ちあがったマーカスの腕に抱きかかえられた。

「ええ」ようやくかすれ声で答えた。「もちろん」

のちにアイリスから、そのとき部屋は祝福の声に包まれたと聞かされたが、ホノーリアにはなにひとつ聞こえていなかった。マーカスがそこにいて、互いの鼻を触れさせて微笑みかけてくれている至福に浸っていた。

「ぼくから言おうとしたのに、先を越されてしまった」

「言うつもりはなかったのよ」

「ふさわしい時を待っていたんだ」

ホノーリアは爪先立って、自分からマーカスにキスをした。このときは周りの歓声が聞こえた。「いまがその時だと思うわ」ささやきかけた。

マーカスも同意してくれたのだろう。なぜなら、みんなが見ている前で、キスを返してくれたのだから。

エピローグ

一年後

「最前列がいちばんよく見えるとはかぎらないんじゃないか」マーカスは後ろの空いている席を恨めしそうに見やった。今年のスマイス－スミス家の音楽会にはホノーリアとともに早めに到着した。ホノーリアが〝特等席〟を確保するために早めに行かなければと強く主張したからだ。

「正確に言うなら、見るためではなくて」ホノーリアは品定めするかのように最前列の席をつくづく眺めている。「聴くために来たのよ」

「わかっているとも」マーカスは憂うつそうに答えた。

「さらに言うなら、聴くことより、わたしたちが見守っているのを示すことが重要だわ」ホノーリアはにっこり笑いかけてから、選んだ席に腰をおろした――最前列のちょうど真ん中に。マーカスはため息をつき、その右隣りの席についた。

「体調は大丈夫か？」マーカスは訊いた。妻は身ごもっており、すでに出歩くのは控えるべき時期にきているのだが、音楽会だけは行かなければならないとゆずらなかった。

「一族の伝統なのよ」ホノーリアはそう言った。本人にとってはそれだけでじゅうぶんな理由なのだろう。

かたやマーカスがここにやってきた理由は、妻を愛しているからだ。

いまや自分もこの一族の一員であるとはなんともふしぎな気分だった。なにしろスマイス－スミス家は、いまだに全員を把握しきれていないほど大勢から成る一族だ。毎晩妻と並んで横たわるたび、この女性を娶ったことに感慨を覚えている。自分がこの女性のものとなり、ふたりが家族となったことに。

そしてもうすぐ、新たにまたひとり、家族に加わる。

驚くべきことだ。

「サラとアイリスはいまも演奏を披露することをいやがってるわ」まだほかには誰も来ていないのだが、ホノーリアは声をひそめて言った。

「きみのあとは誰が継いだんだ？」

「ハリエット」ホノーリアはそう答えてから、説明を加えた。「サラの妹よ。まだ十六歳なんだけど、そのあいだはいないから」

マーカスは思わずハリエットはどの程度弾けるのかと尋ねようとしたが、答えは知らないほうがいいと思いなおして口をつぐんだ。

「今年は二組の姉妹の四重奏なのよ」ホノーリアはその事実にいまはじめて気づいたとでもいうように言った。「こういうことはこれまでもあったのかしら」

「きみの母上ならご存じだろう」マーカスはうわの空で答えた。

「シャーロットおば様なら、きっと知ってるわね。一族の歴史にとても詳しいから」

数人が自分たちの前を通って端の席へ向かったので、マーカスが首をめぐらせると、観客席は徐々に埋まりはじめていた。

「とても緊張するわ」ホノーリアが落ち着かなげな笑みを浮かべて言った。「聴く側になるのははじめてだから」

マーカスは困惑ぎみに目をしばたたいた。「四重奏に加わる前に何年か見ていただろう？」

「あれはべつよ」ホノーリアは〝あなたにはわからないわよね〟とでも言いたげに答えた。

「さあ、いよいよね。もうすぐ始まるわ」

マーカスは妻の手を軽く叩いてから坐りなおし、アイリス、サラ、デイジー、ハリエットの四人が楽器を準備する姿を見つめた。サラの唸り声が聞こえたように思えた。

いよいよ、四人の演奏が始まった。

ひどいものだった。

毎度のことなのだから、覚悟はできていたはずだった。だがどういうわけか、耳はどれほどひどいものだったのかを忘れてしまうものらしい。あるいはいつもの年を上まわるひどさなのかもしれない。ハリエットが弓を二度落とした。これではうまくいきようがない。

妻はきっと同情しているのだろうと、マーカスは隣りを見やった。自分もかつては同じ立場にあったのだから、四人がどんな思いでその舞台に立ち、騒音を奏でているかは手に取るようにわかるに違いない。

ところが、ホノーリアの顔に気の毒がっている様子はまるで見えなかった。それどころか、りっぱに務めをなし遂げた娘に心から満足している誇らしげな母親のように、晴れやかな笑みを湛えて見守っている。

マーカスは自分の見まちがいではないかと、あらためて目を向けなおさずにはいられなかった。

「すばらしいわよね？」ホノーリアは夫のほうに頭を傾けてささやいた。

マーカスは唖然として唇をわずかに開いた。どう答えればいいのかわからない。

「とても上達しているわ」ホノーリアがつぶやいた。

それはおそらく事実なのだろう。そうだとすれば、練習に一度も立ち会わずにすんだのは幸運だったとしか言いようがない。

それから演奏が終わるまで、マーカスはずっとホノーリアを見ていた。妻は顔を輝かせて吐息をつき、一度は胸に手をあてていた。そして、いとこたちが楽器を置くと（サラの場合は鍵盤から手を離して、瞳で天を仰いだ）、真っ先に立ちあがり、力いっぱい拍手を送った。

「わたしたちに娘が生まれて四重奏に加わる日がきたら、すてきなことだと思わない？」ホノーリアは言い、いきなり夫の頬に口づけた。

マーカスは答えようと口をあけたものの、正直なところ、何を言えばいいのかまごついた。だが、実際に口走ってしまったことを言おうとしていたわけではないのは確かだ。「待ちきれないな」

それでも自分も立ちあがり、いとこたちに話しかける妻の腰にやさしく手を添えて、新しい命を宿したお腹になにげなく目を落としたとき、ほんとうに自分がそう思っていることに気がついた。待ちきれない。これからのなにもかもが。

マーカスは妻に身を寄せて、耳もとにささやいた。「きみを愛している」そうせずにはいられなかった。

ホノーリアは顔をこちらに向けはしなかったが、にっこり微笑んだ。

だからマーカスも微笑んだ。

訳者あとがき

ジュリア・クインの大人気ヒストリカル・ロマンス・シリーズ〈ブリジャートン家〉では、ほとんどの作品に〝聴くに堪えがたい〟スマイス－スミス家の音楽会のシーンが差し挟まれています。なぜなら、この一族には年に一度、未婚の娘たち四人による演奏会を開く伝統があり、ブリジャートン家の兄弟姉妹も母の言いつけにより半ば強引に毎年出席させられているからです。音楽は時代も国境も越えて、人々の日常のあらゆる場面を彩る大切なもの。ですが、もし、そもそも音感がまるでないにもかかわらず音楽をこよなく愛する一族が存在し、その一家の若者たちにとっては音楽こそが恋の妨げになっていたとしら？〈ブリジャートン家〉シリーズ外伝の本シリーズは、十九世紀初頭のロンドンを舞台に、そんな少々やっかいな名家に生まれた若者たちが恋を成就させようと奮闘する姿を描く四部作です。その第一作目となる本書のあらすじは……。

一八二四年春のロンドン。スマイス－スミス家は、年に一度、未婚の娘たち四人による四重奏の音楽会を開くことで社交界では広く知られている一大一族です。そうした伝統が始まって十八年目となるこの年も、前年に続き、伯爵家令嬢のホノーリア・スマイス－スミスが、ヴァイオリンの奏者として音楽会の舞台に立つことになっていました。毎年、これでもかというほどに調子はずれの演奏で観客の耳を痛めつけている音楽会とはいえ、一族の慣例により、いったん四重奏の一員に加われば、嫁ぐまで抜けることはできません。そのため、ホノーリアもかつて演奏していた姉や従姉たちに倣い、今年こそは花婿を見つけなければと意気込んでいました。

そして社交シーズンの始まりに先駆けて新たな出会いがあればと、ケンブリッジの友人宅をいとこたちと泊りがけで訪れていたのですが、町へ買い物に出たところでたまたま、幼い頃からよく知る兄の親友、チャタリス伯爵ことマーカスと再会します。ホノーリアは兄のダニエルが三年まえにあるスキャンダルを起こして国を追われて以来、マーカスとは話す機会さえめっきり減っていました。けれどロンドンとは違って詮索好きな人々の目も少ないケンブリッジでの再会に、ふたりは久しぶりに子供の頃のように打ち解けたひと時を過ごします。

ところが、マーカスはすぐに、ホノーリアが花婿探しに本腰を入れはじめたと知って警戒心をつのらせます。じつは親友のダニエルが国を離れる際、妹が〝ろくでなし〟にたぶらかされないよう見張っていてほしいと頼まれていたのでした。マーカスはケンブリッジでもさっそく親友の妹に目を光らせようとしますが、なんのためなのか森で土を掘り起こしていたホノーリアをこっそり覗き見ているうちに、どういうわけかそこに掘られた穴に自分が滑り落ちて大けがを負うはめに。それをきっかけにふたりは互いをはじめて恋の相手として意識しはじめるのですが、その矢先、ホノーリアはなんと兄がひそかにマーカスに妹を監視するよう頼んでいたらしいことを示すあるものを目にしてしまい……。

四部作の最初の主人公は、兄がひとりと姉が四人もいる大家族のスマイス−スミス家の末娘、ホノーリア。いつも騒がしく笑い声に包まれた家庭で育ったものの、姉たちはすでに嫁ぎ、兄のダニエルがスキャンダルを起こして国を追われてからは、生きる気力を失ってしまった母とふたりで静まり返った家で暮らしています。それだけにまたいつか賑やかな家庭を持つことを夢見て、何事にも前向きに取り組もうとする明るく健気な女性です。いっぽうのチャタリス伯爵位を継いだ一人っ子のマーカスは、幼くして母を亡くし、愛情をあまり感じられなかった父もこの世を去り、孤独を当然のごとく受け入れてきた堅物の男性。マーカスにとって、唯一家族の温かみを味わえたのは、イートン校時代からの親友ダニエルのスマイス−スミス家で過ごした少年時代の日々でした。

そんなホノーリアとマーカスが成長し、子供時代の気恥ずかしい思い出を胸に、あらためて互いを恋の相手として意識しはじめる過程はほのぼのとしていて、随所に差し挟まれる子供時代のエピソードもほろ苦いながらもウィットに富み、読者の微笑みを誘います。ホノーリアの母を筆頭に、おばや大勢の従姉妹たち、友人といった、主人公のふたりを取り巻く人々はみな口の減らない面々で、それぞれがいたって真剣に行動しつつも愉快な場面を生みだしているのは、家族愛の描写を得意とするジュリア・クインの真骨頂と言えるでしょう。まさしく〈ブリジャートン家〉シリーズ外伝にふさわしい大家族物の新シリーズです。

著者はこの四部作の執筆に際して、ぜんぶで八家から成るスマイス－スミス一族が年に一度開く音楽会について、十九年間に及ぶ四重奏の演奏メンバーを綿密に想定して書きはじめたそう。第二作、第三作、第四作の主人公は、ホノーリアの兄ダニエル、ホノーリアのいとこのサラ、同じくいとこのアイリスとなっており、本作からもすでに三人の恋物語の伏線らしきものが見てとれます。

さらに、本作を生みだす取っかかりとなったのは、『ブリジャートン家4　恋心だけ秘密にして』（*Romancing Mr.Bridgerton*）の8章冒頭に書かれた〈レディ・ホイッスルダウンの社交界新聞〉だったとのこと。そこには、スマイス－スミス家の音楽会で社交界の重鎮レディ・ダンベリーがホノーリア・スマイス－スミスのヴァイオリンを壊してしまった事件と、当の音楽会にコリン・ブリジャートンが出席していた様子も記述されています。本編に記事として挿入した一エピソードから、またもこのように切なさとユーモアが絶妙に織り込まれた恋物語が誕生するとは驚かされるばかりです。二〇二四年五月からＮｅｔｆｌｉｘで配信されるドラマ〈ブリジャートン家〉シーズン3はこちらの『ブリジャートン家4』をもとにした物語になるそうですし、ドラマシリーズのブリジャートン家外伝〈クイーン・シャーロット〉でもすでにスマイス－スミス家は登場していたので、四人の令嬢の演奏を聴いてみたいかはともかく、映像ではどのようにこの一族の音楽会が描かれるのかも楽しみなところです。

最後に、いつもながら著者が作品ごとに選んでいるテーマ曲をご紹介しておきます。こちらは著者の公式ウェブサイトからも試し聴きが可能です（https://juliaquinn.com/）。

〝Just Like Heaven〟ザ・キュアー

本作の原題は同じく*Just Like Heaven*なので。

〝Raise Your Glass〟ピンク

歌詞が、どんなに演奏がへたでも家族の伝統を守ろうと奮闘するホノーリアに重なるから。

〝Teenage Dream〟グリー・キャスト版（原曲はケイティ・ペリー）

ケイティ・ペリーの原曲もとてもいいけれど、ダレン・クリスがリードボーカルをとっているグリー・キャスト版が大好き。「冗談のオチをしくじっても、あなたは面白がってくれる」という歌詞がマーカスを呼び起こすから。マーカスは冗談のオチをしくじるわけではないけれど、ホノーリアが彼のユーモア感覚を理解できるのは自分だけだと思っているところが愛らしい。

〝Home〟エドワード・シャープ&ザ・マグネティック・ゼロズ

とにかく幸せに感じられる曲だから。単純にそれだけ。

〝I Want Candy〟バウ・ワウ・ワウ

もちろん、マーカスとホノーリアはふたりともデザートが好きだから。（著者注：この曲も大好き)。

二〇二四年三月　村山美雪

本書は、2013年2月16日に発行された〈ラズベリーブックス〉
「はじめての恋をあなたに奏でて」の新装版です。

ブリジャートン家　外伝1
はじめての恋をあなたに奏でて

２０２４年４月１７日　初版第一刷発行

著……………………………………………ジュリア・クイン
訳……………………………………………………村山美雪
ブックデザイン……………………………………小関加奈子
本文ＤＴＰ……………………………………………ＩＤＲ

発行…………………………………………株式会社竹書房
〒102-0075　東京都千代田区三番町８－１
三番町東急ビル６Ｆ
email：info@takeshobo.co.jp
https://www.takeshobo.co.jp
印刷・製本………………………………中央精版印刷株式会社